月亮和风鹿应当永远在一起，

他们要穿过世上的风雪。

狼镝·狂澜

凉蝉 著

·深圳·

图书在版编目（CIP）数据

狼镝. 狂澜 / 凉蝉著. -- 深圳 : 海天出版社,
2022.12
ISBN 978-7-5507-3604-7

Ⅰ. ①狼… Ⅱ. ①凉… Ⅲ. ①长篇小说 - 中国 - 当代
Ⅳ. ①I247.5

中国版本图书馆CIP数据核字(2022)第157095号

狼镝·狂澜

LANG DI KUANG LAN

出 品 人 聂雄前
责任编辑 简 洁
责任校对 叶 果
责任技编 郑 欢

选题策划 他系力二工作室
装帧设计 他系力二工作室
插图绘制 Anthony 洛 西
题字鸣谢 仓 鼠 激光彬彬叁

出版发行 海天出版社
地 址 深圳市彩田南路海天综合大厦 (518033)
网 址 www.htph.com.cn
订购电话 0755-83460239（邮购、团购）
印 刷 湖南天闻新华印务有限公司
开 本 880mm×1230mm 1/32
印 张 10.5
字 数 331 千
版 次 2022 年 12 月第 1 版
印 次 2022 年 12 月第 1 次
定 价 48.00 元

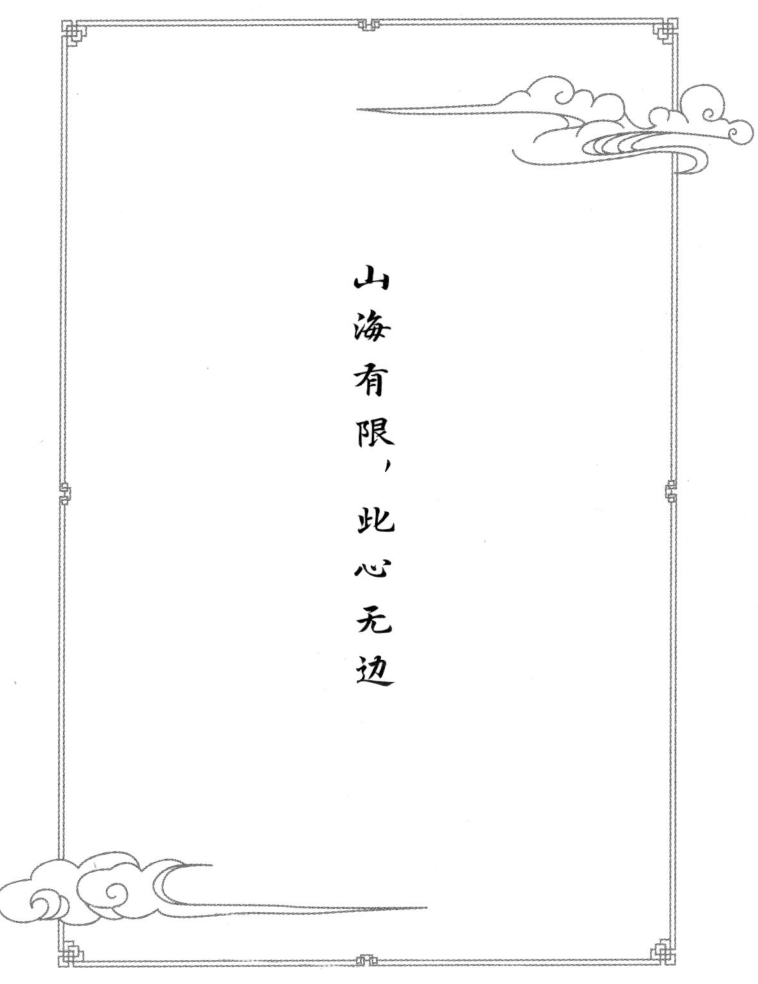

山海有限，此心无边

◇ 第十三章 回京 170
◆ 第十四章 中元 186
◇ 第十五章 重逢 199
◆ 第十六章 释然 216
◇ 第十七章 圣象 224
◆ 第十八章 雷雨 233
◇ 第十九章 设局 247
◆ 第二十章 诛杀 268
◇ 第二十一章 风云 284
◆ 第二十二章 新帝 299
◇ 第二十三章 厚礼 308
◆ 第二十四章 迢递 321

目录

◇ 第一章 归乡 001

◆ 第二章 明夜 014

◇ 第三章 补玉 029

◆ 第四章 好戏 044

◇ 第五章 缠斗 053

◆ 第六章 刀客 076

◇ 第七章 仙门 095

◆ 第八章 寿辰 111

◇ 第九章 此意 121

◆ 第十章 岑煅 129

◇ 第十一章 交锋 144

◆ 第十二章 夜袭 159

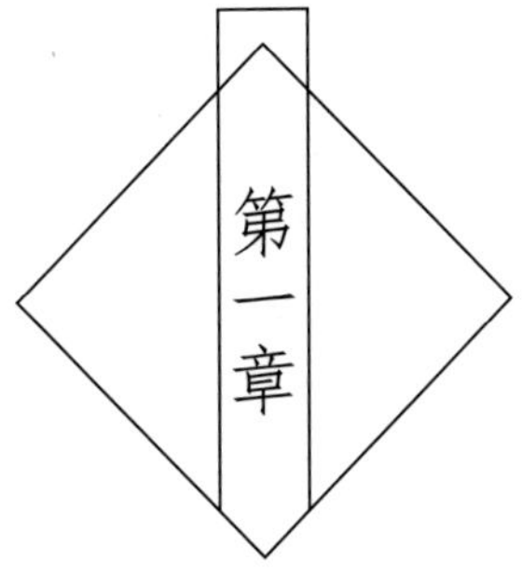

归乡

窗外，猫儿只叫一声，游君山便醒了。

他睡得很轻，总提防着什么似的。那只猫在驿站养了多年，冷夜里睡不好，总四处窜来窜去找它的小猫。游君山起身穿衣时发现窗外已经大亮，曙色映着雪光，窗棂上是亮晶晶的霜。

今日是元宵，从碧山城码头启程回梁京，已过了三个月。

他习惯将那柄纸一样薄的刀贴着胳膊藏匿，这是他保命的利器。三个月前，这柄小刀原本是要刺向岑融的，但岑融很幸运——一场意料之外的暗杀打断了游君山的节奏。

北戎天君哲翁被高辛族将军贺兰金英用高辛箭一箭射杀，岑融当即被护卫着离开高塔，他身边除了游君山，更有十几位从梁京带来的精锐。游君山那时候仍旧可以下手刺杀，但一旦出手，他便绝无顺利逃脱的可能。

游君山离开高塔时回头看喜将军。喜将军站立不动，冲他微微一笑，沟壑纵横的脸狰狞异常。

当天夜里，在船队尚未启程之时，游君山试图潜入喜将军宅邸寻找白霓，但被金羌士兵发现了。喜将军履行了他的承诺：他会保护白霓，但若游君山不能顺利刺杀岑融，他不会把白霓和孩子还给游君山。

“再等等。”喜将军说，“你一定还会有机会的。”

游君山几乎将牙齿都咬碎了。他随岑融的船队回梁京，弯弯绕绕走了一个月水路，这份焦灼和愤恨才渐渐平静。

从列星江上的碧山城港口出发，往东再走一段，便可进入列星江支流沈水流域。往常这段行程最多不过十几日，延长至一个月，是因靳岍生了大病。随队的医生说，这是忧思过度。靳岍手臂上的箭伤经处理后已无大碍，很快拆了绷带。那道新伤像一支箭，将原先的奴隶印记一分为二。

靳岍有时候会呆看手上的伤痕，久久不说一句话。他问陈霜和岳莲楼要那碎了的玉片，岳莲楼说已经扔进列星江了。前一刻还不动弹的靳岍立刻就要下床："我去找。"

岳莲楼气得口不择言地骂，陈霜只得将碎鹿头装进小绸袋里，交给靳岍。

见靳岍游魂般的模样，游君山自己也说不出什么感受。他与这孩子确实相识了许多年，从靳岍出生到现在，有数也数不清的日子。船队中，他去哪儿都提着一颗心，唯有坐在靳岍床边时才能稍稍放松，让自己变成过去的游君山。

他们偶尔会聊白霓，聊封狐城里发生过的一些趣事，但过去所有的快乐回忆都在回溯中变了味。最后连岳莲楼也对游君山生气，让他别再来找靳岍说话，每次聊过之后靳岍只会变得更加沉默。

唯一能不理会岳莲楼愤怒，直出直入靳岍卧房的只有岑融。

临近杨河城时，恰是深冬最冷的时候。雪漫天漫野地落，但列星江南岸的雪和北境总是不一样，冷是很冷，船上士兵看到这些也不见懊恼，一个个都面带喜色：瑞雪兆丰年。靳岍常在船舱的小窗户里看雪，千山鸟绝，万径人灭，船人蓑衣披雪，笠覆白梅。

岑融那时候去见靳岍，给他带去了两个消息。

一是云洲王阿瓦继位，成为新的北戎天君。哲翁出事后他果断在碧山城外率队追击狼瞳将军，并亲手将贺兰金英斩杀于马下。

靳岍那久不起波澜的眼睛登时睁大，面色愈发苍白："贺兰金英？"

"北戎人都是这样说的。云洲王因为杀了谋逆者，已成为北戎人心中的英雄。"岑融道，"你那狼眼睛朋友，也是因这样才发怒吧。"

他难得安慰人，但靳岍却仍旧浑浑噩噩似的，没有因他的安慰而有半分舒心。"然后呢？"他问岑融，"贺兰金英没了，他弟弟呢？"

"估计是逃了。"岑融道，"云洲王继位后，倒也没有追究高辛人的谋逆之罪。你那朋友应该还是平安的。”

靳岄紧紧扼住左手腕，已经痊愈的伤隐隐地在皮肤之下跃动、发疼。

他想起自己最后一次清晰地与贺兰砜面对面，竟是那夜贺兰砜送他回岑融住处，两人在灯下告别。他固执地站在后门，在陈霜无奈的催促中看贺兰砜一直走到街角，又转身回到自己面前。

“我想看你走进去。”贺兰砜说。

陈霜陪这两个话说不尽的人站了很久很久。靳岄记得，贺兰砜总是认为他在岑融身边会有诸多不利不便，为让贺兰砜放心，靳岄给岑融说了许许多多的好话。“我有事情仰赖他，他也有求于我。”靳岄说，“回大瑀是我最大的愿望，我定会好好照顾自己，陈霜在我身边，我不会有事的。”

靳岄反反复复地想这一夜发生的所有事情，废寝忘食一般，陈霜劝他吃东西，他总是问：我哪里做错了？陈霜答不出来，只怜悯地摸他的头发。

岑融带来的第二个消息是抵达杨河城之后，两人必须分道扬镳。岑融回梁京，靳岄在杨河城休养。他给靳岄留下了游君山。

在杨河城逗留了两个月，靳岄每天喝许多汤药，岳莲楼说他整个人都散着药味儿，硬拉他出门乱走。陈霜与游君山有时候也会陪着，但靳岄即便出门也很少说话。杨河已在大瑀境内，街面上都是大瑀的楼宇与货品，偶尔有一两个摊子售卖北戎皮货或油饼、羊肉。靳岄会在门口呆站，很快又被岳莲楼捂着眼睛拉走。

“没心肝的人不要想他。你越想他，他越得意。你不要想，你做个铁石心肠的人，冷冰冰地过日子。”岳莲楼有许多这样的经验可以同他分享，“我就是这样过来的，你瞧我，靳岄，你瞧瞧我，我现在多么快乐自在。”

陈霜嗤之以鼻。

如此盘桓，等靳岄身体恢复了，一行人再度启程，终于在元宵的前夜抵达此行最后一个驿站。

游君山收拾行装离开房间，陈霜和岳莲楼已经在驿站里吃早点。游君山很少接触明夜堂的人，但见过许多江湖人士。他总觉得陈霜、岳莲楼和他结识的江湖人大不一样，陈霜太爱干净、做事情太细致了，岳莲楼又太无形无端，令人厌憎。两人身上瞧不出一丝侠气，但对待靳岄却极为尽心尽力。他俩不似靳岄的仆从，驿站的人一开始还以为这两位英俊少侠是那病恹恹小瘦子的哥哥。

小瘦子早吃完了汤饭，正在门外看景。雪是前几天积的，化了许多，地面湿漉漉的，老猫带着两只小猫窝在墙洞里，警惕地看他。靳岄披着狐裘，还戴了顶狐皮帽子，愈发显得瘦削苍白。但看到游君山，他罕见地笑了："游大哥，咱们要回家了。"

游君山胸口一窒，忙点点头。

"今夜梁京也有灯节吧。"靳岄看着渐渐透出瓦蓝的天空，"我记得你以前最会做白鹤灯。"

"你要是喜欢，我再给你做一个。"

靳岄摇头笑道："我不是小孩子了，游大哥。"

他脸上的笑意渐渐敛去，嘴角紧紧抿着，黑色的瞳仁里映出候鸟北归的影子。在这一瞬间，游君山忽然在靳岄身上嗅到了一丝靳明照的气息。

少年在这一年中迅速长大。他拔高了，脸庞褪去稚气，浓眉下的眼睛笑得很少，忧愁却多，有许多沉默不语的时刻。此刻他身姿挺拔，虽瘦削却不见任何孱弱之气，回头再看游君山时，神情平静冷峻。

"多谢游大哥护送我一路归家。"靳岄说，"进了梁京，便是无边狂澜。靳岄可信之人不多，游大哥，你是其中最重要一位。如今白霓不在身边，但靳岄向你起誓，我一定会把白霓接回来，让你们一家团聚。"

游君山心头发颤，他不得不立刻单膝跪下，以掩饰自己脸上的表情。"小将军，我……"他嘴唇哆嗦着，"游君山誓死跟随小将军！"

靳岄沉默得稍久了一些，低声道："起来吧。"

一行人轻装简从，七八匹马往梁京进发，在城门就看到了等候迎接的岑融亲信。

岑融为靳岄安排了一处宅院，安置好侍女、仆从与护卫，见了靳岄齐齐下跪高呼"小将军"。那亲信自称姓马，是岑融的管家，靳岄与他恭恭敬敬见礼。马管家带来了岑融的邀约：岑融邀请靳岄今夜一同赏灯，宴席就设在玉丰楼侧楼上，是最佳的观景之地。

"不必了。"靳岄脱下狐裘，有礼但坚决，"我另有要事。"

马管家一愣："可三皇子……"

"我必须立刻去见一个人。"靳岄微笑道，"此人三皇子也知道，他不会怪我的。"

岳莲楼四下察看府宅周围确认无恙，又盘问了几位漂亮侍女英俊仆从的年纪、喜好和闲暇时间，最后蹦到靳岄面前与他辞别。"我得回外城去了。"他说，"你若想我，就让陈霜带你去见我。"

靳岄："这么急？堂主在外城？"

岳莲楼挠挠鬓角："嗯。"

靳岄："我还没见过明夜堂堂主。明天，我明天就去拜会他。"

岳莲楼笑道："你回到了梁京，不知多少人看着你盯着你，现在可不是去见江湖人士的最佳时机。再说吧，莫急，他也很想见见你。"

岳莲楼离开后，游君山应靳岄的命令检查护卫的功夫与本事。岑融没让他回去，他也不急着回去。靳岄让陈霜带上从杨河城买的好茶好酒，两人悄悄出门了。

"果真有人跟着。"走出两个街角，陈霜低声道，"我把他们赶走？"

"不必。"靳岄回答，"装作不知道便可。"

陈霜见他镇定，心知一切都在他预料之中，又问："为何不坐马车？你去见谁？"

"不远，走走吧，我太久没走过梁京的路，有些陌生了。"靳岄道，"我们是要去见我的先生，曾经的太子太傅，谢元至。"

谢元至是靳府为靳岄单设学堂后请的西席先生。他曾任太子太傅，后来因脾气太怪、太硬，不与人回转，被人设计下套，惹上了一身腥膻，愤愤然辞了太子太傅之职，以卖字卖画为生。若不是靳明照三顾茅庐，他是不愿意给个小屁孩当西席的。

谢元至在靳家教学的消息传出后，陆陆续续地，周围官宦人家的子女过来了，连皇宫里的皇子帝姬也来凑热闹。谢元至也不推辞，来多少人他便教多少人，仍旧一板一眼上他的课，但学得会学不会，他是不理的。

一众学生中，他最喜欢靳岄。

靳岄也调皮，也不听话，但也因为天真无城府，常被岑融等人戏耍。谢元至一视同仁，皇子和靳岄的手掌心都得打，但打完了，只有靳岄能得到炒栗子、糖果子这样的抚慰，别人一概没有。

“从先生家里到我家，一路都是各种卖吃食的铺子。他走在路上常在琢磨，今日给小孩带什么呢？”说到此处，靳岄不禁笑了，“他很有趣，用我爹爹的话说，先生是不适合宫中泥土的大树，到了宫外，便可长得肆意，张牙舞爪，自在得意。”

说话间，两人走过已经渐渐热闹起来的街巷，拐上一条静谧小道。道旁栽满了海棠树，附近就是一条溪流。两人已来到梁京的燕子溪边上。

靳岄在一个院子前停下，抬手叩门。有童子启门，问他来历。

靳岄自报家门：“学生靳岄，求见先生。”

谁料那童子一听，便吓了一跳似的往后缩了缩，一双眼睛上下打量他，随即砰地关了门。

陈霜与靳岄面面相觑，未几，那门再次打开，力道很大，来人显然情绪激动。

靳岄见到谢元至，心头先是一喜，又是一酸，先生老了许多，颤颤巍巍的。他还未说话，一杯冷茶忽然泼到脸上。

“你还有脸来见我？！”谢元至抖着一把花白的胡子，将手中茶杯掷在地上，茶杯跌了个粉碎，他怒骂道，“为何提议把江北全境割让北戎？！你对得起你守土一生的父亲吗？”

靳岄被这一杯茶泼得发蒙。

谢元至瞪着他，就像过去知道他犯错时一样，仿佛身后随时能掏出木板，往他手掌狠狠一打。“你还有何话说！”谢元至又吼道，“还是为师弄错了，提这混账法子的实则另有其人？”

靳岄向谢元至深深一躬：“没有别人，正是学生。”

不再多说一句，谢元至重重关了门。门上残雪往靳岄脸上一扑，他愈发觉得冷。

陈霜忙为他擦去头脸上的水。四下静谧异常，紧随监视之人藏匿得极好，靳岄凭自己几乎完全无法发现。他低叹一声，转身离去。

“是岑融说的。”靳岄对陈霜道，“他比我们提前回到梁京，要跟官家[①]禀报碧山盟，绝无可能绕过我的存在。”

给明夜堂的口信抵达岑融手中时，靳岄估计，岑融并未把碧山盟计策的真意告诉官家，更不会提及计策来源于靳岄。因当时计划还不知是否奏效，

① 官家：对皇帝的尊称。

更不知北戎方面是什么态度。如今盟约已定，岑融更是把萍洲盟的质子从北戎带回了梁京，两相结合，岑融再说出碧山盟是由靳岄提议，在朝中自然会引起震动。

官家应当已经得知碧山盟计策的真正用意，但其余臣子不可能清楚内里关窍。朝廷中人只能根据现有线索推断，定是靳岄为回归大瑀，鼓动岑融将这么多的疆土全部拱手让给北戎，换来了质子的自由。事情辗转传入已不在庙堂的谢元至耳中，不知又遭到多少曲解。

碧山盟是岑融与梁安崇共同协作而成。如今这盟约非议甚多，岑融年轻，梁太师又主持过萍洲盟的签订，两人即便各自有错，也是梁太师受损更大。

靳岄想了又想，只觉得头疼异常。其中曲折弯绕，他不愿思考，却不得不思考。

“我们回去吗？”陈霜问。

不知不觉，两人已走到燕子溪沿岸。春意未晓，溪水两岸海棠树只有秃枝万条，燕子溪上结着冰壳子，薄薄一层，冰壳断裂处流水潺潺。海棠树上悬挂许多花灯，花苞一般的形状，燕子溪里则漾满一盏盏莲花小灯，灯座上绽开红色花瓣，蕊间一截蜡烛。

“去玉丰楼吧。”靳岄说道，“今日十五，往年都是十六才兴灯节，怎的今年提前了？”

“据说是为了庆祝边境战事平息。”陈霜道。

两人沿着燕子溪往前走去，走到一处街角，人流稠密，靳岄却站定了。陈霜在身后推了他一把，靳岄不由自主地随着他往清苏里的方向去。

在清苏里居住的达官贵人多，家中儿女成群，灯节时自然也热闹非凡。在这热闹的街巷上，唯有一处人家灯火暗淡，没透出半分人气。

靳将军府落了铁锁，门上贴着封条。靳岄越是走近越是害怕，他在袖中紧紧绞着十指。有小摊贩在清苏里沿街叫卖花灯，灯烛映亮靳岄的脸庞，陈霜看见他的黑眼睛里盈满了泪水。

靳将军府里面没人，外面却被打扫得干干净净。有七八个人在门口放灯，放的却是天灯。蜡烛烧热了灯内的气，天灯慢悠悠飞上天空，靳岄睁大眼睛，看见每一盏天灯上都写着“其天朗朗，其日昭昭”。

这是父亲受封“忠昭将军”的诏书上写的话。诏书词冗字累，百姓如何记得清楚？于是唯有这八个字总是被人们挂在嘴边。

好像天底下只要有忠昭将军靳明照，便可永世天朗日昭，阴霾尽驱。

街边摊贩见靳岄与陈霜两人一直站着不吭声，便以为他们也是来吊唁靳明照的，扯扯靳岄衣角，掀开摊下布巾，露出竹筐里一摞摞的天灯。

“一个铜板就行。”那小贩笑道，“我可以帮写其天朗朗八字。”他从竹筐里抄出笔墨，那墨封装在一个小瓶里。

靳岄：“写字收钱吗？”

小贩：“写八个字得给我四个铜板。”

陈霜忍不住道：“你这生意做得可真精明。”

小贩：“若是写骂梁太师的，分文不收。”

靳岄没买，只静静站在角落。那七八个人放完天灯后便走了，不一会儿又来了几个，有老有少，都是不识字的，买了灯后请小贩在灯上写下“其天朗朗，其日昭昭”。

靳岄凑过去细看，这八个字估摸是写得太多、太熟悉了，笔势锐健有力，有骨有筋。

“字写得不错。”靳岄忍不住道，“你有这手本事，何苦在这儿卖灯？”

“我就只会写这八个字！”小贩大笑，“小的名叫杨松儿，除了自己大名之外，就只认得眼前八个字。我们这几位都一样，这八字时时要写，闭着眼睛都能比画出来。”

此言一出，他周围几个卖灯者纷纷笑着点头。

府门前又空了，遗留下烧尽的纸钱香灰。有小贩跑过去清扫干净，嘀咕“莫弄脏靳将军家门”。

每逢初一十五他们都在靳将军府门前卖灯，路过的人常来烧一盏两盏。有大字不识一个的老头老太太，每个月都来，颤巍巍掏出几个满是油星的铜板。

“去年元宵人更多。”那摊贩是从梁京外城进来做生意的，认不得靳岄，随口道，“清苏里到处都是跪地大哭的人。当兵的也来，我们起先以为是来赶人的，谁知一个个下了马，也要烧两三张纸钱……哎，小伙子？买灯吗？靳将军的灯。”

他又开始招徕客人，陈霜与靳岄继续往前去。靳岄走几步又回头，府门前总有络绎不绝的人来放灯、烧纸。人们在石狮子前磕头跪拜，喃喃地说话。

他一句也听不到，实际上也看不清楚，陈霜用衣袖给他抹眼泪，低声道："世上有许多人惦记你爹爹。"

"我也惦记他。"靳岄呜咽着。

他一路都在压抑情绪，但回到旧居，实在是没能忍住。人人都做着自己的事情，天地往前运转流动，春天来了又去，燕子去了又回，他在掺杂了悲哀的痛苦里流泪。陈霜静静陪着他，直到靳岄恢复平静。

两人继续往玉丰楼走去，一路上越来越拥堵。宫中的燃火金凤已经飞出，点燃了玉丰楼顶楼的灯阁。路面全是熙攘的人，有孩子举着龙灯大喊："这是北都灯节的龙！我爹爹见过，他给我做的！它还会飞！"

靳岄只能当作听不见。灯节上所有事情都要把他拉回一年前，拉回他同贺兰砜曾有过的回忆里。他匆匆穿过人群，踏入玉丰楼门口，迎面又是一阵接一阵的声浪。

那玉丰楼的伙计认不得他，大掌柜二掌柜却记得极牢。二掌柜面上一喜，扬声高喊："靳将军府，靳岄——来嘞！"

实在是过去的十几年里，每年都要这样喜滋滋地喊一遍，这已经成了他的习惯。靳明照从不到这种地方来，但靳岄或是被家人带着，或是被岑融等人拎着，在灯节首夜几乎每年都到玉丰楼来赏灯。他自小长得机灵可爱，性格又文静乖巧，两位掌柜可以说是看着他一年年长大，如今自然也一眼认了出来，那招呼通报的声音里满是喜悦。

但话音刚落，大掌柜便狠狠踩了二掌柜一脚。玉丰楼霎时间静得可怕，一楼的人纷纷转头看向门口，二、三楼忽然一阵骚乱，人们全都跑到栏杆边儿往下看，所有目光全聚焦到靳岄身上。

靳岄几乎瞬间感觉到，身边的陈霜绷紧了背脊。

他冲大掌柜和二掌柜温和一笑："两位掌柜，好久不见。"

两人连忙与靳岄见礼，几分好奇、几分尴尬、几分紧张，打量他之后又有几分宽慰。马管家此时已从楼上跑下来，赔笑道："小将军您可来了，三皇子已等候多时，就差你了。"

靳岄："……"

就差我了。他心头一动，看来今日这灯宴不只有岑融与他。他身披狐裘，随马管家稳步走上楼梯，陈霜跟在他身后。靳岄回头看他，发现他竟低着头。

“抬起头，陈霜。”靳岄说，“你可是明夜堂鼎鼎有名的大侠，怕什么？”

“从没被这么多人直勾勾瞅过，有些吓人。”陈霜低声道，“我不是岳莲楼，我做事情，最怕被人盯着。”

靳岄微微一笑，他没那么紧张了。

玉丰楼最佳观景位置在顶楼灯阁之下，寻常绝不开放。往年这都是梁太师的位置，但今夜却被三皇子拿下了。沿着回转的楼梯走上灯阁，进门便看见一个巨大的八角形房间，四面开敞，都是大窗。室内燃着温暖的火炭与熏香，菜肴热香勾起人腹内馋虫。两位乐师持琴藏匿屏风之后，悠悠弹奏，岑融坐于首座，兴高采烈地向靳岄打招呼：“过来过来！坐我身边！”

他似是喝得半醉，靳岄却知道他酒量极好。在岑融身边留空的矮桌坐下，岑融为他介绍房内众人，诸如尚书儿子、侍郎儿子、知事儿子等等。靳岄一一记住了，抬手作揖。

众人毫不掩饰好奇，纷纷看他。伙计给靳岄端来酒菜，窗外传来震耳欲聋的欢呼声，是游行的队伍正在行进。

灯节首日例行活动是宫灯与游行，官家会短暂露面，靳岄一掐时间，估计他已经回宫，岑融才率众人在玉丰楼饮酒作乐。众人虽对靳岄满怀好奇，但谁都没有先开口搭话，岑融一直跟靳岄有一搭没一搭地聊天，问他酒菜可合口味，又问那府宅住得合不合心意。

所有人都知道他是被岑融带回来的，靳岄也不掩饰，大方道谢。

此时终于有人开口：“靳岄，你可瘦太多了，是北戎没肉吃，还是当奴隶太累了？”

席间立刻有几个人低笑。靳岄瞅那人一眼，发问之人名为盛鸿，是刑部尚书的儿子。靳岄猜想席上人应当都晓得自己曾在北戎为奴，便不发一言，只低头喝酒。令他难堪，便是令岑融难堪，靳岄心中好奇：早听说盛鸿言行无端，是官宦人家中少见的混家子，不知其人是真蠢还是假蠢。

得不到靳岄的回答，盛鸿脸上挂不住，讪讪一笑。

靳岄一杯酒还没喝完，便听见身边笑声不绝。几个人拍桌拍凳，前仰后合，盛鸿端着一杯酒，不知怎的泼到了自己脸上。

“失仪了、失仪了！”盛鸿满脸做作的惊愕，大声说，“这可怎么对得起我恭谨一生的父亲！”

他身边几位青年登时爆发出愈发疯狂的大笑。

岑融奇道："盛鸿，这又是怎么了？"

靳岄心中冷笑，看来刚刚紧随其后的人里，有盛鸿的探子。

灯宴请的都是年纪相仿的子弟，但并非人人与岑融齐心。盛鸿之后又嘲弄了靳岄几次，如学马儿嘶叫，问靳岄这声音他是否熟悉，又问靳岄北戎的皮袍穿起来什么感觉，那是奴隶才会穿的衣服。

靳岄无意与这种泼人计较，喝了两杯酒就向岑融告辞。走到玉丰楼下，大掌柜追出来，往靳岄手里塞了个隐约有热气的盒子。"小将军，我记得你喜欢吃咱们玉丰楼的山海羹，特给你准备了一份。"

靳岄讶异："山海羹这样的寻常菜肴，玉丰楼不是已经不做了吗？"

大掌柜："小将军想吃，玉丰楼就做，什么寻常不寻常的。"

靳岄收下致谢，把盒子交到陈霜手上才与掌柜躬腰告别。陈霜附耳问："方才那盛鸿这样羞辱你，要不我去杀了他？"

靳岄："这倒不必。"

陈霜："绝不会被人察觉，一场意外便能令他神不知鬼不觉地消失。"

靳岄失笑："我不是怕被人察觉。对我来说，你比盛鸿之流重要千百倍，不要玷污双手，染这种混账的脏血。"

陈霜直起腰，有些羞涩又有些惊讶地飞快一笑。

两人才走到拐角，身后便有马儿奔来。岑融骑在马上，问靳岄为何方才不回击盛鸿。

"那是你设的灯宴。"靳岄笑道，"他驳的可是你的面子，和我有什么关系？"

岑融在马上看他："小混账！你就不生气？"

靳岄："我见你不生气，便不好意思生气了。三皇子以后再做戏，提前与我打声招呼吧，靳岄也可配合一二，戏台子热闹些，也更有趣。"

岑融敛去脸上神色，严肃道："盛鸿不是我的人。他父亲与梁太师亲近。"

靳岄认真瞅他，半晌才轻声道："表哥，你我都不容易。"

岑融被他这话弄得心中翻涌，抬头遥望灯火明亮的长街，忽然挥动马鞭朗声笑道："不容易便不容易！踏平便是！"说罢与靳岄辞别，"宫中传来话，爹爹做了噩梦，醒来想见我。明日我再去找你，与你细说朝中之事。"

他率队穿过被大红杈子隔开的朱雀大道，往皇宫奔驰而去。才入宫门，官家贴身的杨执园公公已弯腰候着了。“爹爹怎么了？”岑融下马便问，带着几位侍从与杨执园一同往官家宿下的德源宫走去。

“回三皇子，官家今日宿在瑾妃宫中，从赏灯楼回来后吃了些汤饼，说胸口憋闷，早早便睡下了。方才梦中惊醒，急着找三皇子呢。”

岑融又问：“他做了什么梦？”

杨执园面上忧虑，只说：“三皇子去了便知。”

岑融脚步不停，低声问：“又想五弟了？”

杨执园低下头，轻叹一声。岑融心中发沉，匆匆走入德源宫，与瑾妃见礼后直奔卧房。官家躺在床上，长吁短叹，见他走近忙伸出手：“融儿，我方才梦见煅儿出事，白雀关大火熊熊，骇人得紧。”

岑融匆匆赶回，听到的却不是和自己相关之事，只得按下心中不悦，温声安慰。

清苏里中，售卖花灯的摊贩已经离去，靳将军府门前干净整齐，无一片落叶残灰。靳岄远远看了一眼，转头走上燕子溪的桥。

陈霜正在他身边低声说话。

“五皇子岑煅去了封狐城，名为督军，实际应该是去博军功的。梁太师是他背后的推手，西北军现在又由梁太师女婿把控，官家怎么放心让五皇子跑边境？”陈霜不解，“他就不怕五皇子率西北军造反？”

靳岄失声而笑：“那是因为你不了解岑煅。”

陈霜：“他怎样？”

靳岄：“他是世上绝无可能举旗谋逆之人。即便我反了，岑煅也不可能反。”

陈霜正要再问，忽然拉住靳岄，闪身拦在靳岄面前。

此处灯光晦暗，行人绝迹，不远处的海棠树上静静趴着两个无声无息的人影。就在陈霜警觉的一瞬，那两条人影同时跃起，几点寒光从手中激射而出，正冲靳岄面门而来！

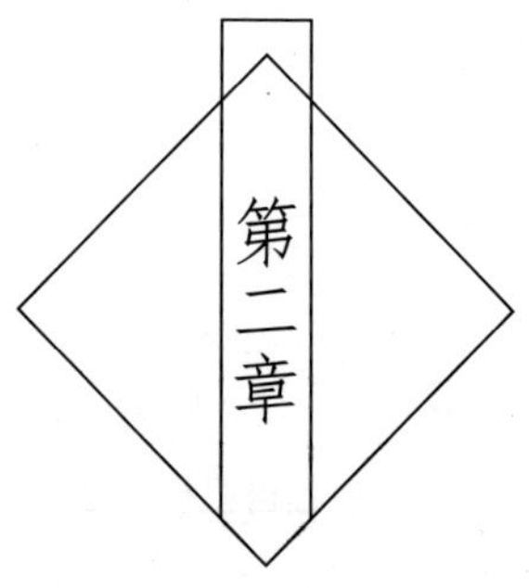

明夜

陈霜举起手中木制食盒抡了个大圆。叮叮几声，燕子镖扎在食盒上。他大骂：“明夜堂陈霜在此！谁长了忒大个胆子要跟明夜堂作对！”

来袭者不禁一愣，眼看就要扑过来了，一旋身又落在地面阴暗处，仿若两只蛰伏的蛤蟆。

“明夜堂？”一人问，“你是无量风陈霜？”

陈霜拎着食盒，不过眨眼工夫已经掠到说话人身后。那人大吃一惊，就地一滚，双爪如铁扣在墙面，正要往上攀爬，陈霜已跳上墙头。

那人当即松手下落。他的伙伴一直藏匿在暗处，此时跃出与他会合，两人双手一翻，各执双刀，厉声道：“明夜堂又来搅什么浑水！挣你的钱开你的桥去，莫坏了我等好事。”

另一人又道：“无量风，听闻你脚底功夫奇绝，今日一见，果真名不虚传。可双拳难敌四手，如今我们二打一，说不得，是有些对不住你。你若乖乖走了，咱哥俩留你一命，来日重逢，再说江湖！”

靳岄听陈霜说过他也练化春六变，但只练到第二重“风报柳”。他内功虽然无法进阶，但轻功卓绝，连明夜堂阴阳二狩也要叹服。此时两位刺客离靳岄甚远，他看看墙头的陈霜，又看看穿着夜行衣的两个人，并不觉得慌张。

靳岄的镇定自若，让那两个刺客也不禁多看几眼。

“大家都是收钱办事，明夜堂行个方便，以后……”

那为首之人话说到一半，墙头的陈霜忽然没了影子。他心中大骇，愤然一吼，只见朗朗月色中忽然掠过一片黑色影子，陈霜双足踩在那人肩头，腰身一沉，竟将那人踩得直接跪下，咚地扑在地上。

“你说谁留谁一命？”陈霜笑问。

另一人跌坐在地，他看见陈霜没拎食盒那只手手腕微微拧动，一根长针从袖中滑落，被陈霜抓在手中。

一足踏着那人肩膀，陈霜点了那人穴道把他翻过来，半蹲着，用针在那人双眼半寸之上移动:“我数到三,你若不肯说出是谁让你来的,我便废了你。”

靳岄觉得此时此刻的陈霜愈发像岳莲楼了。

陈霜身后另一个刺客转身便跑。陈霜指间滑出数根银针，正要投掷时，燕子溪方向忽然传来冰壳被踏碎之声。随即一个修长人影跃来，手持双剑在那逃跑刺客颈上一夹——如同被剪刀剪下的果子，那人脑袋咕咚滚下来，身子兀自往前跑了两步才软软瘫倒。

岳莲楼轻盈落地。他甩动双手，剑身光滑，血稠稠落下来。见靳岄睁大了眼睛，他两步蹦到靳岄面前：“小将军，想我不？”

他身上带着浓郁的脂粉香气和新鲜血气。靳岄抬头看他，发现他又作女装打扮，本来就已经足够漂亮的脸施了恰到好处的脂粉，眼角几道细细金线，眉目生光。

陈霜在一旁气得大吼：“你又杀人！”

“这两人是来找靳岄晦气拿赏赐的。”岳莲楼揽着靳岄肩膀回头道，“我杀的那个手上有二十几条人命，你胯下那个不知淫辱了多少妇人，是杀是阉随你高兴，动手吧。”

陈霜压制着的那人当即吓得大叫：“我错了！我说！我什么都说！江湖上有人发了悬赏令，凡是能诛杀靳岄的，拿头去见，能得百金！”

陈霜皱眉起身，问岳莲楼：“你早知道？”

“也就前几日才传出来的事情。”岳莲楼道，“你阉吗？不阉就放了他。”

陈霜白他一眼：“你喜欢见血，你来动手。”

说罢在那人腰间踢了一脚，那人穴道一松，立刻爬起来，裤裆已湿了一片。他对陈霜和岳莲楼千恩万谢，抓起双刀就跑。岳莲楼在身后喊道：“见你也是个兜不住屎尿的货，回去后切记把话漏出去，靳小将军是明夜堂要保的人，想动他，先问问章漠肯不肯！”

刺客跑出几步，迎面便见一位青年从燕子溪的桥头走来。那刺客顿时僵立桥边，青年从他身边走过，脚步稳定缓慢，连半个眼神也吝于施舍。

或是说，世间许多事情仿佛都不在青年眼中。他容貌出众，一双眼睛却如深潭般冰冷，腰上佩一把平平无奇的长剑，每一步似有千钧之势头，衣角拂动，隐隐传来与他气质全然不符的浓酽香气，像是沾染错了似的。

他先是路过了被岳莲楼斩首的那具尸体，眉头一皱。再看见地上一连串血迹，顺着血迹发现了岳莲楼手里两把长剑。

“这么爱杀人，待在明夜堂真是委屈了你。”青年开口第一句便指责岳莲楼。他声音也是平平淡淡无起伏似的，这句话里的隐隐愤怒，却十分清晰。

岳莲楼缩回了一直搭在靳岄肩上的手，介绍道：“小将军，这位就是我们明夜堂堂主，章漠。”

靳岄此时才知堂主大名，见他人才利落，芝兰玉树，与身边的岳莲楼一比更是端方有礼，心里早生出好感：“久仰章堂主大名。明夜堂一路护送靳岄，仁心侠骨，靳岄感激……”

章漠托着他的手肘把他扶起，没有受他的礼。

“不必感激。”章漠轻轻一笑，“是明夜堂在报恩。”他笑时亲切许多，那双眼里的冷漠情绪也随之消融些许。

陈霜几步回到靳岄身边，看着章漠，脸上是掩不住的欣喜：“堂主。”

“辛苦了。”章漠又冲他笑，“始终是你最可靠。”

岳莲楼：“……”

章漠知靳岄有许多话想问，示意他随自己走到一旁。陈霜和岳莲楼紧随其后，章漠回头瞥岳莲楼一眼：“你跟来做什么？自己杀的人，自己不清理？”

岳莲楼：“怎么由我清理？明夜堂自会有人料理后事，不必我出面。”

章漠：“你不是明夜堂的人？”

岳莲楼张口结舌。章漠又道：“除了给我惹麻烦，你也学学别人，清理清理自己造出来的祸事吧。”

岳莲楼只得回头，骂骂咧咧地站在身首分离的尸体前发愣。

章漠与靳岄走到燕子溪边上，开口便是一个令靳岄惊喜的消息：“明夜堂寻到顺仪帝姬行踪了。”

当日顺仪帝姬岑静书与岳莲楼会面后离开梁京，一路往封狐城而去，但最终在封狐城郊外失去了踪迹。经过明夜堂近百人细细搜寻封狐周围，终于从一队山匪口中问得：岑静书与随从出现在封狐城外茶摊子前后，曾有一队赤燕人也在附近出没。

“赤燕人？”靳岍惊讶道，“你是说，娘亲随赤燕人走了？”

“那队赤燕人原本是在封狐城内经商的，常在城内外出入，不少人认得。因西北军大败，靳将军又……城内许多异乡人纷纷出逃。那赤燕人在城外茶摊落脚时与摊主聊过几句，打算举家搬回赤燕，再不到大瑀来了。之后在驿站，我们又寻到了赤燕人与顺仪帝姬先后入住的讯息。顺仪帝姬旅途颠簸劳累，在驿站歇息时已经生了重病，那队赤燕人给过她一些草药，只是不知是否奏效。赤燕队伍离开时，车队里有顺仪帝姬骑的那匹马，驿站的人记得很清楚。”章漠说，“但既然是赤燕人带走你母亲，你便不必担心。”

靳岍点点头。

他自小便知道，顺仪帝姬与官家虽是兄妹，但她却是一众皇室帝姬之中最不受重视的。原因无他——顺仪帝姬的母亲，是赤燕国进贡给官家的赤燕妃。

靳岍从未见过自己的外祖母。这位去国离乡来到梁京的赤燕女子，在生下岑静书之前先后有两个儿子夭折。在深宫中，她不允许以异乡人身份生下大瑀皇帝的儿子，而在她终于生出女儿后，又因难产而死去。

岑静书对母亲的回忆少得可怜，她只能从爹爹或白头宫女口中，零零碎碎地获知这位异国美人的温婉和坚韧，孤单与恐惧。

岑静书虽为帝姬，在宫中地位却极低，吃尽了常人不能想象的苦头。太子太傅谢元至在宫中讲学时，曾给岑静书等帝姬们上过课。当时靳明照尚年幼，是从官宦人家中选出的、专门陪太子玩耍练武的十余位孩子之一。他与岑静书便是在宫中相识的。

靳岍听母亲说过父亲小时候的事情。靳明照小时候说话直来直去，不懂察言观色，完全不讨当时还是太子的官家喜欢。那许多个陪读陪玩的孩了里，靳明照最不受待见。他却善于自己找乐子，没人与他玩，他便挖蚂蚁、捉蟋蟀、掏鸟蛋，时不时拖着刀剑长枪，在角落里有模有样地挥舞。

靳明照受冷落，岑静书也受冷落，在歇学的间隙里，两个孩子便大眼瞪小眼地呆站一旁，看别的皇子帝姬玩成一团。后来渐渐见多了，熟悉了，别人不跟他俩玩，靳明照就带她一块儿挖蚂蚁掏鸟蛋，两人还在宫里头点火烤蚂蚱，把圣人[①]最爱的一棵百年老桂树熏得半边乌黑。

靳明照那时候很矮，一丁点儿大的孩子，还没有一支长枪高，却会直截了当地对她说："皇宫有什么好的，天这么窄，能跑的地儿也不多，你光哭有什么用，住得不高兴，不如跟我走。"

大逆不道！诱拐帝姬！——岑静书长大了才知道靳明照说的那些话是何等可怕。但她后来果真离开了皇宫，嫁给了当时还籍籍无名的小将领靳明照。皇宫中嘲笑她的人实在太多，她身为帝姬，下嫁得如此仓促潦草，还不如寻常宗姬风光。

那时候靳明照还没有清苏里的御赐宅子，新婚不久便被调去西北军。岑静书不愿留在梁京，执意随他一起去封狐城。封狐城条件远远不及梁京，气候食物更是难以适应，靳明照心里万分愧疚，总觉得对不住妻子。

靳岍记得母亲也会骑马。在封狐城生活的那几年，偶尔，母亲也会带他骑马出城，在山里、在草原上高高兴兴地跑上半天。母亲骑术高明，稳稳把他揽在身前，指着前方的雪山、草原，跟他说：这儿的天好宽敞，对不对？

很久之后靳岍才从父亲口中得知，在他带着新婚妻子抵达封狐城的那天夜里，两人骑马在城外白雀关逡巡数圈。他问岑静书是否后悔。岑静书勒停了马儿，又是惊讶，又是好笑，指着满天的星辰与辽阔大地，也是这样回答他的——后悔什么？这儿的天好大呀。

"娘亲腕上佩戴有一串金环，是取不下来的。那金环是外祖母的遗物，赤燕王族之物。"靳岍说，"难道是赤燕人认出来了？我娘亲病情如何？可有更详细消息？"

"染了风寒，又疲倦劳顿，驿站少医少药，幸好有那赤燕商队的草药。"章漠安慰道，"明夜堂的人已经出发沿途查问，相信不久之后就会有消息，你莫担心。"

靳岍点点头，充满感激："明夜堂大恩，靳岍愿以命相报。"

章漠笑着摆摆手："言重了，不必要。"他比画了一个襁褓大小的形状，"你怕是不知道，你还是个小娃娃的时候，我曾抱过你。"

靳岍一下瞪大了眼睛，连稍稍站远的陈霜也愣住了。

① 圣人：对皇后的尊称。

章漠扫了陈霜一眼：“偷听高兴吗？”

“是风把堂主的话儿吹到我耳边，可不是我故意听的。”陈霜忙笑着把手里的食盒放在两人面前，“要不，边吃边说？”

章漠：“你倒是把岳莲楼满嘴胡言的本事都学会了。”

陈霜连忙摆手：“没有没有，不想不想。”

岳莲楼也在不远处偷听，他把头颅和尸体用外袍裹了，此时一边用燕子溪的水擦地上的血迹，一边大声嚷嚷：“我这仙人舌头般的本事谁能学去？你不要乱讲，徒增陈霜压力。学不会也没什么羞耻的，世间只有我这样一个岳莲楼。”

章漠闭了闭眼睛，忍下不耐烦，和靳岄又往溪边走了几步。他说的是靳岄从未听父母提过的一段往事。

靳明照还在北军服役时，心中一腔热血，最爱打抱不平。他有一次巡山，隐隐听见有兵刃交接之声，凑近了发现是一支车队正被山匪围攻。单枪匹马的靳明照与二十余个山匪大战，受了伤，但好歹凭一身血勇将贼人逼退。车队护卫死伤大半，靳明照把人护送到萍洲城才离开。

那时候在车队中的，正是七岁的章漠和带他回萍洲城探亲的母亲。

这件事情靳明照没放在心上，章漠的母亲白心凤却牢牢记住了。当年章漠的父亲章鸣被仇人囚于山庄，母亲将他送到白氏族人处，专心营救丈夫。几年后白心凤救出丈夫，两人料理好帮派事务，专程带章漠前往萍洲城的北军军部寻找恩人。

那时候靳明照已经被调去封狐城，任西北军统领。白心凤与章鸣立刻驱车前往西北，一路舟车劳顿，终于在封狐城见到了靳明照。

彼时靳明照与岑静书新婚有子，过得十分滋润高兴，对几年前的一场见义勇为印象模糊，实在是想不起来了。白心凤与章鸣下跪道谢，靳明照茫然又慌张，对白心凤所说的“凡明夜堂章家之人在世一日，必舍出性命保靳家一日”更是连连摆手拒绝。

岑静书当时抱着才几个月大的靳岄站在一旁，见章漠尴尬，便招手让他走近，同他说了几句话，让他试着抱抱靳岄。靳岄还小，不怕生人，章漠抱着他，岑静书问章漠姓名年纪，夸他年纪尚小，说话做事却已经有了侠气。

“你娘亲是少见的美人，不似室中弱兰，谈吐言行颇有几分侠女风范。”

章漠说到此处，眼神柔和，微笑道，“也正是这样的女子，才有当机立断逃离梁京，寻找岳莲楼，孤身奔赴封狐城的勇气。”

靳岄等待着他说出更多过去的事情。

但章漠说，那次封狐城会面，便是他与靳明照、岑静书见的最后一面。靳明照不想接受江湖帮派的恩情，更不觉得自己出手襄助孱弱母子有什么大仁义在。白心凤与章鸣没有再坚持，只是此后每年春节都会拜访靳府，有时候得以与靳明照夫妻见上一面，更多时候，他们和其他江湖帮派一般，在门口放下礼物便走。

这样十几年下来，靳明照终于相信明夜堂是一腔真心，不求回报。

“爹爹和娘亲与江湖帮派有来往，但牵扯这样大的诺言，谁都不敢轻信。”靳岄说，“这对明夜堂也实在太不公平。不过当日随手一救，就博来明夜堂章家世世代代舍身相报，靳家未免太占便宜。”

但他又想起，父母确实常与他说，明夜堂是江湖中绝不可能伤害靳家人的门派，也是最值得靳岄信赖的门派。是白心凤与章鸣十余年来真心相待，才换来靳明照这样的感慨。

“为靳家如此劳师动众，值得吗？”靳岄问。

“江湖人千金一诺。”章漠注视他，低声道，“小将军，世事值不值得，你觉得要如何考量？靳将军当日救我们，值得吗？你费尽周折回梁京，值得吗？身负深仇，于这诡谲庙堂为靳将军洗冤，值得吗？陈霜、莲楼一路护你归家，值得吗？你提议把江北全境让予北戎，值得吗？”

靳岄心头万般情绪翻涌。

“天地有秤，我心自度。”章漠伸手拢了拢他身上的狐裘，“我心说值得，纵然血海刀山，前行不悔。”

他笑时如朗月破云，春花初绽，清冷俊秀的面容上蓦地染了一抹人间颜色。靳岄怔怔看着章漠，眼中浮起薄薄泪水。他想不到一路帮他的人，原来也与他、他的父母有过这样的渊源。明夜堂何其执着，为报当日救命之恩，许上了章家的世世代代。是这些为了义气，为了胸中一腔不平之气而横冲直撞之人，撬动了固结的土地。

靳岄冲章漠颔首：“多谢堂主，靳岄受教。”

章漠今夜与岳莲楼来，只是为了见靳岄一面。两人又说了些寒暖，便各自辞别。岳莲楼手上功夫厉害，已经把那污浊地面清理干净，单手拎着那身首异处的尸体，等候章漠。

“这不是你最喜欢的衣裳？”章漠走到他身边，低声问，“舍得用来裹这个？”

“堂主令下，还有什么舍得不舍得。”岳莲楼与他并肩行走，又问，“小将军有趣吧？”

“心太善了，没有杀伐果断之气。”章漠想了想，说，“不过与他爹爹确实相似。初时相处，两人都让人看不出底细，以为只是寻常好人一个。”

岳莲楼：“他是好孩子啊。”

章漠瞥他：“你喜欢？”

岳莲楼：“喜欢。”

章漠点头：“我也喜欢。”

岳莲楼笑道：“这我可不喜欢了。”

两人渐渐走远，靳岄在原地盘桓，对陈霜说：“你们堂主身上真香，跟岳莲楼那味道一样。”

陈霜也笑：“堂主也拿岳莲楼没办法。他进明夜堂比我早太多，与堂主应该相识许久。话虽如此，堂主对岳莲楼也十分严苛。岳莲楼时常犯错，犯错就得罚，明夜堂责罚之律很是严格，但堂主从来不纵容。”

靳岄奇道：“岳莲楼甘心受罚？”

“当然甘心。”陈霜笑道，“他每每受罚完，一脸委屈躲在房里，堂主总要去安慰劝抚的。”

两人拎着食盒，慢慢往回走。靳岄今夜才算是实打实地接触江湖人，往常不过是趴在墙头，与姐姐看送礼到门外的侠女，从未有过交谈。他听闻江湖人讲义气，但章漠和明夜堂这报恩的架势，实在令他震惊。

陈霜告诉他，明夜堂执掌刑罚的师爷沈灯也是个实实在在的江湖客。他青年时穷困，遇到一位赠茶赠饭之人，活过命来心中感激，向这人允诺要护她一生周全。

靳岄睁大了眼睛：“后来呢！”

陈霜：“十年之后，那赠茶的少女嫁了人，灯爷便放下了。”

靳岄有些失落，他以为自己会听到一些荡气回肠的故事。陈霜笑他痴傻：

“世上哪里有这忒多故事？再洒脱之人心里头也有放不下的惦记，各人有各人的月色罢了。”

“那你有什么故事？”靳岄问。

“倒是岳莲楼，他总说明夜堂里都是蠢人。”陈霜岔开了话题。靳岄识趣，没有再问，两人热烈地讨论着岳莲楼的事情，这几乎是靳岄回到梁京之后最快活的一刻。

第二日，岑融并未来找靳岄。反倒是各色拜帖接二连三地来，都是往日旧友、故人想再叙他年。靳岄全都不见，一一让陈霜拒绝。他仍旧每日步行到谢元至家门，求见先生。

谢元至从不松口见面。春寒料峭，雪下一场少一场，但冷得和冬天一样。即便是雪天，靳岄也雷打不动地每天在谢家门外站上半晌。一晃已过去半个多月，连陈霜都乏了。

这日又下雪，比以往都大。早上起来陈霜给他开窗，吃了一惊：“风也这么大！今儿不去了吧？”

靳岄：“陈霜，你不是我的奴仆，不必每日来伺候我穿衣吃饭。”

陈霜：“我乐意。”

靳岄最近开始观察陈霜，发现他是个伺候人的老手。不仅穿衣吃饭，连梳头沐浴都安排得井井有条。他的殷勤令靳岄十分不适应。

“你以前到底做什么的？”靳岄开玩笑般问，“我曾以为你是落难的大户人家小少爷，可你又说小时候随母亲从琼周来到大瑀，难道你是海国的皇子贵胄？”

两人在纷纷扬扬的雪花里走向谢元至的家。因近日天气糟糕，紧随监视的人似乎少了一半，仅剩三两个。靳岄放松许多，心知监视的人也会觉得无聊，日日立雪，又毫无进展，谁愿意干这活儿？

这时陈霜回答：“我家穷得很，一直以打鱼为生。那时候连年台风，船被打没了，房子也塌了，实在活不下去，我娘才带我渡海来大瑀的。”

靳岄又问：“那你这伺候人的功夫，是怎么学来的？”

陈霜：“我进明夜堂之后跟着岳莲楼。”

靳岄立刻懂了：“他确实难伺候。”靳岄忍不住笑。

来找他的岳莲楼从不走正门，总是翻墙翻窗，碰上靳岄就寝了就在床边哼歌儿，每次来都要和陈霜打一架才肯走。有那么几次，夜巡的游君山差点就发现了岳莲楼的踪迹，惊得岳莲楼慌乱逃窜。每每见他来，靳岄都半是期待半是失望地问他，为何不见章漠。

虽然与章漠只见过一次，靳岄对他已经满是好感。岳莲楼一听他问起章漠就问："咱们明夜堂堂主，是不是风姿绝代，令人心折？"

"嗯嗯。"靳岄吃他带来的脆梅、杏片，不住嘴地赞道，"我想象中的江湖人正是如此。"

岳莲楼笑道："既然这样，快加入咱们明夜堂吧。"

他开始胡天胡地吹牛，章漠如何神通广大、明夜堂如何一呼百应。靳岄总是当作故事来听，倒也听得津津有味。

陈霜为他撑伞，两人终于来到谢元至门前，靳岄叩门。

启门的又是那圆脸童子。靳岄往他手里塞一小包杏片。"多谢。"童子小声道，"昨天的脆梅也好吃，师娘抢走了许多哩。"

靳岄笑笑："好哇，锦味斋的脆梅确实好吃，我明儿再多捎点儿过来。"

那童子一张胖脸冻得发红，又小声说："你人真好。"

"先生今天在吗？"

童子点头："在的，可是……"

"无妨，我在这儿等着便是。"靳岄温柔道，"劳烦你帮我通传一声。"

他与陈霜退回路旁，仍撑伞等着。雪渐渐大了，还未憋出新叶的海棠树一头秃枝，大团的雪疏疏落落砸在油红色伞面上。靳岄从怀中掏出碎银，交给陈霜。陈霜默契地把伞给他，几下飞跃便没了踪影。

片刻后回来，陈霜张开空手笑道："尾巴有三个，见到我都吓了一跳。我说这是小将军给你们买酒暖身子的钱，大雪天的，彼此都不容易。"

监视之人常收到靳岄的东西。有时候是铜板碎银子，有时候夜里靳岄与陈霜出门，也给尾随的人捎点儿吃食。陈霜起初不懂这是什么意思，靳岄说打交道罢了。一来二去的，那些人也会说一句"多谢小将军"或"奉命办事，多有得罪"。

陈霜有时候觉得，靳岄这人也有那么点儿说不清道不明的江湖气。

又等了一会儿，眼看天色越来越阴沉，陈霜忽然低头道：“尾巴走了。”

靳岄松了一口气，走近谢家院门时，那门忽然从内打开，圆脸小童张嘴笑着：“小将军，进来吧。”

请他进屋的人不是谢元至，而是谢元至年轻的夫人殷氏。靳岄与陈霜被童子领着穿过后廊，殷氏正在屋前笑着等候。靳岄一见殷氏，免不了激动，快步走近握着她的手：“师娘！”

殷氏眼眶泛红，上上下下地看他：“我们子望，怎的瘦成了这样？”

屋内燃着温暖的火炉，小酒热茶咕嘟嘟地响，又有几味殷氏拿手好菜。靳岄闻了饭菜香，馋虫立刻动弹，笑道：“好久没尝师娘手艺了。”

他将陈霜介绍给殷氏，殷氏自然也请陈霜落座。她不提谢元至，靳岄也不问为何先生不出现，坐下便大口吃饭。殷氏见他吃得畅快，心里又是喜又是悲：“这长长一年，你在北戎那苦寒地方是怎么熬过来的？”

“还行。”靳岄笑道，“我好着呢。”

殷氏完全不信：“我听你先生说，那梁太师一回朝便到处传你在北戎为奴，身上还被人盖了印子，你先生心疼得一夜夜睡不着。也就你这样的孩子，不肯把苦处袒在外面，什么都自己暗暗藏着。你有什么不高兴的、委屈的、受苦的地方，跟师娘说，别窝在心里，会生出病来。”

靳岄愣住了。他低头良久，抬头时眼睛是笑着的：“多谢师娘，但我真的挺好。我……我在北戎，遇到了特别好的人。”

殷氏又问：“北戎人？”

“高辛人。”靳岄低声说，“他擅长骑马弓射，做什么都很照顾我，还给我买鞭炮，带我去草原上跑马。”

驰望原，血狼山。

地火终年燃烧，在这儿春季总是来得很早，但极其干燥。卓卓自从来到血狼山，隔三岔五地流鼻血，朱夜想了许多办法都没治好。这日她给卓卓擦净鼻血，让她喝了两碗水，问她鼻子还疼不疼。

卓卓倒没觉得流鼻血有什么不妥。她抱着朱夜的腿撒娇：“朱夜姐姐，我要去骑马。”

“嘘。”朱夜提醒她小声点儿，“别被你大哥听到了。他可不乐意你出去玩儿。”

“上次迷路是意外。”卓卓辩解，“大哥管我也管得太死了，朱夜姐姐，我好闷。”

朱夜想了想，蹲下对她说：“那你去找二哥呀。他一定肯带你去跑马。”

卓卓：“好哇！他在哪儿？”

朱夜指了指头顶：“他在酒馆后头那山上看月亮。你快去，去跟他说说话。”

鹿头今日仍在熊熊燃烧。雪飘飘摇摇从高天落下，落到半途就融化了，成了水滴。水滴也无法落到血狼山地面，被热火烘得化成了水汽，山上一片蒙蒙的雾。

一弯钩子般的新月藏在夜雾里，贺兰砜身后狭长的峡谷淅淅沥沥地落着冷雨。

他常坐在这儿看月亮。他是在这儿点燃铁鹿头的。高辛箭飞出，硕大月亮已腾空，鹿头燃烧，他回头说了此生最重要的一句话。

卓卓手脚并用地从坡上爬过来，与他坐在一块儿。兄妹俩不说话，卓卓看那月亮实在无趣，干脆掏出兔肉干给贺兰砜。贺兰砜问她来做什么。

“嫂嫂让我来陪你说话。”卓卓说。

“嫂嫂？”贺兰砜不禁提醒，“要是被朱夜听到，大哥又要被骂了。”

“所以她听不见我才敢说。”卓卓很得意，“朱夜不是我们的嫂嫂吗？大家都说她是。”

“她还没承认，那就不算是。别听大哥乱讲，他老做梦。”

卓卓低头吃肉，并不觉得这山坡有什么好待的，弯月亮有什么好看的。吃完肉干，她短叹一声：“我想阮不奇。”

贺兰砜不说话，她又讲：“还有陈霜和岳莲楼。岳莲楼给我梳的头发可好看了，你们都不会梳。”

贺兰砜心头一跳，竖起耳朵等待着她的下一句话。但卓卓就是不说，在地上拔了根草，拧来拧去地玩儿。

“你还想着谁？”贺兰砜问。

卓卓：“没有了。”

贺兰砜：“还有一个人。”

“没有了！”她跳起来往山下跑，“你若想他就自己讲出来，我可不晓得你心里惦记什么。”

贺兰砜大喊：“小混蛋！”

卓卓回头冲他做个鬼脸。

在山下喝酒的贺兰金英同朱夜对视一眼，朱夜问：“你真觉得是靳岄给北戎狗君透露了你们的路径？”

“怎么可能。”贺兰金英短促一笑，“我心里清楚他不会说。”

朱夜惊讶道：“那你又……”

贺兰金英太了解自己的弟弟。他身为大哥，从小庇护弟弟妹妹长大，在两人心中，他是父亲，是哥哥，也是无可动摇的高山磐石。因此乍见贺兰金英受了重伤，奄奄一息，贺兰砜完全慌了。

“我不愿他再跟靳岄同行。”贺兰金英眼神一变，“靳岄回了大瑀，砜儿继续留在驰望原，这是最好的结局。那位小将军有他自己的天地，砜儿掺和进去太危险，他招架不住的。我一句话推波助澜，对他和靳岄都有好处。”

朱夜抢过他的酒杯：“你是不是太小看你弟弟了？”

“我活着一天，就得保他和卓卓一天的安全。”贺兰金英斩钉截铁，“救靳岄这件事，我不后悔。但他与我们不能有任何多余的关系。你忘了？靳明照之死与我也有关。靳岄为他父亲这样愤怒奔波，若是知道了，砜儿又该怎么办？”

朱夜一口喝干他杯中酒，嘴角一勾：“那是他和靳岄的事情，你操心什么？太闲了是吧，天天在血狼山胡说八道，谁是你妻子？”

贺兰金英咧嘴一笑，不敢辩驳。两人看见山上的贺兰砜追着卓卓把她抱起，贺兰金英低声道：“我知道他心里头不快活。但有一件事我们都没法跨过去。英龙山道之事，如果不是靳岄透露，还会有谁？连都则都听到了，他没必要撒这个谎。这事情过不去的话，砜儿永远放不下。”

朱夜沉默片刻，低声唤出贺兰金英的高辛名字：“英铎，他俩护着我一路往血狼山来，我知道他们是怎么相处的。我的眼睛什么都看得懂。人的真情不是那么容易阻隔的。他回血狼山之后，我再也没见他高兴过。”

贺兰砜此时已经抱着卓卓从山上走下来。他把卓卓交给大哥便走向酒馆。酒馆外有许多大声谈笑的怒山罪奴，见他走近，纷纷举杯举碗大笑：“高辛王！来喝酒吧！”

这是极为特殊的一日。新的北戎天君把所有士兵从血狼山撤走，他履行了他的诺言，将血狼山还给了高辛人。原本在此服苦役的怒山罪奴也得以释放，众人围着贺兰砜，道贺、畅饮、笑谈。

贺兰砜在人群中十分醒目，因为身量高大，也因为他有英俊得不可逼视的面容。但令贺兰金英移不开目光的原因，却是在这融融的欢乐气氛中，他的弟弟始终没有真正笑过一次。

那双曾经明亮闪光的狼瞳，哪怕被血狼山的地火映照，也像是一潭无波的死水。

贺兰砜回来之后没有再提过靳岄。但血狼山里的高辛人和怒山罪奴会问他：上次同你们一起来的好看小孩和那酒量厉害的大瑀人呢？那孩子受得了北戎的冷吗？他去了哪儿？总不会是死了吧？驰望原冬季太冷，大瑀人熬得过吗？

贺兰砜只说一句：他回家了。

大酒碗接二连三地递到贺兰砜面前。今夜所有人都在谈论血狼山的未来，没有人想起不在此处的故人。贺兰砜抬头四望，走向一旁问阿苦剌要酒的怒山罪奴。

那汉子身量结实，裸着上身，肌肉隆起，满脸络腮胡子。“高辛王，你这什么爷爷，不肯给我酒。”

阿苦剌怒道：“先给钱！”

贺兰砜让阿苦剌给那人一埕子酒，那人高兴了，连连拍了贺兰砜肩膀几下。

“隆达，”贺兰砜低声问，“你曾是怒山部落守将，训练过军队，是不是？”

隆达笑着打量他：“我猜到你会来找我。”

“我需要军队。”贺兰砜转动手中酒杯，“高辛人要保护自己的土地，必须拥有一支军队。”

他双目沉沉，注视隆达。

隆达又喝了一大口酒，思忖片刻才低语：“高辛王，您继续说。”

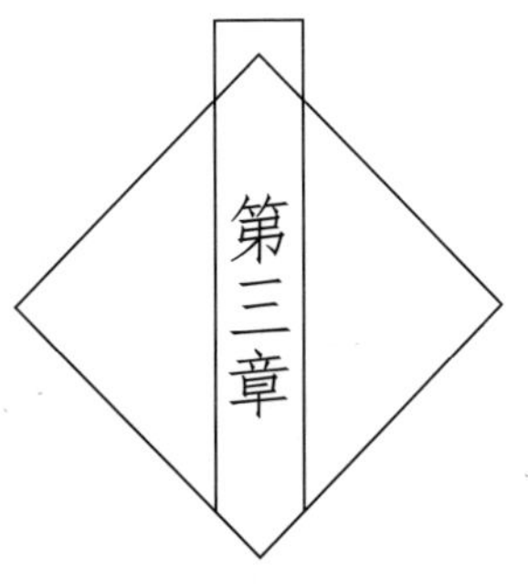

补玉

梁京城中，春雪越来越大，冷夜里千万雪片纷飞，满城静谧中，似能听见落雪之声。

谢元至家里，火炉毕剥，温暖舒适。殷氏与圆脸小童齐齐坐着，听靳岄说他在北戎经历的故事。陈霜不时补充细节，尤其着力渲染北都灯节的趣味与驰望原跑马猎兔之畅快。小童听得眼睛发直，不住地惊叹。

靳岄想起听自己讲大瑀故事的卓卓，天真的孩子们拥有同样澄亮的眼睛。

说到城南大火时，内室的门被猛地打开。谢元至沉着脸站在门内，一声不吭。靳岄早知道他就在屋内听着，此时忙俯身下拜："先生。"

谢元至拂袖离开："到书房来。"

靳岄连忙辞别殷氏，与陈霜随谢元至走向书房。

"师娘耳朵还是灵，"靳岄低声道，"外面的尾巴都走了。"

"她功夫没了，内力还在，听这么点儿动静不是难事。"谢元至落座后瞥了眼陈霜，"这又是谁？"

"明夜堂陈霜。"陈霜自报家门，"见过谢老先生。"

谢元至神情不禁为之一动："明夜堂？谁去找的明夜堂？"

靳岄便把自己接旨受命前往北戎开始的事情，一五一十告诉谢元至。

一番长谈，烛火几乎烧尽了。谢元至久久不发一语，牵他坐到自己身边。

"先生，我不苦。"靳岄说，"世事种种，于我皆是历练。"

“碧山盟确实太过冒险，但除你之外，又有谁能想到这个法子？”谢元至长叹，“梁安崇将你推出来，你如今在朝中里外不是人。在北戎当北戎云洲王的奴隶，是屈辱；提议割让江北全境，是无耻。为师久疏庙堂，能听到的事情虽多，但也十分片面。若是知道你受这样的委屈，我当日怎么能……怎能……”

“幸好有先生泼了我一脸水。”靳岄笑道，“你泼完后，我去玉丰楼赴宴，盛鸿那些人便已经知道这事儿，还用它取笑我来着。我跟岑融回到梁京，这些人都不知我究竟有什么本事。这下可好，先被昔日尊长泼茶，席上被人奚落也不敢反驳，看来靳岄这厮，不过是岑融带回来的一枚棋子，完全受岑融摆布，唯唯诺诺，全无威胁。”

谢元至不信：“那怎么现在还有人这样监视你，甚至暗算你？”

“应该是梁安崇派来的。他是最忌惮我之人。”靳岄迅速道，“至于暗算也好，江湖悬赏令也好，不过是一种试探，试探我身边究竟有什么人保护。如今梁安崇已经知道明夜堂在护着我，他应该能猜出我从北戎全须全尾回来，全仰赖明夜堂的势力。”

而靳岄是岑融保护着的人，这摆明了岑融与明夜堂这样的江湖势力有来往。之后暗杀靳岄之人销声匿迹，据岳莲楼说，那夜之后江湖上针对靳岄的百金悬赏令也再无人提起。

“梁安崇要将五皇子岑煅培养为自己的傀儡，他必不可能看岑融壮大势力。”谢元至道，“岑融此人我不好说，但他保护你是有自己目的的。”

“这是当然，我与他彼此都清楚，相互利用，相互依赖而已。”靳岄顿了顿，又问，“我不是庙堂之人，父亲又背负治军不力、抗敌懈怠的罪名，唯有依靠岑融，才能涉足朝廷之事。”

谢元至压低声音：“你要做什么？”

“为我父亲洗冤雪耻，为靳家正名。”靳岄一字一句道，“为达成此目标，还得先将梁安崇掀翻。”

谢元至沉默许久。室内灯光昏暗，陈霜站在角落，呼吸平缓，一言不发，浑似透明。靳岄耐心等待谢元至开口。

“子望，你熟悉岑煅吗？”谢元至忽然问，“你觉得他是什么样的人？”

靳岄与岑煅并不熟悉。谢元至在靳家设学堂时，岑煅曾来过几次，但后来便没再见过。

他母亲瑾妃与岑融的母亲惠妃关系恶劣。瑾妃进宫比惠妃迟几年，官家初见时曾赞她容貌清丽隽秀，有惠妃当年之姿，又笑称她是“小惠妃”。

官家一句无心之言，让惠妃从此结结实实恨上了瑾妃。

瑾妃入宫一年便有了岑煅这个孩子。惠妃进宫五年有余才生下岑融。两个孩子一个年头，一个年尾。那一年宫中人丁兴旺，官家一下有了三个皇子，十分高兴，赐了三位产子的妃嫔许多东西。

而恰逢当年南境夏秋先大旱后大涝，百姓流离、农田失收，还有寥寥几处揭竿之人，给朝廷平添许多麻烦。圣人膝下只有两女，并无子嗣。她着人去算几位皇子的命格，最后发现岑煅贪狼坐命，命有七煞，需龙气镇压，否则祸害无穷。圣人便打算把岑煅要过来自己抚养，吃点儿亏，受点儿苦，为官家和大瑀镇住这个祸患。

官家动摇过。瑾妃不顾禁令，在太后的慈宣殿与皇帝的寝殿外长跪数日，冒着风雪，以头抢地，磕得额上鲜血长流，无论如何都不愿意将岑煅交给圣人。风波平息之后，官家恼怒瑾妃不识大体、不顾大局，自此冷落了她。她在后宫无法自处，圣人与惠妃更是处处设绊。岑煅在母亲身边长大，渐渐成了个木讷寡言的性子。

“这孩子性格太硬，不讨喜，也不懂说好听的话。”谢元至对岑煅尚有几分印象，“有那么些时候，我甚至想到你父亲。明照身边还有几位朋友，岑煅倒真的是……”

靳岄想了又想，惭愧道：“我对岑煅确实印象淡薄，一直都知道此人古板，又无依傍，成不了气候。”

谢元至摸摸自己花白的胡子，思忖片刻后笑道：“你可能不记得了，岑煅救过你。”

靳岄登时睁大眼：“何时？”

“你和顺仪帝姬从封狐城回梁京长住那一年。”谢元至说。

那年官家以太后思念靳岄和岑静书为由，将母子二人从封狐城召回梁京。之后不久，靳岄的姐姐也被接回梁京，母子三人困于都城，成了官家掣肘靳明照的工具。

正月十四，官家在迎凤池设对御，宴间与群臣同欢。因迎凤池在宫外，彼时已经离宫的谢元至也受到了邀请。他本着见见昔日学生的心愿前往赴宴，但官家并未跟他说一句话，倒是靳明照立刻牵着两个儿女走过来套近乎。

宴席欢畅，谢元至却觉得无聊无趣。他吃到一半便悄悄离席，也不跟官家圣人打招呼，直往侧门走。经过迎凤池边一条小道，忽然听见前面传来呼喝打骂之声。

宴上伺候传递的都是太监宫人，其中不乏年纪稚幼的小太监小宫女。一个十二三岁的小太监失手打翻了一盅金银祥瑞羹，被两位领事太监用藤条抽得不住哭泣。小太监被踹得跌进水中，张手要爬上来，不料又被太监踩着头踢了一脚，登时鼻中流血，栽进水里半晌没浮起来。

谢元至大吼一声“住手”，从弯弯绕绕的廊上疾奔过去。但他不过是个布衣，没权没势，全赖官家仁慈才能赴宴，宫中狗仗人势的太监怎么会将他放在眼里。打骂仍在继续，谢元至还未奔到溪边，斜刺里忽然跑过来一个小孩，正是靳岄。

靳岄脱下身上厚重外套往水里丢，朝那孩子大喊：“抓住！我拖你上来！”

可他比那孩子年幼太多，力气不够。小太监起先抓住了那衣服，见不过是个小孩，又松了手，哭道：“杨公公，救我……我知错了……”

谢元至看得心惊肉跳：那时候天还寒冷，岸边湿滑，结了一层薄冰。那两个太监不认识靳岄，只知是个没见过的小孩，也不搭理，转身就走。眼看靳岄脚底打滑要栽进水中，谢元至骇得大喊——头顶廊上忽然一阵响动，有一位少年从廊顶飞奔而来，落在靳岄身边一把将摇摇晃晃的他抱起。

那少年动作利落干脆，抱起小孩后将佩剑伸入水中，小太监当即抓住爬上来。

“谢、谢五皇子救奴一命……”

谢元至这才知道来者是岑煅。

“那小太监是惠妃的人，打翻的也是惠妃要吃的东西。”谢元至道，“岑煅后来狠狠领了一顿罚。”

岑煅应当知道自己会受罚，但他仍救了靳岄和小太监。见谢元至来到，他将靳岄放在地上，向谢元至行礼后，一声不吭便走。

靳岄实在想不起来这件事，愣了片刻。

“我对岑煅也不熟悉，但这事儿我一直记着。”谢元至说，“官家有子九人，岑融最像他。岑煅……他像先皇。”

靳岈震惊：“先生！”

“你如今依赖岑融，不过是因为岑融可以帮你。若有机会见岑煅，先生希望你也看看他。”谢元至道，“若他仍有少年时一腔热血热肠，至少你帮一帮他。岑融日后上了位，岑煅的日子不会好过。”

靳岈万万没想到谢元至竟然会对自己说这番话。他不禁压低声音：“先生，岑煅如今是梁太师的人，人在封狐城。”

“这正是我对你说这些话的用意。”谢元至道，“梁安崇支持岑煅，可我没听过岑煅有什么表态。他与瑾妃在宫中无依无傍，是傀儡的最佳人选……若梁安崇胜了，岑煅真坐了天子位，他不会好过；若梁安崇败了，岑煅必死无疑。”

室中沉寂，只有灯火毕剥。靳岈良久后问：“官家最近还好吗？”

谢元至低声道：“人入老迈，心头万事、身有百疴。”

室中静默。谢元至摆开桌上纸笔，与靳岈说明如今朝中情况。

在靳明照战死、萍洲盟签订之前，朝中六部，梁安崇已经控制了刑部、工部、户部与礼部，吏部归岑融管理，仅有兵部仍在官家手中，但靳岈成了质子，加上靳明照战死，这两件事大大激怒了官家。官家撤了户部与礼部尚书之位，六部权力全都生出了变化。

“如今，兵部与户部重归官家之手，岑融执掌礼部、吏部，在梁安崇手里的仅剩刑部与工部。”谢元至一一写下各部尚书、侍郎之名。

靳岈此时才明白为何梁安崇急切地要把自己女婿安排入西北军，并选中岑煅这个傀儡人选。他原本的权力被官家和岑融夺回，如今只控制刑部和工部，势力大大削弱。

刑部尚书盛可亮的名字，被谢元至画了两三道。

“盛可亮是梁安崇的左膀右臂，极为重要。”谢元至解释道，“所以当天，盛鸿才敢在玉丰楼上落岑融和你的面子。一是因为盛鸿其人愚蠢，二是因为他无所惧怕。”

“刑部尚书盛可亮，久仰大名。”靳岈笑了笑，“侍郎又是谁？”

“纪春明。”谢元至道，“前年钦点的状元，去年才上任。此人年纪虽轻，但据说做人做事极其迂腐，不识半点变通，我怀疑他是岑融故意安排，去给盛可亮添堵的。”

靳岄一一记在心里。

与谢元至辞别时，谢元至看了陈霜两眼。“明夜堂啊……”他低声道，“陈霜，靳岄就交给你了。”

被他这样喊出名字，陈霜很有几分惊讶。他局促片刻，也学靳岄的模样，抬手作揖。

城中月色如霜，地上积雪半融。两人走出不远，身后的尾巴又悄悄追上了。

靳岄回忆方才谢元至说的话。谢元至忽然提起岑煅，靳岄很是不解，直到后来问出官家生了重病，他才隐约明白。自从太子病故，官家悲伤成疾，一直不得痊愈，谢元至看着昔日学生辛苦悲痛，心中也有不忍。

白头人送黑头人，即便在宫廷之中，也是一件惨痛事。

“先生是提醒我，此番行事，不能做得太绝。”靳岄喃喃道，“先生还是不明白，我若不绝，只怕人人都要将我逼上绝路。”

陈霜问为何官家不见他。“听岑融和谢先生所言，官家似乎对你和靳将军是有愧的。”

“正因有愧，才不能轻易见我。”靳岄跟他解释，“我父亲如今仍然是罪臣。我是从北戎回来的质子，官家见我，要说什么？说他做错了？那朝中当日力主我父亲有罪的大臣将军们，又要吵上几天。说他没有错？那我是否应该与其他靳家人一样，流放到列星江北去，去当罪奴，去做最下贱最辛苦的活计，连死在江上都没人理会？”

陈霜低声道：“靳岄。”

靳岄深吸几口冰冷的空气，平静下来。

“我很理解官家的想法。”他喃喃道，“官家这样的地位，是不能轻易道歉的。”

“你们天天盘算这些事情……不累吗？”陈霜问。

靳岄眼睛一弯，“不累。”他声音越发低，“不敢累。”

虽然已是深夜，道旁仍有人售卖热茶汤饼。陈霜与他吃了些东西，听见铺子里的食客在谈论赤燕大象的事情。

元宵灯会游行年年都有赤燕大象出现，今年自然也不例外。但赤燕国的人回程途中，一头大象忽然染病，在南边的仙门关死去了。据说那头象如今仍堵在仙门道上，难以拉走。陈霜和靳岄听得入神，南来北往的客人纷纷补充细节，一屋子都是腾腾的热气和笑声。靳岄感觉自己踏入的世界与方才全然不同，心头畅快许多。

与陈霜离开汤饼铺子，陈霜还在谈论大象。靳岄便和他细细描述灯节大象身上的装饰与象身上漂亮的赤燕少女。走走停停，两人同时停住了脚步。

“对不住。”陈霜忙笑道，“咱们好像走错路了。”

靳岄瞥他一眼，半信半疑。此处仍是热闹街巷，但比方才要冷清一些。街上卖吃食的不多，珠翠头面、领抹靴鞋铺子倒是不少，前头更有酒肆、舞场，远处灯火幢幢，隐约是鸡儿巷的方向。

“怎么走到这儿来了。”靳岄问，“明夜堂无量风也能迷路？”

陈霜又笑，此时把那伞略略抬高。靳岄立刻看见身边有一处小店铺亮着昏黄的灯。门外没有招牌，只挑了一片幌子，翠青色布面上四个大字：锔瓷、补玉。

靳岄左手不禁一紧，腰侧的锦袋一沉。

掀开门口沉重的布帘，铺子里同样窄小，左右两个大架子上尽是瓷器。一位女子坐在柜台里，正拿着两块瓷片在灯下细看。

“关门了。”她头也不抬，“改日再来吧。”

靳岄看了一圈，没见到任何玉器：“您这儿能补玉是吗？”

那女子仍不抬头：“能，明儿再过来，今天不伺候了。”

靳岄解下腰间锦袋，小心翼翼地把里头的碎片倒入手中。玉片碎得整齐，呈几大块，鹿角完整，只缺失了一些细细的碎片。陈霜帮他拼过，也贴过，但贴不牢，一拿起来又散了。靳岄便找了个小锦袋把碎片装进去，仍旧和那把熊皮小刀一起系在自己腰间。

把碎片小心放在台子上，靳岄又问：“这个能补吗？”

女子不耐烦地抬头：“你哪儿人？听不懂话吗？明天，明天！”

但她一见那玉的碎片，立刻怔住：“血玉？！”

“只要你能补好，多少钱我都给。”靳岄说，“完完整整补好，不能有一毫缺损。”

女子拿起碎玉片仔细端详。玉片确实是血玉，但并非品质上佳之玉。它的特别之处在于血痕横贯鹿头，一处大的血点恰好化作此鹿其中一只眼睛。

鹿头从中裂开，女子将它在布面上拼好，形状并无太大缺损。

“这东西虽然粗糙，但看得出做得用心。”她说，“你要怎么补？锔瓷之法不便于补玉，金镶玉……你这鹿角支棱得漂亮，金镶玉法子不大合适。”

“补完后鹿头不能与原来有差别。”靳岄说，“用什么法子，全看你方便。”

只见那女子摆弄来去，又在柜下翻出些色泽气味皆古怪的漆料，半晌才开口：“可以补。”

她告诉靳岄，补这种玉片需要用老漆，老漆黏性好，能将碎处完整黏合，但漆料准备费时，上漆、自然晾干，至少也得花上大半个月工夫。

靳岄没想到时间会这样久，忙拱手道：“有劳姑娘。难得姑娘如此细致，这东西不大，请您多费心了。”

“你们这些读书人也太酸了，说白话行不行？”女子笑道，“听得我耳朵痒。街坊都叫我瑶二姐，看你年纪不大，叫我一声姐姐，不算吃亏吧？”

靳岄忙应了声“瑶二姐”。

瑶二姐又道：“今日本来要收幌打烊，偏偏你又走进来。这么金贵的东西，我必须好好补。”

靳岄真心诚意道：“多谢瑶二姐为我修补此玉。”

瑶二姐笑了：“我补的不是玉，是不舍之心。”

瑶二姐父亲是梁京出名的锔瓷匠，家中有一双儿女。无奈其子一心想考功名，对祖传手艺全然不感兴趣，瑶二姐从小跟着父亲打下手，手艺青出于蓝。其父最后便把这传子不传女的技艺和铺子，一并给了瑶二姐。

“你怎知道我想补玉？”回程路上，靳岄问陈霜。

他确实想补玉，但也知道这玉片单薄，不比镯子，修补难度极大。若是去找工匠，工匠斩钉截铁地说“补不了”，靳岄心里知道，自己受不住的。

陈霜和岳莲楼都有一双毒眼睛。那鹿头碎成几瓣，靳岄连细小碎片也不舍得丢弃，还巴巴儿地装在锦袋里贴身携带，没事的时候便无意地摸那袋子，眼睛直直地发愣。陈霜悄悄在梁京城内寻找可靠的补玉匠人，找来找去，内城外城都说，只有纪家的瑶二姐手艺最好。

“你还要回北戎吗？”陈霜问出了他和岳莲楼一直想知道，却不敢询问的事情。

“回。”靳岄毫无一丝犹豫，“我跟他说过，或者他来找我，或者我去找他。现在看来，他是不可能来寻我的了。无妨，他不来，我去就行。”

陈霜收了伞。雪停了，天净月明。“你不怨他吗？那支箭再偏一些，你早没了。”

靳岄不出声，手却不由自主又摸了一把腰侧饰物。锦袋留在瑶二姐铺子里，他腰上只有熊皮小刀。“等一切事情问清楚，再怨不迟。”靳岄喃喃道，“我不想后悔。我不想再失去任何东西了。”

陈霜忍不住摸他头发，笑道：“到时候我和岳莲楼也陪你一块儿去。贺兰砜若是不肯说清楚，我俩便揍他，揍到他跟你道歉为止。”

靳岄忍不住大笑。离开谢元至家中时他还是心事重重，此时却一扫抑郁之色，满脸轻快。仿佛玉可补全，他心头那沉甸甸的事情也终于找到了一丝可以撬动与崩裂的缝隙。

两人回到家中，才知岑融来了。

“前时旧梦，都付闲鸥鹭。”岑融正在靳岄房内津津有味地看靳岄平时写的东西，边看边念，狐狸眼里都是笑，“你啊你啊，平日里应该多出去走走，多跟我说说心事，不必成日待在家中写这些酸词醋曲。”

靳岄落座开口：“我见到了先生。”

岑融立刻扔了那几张纸：“如何？”

元宵那夜，诸位皇子帝姬都在，唯独少了此刻正在封狐城的岑煅。场面欢喜热闹，官家不禁想起了那个沉默寡言、行动如风的孩子。他去德源宫，与瑾妃说了一些话。瑾妃回忆往事，也不责备他，只说旧时快乐，说岑煅小时候如何亲近官家。说着说着，便勾出了官家无限心酸。

他一生中最爱的孩子便是多年前病亡的太子。太子在异乡染病，回到梁京时已经病入膏肓，苦苦熬了半年，最终还是去了。这事儿成了官家心结，每每想起都黯然神伤。瑾妃一说封狐城战况险恶，岑煅初上沙场，万事生疏，他便忽然对这个并不亲昵的孩子生出了浓浓的舐犊之情。

这才有了急召岑融回宫，打算拟旨让岑煅回京之举。

但岑煅如今远在封狐城，又被梁太师把控。朝上大臣一听要从西北军中召回岑煅，纷纷跪地大呼“不可”。岑煅贵为皇子，如今前线战事吃紧，若他临阵后退，西北军刚刚才支撑起来的军心霎时便散了。这再散一次，纵然靳明照回魂再生也绝无可能凝聚。金羌军再度直入白雀关、攻占封狐城，只是时间问题。

如此拉扯，岑融疲惫不堪。他根本不关心那个远在边境的五弟生死，只想尽快脱离这种无益又漫长的论战。

“爹爹也晓得利害，现在不再提岑煅之事了，我才寻隙来看你。”岑融问，“先生也问起岑煅？”

靳岄只两句带过：“岑煅现在是梁太师控制着，先生自然要提一提。不过他与你大不相同，没有任何人支持，胜算不大。”

“我想问的是梁太师。”岑融道，“梁安崇手握刑部与工部，很是麻烦。刑部尚书盛可亮现在代行常律寺卿之职，官员任免虽然在我吏部手中，但每每弹劾、面奏，但凡有梁安崇派系官员被查，总能让常律寺压下，大事化小，小事化无。”

靳岄吃惊不小：“盛可亮代行常律寺卿之职？！”

常律寺、刑部、御史台三法司，履行查、审、判、囚之职，上至需三司会审的大案，下至官员失职渎职，都需经过三司之手。

因此，三法司使权责分得极为清楚，相互毫无勾连。为保证三司行事独立，三法司使平日绝少来往，在许多案子上，三司由于立场不同，甚至常常生出无穷争执，暗流不断。

前几年梁京一件拍花子杀人之事，扯出一连串人口买卖的旧案子，甚至牵连到一位皇亲国戚家失踪多年的小孩。常律寺的卷宗几番上报，都被刑部和御史台打回重查重审。去年案子终于了结，常律寺卿被参了几本，惶惶不可终日，最终告老还乡。

“常律寺卿这位置，实际也有几个不错人选，但各方都不满意。”岑融道，“之后梁安崇提议让刑部尚书盛可亮暂代常律寺卿之职，只做些案头事务处理，其余案件查办先移交梁京府，直等到合适的常律寺卿出现，再做打算。”

靳岄当机立断：“既然如此，那便先从盛可亮这儿下手。”

岑融一双眼睛笑得弯弯，去牵靳岄：“世上最了解我之人，非子望莫属。若是没有你，我该怎么办哪！”

靳岄不为所动，缩回手低头喝茶。

当夜，岑融带走了游君山，命他前往盛可亮老家查探。等靳岄歇下后，陈霜离开府宅，施展轻功，从内城前往外城，去找岳莲楼和章漠。

数日后，玉丰楼门口迎客的二掌柜又见到了靳岄。

他这回没有大大咧咧开口唱喏，小步迎上："小将军，来吃山海羹吗？一楼有个雅间，窗外头就是燕子溪，溪边燕子巢已经开始有小燕儿归家了，热闹得很，我给你安排去？"

靳岄道谢："我去三楼。"

二掌柜微微一怔，又笑道："三楼……小将军可不好上去呀。"

靳岄点点头："我知道，我是来找盛鸿的。"

明夜堂的人只用数日便摸清了盛鸿出门的路线。他平日里总睡到日上三竿才起，或是提溜鸟笼，或是骑着马儿，白日里出了门，直到晚上在鸡儿巷吃喝饱足才会回家。中午他常在玉丰楼用膳，三楼有个雅间是盛鸿长包的地儿，大多数时候只他一人，偶尔也会有些狐朋狗友同他一块儿吃喝。

玉丰楼这样的地方是不允许娼奴相公进入的，盛鸿他们最多也就吃酒吹牛。靳岄走上三楼，客人不多，寥寥数桌，再往雅间方向走，迎面便是几位戎装兵士呵斥。自报家门后，他得以进入。雅间三面开阔，推窗齐展，窗外是初春里渐渐热闹起来的梁京城，天色晴朗湛亮。盛鸿坐在视野极好的位置，正端着一壶酒打量靳岄。

"听掌柜的说你在这儿，我便来打个招呼。"靳岄微微躬身，笑容亲切，"回京之后还没机会好好说上几句话，修文，介意我坐下吗？"

盛鸿小时候也曾到靳家学堂听谢元至上过几天课，靳岄唤他的字，平添几分亲切，盛鸿便让他落座了。

"气色倒好了不少。"盛鸿上下看靳岄，"我记得你小时候粉团子似的，比姑娘还好看。现在长大了些，和你那死了的爹有点儿相似了。"

他说话全不看场合，毫不顾及听话人感受，靳岄没有说什么，只是笑笑。见盛鸿目光总往他左臂上打转，靳岄主动撩起袖子："那奴隶印记就在这儿，看得出来吗？"

盛鸿犹豫片刻，禁不住好奇，凑过去细细地看。"哟，火烫的？"他笑道，佛曰世有八苦，生老病死，爱别离，憎怨会，求不得，五阴炽。子望年岁尚轻，已一一遍历，自家中剧变，吾天根无依，驰望原与君一面，乃子望毕生幸事，纵有实殊，心中藏甘，时时回望，亦不觉苦。

君此去封狐，虽有建功立业之望，亦多难多险，只恨不能同担苦乐，风欺雪虐，可望珍重，待旧符换新，千里万里，必定重逢。

子望一生不信神佛，唯此夜落笔心中有悟，若佛眼见我，求允一诺，吾心切切，可昭明月，生我死我，与君长随。

娴

凡明夜堂章家之人在世一日
必舍出性命保靳家一日
贺兰砜
靳岄
阮不奇
陈霜
岳莲楼

“这可是对犯人用的刑啊，你受得住？这怎么还伤了一道？”

靳岄放好了袖子：“不说了。”

他欲言又止，盛鸿愈发好奇：“怎么不说了？”

靳岄：“被狼挠的，一头好大的狼，绿眼睛，爪子这么长这么尖。”

他跟盛鸿说自己用小刀杀熊，说自己举剑砍狼。盛鸿听得啧啧称奇，酒都顾不上喝了，微张着嘴不住催促靳岄继续说。靳岄心中有点好笑，他想起岳莲楼跟踪盛鸿好几天后跟陈霜与靳岄说的话——这厮人大无脑，脑壳里头装的估计都是水，好在没什么坏心肠子，要真是比较起来，有几分浑答儿那蠢货的意思。

“我一直记着那熊挠过我一记，当时逮着机会，我怎可能放过它？割肉放血只是闲事，那熊皮我剥下来，好好地做了一件外袍和靴子。”靳岄笑道，“赶明儿我拿来送你？”

“血糊糊的，你也敢碰？”盛鸿不住地看他，“你以前可不是这样子的。”

靳岄又给自己倒了一杯酒：“我以前怎样？”

盛鸿：“不说话，不吭声。岑融带我们去潘楼听曲儿摸姑娘，你动都不敢动，脸红得像醉了酒。岑融说你人长大了胆子没长，跟兔子似的，哈！你当时不就跟兔子一样白嘛……”

一杯酒蓦地泼到盛鸿脸上，他差点咬到自己的舌头。

靳岄起身放下酒杯，冲他笑笑，从袖中掏出手帕扔到盛鸿脸上，草草一擦。

盛鸿还愣着，等他擦完了才砰地一拍桌子：“你干什么！”

靳岄扔了那帕子，施施然坐下，重新给自己倒酒。“我很记仇。”他说，“今日泼你一回，咱们才算两清。”

盛鸿把冲进房间的兵士赶走，自行擦干脸上脖子上的酒渍。他很吃惊，倒没有太生气，仿佛是靳岄刚刚说的杀熊杀狼之事太过令人惊奇，他一时间还没反应过来。“上次的事情，是我对不住你。我说呢，你怎么这么好，跑来同我喝酒。你是岑融的人，岑融可不喜欢我。”盛鸿说，“不说这个了，你还杀过什么？都跟我讲讲？”

两人聊了许久，一直到傍晚暮色爬上西天。盛鸿意犹未尽，对靳岄说的北戎风光，尤其是北都回心院的漂亮姑娘念念不忘。他邀请靳岄今夜同他一起去鸡儿巷看姑娘喝花酒，靳岄婉拒，称自己累了，得休息。

盛鸿一拍大腿："姑娘都不看，你真不是个男人！那行，明儿我去找你，我带酒去，你别出门啊，等着我！"

之后，盛鸿便成了靳岄府宅的常客。他隔三岔五地来，总觉得靳岄是什么新鲜玩意儿似的，逮着他左问右问。岳莲楼有一回决心逗他，穿着女子衣装在廊上走过，袅袅娜娜，风情万种。亭子里的盛鸿看得眼珠子都要掉出来了，抓住靳岄追问那是谁。

靳岄只简单一句："一个红颜知己罢了。"

盛鸿愈发佩服得紧："我怎就没有这么好看的红颜知己。"

靳岄又淡淡补充："她还不是最好看的。"

此前什么杀熊、杀狼，全都被盛鸿抛在脑后，他是因这件事才开始真正钦佩靳岄。

一来二去，半个月过去了，梁京各处开始春意复苏，燕子溪愈发热闹，海棠树新沾了点点绿意。

这一日，靳岄约盛鸿出门吃酒，且不去玉丰楼，去城里一家北戎酒馆子。酒馆里客人不少，闹嚷嚷的，盛鸿不喜欢这地方，小声道："这臭烘烘的乡巴佬味儿，熏得我鼻子疼。"但酒菜一上来他便忘了这一茬，吃得十分快活，不住让靳岄再聊聊回心院里那蜜色皮肤的绝色乐姬是怎么回事。

正吃喝着，客人忽然一阵骚动，有人拍着桌子："就是邪祟作怪！否则还能有什么门道！"

盛鸿一下紧张，低声问："不是找我麻烦的吧？"

他四处惹祸，麻烦不少，但又听那人大声道："死了这么多人，一夜之间，若不是邪祟，难道是什么魔道中人出山了？"

争吵的是角落的两桌子人，掌柜伙计纷纷劝阻，无奈八个汉子越吵越大声，眼看拍桌拍凳，火气上升。

"一家七口，其中还有两个不足五岁的幼儿！"有大汉怒道，"什么邪祟？明明是人犯的案子，推到邪祟身上就了事，这还是天子脚下吗？梁京城里头还有没有王法！"

有旁观之人小声道："哟，江北全境都给北戎狗了，天底下还有什么王法。"

另一个大汉脸红脖子粗："你冲我嚷嚷有何用处？梁京府已经查明真相

封了案卷，烧炭死人又不是什么新鲜事儿，你若是不满，你去梁京府门前击鼓呗！”

“梁京府算个狗尿泡！”大汉勃然道，“我去常律寺击鼓！”

众人全都吓了一跳，纷纷按住他：“可别这样说！”

靳岄问陈霜：“什么事儿啊？”

“梁京外城有一户人家，七口人一夜全都没了。”陈霜说，“梁京府查了后说是冬夜取暖烧炭，被炭气熏死的，封了案卷。”

靳岄：“那现在又吵什么？”

陈霜神秘一哂：“都是些无稽之谈，说是前几夜有人经过那死户门前，见墙上齐整整飘着七条人儿，没腿没影子的，全都直勾勾望着梁京府方向哩。现在城里都说，那是邪祟作怪。”

靳岄扭头对盛鸿道：“怪力乱神，不可尽信，不过偶尔听听也着实有趣。”

盛鸿却是大汗淋漓，一双眼睛乱瞟，脸色阴沉得像过了雨的天。他放下手中羊腿，草草说一句“家里有事”，扭头便走。

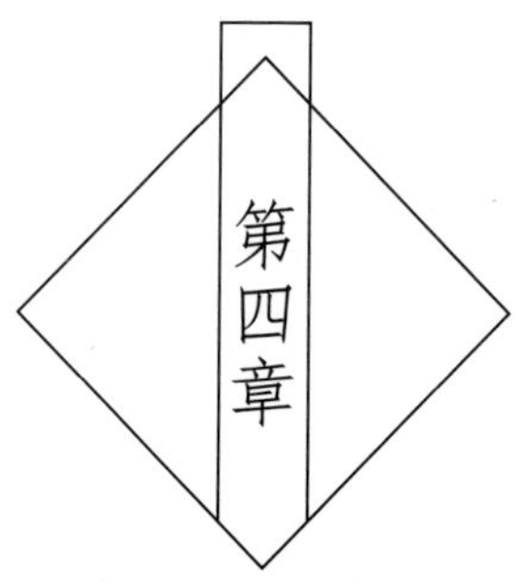

好戏

盛可亮曾是当年钦点榜眼，起初在南境当城守，守城有功、连破大案，一路擢升，从梁京府到常律寺再到刑部尚书。他为人谨慎，家中一妻一子，不见浪费铺张，也鲜少做气焰嚣张飞扬跋扈之事。虽然依附梁太师，但盛可亮本人并非毫无才能，相反，连官家也多次称赞他为官有品有格，内藏乾坤。他对家人管教更是异常严格，难见纰漏，这样谨小慎微，几乎无缝可钻。

此时盛鸿匆匆赶回家，下马便疾步冲进大门。盛府高门大户，随从在身后急得大喊，盛鸿根本没听。他匆匆冲入门厅，左右一望，大喊："二叔！"

一路从门厅寻到书房，见书房窗户大开，便直接推门而入："二叔，我们……"

书房内却是正在议事的梁安崇与盛可亮。

盛鸿大惊，连忙垂头道歉。梁安崇面色不见愠怒，反倒笑道："盛鸿这样心急，出了什么事吗？"

盛可亮一张脸黑如锅底，盛鸿蚊子般挤出声音："二叔说要给我买匹新马……"

"那便找他去！胡乱冲撞什么！"盛可亮愤怒挥袖，"成日乱跑，也不见做些什么正事！"

盛鸿喏喏地退了，盛可亮关上书房门，转头便看见梁安崇一张冷酷的脸。

"你这儿子，若不好好管教，怕会坏你的事。"梁安崇低声道，"盛鸿其人心无城府，容易被人利用，他若是个甘心好好待在家里的人，我倒不会这么担心。”

盛可亮脑门冒出冷汗，连连点头。

“说到哪儿了……噢，靳岄。”梁安崇手里转着两颗铁核桃，半晌才开口，“此人恐成我心头大患。”

梁安崇经历一连串事件后，原本牢牢抓于手中的诸般权力已经大大削减。虽然在外人看来，他仍是一人之下、万人之上的梁太师，但他自己很清楚，官家对他的信赖和专宠，已经渐渐微弱。

偶尔在深夜不眠之时，他后悔过白雀关大败一事。这一战，阴差阳错地死了一个靳明照，这完全在梁安崇意料之外。岑融带着碧山盟回朝后才说明，提议割让江北全境的竟然是靳岄。梁安崇一直对靳明照那个孱弱沉默的孩子毫不上心，此时才觉震愕：靳岄小小年纪，能想到这样伤敌一千自损八百的狠辣策略以换取北境安宁与大瑀全境喘息之机，此人不可小觑。

“岑融奸狡，将来必定要用靳岄将我一军，由头最终还是会落到靳明照这事情上。”梁安崇道，“靳明照的死确实让官家心中有愧，若认真查办起来，恐有后患。”

话说到这里，盛可亮已经明白了梁安崇的意思。

“靳岄如今身份实为平民。”盛可亮说，“我安排人日夜监视，他一般待在岑融府宅，常去谢元至家里转悠。除此之外，偶尔与随从在梁京内城游走，并没有特别之处。”

“最近他与何人来往密切？”

盛可亮微微一怔，回道：“没有来往密切之人。”

梁安崇许久不语。盛可亮迎着梁安崇冷峻的目光，不敢露出丝毫动摇。梁安崇收了眼神，低头喝茶：“继续说。”

“既是平民，我便有办法处理，不会让靳岄留下半点尾巴，请太师放心。”

“他身边有明夜堂的人，又有西北军遗将游君山，寻常人是动不了的。”

“正是。”盛可亮压低声音，“但我物色之人并非寻常江湖武者。”

梁太师沉吟：“好，那便尽管试试。”

盛府后院，盛鸿匆匆闯进主母小院，终于在花园中找到正在逗兔子玩儿的李氏与盛可光。

盛可光是盛可亮弟弟，做些玉石古器之类的生意，走南闯北，常给李氏与盛鸿带新奇玩意儿。见盛鸿跑得满头是汗，李氏嗔怒道："毛毛躁躁，若让你爹爹看见，又得吃一顿训斥。"

盛可光笑道："你爹有客人，你别嚷扰了他们。"

"二叔，娘！"盛鸿顾不得其他，挥手让周围侍女退下，急急道，"杨松儿那事又浮起来了！"

李氏与盛可光都是一愣。

盛鸿草草把在酒馆里听到的事情说了，盛可光还未出声，李氏又急又怒："你还去跟那靳岄见面！上回你爹骂你骂得还不够吗？"

紧随靳岄的那些尾巴，实则全是盛可亮安排的人。盛可亮在靳岄与盛鸿于玉丰楼见面当天已经知道此事，回来后狠狠训斥了盛鸿一顿。盛鸿起先还不觉得与靳岄来往有何不妥，被盛可亮没头没脑地骂过了，竟起了逆反心思，天天往靳岄府宅里跑。盛可亮骂不听、打不得，愁出一身烦恼。

"若是被梁……知道了，你爹爹日子也不会好过。"李氏苦苦地劝，"那靳家小子也不是什么好东西，你怎么老凑过去？"

盛鸿听得不耐烦，转头对盛可光道："二叔，我早说过当时不该……现在可怎么办？杨松儿一家都成了冤鬼厉鬼，要来索命的！"

盛可光失笑："怪力乱神之语，我从来不信。那杨松儿一家的尸首已经妥妥地埋了，还能闹出什么事来？"

盛鸿不放心："街面上议论此事的人可多得很。我怕……我怕再闹下去，爹爹也会晓得我们私下放贷，害了人命。"他越说声音越低。

李氏与盛可光这才互对眼色，眉头微皱。

"别怕，知道便知道了。"盛可光说，"这事情本来你爹也脱不了干系。他知道了更好，常律寺与刑部都是他的人，什么事儿压不下来？什么事儿能通了天，绕过你爹爹捅到官家面前去？"

"嘘！"李氏吓得冷汗直冒，"你胡说什么！"

"嫂嫂，鸿儿，成大事者不可常畏惧。你们跟着我放贷，这五六年间少说也挣了十来间大宅院，怎么还是这胆子，上不来台面。"盛可光笑道，"放心，都放心，杨松儿这事，纵然神仙在世，也查不出任何问题。"

盛鸿呆呆坐着，心乱如麻。墙头一阵风吹过，他无端端打了个冷战，忙端起面前热茶一口灌下。

当夜，新文街常律寺门前，夜市正旺。梅子姜、滴酥水晶脍、煎夹子，应有尽有。各色杂嚼尽在摊上，小灯小火燃着，下夜休值的官兵、从烟花巷陌出来的客人，来来往往，十分热闹。

将近三更，夜市渐渐寥落，摊贩收拾物什准备归家，打更老者从新文街北头慢吞吞走来。

常律寺门口右侧，鼓架上一面鸣冤鼓静静卧着。

打更老者走到杂嚼摊子前，与摊主聊了两句，肩膀忽然一冷，抬头朝常律寺门前看去。门前不知何时站着两个白衣人影，一个高，一个略矮，瘦削缥缈。

新文街上炭火刚消，白烟阵阵，那人影愈发看不分明。打更老者揉了揉眼睛，“呀”地叫出声：“没有脚！”

摊贩全都炸开了，叫着喊着，却不肯走，又怕又好奇地看。常律寺门前两条影子似是被风吹动，往鸣冤鼓飘了过去。矮的那人忽然伸出双手，“嘭”地拍在鼓面上，咿呀哭着跪下，鼓面便淌下两道血痕。高的那个抓起鼓槌，狠力一敲。

“咚——”

声音震耳欲聋，渐渐密集。长年在常律寺门口摆摊的人也从未听过这样巨大的响声。尖细哭声在密集鼓声间隙中传出，听得人心里发毛。打更老者吓得疯狂敲更鼓：“阎王状！有新鬼要告阎王状！！”

常律寺内一片扰攘之声，大门缓缓开启。两条白色人影如羽毛一般轻，转眼便踏过鸣冤鼓，跳上屋舍飘走。常律寺后门也恰在此时开启，一个身着布衣的青年从中跌跌撞撞奔出，朝常律寺正门跑去。

“春明！”有人从后追出，“你别去！那不是你的事！”

青年跑到一半，便见头顶两个白色鬼影拂过，他又惊又骇，砰地撞在路边柱头上，跌了个狗吃屎。一声轻笑从头顶传来，很快便消失了。青年怔怔望着头顶黑天，直到鬼影消失在屋舍尽头，他才捂着流血的鼻子从地上爬起，继续往前奔。

常律寺门口，官兵正围着那鸣冤鼓发愣。结实的牛皮大鼓用了几十年，竟在今夜被人生生敲裂。鼓面豁开一个大口子，里头一卷状纸，整面鼓鲜血淋漓。

青年气喘吁吁跑来，大喊：“出了什么事！”

“纪大人。”官员忙作揖行礼，“这鼓……”

青年伸手要夺状纸，官兵立刻收起，赔笑道：“纪大人，您是刑部侍郎，这可是我们常律寺的案子，这不合适……”

青年不理，直接伸手夺过。状纸用血写成，字迹骇人。

打更老人被摊贩搀扶着，街面上聚集了不少夜行之人，议论纷纷，说的都是阎王状之事。所谓阎王状，是指由阎王护持而告的阳间诉状。新鬼下了阎王殿要向阎王申诉冤情，若冤情与阳间牵扯太大，怨气冲击阎王殿，阎王无法处理，只能将新鬼放回阳间，让他们在阳间伸冤诉苦，以压制怨恨之气。

“我许多年没见过阎王状了！”打更老人哆嗦着，“阎王书血状，人间行百鬼啊！”

常律寺少卿此时终于整理好衣装出门，先命士兵赶走百姓，又问拿着状纸的青年：“常律寺的事情你也管，真是多事。你方才见到那鬼影子了？有什么特别之处？”

“确实是鬼影，不声不响，没脚没影子，迎面朝我撞过来，穿身而过，我五脏六腑现在都是凉的。”青年鼻中蜿蜒流下两条血迹，他草草一擦，亮出状纸，“这是杨松儿夫妻冤魂不散，来常律寺告阎王状了。”

常律寺少卿怒极反笑：“纪春明！你喝酒喝糊涂了是吧！”

他抓过状纸往常律寺里走，青年跟在后头，被官兵拦着。

“我是刑部侍郎！你们怎敢拦我！”青年又冲里头大喊，“卫岩！卫岩你别走！我早说他们死得蹊跷，这案子如今告到常律寺来了，你还敢拖延不查……”常律寺少卿大步回头，捂着他的嘴，把他拖进了常律寺里。

第二日，杨松儿一家含冤枉死、新鬼回阳告阎王状的事情，传遍梁京内外城。

自碧山盟签订以来，梁京城内再没有过什么值得大谈特谈的事情。百姓对割让列星江以北全境之事心怀怨气，碧山城订盟当日，不少碧山文人烈士以死殉国，更是激起大瑀百姓愤怒。如今好不容易碰上这样一件令官府犯难之事，百姓议论纷纷，从杨松儿一家被放贷之人杀死，再到官府姑息养奸，甚至谈论到朝廷被奸臣把弄，皇帝昏庸无能，云云不足。

这一日，靳岄与陈霜出门去寻瑶二姐。两人绕路往新文街走去，还未到街口，便看见常律寺门口堵着一大群人，都是布衣百姓，七嘴八舌地嚷嚷。

靳岄袖手立在一旁，海棠树新生许多嫩芽，春日阳光热烈，叶片枝子的阴影落在他脸上，黑眼睛滚动闪光，良久后才笑道："你和岳莲楼前几日这一出戏演得不错。"

陈霜低头认真道："谬赞，谬赞。"

常律寺少卿卫岩此时正在门口竭力安抚群情激奋的百姓。无奈他只有一张嘴，怎么都说不过来。

"为杨松儿伸冤！伸冤！伸冤！"

"放贷便放贷，杀人是怎么回事！杀人就要偿命！"

"梁京府不管，现在常律寺也不管吗？"有人大喊，"哪怕告到御史台，咱也要给杨松儿一家鸣冤！天子脚下，竟没有王法了！"

靳岄认得这声音，是当日在酒馆里与人争吵的大汉之一。

"常叔，明夜堂梁京分堂的厨子，嗓门极大。"陈霜说。

人群中另有一位汉子喊话："你是当官儿的，今日不给我们一个说法，我们不走了！不走了！"

陈霜："分堂养马的刘大勇，一手乾坤棍，威震明夜堂。"

靳岄笑了："我也记得他。这两人在酒馆吵架吵得热闹，如今煽风点火也是能手。"

两人也不走，只远远看着。未几，新文街另一头行来几匹高头大马，为首的那位赫然就是岑融。

新文街水泄不通，岑融下马询问。把事情问清楚之后，他浓眉一蹙，大步跨上常律寺台阶。卫岩忙拱手行礼，岑融面对眼前百姓，沉沉开口。

"我乃三皇子岑融。"他一开口表明身份，众人便齐齐噤声，许多人立刻露出畏惧之色，开始往后退，"杨松儿一案我有所耳闻。此案疑点重重，确有冤屈之处。重查需要时间，但我岑融向诸位保证，此案必定重启、重查、重审、重判。有冤洗冤，有苦诉苦，常律寺也好，梁京府也好，全都不得懈怠，必定查个水落石出！"

远处，陈霜又问："三皇子这戏如何？"

靳岄低笑："比你和岳莲楼演的还要好。"

常律寺门口，刘大勇率先喊出“三皇子英明”，很快众人随之呼喊，声音震天。卫岩脸色难堪，似笑非笑。

“一切均在小将军预料之中。”陈霜道，“接下来便看盛鸿与盛可亮那头如何反应了。”

岑融在常律寺亮相并允诺重查杨松儿一案的事很快传遍朝堂。这是公然地落常律寺与盛可亮的面子，朝廷中人纷纷看戏，盛可亮这边的人无不勃然大怒。

“此案常律寺已经查明封卷，刑部和御史台定案无误，如今横生枝节，这不是扇我们耳光吗？”刑部主事急道，“他说重查就重查，这不是乱来嘛！”

“手也伸得忒长了。”有人低声道。

刑部会堂中都是盛可亮的人，只有侍郎纪春明出言反驳。

“既然有冤情，重查才是正事。”他说，“三皇子出面，事情更加方便。”

盛可亮冷冷一瞥，问道：“听闻你那日在常律寺？”

“我与卫岩是好友，去寻他喝酒来着。”纪春明道，“喝得正酣，便听见常律寺外头鼓声震天……”

“那你为何不将此事压下！”盛可亮沉声怒斥，“刑部、常律寺，向来与三皇子无关。杨松儿一案，是给了他插手常律寺事务的机会！常律寺卿空悬，若是让三皇子的人进来，对我们刑部有害无益！”

纪春明：“何出此言？”

盛可亮一时语塞。

纪春明又说：“为国为民，忠君尽责，坦荡磊落，管他什么人当上常律寺卿，与我们刑部又有何关系？”

盛可亮长长一叹，扶额跌坐在椅中。

纪春明又道：“盛大人方才说什么，三皇子的人进来？刑部与常律寺均为法司，井水不犯河水，各司其职便相安无事。进来？进什么来？常律寺什么时候归属刑部？盛大人此言不妥，万万不妥，你是刑部和常律寺的官儿，可刑部和常律寺却不是你的东西……”

盛可亮听不下去，拂袖站起。

纪春明仍不放过他，追着走出去：“盛大人，杨松儿此案与你又没有牵连，是梁京府查案不力，常律寺复审不准。不过话说回来，你如今代行常律寺卿之职，此事确实与你有关，但也仅与你有关。盛大人说话需谨慎小心，被人误会了，便——”

“闭嘴！此事与我当然没有牵连！”盛可亮罕见地发怒了，“蠢货！”

盛可亮从刑部归家，一腔郁气仍未消散，才进家门便听见李氏与盛鸿在拉扯争执。他大步走进厅堂，母子二人都住了口。

“又是什么事？”盛可亮不悦。

李氏笑道：“清明祭扫，我正跟鸿儿商量回娘家的事情。”

盛可亮皱眉：“商量便商量，不要吵了。我今日很累，你们用膳吧，我去书房。”

他转身要走，身后盛鸿却“咚”一声跪下。李氏惊得脸白，不住地拉扯盛鸿，又对盛可亮赔笑，急急催促：“鸿儿！别！”

盛可亮忽然间手脚冰凉，身子不住地发抖，死死瞪着自己的儿子。

“爹爹救我！”盛鸿伏地大哭。

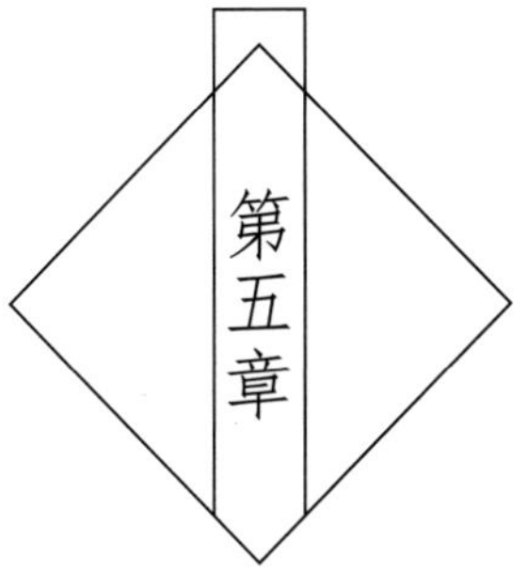

第五章

缠斗

转眼便是清明，墓田祭扫，各处纷然。游君山与陈霜陪靳岄去扫墓，扫的是靳家的旧墓。靳明照葬在封狐城，梁京没有他的坟冢，靳岄到墓地了才知道，百姓竟为靳明照立了个衣冠冢。

见他在靳家旧墓前面呆站，有人过来询问。得知他便是靳岄后，接二连三地有百姓走来，与他谈上三两句话，说些安慰的话，再把一炷香插在靳明照衣冠冢前的炉子里。

靳岄心头有百种滋味。游君山烧了一沓又一沓的纸，陈霜在靳明照墓前跪拜，口中念念有词。

三人在山上一直待到晌午才离开。山道蜿蜒曲折，道旁种满了杏树，满头满枝的花。在山腰处，他们寻了个茶摊子坐下歇息，周围尽是梁京口音，人们扫完了墓，孩子便浑似踏春一般快乐，捉虫扑蝶，笑声融融。茶摊上的新茶杏饼风味独特，靳岄吃了几个，听见周围人渐渐议论起常律寺冤鬼告状一事。

“可怜杨松儿，那卖灯的生意好不容易有了起色，就遭了这样一难。”有人叹道，“反正我是不信什么炭气熏死……一家七口人，又不是同住一个屋子，怎么都死一块儿去了！”

更有人压低声音：“绝不是熏死的。杨松儿媳妇和孩子脖子上好深的勒痕。”立刻有人问他详情。那人说他听闻附近死了人，端着饭碗去凑热闹，谁料死的竟是认识的杨松儿。杨松儿一家七口，包括夫妻二人、杨松儿父母及三个儿女，竟全都死在杨松儿房中。这人没法进院子，只看到梁京府的官差一个接一个地从屋里头往外搬运尸首。杨松儿媳妇手脚扭曲，面目狰狞，周围人都看到了她脖子上那道勒痕。

陈霜凑近一问："听说这杨松儿是借了谁的钱，还不上才……"

"嘘！"周围众人忙示意他闭嘴。有人认得这三人是方才在靳明照墓前祭拜的，更认出了靳岍，搬着木凳坐近。

原来杨松儿是个灯匠，一直以卖灯为生，也没个固定店面，常推着车在清苏里一带售卖。去年年中，他母亲生了重病，他不得已向城中放贷之人借了一笔钱，借了多少众人不清楚，只晓得那钱不算太多，他曾说过，夫妻二人勤力做事，一年半载就能还上。

"可惜那杨松儿大字不识一个，只懂得写靳将军天灯上那'其天朗朗，其日昭昭'八字。放贷的混子让他在纸上按手印，回头便改了那利息分数。"那人小声道，"这是常见的伎俩，换了借据，把三分息改作五分，更有甚者改成七分。这怎么还？这还不来的呀。"

接下来的一些话，靳岍完全没注意听。他想起元宵那日与陈霜经过清苏里靳府门前，那热情询问他是否要买灯的小摊贩。青年年纪不大，极为热情，只懂得写八个字，却把那八个字写得筋骨尽显，原来竟然是他。靳岍心头狠狠一痛，忍不住起身往山下走。

陈霜对那小贩也有印象，游君山倒是茫然，低声问靳岍是不是哪儿不舒服。靳岍一个字也说不上来。

盛可亮妻子李氏放贷一事，是游君山在盛可亮老家查出来的。盛可亮老家只有一处大宅子，但游君山却发现，盛家在城中另有四处奢靡宅院和多处肥沃田地，是以李氏妹妹的名义购买的。李氏妹妹尚未出阁，李家家境寻常，断不可能生出这么多银钱。

此事做得极为曲折隐蔽。幸好明夜堂生意做得大，暗地里一打听那些宅院的来历，事情便渐渐浮出了水面。

岑融对刑部虎视眈眈，明里暗里查了不少盛家的事情。盛可亮弟弟盛可光做生意常走偏门，有不少小把柄，但算不得什么。唯一令岑融困惑的，是盛可光生意做得糊里糊涂，但铺子却一间接一间地买。岑融一直记着这事儿，恰逢游君山带回盛可亮之妻李氏在老家放贷的消息，两边的事儿一对，一切便明晰起来了。

梁京城中放贷之人众多，其中以张令、王百林二人最为跋扈。明夜堂顺着二人往下一查，便发现二人常去鲁家酒肆买酒，而这酒肆后门恰好通向盛可光玉器铺子的后院。

如此一来，线索便齐了：李氏与盛可光悄悄放贷，盛可光找了张令和王百林两个混混儿头子为其办事，找人、收款、追债，全是张、王二人负责。放贷得回的收益，一部分给了李氏。李氏不好在梁京城内用这钱，便全都偷偷带回老家，化作宅子田地。

杨松儿正是从张令手中贷的钱。

靳岄起初不确定盛鸿是否参与其中，便引他到酒馆里，让他听听杨松儿这事。谁料盛鸿反应强烈，这下正好让靳岄确定，他对叔叔盛可光和母亲李氏放贷之事也是心中有数的。盛可亮身为刑部尚书，正二品官，家眷擅放私贷，一旦被查出，十分严重。如今牵扯了人命官司，更是不好脱身。岑融平白插入一只脚，常律寺愈发难以压下。

在靳岄的设计中，一切原本都十分顺利。他唯独没有想到，那枉死的杨松儿与自己曾有过一面之缘。

他去见谢元至，又等了许久许久。这回紧随监视的人没有离开。他一直等到夜色浓重也不肯走。殷氏开门请他入内，谢元至问他为何不避讳尾巴，靳岄跪在他面前，长长一叹。他跟谢元至说碧山盟订盟之日，碧山城中纷纷死去的人。歌楼上跳下的姑娘是城中有名的艳妓，才色双绝。触柱身亡的文士白发苍苍，死前烧尽了自己写的书稿。还有许多人，都是平头百姓，低哑的哭声、叹声弥漫整座碧山城。

“为国者，必先知民之所苦，祸之所起。”靳岄低语，“可这苦若是因我而起，那又该如何？”

“这怎么是因你而起？”谢元至将他扶起，劝慰道，“大瑀北境是积重难返，其积必有源，你一个小小人儿，哪里有这般通天本事？为师知道你心头诸多苦楚，但你不必这样辛苦自己。为人臣者，该说话时说话，该力谏时力谏。你便已经做到了该做的所有事情。”

靳岄又与他说起杨松儿的事情。

谢元至仔仔细细地听，苍老的眼睛里露出亲昵笑意，他低声道："靳岄啊，你从来没变，我很欣慰。天底下有千千万万个杨松儿。为官者若长久拘泥于一个杨松儿的不幸，便忽略了其余千百个杨松儿。你为这一个杨松儿查清事实真相，惩治了应该惩治之人，其余杨松儿便有可能逃脱陷阱。揭开了官场暗幕，便有更多杨松儿可老实平安过活，不必担这些无由的忧虑。"

靳岄心中一松，轻轻点头。

"往前看，不要被身后的愁绪拉住你的脚。"谢元至说，"你总得舍弃些什么，同情怜悯之心是世间珍宝，你从来都有，为师不担心你会变成冷酷无情之人。但你必须记住，凡事应当有度，过犹不及。你若总被过去之事缠住手脚，你永远无法为你父亲洗冤雪耻。"

这一夜与谢元至长谈，靳岄卸下了心底一些沉甸甸的东西。

有岑融插手，常律寺不得不重启杨松儿案卷。杨松儿一案原本由梁京府查办，如今常律寺重查，案卷便只得重新翻出检阅。纪春明没办法参与此案，三天两头往常律寺跑，从常律寺少卿卫岩手中抢案卷来看。

有常律寺出手，没过几天便查到了放贷给杨松儿的，是城中混子张令。

杨松儿借了一两银，三分息，约定半年为期，先按月还息，半年后一次还完本金与最后一月利息。这钱对杨松儿一家确实是不小的负担，他不仅夜晚卖灯，还与父亲支了馄饨摊子，妻子则帮人洗衣做饭，只剩家中长子领着一双弟弟妹妹在家里照顾奶奶，帮做家事。但一个月后杨松儿去找张令还息，发觉借据换了，三分息竟变成了五分息。他不识字，借据都用花码[①]计数，等张令拿出字据，杨松儿一眼便看出那并不是自己按过手印的借据，连利息里的"三"也被改作了"五"。杨松儿自然不认这借据。争论中他被狠狠揍了一顿，张令告诉他，没有钱便用房契来还，否则将对他三个儿女下手。

据城中百姓所说，这是张令那拨放贷人的常用伎俩，他们要的不是平头百姓的铜板银子，而是房子土地。

但常律寺官差却怎么都找不到张令。他就像在梁京城消失了一般，自从冤鬼告阎王状之事传出，便销声匿迹。

① 花码：又称苏州码子、草码，由古代算筹演变而来，可配合算盘使用，是一种笔画简单、容易记认、使用方便的十进制计数符号。

梁安崇家中书房，盛可亮已经在房中跪了半个时辰。他头也不敢抬，腰骨膝盖又酸又疼，浑身是汗。铁核桃在梁安崇手里打转，声音骇人，像用尽了力气去磨牙。

“盛可亮，你这一家人，可真是好啊，好啊……”梁安崇嘿地一笑，“外边都说你盛可亮治家有方，你还真是给我争脸了。”

盛可亮满头冷汗：“太师，我确实不知情。可光做生意我从来不过问，拙荆身有一些小钱，说要投到可光的玉器古玩铺子里，我真不知道这两人在骗我。盛鸿也是被他俩拉下水的……”

铁核桃狠狠砸在桌上，顺着力势滚下来，恰好砸在盛可亮手背上。梁安崇怒道：“不知情你也有罪！”

盛可亮忍着剧痛：“请太师救我……”

梁安崇骂够了，问他常律寺将此案查得怎样。

张令下落不明，岑融隔三岔五便差人来问。盛可亮身为常律寺卿，不愿意搭理那职级低微的校尉，打发少卿卫岩去应付。卫岩与岑融的校尉打马虎眼，只是敷衍，从不给案子进展。

“你不必慌。此事虽然麻烦，但并非毫无回转余地。”梁安崇说，“常律寺和刑部都是你的人，你怕什么？这案子还能通了天去？御史台想管那也管不来。”

“可岑融……”

“岑融说他盯着这案子，要给梁京城百姓一个交待。”梁安崇冷笑，“那就让他去交待吧。十天半月查不出，一年半载查不出，梁京百姓如何看待咱这三皇子，我倒真想知道。”

盛可亮低声道：“张令其人，我已经着人去料理了。”

梁安崇“嗯”了一声：“岑融也有把柄在我手中，我会让他知道，此事彼此各退一步，都有好处。”

两人又说了些话，盛可亮心中稍安。梁安崇忽然问：“你上回说找了个人去处理靳岈，如何？”

“已经找到了。”盛可亮回答，“此人多在仙门关附近出没，寻了颇长一段时间，他已经应承，不日即抵达梁京。”

“既是江湖人，只怕明夜堂也会有所察觉。”

“不会的，绝对不会。”盛可亮此时脸上才终于浮现一丝笑容，“他是北戎人，与大瑀江湖毫无关联。”

清明过后，日子一天天暖和，燕子溪上海棠连绵不绝。从玉丰楼三楼望出去，梁京内城外城春花繁盛，鸟鸣与水声错杂，远山含碧，乱红穿巷。

盛鸿拿着个鸡腿，啃着啃着望向靳岄。靳岄正听雅间内琴师奏乐，神态怡然自得。

“三皇子没给你安排什么差事？”盛鸿问。

靳岄好不容易才将盛鸿约出来，偏偏盛鸿一副心不在焉的模样，如今酒喝了一半，菜吃得半光，才等到他问第一个问题。

“没有我喜欢的差事。”靳岄答，“罢了，不做也罢。”

“那多可惜。”盛鸿又说，“你又不似我，我有那么一个爹，这辈子是不忧不愁了。你爹没了，你现在依傍岑融……”

靳岄懒得听他唠叨，主动给了他想要的答案：“他最近忙得很，常律寺杨松儿一案让他焦头烂额。”

盛鸿登时来了精神：“有何进展？”

“没有进展。”靳岄打了个呵欠，看向窗外飞过的两只雏燕，“说是有个放贷之人怎么都找不到，正心急呢。”

盛鸿连连点头：“那就好。”

靳岄：“嗯？”

盛鸿忙摆手：“至少晓得放贷之人是谁，总能找到的。你知道那人叫什么吗？”

“不知道。”靳岄笑道，“姓什么叫什么，找得到找不到，与我无关。”

此时，梁京外城的一条巷子里，陈霜正带着两名明夜堂随从在巷中穿梭。巷子狭窄，堆满杂物，陈霜轻功了得，也难免磕磕碰碰。

巷底一处小窗开着，被轻风吹得微微张合摇动。

“张令一直藏在他姘头小桃家中。”随从低语，“现在就进去捉人吗？”

陈霜点头，三人如泥鳅一般从屋顶滑下，无声无息接近那扇窗户。室内毫无声息，陈霜心中一动，忙将窗户打开。小室昏暗，地上躺着一个男人，已不知死了多久。正是张令。

杨松儿一案再度陷入困境。

借贷的所有字据都在张令手中。张令原本是杨松儿一案最有嫌疑之人，如今他没了，诸般证据失踪，案子愈发艰难。

梁京府和常律寺协同办案，数日后找到张令的姘头小桃。张令被杀当日，小桃一直在酒肆里唱曲儿，没回去过。她早晨出门时张令已经起了，隔壁的两户人家都看见张令送她出门，两人还说了几句话。

张令家中有妻有子，得知张令已死，还死在姘头家中，其妻又哭又骂，乱作一团。她给常律寺提供了一条线索：在张令离家失踪的前一夜，他曾与王百林狠狠吵过一架。

两人都是梁京城中出名的行钱。大瑀民间私贷，有钱民与行钱两种。若放在此案中，李氏与盛可光便是钱民，他们负责出钱，是银钱的主要来源。张令与王百林之流则称行钱，行钱有时会与钱民合作，钱民通过行钱来出贷，找到更多急需用钱的借贷之人。

张令大多从平头百姓中寻找借贷者。不识字最好，家中有房、有地、有妻有女，那更是好上加好，借贷的钱大多是还不上的，只能用田契、地契来抵。若这二者都没有，妻女也可用来抵押——鸡儿巷里娼坊众多，转手卖去也能挣一笔。

王百林与张令又有不同，向他借贷的大多是商铺或落魄的官家子弟。他手中出入的钱多，与盛可光来往也更多。盛可光一间接一间地买铺子，不少是没钱还贷的商人用以抵押的。

有张令妻子这个证词，王百林自然成了最有嫌疑之人。他虽然是梁京城中有名的混子，但与不少官家子弟有来往。梁京府把他请到衙门礼貌一问，张令死时，王百林正在码头。

码头有许多人为他作证，船夫、纤夫都说王百林在码头等了一整天。据王百林供述，江北十二城如今归了北戎，两岸来往仍旧频密，得知十二城如今修筑工事急需人手，他俩打算清明过后在梁京外城组织一帮人到列星江北干活，好收些人头介绍费。可谁料张令姘头小桃此时有了身孕，张令便不肯去了。王百林和他吵了一架，总算说服了张令。出发当日，他与众人在码头等了一日，愣是不见张令出现。王百林于是带着众人往张令家中去，所有人都看到王百林如何拍门，如何叫喊，张令媳妇儿如何红肿着一双眼睛出来，告诉王百林张令的死讯，王百林又是如何痛心疾首，捶胸顿足。

梁京府的结论是：王百林对张令之死毫不知情，即刻释放。

这份结论常律寺拒不接受。盛可亮不便出门主理此事，便让少卿卫岩去负责调查。卫岩平日里对他恭敬谄媚，打发岑融的校尉也尽心尽力，谁料在这关键节点上，竟不肯接收张令之死的调查卷宗。靳岄却认为卫岩此举十分精明。此案是告到常律寺去的，常律寺与梁京府协同查办，如今常律寺不认可梁京府的结论，这案子便一直卡在了梁京府这儿。卡得越久，声音越小，证据消失得越多，就让盛可亮和梁安崇背地里活动的时间也越长。

诸般事态，一一摆在靳岄面前。最近岑融很少找靳岄，他知道岑融现在也是焦头烂额。岑融管辖的吏部爆出了卖官鬻爵传闻，朝堂上闹得轰轰烈烈，他也在追查。

岑融命他不必管吏部的事情，全部心力放在杨松儿一案即可。

“杨松儿一案，对我们来说最大的难处是常律寺与刑部里，没有我们的人。”靳岄沉吟，“或许是有的，但他们不敢露面。全凭岑融施压，于事无补。”

此时他正与陈霜、游君山夜游。春暮夏初，海棠花渐渐落尽，燕子溪成了一条软红的锦带。青杏樱桃已经沿街叫卖，桃子李子正是上市时节。

游君山惯常沉默，他总觉得这几日不够安宁，街面上蠢蠢欲动。靳岄没放在心上，陈霜向来与游君山不太对付，但在此事上却与游君山意见一致。无论何时，只要靳岄出门两人必定紧紧跟随。

信步走到清苏里，靳府门前又有卖灯的商贩，但再也见不到杨松儿了。游君山买了一盏天灯，那小贩在灯上写了“其天朗朗，其日昭昭”八字。靳岄这回再看，忽然觉得诧异：“你们全都只写这八个字？”

小贩笑道：“那只会这八字，还能写啥？”

靳岄左右看看其他摊贩的字，愈发惊奇：“你们都摹了谁的字？怎么每个人写的天日昭昭，笔势、字法，全都一模一样？”

“我们摹的是状元爷的字。”小贩告诉靳岄，靳明照战亡、靳家破败流放之后，第一个在靳府门前放灯写字的是前年的状元。

“刑部侍郎纪春明纪大人写得一手好字。”生意冷清，摊贩们纷纷围过来，七嘴八舌。纪春明在靳府门前放了灯，但那字却不是写在灯上的。他拿着一柄大笔，扛了椅子，在靳府围墙外密密麻麻地，写了数百上千句“其天朗朗，其日昭昭”。

写到最后，他将大笔一摔，跪在靳府门前磕了个响头，起身便走。

靳岍愣住了：“纪春明？”

这件事情最后却有个令人啼笑皆非的结局。百姓纷纷来临摹纪春明这八个字，梁京府接到报告，官差过来一看，满墙斑驳墨迹，当时又细细地下着春雨，路面淌满了黑水。梁京府十分愤怒，但又不好让纪春明处理，便找上了他姐姐。纪家瑶二姐拎着纪春明与常律寺少卿卫岩，三人冒雨洗的洗刷的刷，好不容易才把靳府外墙彻底弄干净。

“但这八个字，已经刻在梁京府百姓心里了。”小贩低声道，“靳小将军，你买灯吗？我一分钱不收。”

靳岍也买了一盏，仍旧让小贩帮忙写字，给他数了四个铜板。

两盏天灯飘飘摇摇飞上天。春风中残余海棠花片四处纷飞，靳岍回头对陈霜笑道：“咱们再去找瑶二姐，看看补玉情况吧。”

三人穿街过巷，眼看就要走到瑶二姐的铺子，陈霜忽然在道旁茶摊子上看到了正在喝茶的纪春明。

茶摊里议论着王百林和张令的案子。说话那人正是当日打算与王百林一同去北境做事的壮汉，把王百林当日如何等候、如何带众人去张令家拍门，说得活灵活现：“那时候天都暗了，正是吃晚饭时候。他拍了好几下门，一直喊呢，张令媳妇儿，张令在吗？咱们可等了他一整天，怎的连影子都不见！”

纪春明忍不住插嘴：“他就一直在码头，从不曾离开过？”

“拉屎放尿，总有个不在的时候。”壮汉道。

又有人说：“王百林这样的人，杀人何必自己动手。就算他不曾离开过，指不定早让别人把张令杀了，他倒落个清白。”

纪春明点点头，又道：“张令死前已经失踪多日，连他妻子也不知他身在何处。王百林会不知道这件事？明知张令不在家，却又带着你们去张令家拍门，不过是做戏给你们看罢了。”

壮汉不服气：“张令姘头家在何处，总不是人人都知道的吧！王百林想找张令，除了去他家之外，还能往哪儿去？”

众人纷纷附和。纪春明脸色严肃：“他敲门是如何喊的？”

壮汉："张令媳妇儿，张令在吗？"

纪春明："他去找张令，又是大晚上的，怎么喊的是张令媳妇儿？"

众人一怔。

纪春明又道："张口就喊人家媳妇儿，必知丈夫不在家。这等小伎俩，也就骗骗你们这些人。"

靳岄听得直笑。那壮汉脸上红了又白，当众被拂面子的羞恼让他在纪春明桌上一拍："好你个书呆子！说忒么多狗屁话，有混子用！你虚顶个刑部侍郎的名头，嚯，考上状元时，整条街都给你道贺，可也没见你有什么正经用处！你这样机灵警醒，怎么不见你去查办杨松儿案？"

壮汉越说越上头："嘿，我倒想起来了，杨松儿这案子可不是刑部定案封卷的嘛！纪春明，你还有脸说话？！"

纪春明面皮涨红，几乎跳起来，手指着那壮汉，憋了半天，骂出一句："有辱斯文！"

壮汉狂笑："老子不稀罕你们那样儿的假斯文！"

他还要再骂，纪春明已起身拂袖，跌跌跄跄走出茶摊后回头吼一句："我乃读书人，不同你一般见识！"

靳岄乐不可支。自从回来，陈霜还没见他这么高兴过。"跟上去不？"他问。

"当然。"靳岄已经当先跟了过去。

纪春明前行的方向确实是瑶二姐的铺子，但他尽挑小巷子走，边走边嘀咕着什么。靳岄三人走入巷中，靳岄回头对游君山说："游大哥，你能回避一下吗？你是行伍之人，我怕吓着纪春明。你也看到了，他是怎样的书呆子。"

游君山："我离远点儿，但我得护着你。"

他落在最后，与靳岄、陈霜拉开了距离。陈霜有些好奇："纪春明会怕游君山？"

"这倒不是。"靳岄低声道，"只是有些话，不便让游大哥听。"

两人紧赶慢赶，追上纪春明。靳岄开口喊他名字，纪春明狐疑回头，上下打量。

"纪大人，我是靳岄。"靳岄拱手行礼，"靳明照之子。"

纪春明脸上神色霎时变化，十分精彩。他嘿嘿一笑："原来就是你……"话还没说完，他便向靳岄脸上狠狠唾去一口。

“割土丧国，你还有脸提靳明照将军的名字！”纪春明唾完立刻往后跳了一步，“你不配！”

靳岄抬手擦脸，踏前一步，袍袖一挥，“啪”地给了纪春明一个结结实实的耳光。

纪春明被这一个耳光扇得蒙了，跌靠在墙上，捂着脸，目光茫然。陈霜抬腿要踹纪春明，他吓得慌了：“你、你有、有辱斯文！”

“身为朝廷命官，跟寻常百姓讨论案情，说服不了别人，反倒与百姓起争执。”靳岄开口，“该打。”

纪春明一张脸渐渐发红，嗫嚅着，不说话。

“身为读书人，面对质疑，连正经道理都说不利索，你还是个状元，文采只能落在纸面上是吗？”靳岄又道，“你口拙齿讷，学问不精，该打。”

纪春明总算挤出一句话：“秀才遇上兵，有理说不清……”

“身为刑部侍郎，你明知此案可疑，明知查案过程重重艰阻，明知它牵连甚广，你不想办法去追查，不与常律寺协作挖出背后隐情，甚至只在街头小摊发议论，不去追究杨松儿与民间私贷之间的联系，”靳岄语速飞快，“该打。”

纪春明终于放下了手。他面上仍有几分愕怔，但目光已经渐渐变化，紧盯着靳岄。

“听闻‘其天朗朗，其日昭昭’这八个字，你曾在靳府墙上写了千百遍。”靳岄道，“你身为景仰靳明照的大瑀百姓，身为朝廷命官，面对靳明照蒙受的冤屈不言不语，反倒对诋毁、污蔑我之言语深信不疑，不懂识别与质疑。”靳岄斩钉截铁，“你以为我跟着岑融回来，我是受到了什么庇护？靳岄回到梁京，横竖不过朝廷风云的一枚棋子，身边可信之人只有如今身侧这一位而已。你饱读诗书，却不辨是非，如此愚蠢，该打。”

纪春明一句话也反驳不了，只是紧紧攥着拳头。他试图辩驳：“可是，可是盛大人他……”

靳岄已经转身走开，并不打算听他的辩白。陈霜紧紧跟着，游君山从巷口闪出，靳岄示意两人尽快离开。“我不过一通胡说，他回过神来，只怕还要再唾我一次。”靳岄笑道，“走吧，去瑶二姐店里瞧瞧。”

自从鹿头送到瑶二姐店里，靳岄隔三岔五就去铺子里看补玉的进度。

鹿头碎片用老漆粘好后，已经拼成了一个完整的形状，只是裂痕清晰，无法掩饰。粘好的鹿头放在瓷碗中，放在柜子里阴干。这阴干过程需要十来日，十分长久。靳岄每每来拜访，瑶二姐便打开柜子让他看看那鹿头，但不许他碰。

老漆阴干后，血玉上数道黑魆魆的痕迹。靳岄问瑶二姐这裂纹可否抹去，瑶二姐摇头。“裂过了便是裂过了，再怎么补也不能抹去痕迹。”瑶二姐总对他说，“但还有最后一道工序，至少不会丑。”

今夜再拜访瑶二姐，瑶二姐已将鹿头取出，手边有一小碗用金箔磨成的金粉。靳岄在瑶二姐面前坐下，大气不敢喘一口。瑶二姐头也不抬，纤细手指拈着一支指头大的漆笔，正小心翼翼地沿着鹿头上数道裂缝刷漆。她手极快，刷漆、撒金粉，一道裂缝处理完，立刻开始刷第二道裂缝。靳岄看得眼睛都不眨，只觉得瑶二姐这精细与用心，仿佛在做什么巧夺天工的东西。

鹿头上前后几道裂缝，一一都涂了金粉。瑶二姐将多余的金粉用细毛笔拂去，拎起鹿头的系带让靳岄细看。烛光中，鹿头玉质温润，血玉的痕迹隐隐约约，两颗鹿眼睛一红一白。鹿头上数道金色裂痕，熠熠生辉，宛如流水。

靳岄忍不住伸手去抓，瑶二姐却收了回去。“现在还不能碰。”她跟靳岄解释，“这鹿头还得悬在柜子里继续阴干，等三日后罩金完毕，这玩意儿就补好了。”

还有三日，只有三日。靳岄连连点头，万分感激：“多谢！”

此时店内通往后院的小门被打开，一位青年捂着脸走进来：“姐，你这儿有伤药吗……”

话未说完他便停住了。靳岄端坐店中，微微颔首：“纪大人。”

纪春明看看靳岄，又看看瑶二姐。他不说话，瑶二姐倒是骂了一句：“又跟卫岩打架了？”

“不、不是！”纪春明涨红了脸，直直问靳岄，“你怎么在这儿？”

靳岄：“来补玉的。”他起身与瑶二姐行礼辞别，并留下了补玉的最后一笔钱，约定立夏之日取玉。

离开铺子没多远，身后传来纪春明的声音。他脸被靳岄一耳光打得半肿，模样有些好笑，一路小跑追上靳岄，还有点儿气喘吁吁。陈霜见他奔跑的样子，不禁想起在常律寺击鼓当夜纪春明撞上柱头的样子，忍不住笑出声。

他这一笑，跑近的纪春明立刻瞪大了眼睛：“你是那个鬼！”

陈霜：“我呸，你说谁是鬼？”

纪春明指着陈霜，又指着靳岄：“原来如此……去常律寺告阎王状的鬼，是你派去的？”

靳岄点头：“我听陈霜说，你明明发现那两只不是鬼，可你也没有说破。”

纪春明嗫嚅不吭声，靳岄让陈霜与游君山回避，与纪春明走到燕子溪边。

“我看过杨松儿的案卷。”纪春明整理衣裳，认真道，“杨松儿一家七口身亡，又是年初，梁京城里第一桩大案子。这案子由梁京府查办，说是被炭气熏死的，没有行凶之人。案卷送到常律寺，常律寺看过了觉得没问题，便送到刑部。此等大案，刑部尚书与侍郎都必须过目，盛大人也认为没问题，但我不这样想。”

“可你也做不了什么。”靳岄说，“即便你是刑部侍郎。”

这一句话正好戳中纪春明心中痛楚，他不禁皱紧眉头。这样的大案子，仵作是必须剖尸检验的，但梁京府的仵作在验尸次日突发急病，告假回乡。去过杨松儿家中的几位官差也纷纷辞工回老家。案卷中虽然对杨松儿一家如何烧炭、如何被炭气熏死做出了解释，却没有任何可以佐证的验尸证据。

“杨松儿一家死绝，无人伸冤，这案子也就这样了了。可我心中总是想着的，我觉得应当另有隐情。”纪春明看着靳岄，“在常律寺门口见到血写的状纸时，我便晓得，这可能是重查杨松儿一案的唯一机会。”

靳岄问他：“如今案子陷入僵局，你没有办法解决吗？”

“我要如何解决？”纪春明苦恼道，“查案自有流程，梁京城里的案子，都由梁京府查办。死伤超过五人是大案，需常律寺过目。等常律寺查清楚来龙去脉，刑部收到案卷，不过是审判、捉人，或是关押、行刑，如此而已。大案需经御史台审定，可御史台只审理常律寺与刑部查办中是否有纰漏徇私，鲜少对卷宗提出异议。杨松儿一案经刑部、御史台办理，早已定案封卷，我虽为刑部侍郎，但在此案上，实在无能为力。”

靳岄心想，此人不端着读书人或侍郎的架子，其实讲话毫不迂腐。

“你与常律寺少卿卫岩关系如何？”

“很好。”纪春明道，“我与他年少相识，又是一同科考。他比我早两年考上，如今常律寺主要由他管理。除非是盛大人要督办的案子，寻常的事情基本都由卫岩处理。”

“你可知道卫岩为何不接受梁京府的查案结论？”靳岄又问，“是要为盛可亮兄弟处理证据留出时间吗？”

纪春明一怔，急得连声道：“当然不是！他不是这样的人！”

原来卫岩之所以拒不接收梁京府的案卷，是为了将案子压在梁京府，着梁京府查出王百林背后诸般关系。常律寺内盛可亮关系错综复杂，卷宗一入常律寺，盛可亮必定出手，卫岩便无法再干涉了。

“卫岩和我如今都寄希望于梁京府能尽快查出王百林与盛可光之间的关系。”纪春明说，“小将军，你可有什么办法？”

“有。”靳岄说，“但此法需要你与卫岩冒险。不是沙场冲杀的冒险，而是万一此事败露，你俩仕途中断，难以再续。”

纪春明紧紧盯着他，沉默地思考。

打更的梆子敲了又敲，纪春明终于开口：“请说。”

转眼便是立夏。

早膳后，游君山向靳岄辞别，赶往岑融那边。陈霜不在，反倒是岳莲楼来了。他带来了阮不奇的信件，里头说了些白霓的事情，一切平安。

“是今日吗？”岳莲楼问，“卫岩和纪春明那事情……”

“是今日。”靳岄笑道，“陪我去取玉吧。瑶二姐你没见过，你一定喜欢她。”

岳莲楼听见有漂亮姑娘可看，登时来了兴趣，连连催促他出门。

此时岑融正在朝廷上向官家及诸位大臣说明吏部卖官鬻爵之事。他接手管理吏部之后，吏部尚书便换了人。这卖官鬻爵的丑闻是上任吏部尚书留下的尾巴，岑融自然不会姑息，大刀阔斧处理了此事。梁太师与岑融当朝争辩，认为他是避重就轻。两人争辩不休，又有大臣们帮腔，十分热闹。

同一时间，卫岩带着人马敲开了梁京府的大门，要亲自审一审王百林。

王百林已经被梁京府释放，但一直处于明夜堂的监视中。梁京府府尹一再推托：“这捉人也不是那么容易的事情，不是说捉了，咱就一定能立刻捉到，还望少卿再多宽限几日。”话未说完，王百林已经被人五花大绑，扔在梁京府门前。

府尹不得已，只能让卫岩去审他。王百林满头雾水，见眼前不过是个青年，便使出了无赖的本事，一问三不知，咬牙不开口。卫岩不跟他废话，问了两句见他不吭声，即刻命人抬上刑具。

梁京府府尹赔笑称，这不是大案要犯，按律例梁京府不得擅自用刑。卫岩浓眉一蹙："府尹放心，我来上刑。"

府尹面色顿时大变。常律寺有权对任何人犯用刑，少卿卫岩任职数年，在官场里只是个小人物，唯有用刑狠辣这一点出名。刑具才用到第三个，王百林便把盛可光和自己那些事情全抖搂得一清二楚。

梁京府府尹惊得脸色煞白，一面偷偷派人去向盛可光报信，一面让人去找盛可亮，告卫岩的状。报信之人才跑到街口，便被人用麻袋套上、捆住，扔进了巷子。

府尹左等右等，眼看卫岩运笔如飞，洋洋洒洒写满三四张纸，去找盛可亮的人才返回。"找不着盛大人！"那官差满头是汗。

"还没散朝吗？"府尹急得团团转，"今日又不是例行朝见，怎么也拖得这么久！"

"散是散了，听说是太师与三皇子在朝上争论不休，拖延了时间。"官差回禀，"可才散朝，三皇子又把盛大人叫走了。"

府尹脸色大变，跌坐在椅子上。他回过神，便知道今日这些事情都是有预谋的。"卫岩要做什么，顺着他就是了，不要拦。"他说，"拦不住了，拦不住了……"

"可盛大人若是之后怪罪下来……"

"还有什么盛大人！"府尹压低声音，"总之，少卿要做什么，就由他去，梁京府在旁协助就好。有天大的事情，都推到常律寺和卫岩身上，凡是签字画押，都不要碰！"

散朝后，还未走出皇宫，盛可亮便被岑融叫住了。岑融请他到茶馆聊天，那馆子是朝中官员常去的，岑融今日全包下了，馆子里只有盛可亮与岑融两人。

岑融为盛可亮倒茶，盛可亮诚惶诚恐："使不得，使不得。"

岑融笑道："今日是岑融请客，盛大人不必客气。你两袖清风，朝中皆知，能请动盛大人，是岑融运气。"

盛可亮垂头摆手。两人说了些闲话，左绕右绕都说不到点子上。盛可亮心头不安，直接问："三皇子可是有事情要问盛某？"

"不算什么事情。"岑融笑道，"不过是问问盛鸿近况罢了。"

"盛鸿怎么了？"

"几日前我听人说，盛鸿买了匹新马，这事情盛大人可知道？"

盛可亮隐约想起，盛鸿说过二叔打算给自己买马。

"那马儿健壮漂亮，是十分罕见的驰望原高辛马，我也挺喜欢的，可惜价格昂贵，便在心里稍稍犹豫了片刻。"岑融一双狐狸眼笑得弯弯，"一匹马足足一百两银子，纵然是我，也要迟疑啊。"

盛可亮冷汗即刻便下来了。岑融晓得盛鸿在外头放贷的勾当吗？他知道多少？盛可亮不得不继续旁敲侧击，仔细探问。

距离茶馆不足两条街，便是盛可光的玉器铺子。他正在铺子里头接待客人，谈笑之际，铺内忽然拥入许多官差，为首的赫然是常律寺少卿卫岩。

卫岩不仅带着常律寺的官差，身后还有梁京府的人。盛可光丝毫不惧，笑吟吟起身问好："多日不见，少卿最近可好啊？"

卫岩不与他搭话，大手一挥，官差即刻上前将人拘拿下。

盛可光脸色狰狞："卫岩！你知道我是谁吗？！"

卫岩："我知道。"

盛可光："要捉我，你得问问你顶头上司！什么时候常律寺也玩这套把戏了？你查出什么，想要拘拿官员家眷，至少也得问问刑部允不允许！"

门外走进几个人，当先的便是刑部侍郎纪春明。

盛可光脸色一变："纪春明，你又唱的什么戏？"

"杨松儿一案，盛可光为重要人证，如今常律寺破案心切，便把我也叫过来见证。"纪春明说，"盛大人不在，我便代行其职。"

盛可光破口大骂，刑部跟随纪春明前来的其他官员脸色惨白，左右为难。见门外百姓围观，众人忙关上店门，盛可光骂得更为激烈。卫岩抖出卷宗，向纪春明说明王百林的供述。纪春明连连点头，表示清楚明白，就要接过卷宗。

刑部主事大惊，扣住纪春明手腕："纪大人！你疯了？！常律寺即便查清楚此案，这卷宗要到刑部手中，还要经过三章四审，你不能接！"

“三章四审，至少也得三五天时间。”纪春明道，“此案三皇子盯着，如此拖延塞责，这责任我可担不起。”

“你担不起，便不要担！”主事压低声音，几乎是耳语，“我已派人去寻盛大人，一切等盛大人来了再说。”

但纪春明已经接下了卫岩手中的卷宗。他不仅接下了，还从怀中掏出官印。卫岩摊平卷宗接收的交接证纸，纪春明的手被那主事抓着，怎么都按不下去。卫岩夺了纪春明的章子，迅速一按——证纸盖上了刑部侍郎的官印，这卷宗交接便等于完成了。

盛可光目瞪口呆，失声吼道：“卫岩！纪春明！我这档子事牵连甚多，盛鸿与李氏也难逃罪责，你们别以为把所有罪名安在我身上便了了！”

卫岩看纪春明：“纪大人，接下来如何？”

“搜查盛可光店铺。”纪春明袍袖一挥，“继续审问盛可光，追查隐情。”

卫岩少见他如此端正威严，微微一笑：“好。”

直到晌午，盛可亮才从茶馆离开。他满腹牢骚郁闷，那岑融爱兜圈子，说话总是飘飘忽忽，落不到点子上。他百般探问盛鸿的事情，可岑融一肚子鬼心思，就是不肯说自己对盛鸿做的事情了解多少。

盛可亮喝了一肚子水，受了一肚子气，出门便看见管家心急火燎地在车边打转。

“老爷，不好了……”管家三言两语，告诉他盛可光已经被常律寺和刑部扣下。

盛可亮大惊失色：“这案子不是在梁京府吗？怎么就到刑部了？”

“卫岩与纪春明不知吃了什么药，一日之内就交接了卷宗，连三章四审都没过。我们想找你，可这茶馆怎么都进不去啊。”

“没有三章四审，这交接就是无效的！”盛可亮大怒。

梁京府向常律寺上交案卷，常律寺向刑部递交卷宗，以及刑部向御史台递送记录，全都必须经过三章四审。四审指内部审理四次，确保无误，三章指办案人，少卿或侍郎，寺卿或尚书，三个官印确认，卷宗才可逐级向上递交。

盛可亮此刻才醒悟过来，岑融是故意把自己留在茶馆里的。

即便没有三章四审，即便这交接不成立，可卷宗确确实实已经到了刑部手中，甚至可能已经到了岑融手中。

“去刑部吗？”管家问。

“去梁太师府上。”盛可亮上马车时两股战战，竟迈不开腿，他长叹一声，又叮嘱管家，“回家看着夫人，不要让她做傻事。天塌下来有我顶着，盛鸿……让他别轻举妄动。那匹新买的高辛马，别弄伤了，留着，那是三皇子想要的马。”

待夜色浓重，这漫长一日才终告结束。

取玉之后，岳莲楼和靳岄在燕子溪旁散步，又到梁京府门口和盛可光铺前看了一会儿戏。岳莲楼看热闹看得欢欢喜喜，靳岄却没笑过。他与靳岄相识一年多时间，如今回忆起来，靳岄笑得最快乐的时候，是他俩与贺兰砜、朱夜一同从北都前往血狼山那段时间。

回到府宅，靳岄从锦袋中小心翼翼地取出鹿头。

鹿头已经修补完毕，除了那几道金色的裂缝之外，看不出丝毫缺损。一道细细的裂缝从鹿眼划下，仿佛金色的泪痕。烛光照得血玉通透明亮，被封在无色漆之中的金粉闪动亮光。靳岄想起那日贺兰砜亮出这块玉时，阳光灿亮，草叶青嫩，驰望原的风吹动他们的头发和袍角。

“好看吗？”靳岄晃动鹿头，问岳莲楼。他笑得很高兴，像是有什么失而复得了。

岳莲楼心里难过，忍不住揉他头发：“好看。”

“它复原了。”靳岄说，“我去北戎的时候，会把它带在身边。”

“不会坏吗？”岳莲楼吃着桌上的梨干问。梨干甜得很，旁边还有一碟狮子糖，他边吃边笑：“你还真是爱吃这甜滋滋的玩意儿。”

靳岄没回答他的问题，左臂内侧的奴隶标记隐隐有些疼痛。恐惧、痛苦和惊愕，如今仍在他心头残留着分量不轻的一块，时时作痛，他却谁都不能说，不敢说。他把鹿头抓在手里翻来覆去地看，眼神时而温柔，时而惆怅。

岑融风风火火走进来，见到的他便是这副模样。他看惯了靳岄发呆，脱下外裳坐到靳岄身边，长舒一口气。“若是没有你，我该怎么办？”他笑道，“这一天可真长，太长了！”

岳莲楼端着梨干从窗户溜出去，不听他俩讲话。岑融告诉靳岄朝廷上发生的事情，眉目里尽是喜色："爹爹说我雷霆手段，办案有力。梁安崇想给我扣罪名，这次他可失策了。"

"卷宗拿到了吗？"靳岄问。

"拿到了。"岑融笑道，"陈霜手脚很快。明日上朝，有好戏可看。"

靳岄松了一口气。朝堂如何辩论，不是他关心的。他把鹿头放在掌中轻转，思索纪春明与卫岩搜查盛可光的铺子，不知是否会找到些有趣的东西。

正发着愣，手心忽然一空——岑融把鹿头夺走了。靳岄神色顿时冷下来："还给我。"

"你还补好了？"岑融细细看那鹿头，"这补法，摔得坏吗？"他说着忽然扬手，把鹿头朝窗外一扔。

靳岄煞白着脸，起身往前扑，但没听见玉片落地的声音。

一只手从窗下举起，正握着那鹿头。岳莲楼大声道："要不要脸啊？这是你的东西吗你乱扔？"

岑融面带几分不悦，狐狸眼里头有寒光闪动："你还留着这东西做什么？"

"不用你管。"靳岄拿过鹿头装进锦袋。他方才实在是怕得很，声音此时还有点儿虚。瑶二姐说这鹿头若是再摔一次，纵然神仙出手也无法复原。

"我要是你，这东西早扔了。"岑融说，"你把这鹿头给我，我为你处理。他是高辛人，你是大瑀人，中间隔着一个驰望原，你们没法再见面了。空留着这个玩意儿，没有用处。"

见靳岄还是不应，岑融又说："难道你还打算去驰望原？"

靳岄毫不犹豫："对。"

岑融脸色变了又变，像恼恨，像愤怒，像不甘心和屈辱："他有什么可惦记的？"

靳岄并未被他激怒。

"他差点儿杀了你！"岑融怒道，"那支箭再偏些许，你就死了！"

"他杀了我我也惦记！"靳岄丝毫不畏惧，也没有退却一步，"即便我死了，只要他在我坟前出现，只要他喊我的名字，我就会站起来，跟他走。"

岑融又惊又怒，紧紧攥着拳头，他满腔愤怒不知从何生出，也不知应该如何发泄。但他不喜欢看到靳岄现在的样子，也不喜欢听到靳岄说这些话。他要刺伤靳岄。某种直觉告诉他，只有让靳岄现在伤心，自己才能快活。

“可他恨着你呢。”岑融柔声道，“他恨不能杀了你。你早知道的，你不过是不愿意承认罢了。在北戎那一年你得到了什么？你什么都没得到，你孤身去孤身回，带着奴隶印记，连你最信任的狼崽子也要杀你。”

靳岍浑身发抖，紧紧咬着嘴唇。

“没人疼你，没人爱你，你什么都没有，靳子望。”岑融说，“你只有我，你只能依靠我。什么鹿头什么驰望原，你挂念那些有用吗？你去找他？找他做什么？让他再射你一箭吗？这回往心口上，不偏不倚，他不会留情的……”看到靳岍黑眼睛里的强烈痛楚，他有一种奇特的愉悦。越说越快时，脑后忽然被狠狠捶了一拳，岳莲楼从窗口跳进来，把岑融直接推了出去。

“滚！”他恶狠狠地吼。

岑融站在院中，被初夏的风一吹，霎时清醒。岳莲楼关上窗户和门扇，岑融暗暗咬牙，转身便走。

岳莲楼去看靳岍：“别听他胡说，不是的，一定不是的。”

靳岍抓住锦袋，手指微微发颤，口中苦涩难当。岑融的每一句话都变成了贺兰砜当日朝他射来的那支箭。这回准确无比刺中他心头，疼得他喘不上气。

窗外，立夏的月亮已经快圆满了。

那巨大的月亮照亮天地，夏季的风从南往北，吹拂绿意浓浓的草原。血狼山上地火熊熊，一刻不停，炎热的气候令人难以忍受，唯有夜间的峡谷才得片刻清凉。

存放高辛箭的密室被打开了，贺兰金英和朱夜转移了所有箭矢。他们在山下的怒山部落里找到一个愿意收留高辛人的营寨，年迈的高辛人和年幼的高辛人吃不住血狼山日渐酷热的天气，他们打算下山。

朱夜从里头翻出一个小匣子，里面空空如也。她递给贺兰金英，贺兰金英又递给贺兰砜。贺兰砜不禁一怔，匣子里曾放过一块血玉。他没有提，把匣子放在一旁，继续进进出出搬运高辛箭。

带着高辛箭，领着卓卓和老少族人，众人星夜启程，数日之后抵达怒山的小营寨。

怒山部落在五部落之乱中被哲翁重创之后，一直抬不起头。又因部落中人丁稀少，都是女子与老人，渐渐地，从最强盛、最大的部落，变成了比烨台还小的边缘部落。云洲王任北戎天君后，将血狼山还给了高辛人，怒山罪奴也得以释放，其中许多人在这小营寨里扎下了根。

贺兰砜和贺兰金英安顿好众人后，便到营寨里找阿苦剌和隆达。

阿苦剌跟他们来到血狼山后不打算回烨台，他在这儿教部落里的人和高辛小孩武艺。隆达曾是怒山部落守将，训练过军队。贺兰砜此前与他沟通过，打算把高辛人和怒山罪奴集结起来，训练出一支足够有力的军队。

隆达笑他野心太大，是真的想当高辛王。贺兰砜摇头，他只是想保护血狼山和自己的族人。

高辛人听贺兰砜和贺兰金英的话，但怒山罪奴不会听从兄弟俩指挥。若想达成贺兰砜的目标，他们还需要一位富有经验的怒山旧将。

与隆达的一番长谈，贺兰砜获知了一件重要的事情：当年哲翁屠尽怒山部落首领和他们的子嗣，但其中有一位青年当时并不在怒山。他是怒山首领敏将军最小的儿子，素有将才，但性格顽劣，听行商之人说北都有懂得武功的江湖人，便偷偷跟着一块儿去长见识。之后五部落内乱，怒山被屠戮，他再无音讯。

“远桑仍活着。”隆达说，“他捎过讯息回来，让我们不要去找他。他对首领之位毫无兴趣，只想四处游历。”

他始终是敏将军的儿子，只要找到他，怒山罪奴必定能集结起来。贺兰砜便委托阿苦剌去寻找远桑，阿苦剌启程去北都，一去就是大半个月。兄弟俩来到隆达的住帐时，阿苦剌正在帐子里烤火吃肉。隆达夫妻二人都不在，贺兰砜开门见山，向阿苦剌询问远桑的下落。

“找到了去向，但没找到人。”阿苦剌言简意赅，“你们执意要寻他，对不对？”

贺兰砜点头。贺兰金英不置可否，静静等待下文。

阿苦剌又问贺兰砜：“隆达说此人性格乖戾顽劣，即便我找到了，也劝不回来。那怎么办？”

贺兰砜没有犹豫：“我自己去见他。”

阿苦剌：“无论何处，你都去？”

贺兰砜："即便他在北戎王城，我也去。"

"那倒不必，他不在北都，甚至不在北戎。"阿苦剌悠然道，"三年前远桑随大瑀行商之人穿过列星江，去了大瑀。他说要见识大瑀江湖，去当一个行侠仗义的大瑀江湖客。"

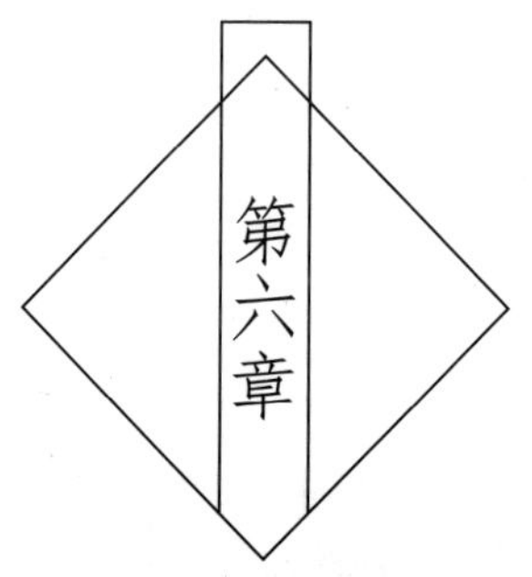

刀客

按阿苦剌的说法，远桑年纪与贺兰金英相近，性子顽劣，不服管教。怒山的敏将军共有三子，因有两位哥哥在前，远桑平素行事荒诞，也没人压制得住。他十几岁年纪便从部落中消失了，起初怒山人都以为他出门猎熊遭遇不测，谁料两年后他陆陆续续从北都捎回信件——竟然是跟着行商之人去了北都。

当时的北都有许多大瑀人通商往来。远桑对大瑀江湖客生出无穷向往，拎着一把铁剑便打算去拜师学艺，顺便与大瑀江湖客较量武艺。

之后他在北都如何生活，是否学到了什么，怒山人完全不知。远桑离开后不久，五部落之乱爆发，怒山被哲翁所率领的部队屠戮，远桑的父母与两位哥哥全都死于哲翁剑下。为了保护不知身在何处的远桑，怒山人全都闭嘴不谈，只说敏将军第三子已死，敏将军膝下仅有两个已经成婚当家的孩子。

即便如此，远桑也没有回来过。

幸存的怒山人起初寄希望于远桑从南方归来，带着众人回击哲翁与青鹿部落。但年复一年，他们在长久的无望的等待中明白一件事：远桑不会回来了。他的心不在驰望原，不在怒山，他甚至对父母兄长之死没有半分悲戚或愤怒。他要去大天地，要做江湖客。他离开怒山部落，就像把一棵树连根拔起。在他远遁的时候，身为怒山人的那片魂魄就已经被他抛弃了。

远桑托人捎过信。那信也不是问候故人的信，简简单单就几句话：莫找我，我很好。

阿苦剌只知道他在大瑀，但他究竟身在何处，久不去大瑀的阿苦剌也并不清楚。“此人很难劝，我认为他不会愿意回怒山。”阿苦剌说，“当然，现在怒山人还惦记着远桑，还是觉得他是敏将军的化身。只要他回来，怒山的人会听他的话，愿意和高辛人一起集结成军队。”

见贺兰砜愣着，阿苦剌又说：“你们若想找到远桑，最好去求助明夜堂。明夜堂北都分堂已经南撤到萍洲城和碧山城。”

阿苦剌带来的消息令贺兰砜的心绪久久不能平静。他以为靳岄离开之后他与大瑀就再不会有任何联系。曾经的誓言和承诺随着那支高辛箭射出，已经化作乌有。他不会去大瑀寻找靳岄，靳岄也不可能再回来见他。但此时此刻，他心头除却迷茫和震惊，仍旧有一丝半缕的欣喜，艰难地在种种困厄中提醒他：大瑀是靳岄的大瑀，他的月亮在那里。

他不能立刻做出决定，犹豫了许多天。贺兰金英这一夜拎着酒来看他，开门见山：“你是不是怕去了大瑀会见到靳岄？”

贺兰砜只顾闷头喝酒，不声不响。

“大瑀这么大，怎可能去了就会见到他？”贺兰金英说，“靳岄和岑融回的是梁京，只要你不去梁京，你们不可能见面。”

“万一远桑在梁京呢？”

“你可知道梁京有多大？”贺兰金英笑道，“比北都还大，分内外城，以四座城门分隔。靳岄被岑融保护着，岑融是三皇子，你以为随便在街头就能遇到靳岄？”

贺兰金英每每看见他那张不会笑的脸，心头总是愧疚。朱夜问出那支箭的事，贺兰金英便明白，那支箭射伤了靳岄，也将死死地、永生永世扎在贺兰砜心上。除了靳岄，无人能够拔除。

贺兰砜喝完酒，又给自己倒上：“怎么现在又劝我去大瑀？你不是不乐意我和靳岄一块儿玩？”

“连卓卓都知道你不高兴，大哥怎会看不出来？”贺兰金英说，“你我今生是人，下一世是鹰，再下一世是鱼。做人的快活和苦楚，也只有这一世能尝到。是我错了，我不该拦你，也不该说那些话。”

沉默许久，贺兰砜终于低声开口：“我怕。”

“你怕什么？”贺兰金英问，“难道你们见了面，你还要再往他胸口射一箭？”

贺兰砜盯着酒碗不出声。

“还是……你怕他恨你？”

一场闷酒喝到最后，贺兰金英把贺兰砜拖出住帐，狠狠摔在地面。头顶月亮缺了一片，贺兰砜浑浑噩噩从地上爬起，他听见大哥在耳边说话，嗡嗡的，是责备和斥骂，还有道歉与忏悔。贺兰砜一点儿不怪贺兰金英，那箭是从自己手里射出去的，靳岄是应该恨他。

“我会去大瑀。”贺兰砜说，“我去找远桑，去找……”

他翻身骑上飞霄，双腿一夹，策马飞奔。怒山部落周围的草原宽敞平坦，夏季牧场丰盈，水声潺潺，风吹起他的头发，令他的眼睛生出无穷无尽的疼痛。

贺兰砜心里有两个声音，一个说：不是靳岄，你知道不可能是靳岄说的，你只是太激愤，大哥身受重伤令你慌乱，没有人比你更清楚靳岄是怎样的人，他在你面前通透干净，他不会害你；然而另一个声音也在重复地提醒他：靳岄骗过你许多次，每一次欺骗都为了最终的目的——要回大瑀。如果不是靳岄，谁会知道你们兄弟俩要从英龙山道的密道经过？

贺兰金英和贺兰砜已经布好了迷阵。他们留下许多确凿讯息和痕迹，足以让云洲王相信，两人逃离碧山城之后，会先经桑丹，后往萍洲，穿过江北十二城返回驰望原。

但云洲王却把虎将军安排在英龙山道上。这绝不是一个随随便便的安排，烨台的虎将军，看着他们长大的虎将军，云洲王特意让他阻拦——正是因为云洲王认定兄弟俩必定会从英龙山脉离开。

兄弟二人和阿苦剌都认为是靳岄泄露了讯息，唯有朱夜始终不信。“靳岄不仅知道你们从英龙山道离开，甚至知道英龙山道里那条只有高辛遗族才晓得的密道，密道的位置还是我给他画出来的。”朱夜问过他们，“如果是他泄露，他为何不干脆说出密道的位置？虎将军若在密道把守，甚至可以将高辛遗族一网打尽，如果他要用这个消息向云洲王换取自由，这才是更合理的做法。”

他们彼此之间无法说服对方。这成了贺兰砜心头的一根刺。

他勒停马儿，飞霄停在了山崖上。持弓搭箭，贺兰砜举着高辛箭直指半圆的月亮。

万籁寂静，唯有月光和风击打雪山之巅的脆响。贺兰砜仰头才发现是下雨，一片薄云带着疏雨从头顶飘过。雨水清凉，打湿他的头发、眉毛和眼睛。他胸中万般情绪翻涌，张口大喊："靳岄——"

高辛箭破空而出，呼啸如风。细雨中群山回唱，忽远忽近，复诵着一个人的名字。

大瑀朝堂正经历一次剧烈动荡。

那份只盖着常律寺少卿与侍郎官印的证纸，同案卷一起放在了官家案头。官家大发雷霆，大瑀朝由官家放贷，因而严控民间私贷，如今盛可亮的家人竟然全部牵连在内。

梁安崇对证据和案卷提出异议，称常律寺少卿与刑部侍郎交接证纸，没有三章四审，不合程序，不应相信。他提议，先治两位副职之罪，再将案卷打回梁京府，从梁京府开始一层层走三章四审之程序，重新核审各种证据证言，以防冤枉了好人。

官家正是暴怒之际，大笔一挥，先是免了卫岩与纪春明罪责，又命御史台重核案卷，并将卫岩、纪春明列入查案刑官之列，一同查办盛可亮与盛可光收受来往之证据。一时间，朝堂风起云涌，原本站在盛可亮及梁太师一边的官员渐渐居家简出。岑融府门前倒是门庭若市，来往宾客极多。

靳岄与岑融自从上次吵过一架后，没再见过面。纪春明偶尔会和卫岩来府宅这儿找他说话，谈谈案子的进展。这一日纪春明又与卫岩同来，两人落座后，纪春明在桌上摊开了一份折子。

折子上的是两人查抄盛可光府宅、店铺与仓库所有物品的名录。玉器、金器、珠宝、卷册、书画，价值连城，应有尽有。靳岄暗暗惊叹：盛可光积攒财物的本事十分厉害，纪春明与卫岩能在这么短时间内整理出这样一份详尽名录，也是不容易。

"这里头有什么特别之处？"他问。

纪春明和卫岩互相使了个眼色，纪春明指着名录其中一项，压低声音道："这个。"

他神神秘秘，连一旁的陈霜也不由得好奇地凑了过来。"赤金缠丝九龙樽？”陈霜念出那物品的名称，“酒杯吗？这有什么特别的？”

但是靳岄立刻抓住了折子：“哪儿找到的？”

“盛可光卧房床铺下的暗格里，只放着这九龙樽。”卫岩说，“保存十分仔细谨慎，暗格隐蔽，若不是盛可光的妾室曾偷偷见过他摆弄床顶木栓，我们也不知道床铺下还有这样一个小暗格。”

被排除在谈话之外的陈霜有几分不满，他左右看了又看，纪春明向他解释："这是官家的东西。"

陈霜："谁去偷的？"

"不是偷的，这九龙樽是御赐之物。"靳岄说，"我家原本也有一个，是爹爹立下战功后，官家赐的。"

"这个九龙樽也是官家御赐，而且是赐给盛可亮的。"卫岩说，"五年前盛可亮牵头，带领常律寺与刑部的官员，破了一起私盐贩售大案，功劳极大。论功行赏，这赤金缠丝九龙樽便是那时候官家亲赐。"

官家赐给盛可亮的东西，竟然出现在盛可光家中。

靳岄明白了两人上门拜访的意思。盛可亮一直声称自己对盛可光和李氏等人放贷之事毫不知情，他们也确实没找到盛可亮参与其中的证据，但这九龙樽一出现，盛可亮根本无法辩白。只要有心人稍加运作，盛可亮难逃一死。

"小将军，这九龙樽可做大文章。"纪春明说，"我俩可以直接这样上报，但到时候还需要三皇子在旁协助一二。"

靳岄看着面前两位年轻的文官，微微点头。纪春明与卫岩都在盛可亮手下做事，平日受尽屈辱，忍无可忍，尤其纪春明，性格直爽清正，有了这个涤荡朝堂风气的机会，他自然想牢牢抓住。

"春明，把九龙樽给我，"靳岄说，"在名录上划去这物件名称，就当作你们从来不曾见过此物。"

纪春明和卫岩都愣住了。纪春明一把按住那折子："为什么？"

"我要这九龙樽有大用。"

"这九龙樽能让盛可亮死。"

"对。"靳岄点头，"但我不想让他死。"

纪春明脸涨得通红："你可知道盛可亮在任期间，有多少冤案错案，枉死过多少无辜之人！他只办大案，办大案有名有望，还能博得官家欢心。可这天底下一天天的有多少大案？对于那些嫌疑颇多的小案，三两个百姓死了，七八间房舍被抢了，他，乃至刑部上下，复核案卷从来都是稀里糊涂，一笔带过！他是清正了，但他手底下那些人个个膘肥体壮，不知拿了多少脏钱！哪怕证据不足，哪怕审案不清，有冤有错也照样封卷定案，不怀疑、不查清。”

他越说越激动，指着卫岩：“常律寺也是盛可亮看着的。他在官家面前是个好官，清正严明，可这清正严明的大半功劳都在卫岩身上！盛可亮做过什么？他一心钻营，上瞒下骗，不知带坏多少风气！我不相信他对盛可光放私贷之事毫不知情，只不过此人做事干净利落，不留把柄。”

靳岈问他：“那你认为这九龙樽，御赐之物，是盛可亮专程给盛可光送去的把柄？他既然这么精明，会犯这种愚蠢错误？”

纪春明：“不用管这九龙樽是谁塞给盛可光的。只要九龙樽不在盛可亮手里，他就有犯上渎圣之罪。”

“给我。”靳岈说，“我有用处。”

纪春明抿紧嘴唇。靳岈认真的模样，令他霎时想起当日毫不犹豫扇了他一记耳光的瞬间。他有些怕，有些紧张，但始终坚持：“不行。”

“你想让盛可亮死，其实是想让他得到应有的惩罚。”靳岈说，“春明，我保证他一定会付出代价。削官是一定的，甚至可能流放北方，此后余生吃尽苦头。”

纪春明仍不言语。

“这只是其一。”靳岈又道，“盛可亮这件事情，最大的意义并不在于惩戒盛可亮。朝中私放民贷的官员多之又多，盛可亮是正二品官，严厉惩治，以儆效尤，这才是我们此番筹谋冒险的真正意义。”

卫岩点点头，纪春明扭头瞪他。

“官场之恶，支离漫漶，你们想肃清此风气，绝非一日之功。”靳岈诚恳道，“春明，你可知我为何信你？不是因你状元之身份，也不是因你刑部侍郎之职，而是我知道，你曾在靳府门外书写千百句天日昭昭。靳岈心中对你万分敬重，知你心有铁骨，铮铮不动，朝中人只道你迂腐可笑，却不知是朝堂诡谲难懂，你这样的人正是一股清流。”

纪春明一张脸红了又白，讷讷不言。

“也正因我信你二人，我在此愿意坦白说明心中真正想法。”靳岈说，“你想让盛可亮死，但在我这里，盛可亮死并非最终目的。盛可亮是梁安崇梁太师的人，死了一个盛可亮，还会有别的盛可亮上任，于事无补。只有让盛可亮背后之人生畏，我们才算真正往前踏了一步。”

纪春明与卫岩向靳岄告辞时，纪春明终于松口，答应靳岄在名录上划去赤金缠丝九龙樽，并让卫岩把九龙樽送到此处。他与卫岩两人牵马离开，仍旧一副心事重重的样子。

“你常说朝中乌烟瘴气，令人难忍，如今有一个靳岄，怎么还是高兴不起来？”卫岩问。

“他不是朝堂中人。”

“如此算计，又心思细密，只要他想入朝为官，不过是三皇子一句话的事。”卫岩笑道，“此人倒是有趣，年纪轻轻，不仅说起话来头头是道，布局筹谋也毫不逊色，身边更有明夜堂这样的江湖侠客襄助……”

纪春明截断了他的话：“他不会入朝。”

卫岩一愣：“你怎么知道？他可是靳明照的儿子。”

纪春明：“那他也应该沙场点兵，而不是朝中论政。靳岄其人不适合朝堂，他如此筹谋，与你我二人的目标其实并不一致。他说他心中真正的想法是让梁安崇生畏，梁安崇与靳将军之死、萍洲之盟签订息息相关，他是冲梁安崇而去的。对于朝堂，他丝毫不感兴趣。”

卫岩奇道：“你与他不过几面之缘，怎么就这样了解他了？”

纪春明不禁揉了揉脸颊：“他打过我一巴掌。”

卫岩惊讶：“什么？！”

“卫岩，靳岄的心机令我不愉快，但我也只能信他。”纪春明低声道，“我真怕，这九龙樽他拿走了，必定是要从盛可亮口中换取什么的。如此作为，哪里称得上光明磊落？”

两人经过玉丰楼。岳莲楼正在玉丰楼窗边眺望景色，见到纪春明和卫岩，回头笑道：“这刑部侍郎与常律寺少卿也是雅致人，不知愿不愿意与我交朋友。”

章漠把一块银子放在伙计手中，忍住怒气：“你出门吃酒作乐，记得带钱。不要老把我叫来，我事情多得很。”

岳莲楼一拍脑袋：“对了，春风小栈那儿还有一顿酒钱，你一并帮我付了吧。”

章漠："你身上怎么没钱了？"

岳莲楼："春风小栈里的姑娘特别好看，我一高兴，全赏了出去。"

他一通胡说，房中伙计小心翼翼地提醒："客官，你朋友已经走了。"

岳莲楼来不及追赶，干脆从窗口跃下，宽袍大袖，飘然若仙。落地时章漠正好走到玉丰楼门口，冷冷瞥他一眼。岳莲楼这日不是女装打扮，引来路上许多人注目。他紧走几步追上章漠，笑道："开玩笑的，我见到这个，顺手买来给你。"

他给章漠递去一枚扇形玉佩，玉佩精巧，中央嵌有一枚莹润黄玉，价格不菲。

章漠有些惊疑："你付钱了？"

岳莲楼："付了！好看吗？"

章漠："不必给我，我不用这些东西。"

岳莲楼："那你砸了吧。"

章漠："你钱若是太多，就尽快把欠陈霜和灯爷的那几顿饭钱和衣裳钱还上。"

岳莲楼把玉佩塞到他手中："你砸吧，砸了我找人补好。我见靳岄那鹿头玉片也是这样做，补完之后愈发漂亮精巧。"

章漠忍着不发脾气："近日明夜堂帮众听到一些传言，有生面人到梁京来了。"

他说的是一位常在南方活动的神秘刀客。那刀客数年前开始在江湖中出没，行踪诡秘，难窥真容。传说他手持一把半人高的大刀，刀法奇特，似是野猎途中训练而得，武艺粗糙但力道惊人。

"此人我也曾有耳闻。"岳莲楼说，"他常在仙门关附近出没，但很少露出真容。有人说他收钱办事，什么人都杀，身上背着不少江湖人的生死债。"

"灯爷找到他，想招揽其入明夜堂，可那人不愿意受束缚，说完几句话便又消失了。"

"他来了梁京？"岳莲楼问，"来做什么？"

"不清楚。"

岳莲楼："陈霜说，靳岄身边最近确实有些古怪风声，他和游君山全都十分警惕。我去探查过，没见到人，也或许是陈霜与游君山过分紧张了。"

“不可大意。”章漠说，“你闲时不要总去花天酒地，多跟在靳岄身边。”

这一日，靳岄终于等来了红匣装着的赤金缠丝九龙樽。靳岄收下九龙樽，心想这事情还是得跟岑融打一声招呼才好。

“如今盛可亮被关押在刑部大牢，你若见他，最好今夜就去。”卫岩说，“今夜是春明值夜，可给你行个方便。”

靳岄问卫岩审问盛可光、李氏与盛鸿，有什么收获。

李氏与盛鸿禁不住拷问，刑只上了一个，两人便竹筒倒豆子般全都说了。盛可光倒是嘴硬，只不住地说要见盛可亮。“这九龙樽是盛鸿偷的。”卫岩告诉靳岄，盛可光把李氏和盛鸿拉下水后，一直寻找机会拖盛可亮入伙。他拐弯抹角问过盛可亮几次，盛可亮都拒绝了，他便撺掇盛鸿从盛可亮书房密库里偷了这御赐之物，藏在家中。有了这御赐的九龙樽，日后若是事情败露，盛可亮想撇脱他们三人，难上加难。盛可光若是声称放私贷也有盛可亮参与，盛可亮更把御赐之物赠给自己以作为兄弟俩联合放贷的凭据，盛可亮绝对讨不了任何好处。

“盛鸿这个蠢货。”靳岄冷笑，“以为把他爹爹拉下水，他爹爹便能在事发之后保护他们？”

卫岩离开后不久，章漠和岳莲楼便上门来了。几人在刚结了果子的桃树杏树下喝酒聊天，章漠临走前叮嘱陈霜注意靳岄身边的动静。

入夜，靳岄与陈霜出门前往刑部。岑融把游君山叫回身边，如今只有陈霜陪着靳岄。章漠原本打算多派些人来保护靳岄，岳莲楼自告奋勇，担起了这重任。但靳岄和陈霜等了半个时辰都不见岳莲楼出现。陈霜对他十分了解：“怕是又醉倒在哪个青楼、蜂巢子里了。”

靳岄笑道：“毕竟世间一切漂亮可爱之物，他都喜欢。罢了，我们出发吧。别让纪春明等太久。”

因是夏季，梁京城即便入夜也十分热闹，四处夜市辉煌，人声密杂。因耽搁了一些时间，靳岄和陈霜便抄小路前往刑部。“若真有人要袭击我，正好引他出来。”靳岄说，“一直提心吊胆，很没意思。”

他最近常把“很没意思”挂在嘴边，陈霜有些许不安：“怎么就没意思了？”

话音未落，他耳后汗毛忽然竖起，抬头便见一个黑衣人站在屋顶。那黑衣人身材瘦削修长，背上一把沉重大刀，长发在脑后高高扎起，全身上下几乎都以黑衣覆盖，只露出半张脸，浓眉下是平静双眼，目光冷冽。

陈霜立刻挡在靳岄面前，手腕一转，十柄小鱼飞刀便握在指间："是道上哪位朋友，报上名来！"

"好俊的手法。"那黑衣人在屋顶缓步行走，渐渐靠近，"但我不喜欢跟使用暗器的人打架。"

"在下明夜堂，无量风陈霜。"陈霜说，"敢问阁下高姓大名？"

"听不懂。"黑衣人说，"我姓袁。"

"袁大侠，靳小将军由我明夜堂保护，你若不清楚，明夜堂不怪罪。"

黑衣人点点头，从背后甩出大刀，单手握住："好，我不怪你。"

这回换作陈霜听不懂了，这黑衣人似乎不理解陈霜的话。靳岄在他身后说："他的大瑀话发音有些古怪，像是……北戎人。"

话未说完，黑衣人一阵风般袭来！

陈霜有把握保护靳岄周全，当即射出左手五柄小鱼飞刀。小鱼飞刀淬过麻毒，可制服敌人，只见黑衣人身形一扭，当当数声，小鱼飞刀撞在大刀上。黑衣人尚未收刀，又有数枚细针无声飞出，正好与撞击声重合，难以察觉。

黑衣人腰身一扭，就地一翻，双足竟半蹲墙面，以大刀支撑："我讨厌暗器。"

陈霜骂："这混账也太会躲了！"

黑衣人并没有那么多花哨手法，他在墙上一踏，生生踩下半个足印，身形弹出，沉重大刀擦地，铿然有声——他竟这样举起大刀，往陈霜和靳岄头顶劈下！

靳岄几乎屏住了呼吸：这是他曾见贺兰砜使过的刀法！是驰望原猎人们最擅长的杀敌之势！这般朝野兽当头一劈，必定天灵碎裂，脑浆迸溅！

刀势如风，陈霜揽着靳岄往后一跳，险险避过此刀。大刀在地面狠命一砸，几乎没有半刻停顿，立刻又被黑衣人抓起，继续劈砍！

"好强的膂力！"随着一声长笑，岳莲楼砰地落地，双手各持瘦长铁剑，交叉挡下那凶猛如雷霆的一击。两人武器相击，一声巨响，剑气震荡。

纵然他武功高强，也必须双足咬紧地面才不至退后半步。大刀极为沉重，岳莲楼将内力灌注于双剑之上，缓解了大刀袭来的压力。他咬牙笑道："阁下就是江湖上鼎鼎有名的仙门怪客？”

那黑衣人忽然收刀后跃，与岳莲楼拉开距离。他微微侧头，上下打量岳莲楼。“我知道你。”黑衣人说，“你这两把剑会变色，是独门兵器。”

靳岄这才发现，岳莲楼手中的两把银色铁剑竟然变作殷红之色，剑刃上一排金色纹路，熠熠闪光。

“识货！”岳莲楼笑道，“凤天语乃上古绝门兵器，后羿大神亲自炼造，王母娘娘亲手刻下十二道镇邪符文。我吃尽万般苦头，九进九出生死殿，才从阎王老儿手中夺回这两把剑。它是九天异凤，声清啼亮，今天竟然被你看出真身。”

靳岄：“……”

陈霜低声解释：“胡说八道，上次他跟阮不奇说这两把剑是共工怒触不周山后，从不周山底下挖出来的女娲遗宝。”

靳岄：“那为什么会变色？”

陈霜：“他内力倾注，凤天语内含异金，受内力影响才会生出变化。”

那黑衣人显然根本没听懂。他警惕地打量岳莲楼：“你是明夜堂阳狩，岳什么，不男不女。”

岳莲楼先是一愣，随后大笑：“对，我就叫岳什么。不男不女……你倒是有自知之明。”

黑衣人单臂拎起大刀，直指岳莲楼。新月虽冷，但仍照出此人身形，他双手双脚肌肉遒劲，线条漂亮流畅，那大刀沉厚，他握在手中，就像握一柄小剑般轻松。

岳莲楼不敢放松警惕，挪移半步，挡在陈霜和靳岄面前。“传闻仙门刀客膂力强劲，虎刃无情……”他笑道，“没想到竟是女子。”

“男或女，有什么重要？”刀客低声道，“闯荡江湖分什么男女？”

“让我猜猜你的身份吧。”岳莲楼笑着说，“在下曾于北都回心院混迹多时，南来北往的朋友也结识了几个。听你说话的口音，你是北戎人。”

刀客显然知道今日无法对靳岄下手，往后一跃，跳上屋顶，与岳莲楼拉开距离。

“北戎地域广大，五大部落之间说话口音也大不相同。你讲话已经很像北都人，但个别词语，仍带怒山口音。”岳莲楼说，“怒山部落位于北戎最西端，说话调子跟西边的金羌有些类似。”

他顿了顿，说了一句怒山话。

刀客微微一怔。那双冷酷的瞳仁中，头一次出现动摇与震惊。

“什么意思？”陈霜低声问。

“怒山人像雀儿一样杀不死。”靳岄回答，“我在血狼山听过这句话。”

刀客远远望他，又退了一步。把刀收起来之后，她向岳莲楼和靳岄行礼，是大瑀人的作揖方式。“我许多年没听过怒山话了。”她声音一换，不再低沉，“多谢。”

说完这句话，她往后跳纵，几下便消失在夜色中。

岳莲楼收好双剑凤天语，回到靳岄身边，把这刀客的事情一一告知。

“可她说她姓袁。”靳岄说，“北戎人的姓氏里可没有‘袁’姓。她是怒山人，那她就是怒山氏，这才是她的姓。”

“来大瑀讨饭吃，总要入乡随俗，起个假名字。”岳莲楼笑道，“袁啊，袁姑娘。不知长得美不美？这回没能下手，总要再来的，到时候我揭揭她面巾。”

陈霜满脸怒气：“岳莲楼，今日这事情我必须跟堂主禀报。你是要来保护靳岄的，你瞧瞧你都干了什么！”

岳莲楼收起嬉皮笑脸的模样，认真道：“我认罚。”

陈霜和靳岄等着他下一句话。

岳莲楼：“我是真的认罚！”

陈霜：“没想到，这么不要脸的人居然真的认罚。”

他这话对着靳岄说，像是在背后悄悄讲岳莲楼的坏话，但又是说给岳莲楼听的。岳莲楼表现出了极好的涵养：“我这回是错了，你怎么骂我都可以。但不要学阮不奇那样阴阳怪气。”

两人一边走，一边你来我往地吵架。抵达刑部的时候，纪春明已经在门口等了许久。

盛可亮就押在刑部大牢里，有纪春明在内，靳岄很快便在牢里等到了被拖来的盛可亮。盛可亮受了一点刑，脚趾血肉模糊，靳岄不禁看了纪春明一眼。

“不是我，是卫岩。”纪春明也不由得微微皱眉，“常律寺的风格就是如此。”

屏退左右后，靳岄只留了纪春明在身旁。陈霜与岳莲楼都守在外头，确保不会有任何人打扰靳岄与盛可亮的面谈。靳岄并不打算拐弯抹角，他直接掏出了赤金缠丝九龙樽。

一见九龙樽，盛可亮立刻面色惨白。等靳岄说出九龙樽是从盛可光家中找来，并且是盛鸿偷去的，盛可亮一声长叹，绷紧的肩膀立刻垮了下来。他沉默良久，这事实像是霎时间抽走了他身上所有力气。“小将军是要从我这里问什么？”盛可亮开口，“若我说了，你能保我妻儿无恙？”

“可以。”靳岄说，“杨松儿一案实则由岑融督办。”

“我要一个保证。”盛可亮说。

靳岄看向纪春明：“纪春明便是见证。他是什么样的人，没有人比你这位顶头上司更清楚。你把我想知道的事情告诉我，这九龙樽便不会出现在盛可光家赃物的名录中。它会回到你家里，仍是你好好保管收藏的御赐之物。”

盛可亮终于点头：“你问吧。”

靳岄想从盛可亮口中探问的有两件事。在靳岄与盛可亮来回辩驳追问中，纪春明终于明白，为何靳岄执意要拿到这九龙樽，为何执意要逼盛可亮。

因为盛可亮是唯一缺口。

“元康三十二年，金羌进犯北戎，西北军大败，莽云骑全军覆没，我父亲死于沙场。”靳岄双手在袖中微微攥紧，“当日从北军和梁京调运往西北军的军粮，为何被截留？被谁截留？”

盛可亮睁大了眼睛，良久才笑出声。

“果然是靳明照的儿子，一针见血，单刀直入。”他长笑两声，面色一沉，“我知道自己已是弃子。如今押在刑部大牢中，朝不保夕，若非有纪春明安排人紧密看守，我早已经死了几百回。当日我去寻梁太师救助，梁太师避而不见，我便知道会有这样一日。”

他抬头紧盯靳岄：“三十二年秋深之时，北境风云急变，才入十月便满天飞雪。容河全域陷入冰灾，未来得及收割的粮食全都压在了雪地里，许多还未备冬衣的人冻死饿死，仅昌良一城，半个月已有上千饿殍冰尸。”

容河是列星江支流，位于列星江南岸的昌良城是容河流域最大的城池，同样也是重要港口。冰灾时，容河上下游无数难民拥向粮储充足的昌良城，城守夏侯信开城门迎接难民，城内百姓节衣缩食，富贾捐衣捐粮、连开粥棚，让难民至少有衣上身、有米落肚。

“赈济灾民的是夏侯信，扣下军粮的也是夏侯信。”盛可亮说，“夏侯信是梁安崇的学生，他是奉梁安崇之命行事。”

容河冰灾的折子如雪片般飞到朝廷，官家彼时已经拨下粮食北去赈灾。这批赈灾的粮食只走陆路，比从梁京调配到西北军的军粮要稍迟一些。

“昌良有大码头，梁京的军粮从沈水入列星江，北军军粮同样通过列星江水道运往昌良。按照安排，这两批军粮将在昌良汇合，一同用大船逆流而上，运至封狐城。”

靳岄微微点头，牢中烛光昏暗，他半身隐在暗处，半身处在光亮中，眼神闪动。“两批军粮都被昌良夏侯信扣下了。”

盛可亮微微一笑：“夏侯信没有那么蠢。抢粮的是城内和城外的难民。昌良接收数万难民，当时城中粮食渐少，原本一天能喝两顿粥水，变成只得一顿粥水。又是寒冬，日夜落雪，露宿在外的难民极其难熬。”

在难民抢粮之前，城内粮仓也曾被难民攻陷，结果其中只有麦皮，难民们哀哭不已，跪地求天。等到麦皮也吃完了，人人自危。恰在此时，城内忽然流传一个讯息：梁京运来了大批粮食，却不是给难民的，是送给金羌当作和议之礼的。

靳岄失声而笑：“真是辛苦，编出这样一个借口。”

“虽是谎言，但当时难民如同火药，一点便着。人人都不想死，抢粮是死，不抢也是死，可抢了指不定还能多挣两天吃的。许多人拖家带口来到昌良，哪怕为儿女抢下一把半把米也值得。”盛可亮说，“抢粮之事持续三天两夜，死了许多人。护粮的那些官兵哪里能打得过成千上万饥民？那可都是不要命的人。”

他沉默片刻，又道：“彼时你正在宫中。朝中之人一知道军粮送不到西北军，便立刻晓得，靳明照是不成了的。他既然不成，你又算得了什么？”

靳岄闭了闭眼睛，如今再听到这种话，他已经不愤怒了，有更大、更汹涌的怒火淹没了他。

“抢粮之后大约七八日，朝廷赈灾的粮食便到了。”盛可亮说，“夏侯信回朝请罪，说自己护粮不力，在殿外长跪五日，晕倒了又着人泼水浇醒。他年纪已有四五十，官家看得不忍，又有梁太师在旁劝说，最后被免了死罪，削官下放到仙门城去当城守了。”

仙门城是南方小城，在沈水下游。仙门城城守与昌良城城守地位绝不可同日而语，要细论起来，连刑部主事都比仙门城城守高出几阶。

“仙门……”靳岄重复，“是仙门城外仙门道，仙门关口仙人笑那地方？”

“正是。七宗九教，品流复杂，但夏侯信是个奇人，他去仙门，仙门便立刻开始流传他为黎民百姓不惜抗旨夺粮，是个真正爱民如子的好官。此人在仙门十分受崇敬，其精明圆滑，可见一斑。”

靳岄一一记住了，手指轻抚九龙樽，问了第二件事：“梁安崇与五皇子岑煅之间是怎么回事？岑煅去了封狐城，这里头有什么弯绕？”

纪春明大吃一惊，他左右看着靳岄和盛可亮，一时间还不明白盛可亮这事情与岑煅有什么关系。

盛可亮神色变化，“哈”地一笑：“你果然是岑融的人。”

离开刑部，靳岄走在清明夜色中，深吸梁京夜间的清爽空气。岳莲楼和陈霜跟在他背后，两人都在发怒：“那盛可亮说的什么屁话，小将军什么时候是岑融的人？”

“如今朝廷中的人全都认为我确确实实依附岑融，真相已经不重要。”靳岄袍袖一拂，回头道，“我们去找岑融吧。”

岳莲楼赶上他：“你真的要去仙门？”

“嗯。”靳岄毫无犹豫，“夏侯信在仙门，我要去看看他是什么样的人。”

岳莲楼：“与你同去。”

陈霜赶上来：“我也去。”

靳岄扭头道：“你从碧山一直跟我回来，这段日子太过辛苦。有岳莲楼在，你便休息几日吧。”

陈霜不愿意：“岳莲楼信不过。”

两人自然又扭打在一起。靳岄在摊子上买了冰雪冷圆子，等他们过来吃。摊上还有戴着纱帽的年轻女子，不住地往这边看过来，岳莲楼改不了自己的毛病，摇着扇子走过去：“姑娘这簪子不好看。”

几个女子都是一愣：“你说什么？”

“戴在姑娘发上，倒把姑娘的倾国倾城色削了几分。”

看到那边笑得花枝乱颤，靳岄万分不解：“岳莲楼这种酸话，怎么就有人听？”

“都赖那张脸。”陈霜喝了一口碗中甜水，抬头道，“你可别赶我走，我跟你去仙门。”

靳岄：“陈霜，你不是我奴仆，也并非随从，你不必这样。”

陈霜：“小将军，我乐意跟着你，你不用在意。”他起身又跟摊主要了一碗樱桃煎，放在靳岄面前。

这樱桃煎用的是杏花蜜，与靳岄吃惯的桂花蜜不同。他慢慢吃着，忽然问：“陈霜，你与我是不是有什么渊源？”

岳莲楼此时坐了回来，立刻点头：“有。”

陈霜：“没有。”

靳岄：“到底是有还是没有？与我没有，莫非你与我父亲或母亲有渊源？”

岳莲楼抿嘴笑了，摇着折扇不住点头。

陈霜仍坚称没有。他大口吃完冷圆子，没提防岳莲楼出手摸他脑袋，像抚摸一个小孩。“陈霜是明夜堂最好的孩子。”岳莲楼说，“心思单纯，巧嘴利舌，就是秘密多了些。”

身边那几个女子又招呼岳莲楼过去，岳莲楼摇摇头。有别的男子也摇扇靠近，要请那几位姑娘喝酒，被她们狠狠骂了一顿。

岳莲楼乐不可支：“这人像不像浑答儿？”

陈霜在桌下踩他，靳岄不想打破此时快乐轻松的一切，笑着接话：“是很像。”

此时萍洲城里，浑答儿狠狠地连续打了几个喷嚏。

贺兰砜从一间矮房子里钻出来，随口问：“病了？”

“呸！”浑答儿说，“狗嘴吐不出象牙。”

贺兰砜跨上马儿，想了想，又问：“卓卓在家里也常说‘呸’和你刚刚那句话。”

浑答儿：“又是大瑀怪话。”

贺兰砜很快地笑了一下，没有接话，慢慢地驱马往前走。

浑答儿也策马跟在他身后。贺兰砜来到萍洲之后，很快找到了守城的浑答儿，请求他帮自己寻找明夜堂的人。与贺兰砜同来的还有阿苦剌以及当日随卓卓一同消失的巴隆格尔。

北戎人都知道贺兰金英被新天君射杀，天君还赦免了高辛人的罪。浑答儿如今看着贺兰砜，不敢贸然提起贺兰金英，只是有一搭没一搭地与他闲聊。

“你知道都则死了吗？”他说，“现在都不晓得他是怎么死的。据说是英龙山脉那边有流匪，他的尸身开春了才被发现，一直冻在雪地里。”

贺兰砜吃惊：“都则死了？！”

“是啊。”浑答儿说，“我没有伴当了。唉，早知道，应该对他好一些。你们可能不晓得，都则其实不喜欢靳岄。他偷过靳岄和阮不奇的东西，偷走之后便烧了。靳岄当时常常给他伤药，可他也不用，全扔池子里了。”

贺兰砜手紧了一瞬：“他不喜欢靳岄？靳岄对他没有不好。”

浑答儿说不出理由，贺兰砜心头忽然生出怪异的不安。两人离开这处大瑀人杂居的地方，在街上与巴隆格尔会合。

“确实有一位口音古怪的北戎刀客在大瑀出没，与远桑去大瑀的时间一致。”贺兰砜说，“但明夜堂的人并不确定他是不是远桑。”

为了买到这个情报，贺兰砜给了明夜堂的人不少银钱。他起初以为明夜堂的人都与岳莲楼、阮不奇一般，但今日一见，才发现大部分都是正常人，跟陈霜不相上下。岳莲楼与阮不奇这阴阳二狞，只不过是明夜堂中古怪又少见的奇人罢了。

“那你要如何？”浑答儿问，“你要去找这个刀客？为啥要找刀客？”

贺兰砜：“跟他学武。”他勒停马头，对巴隆格尔说，“给阿苦剌写信吧。我们不回去了，直接往大瑀去。”

“大瑀这么大，远桑究竟在哪儿？”巴隆格尔问，“我可从没去过大瑀，就咱们两个，行吗？”

“不过是找一个人，有什么不行的。”贺兰砜沉声道，“那刀客常在一个叫仙门关的地方出没，我拿到了地图与路线。”

浑答儿说：“你们打点行装吧。我送你们去碧山。”

“不必。”贺兰砜与他道别，“再会。”

他对浑答儿仍是不冷不热的态度，浑答儿面上讪讪，扬声道：“路上小心！若见到靳岄，替我问声好！”

贺兰砜狼瞳中阴影闪动，萍洲城上空群星灿烂，月色稀疏。他一路从血狼山往北都、往萍洲城来，巴隆格尔会问靳岄，浑答儿会问靳岄，仿佛他前去大瑀，就必定会见到靳岄似的。

那明夜堂之人笑着与他说，仙门关素来是求仙问道之人常徘徊之处，若有仙缘，说不定真能碰上什么奇特际遇。

什么是仙缘？贺兰砜不解。

那人摇头晃脑："仙门城外仙门道，仙门关口仙人笑。得偿所愿，久别重逢，均是仙缘。"

贺兰砜说不清自己心头怀着什么期待或是恐惧，两者掺杂不清。他梳理不出眉目，只知道自己其实恨不得飞霄越跑越快，最好转瞬便抵达列星江。

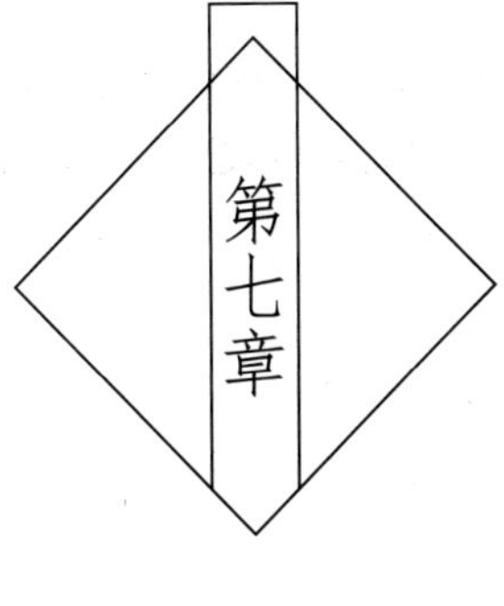

第七章

仙门

从萍洲城往仙门关去，得先从碧山城码头乘船，横渡列星江后一路往南，沿沈水前行。仙门关在沈水下游，被群山包夹，偏僻寂静。

北戎人出碧山城关口需要文牒，浑答儿帮贺兰砜弄了两张。巴隆格尔从未乘过船，恰好列星江起风，他一路呕吐晕厥，发誓此生再也不坐船。

贺兰砜倒是适应得很快，他曾和靳岄一起坐过船。渡船上人不少，密密匝匝地坐着，一半北戎人一半大瑀人。北戎人看到他的狼瞳，便想起在庆典上射杀哲翁的高辛将军，面露畏惧之色；大瑀人没见过这种异样瞳色之人，纷纷打量他，有些怕，又十分好奇。哲翁虽然已经死了，但他授意大巫传播的“高辛邪狼”传说仍在驰望原上流传。贺兰砜发色与瞳色都是明显的高辛人模样，好在他已经适应了这些目光，一路只是沉默。

横渡列星江后，一船人便抵达了杨河城。贺兰砜和巴隆格尔在杨河城换了文牒，有了在大瑀通行的自由。两人都带了马，但走陆路比走水路要慢上大半个月。

贺兰砜：“你行吗？”

巴隆格尔疯狂摆手：“不行不行不行不行……”

贺兰砜只得离开码头，和巴隆格尔骑马走陆路前往仙门。

从杨河往仙门去，必须经过梁京。贺兰砜一看地图路线心里就打鼓，偏偏巴隆格尔还在身边有意无意聊着不开窍的话题：“船夫说杨河是北戎回大瑀必经之处，不知靳岄与陈霜他们当时是不是也在此逗留过。”

两人骑马路过一个油饼摊子，巴隆格尔又说：“靳岄是不是喜欢吃这东西？”

贺兰砜：“够了，走吧。”

当然是喜欢的。他驱马前行，不愿意想，又没法控制自己不想。此时正是夏季，街头行人都穿夏装。贺兰砜心道，如果是冬季，指不定看着谁身披狐裘，他便要冲上去拉住细看。

出发北都之前，朱夜、卓卓和贺兰金英做了一桌子好饭好菜为他送行。趁贺兰金英给卓卓说天神故事之时，朱夜偷偷把他拉出去，问他去大瑀是不是也要去找靳岄。

贺兰砜说不是，朱夜便浓眉一蹙：“骗自己做什么？你明明也想去找他。”

他和巴隆格尔离开萍洲城，前往碧山城时，在城郊外遇到了一个阿拜。贺兰砜认得那位阿拜，他眼神不好，几乎半瞎，说过云洲王是天上降世的神子。北戎人尊重阿拜，巴隆格尔特意下马向阿拜问好，给他买了些饼子和茶。阿拜牵着巴隆格尔和贺兰砜的手，说他俩此行一定事事顺利。贺兰砜心想，何谓顺利？是指他们找到了远桑，还是说自己想见到的人一定能见到？

离开杨河城，进入夹山之道，靳岄曾与他描绘过的千般风景一一撞入眼中。

大瑀景色与北戎果真不同。小山大山崎岖万丈，树林茂密，枝叶低矮，道旁酸李初杏，一个个青不溜丢，路过的行人或是骑马坐车，或是背篓步行，篓子里装着山货、粮食、衣物，有时候装着一两个小孩。

有时候在路口，他们会看见卖东西的人。小猪、鸡鸭，还有坐在竹篓子里的孩子，和牲畜放在一起，明码标价。

巴隆格尔困惑不解：“大瑀人也卖奴隶？”

贺兰砜听靳岄讲过这些事情。活不下去了，家里有什么能卖的就全都拎出来卖：家具、粮食、孩子、女人。靳岄说他们不是奴隶，可贺兰砜觉得与奴隶实际也没多大差别。他不禁又想起靳岄和自己初次起争执的样子，为了一个阮不奇。

官道旁不少摊子供应茶水点心。巴隆格尔和谁都吃不惯，但贺兰砜吃喝得很是认真。这饼子靳岄提过，这种茶靳岄也提过。靳岄……靳岄……入了大瑀，处处都是靳岄的痕迹。

他并不一定真从此处经过，但这是大瑀，靳岍的大瑀。在贺兰砜看来，他现在是踏入了靳岍的世界。

茶摊中偶有江湖人走动来去，说些茶余饭后的闲话。一路走一路看一路听，大半个月后，在梁京城外的茶摊，一个贺兰砜熟悉的名字终于跳进他耳朵里。

“最近怎的不见岳莲楼生事了？”

巴隆格尔与贺兰砜对了个眼色。身后一桌江湖客正在议论岳莲楼。

“找他作甚？”另一人压低声音，“上回就因为这岳莲楼，少帮主惹恼了明夜堂，还是老帮主和夫人押着去明夜堂给章漠道的歉。才过多久又忘了？又要招惹这不男不女的妖怪？”

巴隆格尔听得尤为认真，半晌后小声问：“是咱们认识的那位岳莲楼？”

贺兰砜：“应该是了。”

“上月铁刀门门主的女儿，据说拿着十来把写满酸诗的扇子上明夜堂找岳莲楼，要岳莲楼娶她来着。”又有人笑道，“那酸诗确实都是岳莲楼写的，哎哟我的天，念出来都让人脸红。”

“所以呢？娶了吗？”

“没呢！不知怎的，被那章漠一挥手，全都烧没了。”那人拍着膝盖大笑，“我听明夜堂里的兄弟说，岳莲楼在院子里跪了两天两夜，动都不敢动一下。”

其余人纷纷大笑，巴隆格尔也跟着一起笑，被贺兰砜瞪一眼，迅速闭嘴。

等进了梁京外城，关于明夜堂的传言便越来越多，越来越具体。其中很大一部分都与岳莲楼有关，这个此前隐姓埋名的阳狩，最近坦荡亮相，惹出不少风波。说他好看，说他胡闹，说他成日上蹿下跳，说他引得梁京城内姑娘少妇穿衣打扮都换了风格，等等。巴隆格尔听得震惊，再三跟贺兰砜确认，此岳莲楼究竟是不是回心院里跳舞的彼岳莲楼。

贺兰砜跟人打听了靳明照府邸的地址，在清苏里来来回回走了好几趟。他买了盏天灯，拿着毛笔犹豫很久，写了个“岍”，松手让它往上飞了。在靳府围墙徘徊的时候，他甚至想翻进去看一看，看看靳岍常说的那棵李子树还在不在，靳岍小时候常栽进去的小鱼塘是否干涸。

他在靳府外徘徊三夜，没做别的事情，只把靳岍说过的地方一一走了一遍。燕子溪边的海棠早已落花，两岸都是绿叶葱郁，燕子们果真在岸边屋檐下筑了许多巢。贺兰砜比画着小桥的扶栏，心想，被爷爷牵着来看小燕子的靳岍，那时候应该只有扶栏那么高。

第三夜他离开清苏里，往潘楼走去，在街上看见卖樱桃煎的摊子便要了一碗。他不大喜欢吃这种甜腻的东西，全因常常听靳岄提起，那樱桃煎点的是杏花蜜，琥珀般的甜水里漂着殷红的樱桃蜜饯。

贺兰砜喝了一口："……"

在他认识的人里，只有卓卓可能会喜欢这玩意儿。但他还是一点点地吃完了。

他一双黑中蕴碧的眼睛实在令人印象深刻。摊子前不知何时来了两位青年，不住地打量他。贺兰砜抬头，只见其中一位身佩长剑，器宇轩昂，他不想惹事，便低下了头。

另一位文士打扮的青年却走来问："阁下可是高辛人？"

贺兰砜一怔："我是。"

"听闻最近靳明照将军府外有绿眼睛的男子徘徊，你也认识靳将军？"

"我从驰望原来，到南境做生意的。"贺兰砜说，"心中钦佩靳将军，便多去看了几眼。"

那青年面露喜色："原来你也崇敬靳将军。不知将军在驰望原是个什么说法？听闻北戎人不喜欢咱们将军，高辛人又如何看待？"

贺兰砜不想和他多言语，起身告辞。

待他远远离去，纪春明才黯然一叹："高辛人怎的如此不好相处？"

他与卫岩点了些饼子和酒，店家笑道："我给小将军也备一份樱桃煎？"

"小将军今日不来。"纪春明道，"你家这樱桃煎太甜了，除了小将军，也没人吃得下。"

贺兰砜并不知道自己方才偶然路过的小店子是靳岄等人常去的地方。他彻夜不眠，等巴隆格尔歇下了便翻上屋顶。此次来大瑀，他们轻装简从，贺兰砜此刻却觉得手中空空。靳岄离开这么久，他已经把靳岄教他的《燕子三笑》学会了，可惜没有机会吹给他听。

梁京城中仍有灯火通明之处。他吃不惯甜食，仍吃了；听不懂潘楼里的嘌唱，仍去听了。玉丰楼的灯阁没有点燃，城中没有灯会灯节，他这三日几乎将靳岄说过的所有地方一一去遍，还是觉得不够。

此天此月，此风此景。一想到靳岄和自己同在这大城之中却无法得见，贺兰砜心口便一阵窒痛，令他喘不上气。

巴隆格尔以为他不适应大瑀才夜夜失眠。离开梁京前往仙门，一路上他都不住提醒贺兰砜：好好休息，抵达仙门后才有精力去认真寻找远桑。

这一路奔驰不停，又是大半个月。

仙门道附近山坳险峻，路径复杂，道中有一处关口名为仙门关，无人把守，只是个过去常在诗词里亮相的地点。凡从南境往北，或是北境往南，走仙门道是最快的路径。也正因为来往路客多，渐渐才有了仙门城。

贺兰砜和巴隆格尔越是靠近仙门关，越是觉得气氛古怪。仙门道上许多身着黑衣、白衣、彩衣之人，成群结队，唱诵着古怪的歌谣，舞蹈般跳跃来去。

“大瑀人这么想当神仙？”巴隆格尔笑道，“这一路都是神仙，天上哪里装得下这么多。”

两人翻越山径时，贺兰砜往远处隐约可见的仙门关望了一眼。这一眼他便停下了，怀疑自己的眼睛出了问题。

一具巨大的骸骨陈列在仙门关外，骸骨上装饰着无数彩绸花球，更有许多人焚香下跪，磕头跪拜不停。

“那是什么东西？！这么大的骨头！”巴隆格尔惊呆了，“妖物吗？”

经过的人闻言大笑：“真是不识货！那是赤燕的圣象！死在仙门关外，如今只剩一副骨头罢了。”

仙门道得名于一些古老的传说：世间修道之人得道成仙，或天上仙人下凡历劫玩乐，总需要一条出入上下的路径。仙门道恰好位于大瑀中心，是一处贯通南北、西东的重要位置，它纵横几十里，如蛛网一般辐射四面，有沈水这样的大河，也有麒麟百峰这样的高峻山峦，更有巫州峡谷、攀仙洞这类深藏许多传奇故事的幽深险峻之处。

仙门道正是成仙之人登天或天上仙姝下凡之路。先有仙门道，后有仙门关，最后才渐渐攒出一个仙门城。此地群山众多，民舍村落错杂，许多求道修仙之人在周围立宗传教，故说起仙门，便有“七宗九教”之称。

这些事情贺兰砜和巴隆格尔是不会知道的。两人与那出声的过路客说了几句话，一道往仙门走去。那过路客原来也是行商人，他告诉二人，那头大象是元宵灯节时千里迢迢从赤燕赶往梁京的大象。赤燕一行人每年都骑着三头大象从湿热的南境边缘往北方赶，每年都会经过仙门道。

仙门附近的许多人从未见过大象，纷纷称其为“圣象”，赤燕队伍每每经过，人们就在道旁下跪朝拜，高呼圣象之名。若遇上雨天，圣象踏过的泥潭更有许多人挖泥塑像，一个“被圣象踏过”的小泥塑能在仙门城里卖出高价。

巴隆格尔低声对贺兰砜道：“这不跟咱们的巫者一样吗？这是巫象。”

“嘘！”那行商连忙摆手，“这话可不能乱说。”

贺兰砜与巴隆格尔在梁京换了大瑀人的衣裳，巴隆格尔剃去满脸的络腮胡子，两人乍看与大瑀人无异，但行商还是一眼看出两人身份。

“一会儿咱们到了仙门关口，你们千万别说一句圣象的坏话。其实这象死到现在，早就烂了。若是走近，你们定能闻到腐肉的气味。如今天气渐热，那剩余坏肉全都腐烂生虫，恶臭不堪。”

巴隆格尔用蹩脚的大瑀话问：“那你们还拜？”

据行商所说，大象身躯庞大，因生病而死在仙门关，赤燕人带不回去。他们本想举行仪式后，把象身切割成小块，推入沈水。夏季沈水势大，能把小块的象肉一直推入大海中。

“但问天宗的人阻拦，这事没做成。据说问天宗花了点儿钱跟赤燕人买下这大象，赤燕人便走了，留下这巨大尸体。”

说着走着，下起雨来。贺兰砜想起他们从梁京城离开后，隔三岔五地遇到大雨。三人在一处无人道观里避雨，行商与他们说起问天宗的来历。

问天宗起源于仙门，到如今不过三十多年历史，却已经是仙门一带最负盛名的帮派。仙门的七宗九教，为首的便是问天宗。问天宗信徒遍布仙门，上至官员，下至囚徒，没有人不知道问天宗。

“我也是问天宗信客。”行商之人说，“问天宗素来行好事、布善运，在大瑀声名赫赫，仙门城城守夏侯信大人对我们宗主也是尊敬有加。宗主于长生一道颇有心得，听说连大瑀皇宫里也有人找我们宗主问道求长生。”

巴隆格尔忍不住问：“你从梁京过来，这一路没见到卖小孩的人？听闻大瑀没有奴隶，那孩子买来做什么？”

行商笑道：“用处可太多了，当奴仆也可，放家里做个童养媳也可，再不济，转手卖入烟花巷里，至少有口饱饭吃。”

巴隆格尔：“你们问天宗行善，怎的不见帮帮这些被卖的小孩？”

行商讶异："这怎么帮？人生下来是贫是富，是贱是贵，都是命数。天命不可违。"

巴隆格尔："那人总得吃饭拉屎，也总会死。你们宗主修长生，不是违天命？"

他嗓子粗，声音大，道观里不少人都听见了，纷纷投来不满的眼神。行商脸色一沉，"哼"地甩袖走了。

两人最终被赶出那道观，只得披着蓑衣在雨里前行。

靠近仙门关，远远便看见那大象骸骨周围立着数个大棚子。棚子避雨，把象骨好好地罩在里头。走近了更是发现，象骨下面是石砌的台子，比地面高出一截，雨水淋不到，积水也泡不着。

棚子里满是跪拜烧香的人，各种线香气味混杂，在浓郁的烟火气里还掺杂着古怪的腐烂臭气，令人捂鼻欲呕。但跪拜叩头的百姓完全不觉有异，口中念念有词，摇头晃脑。

过了仙门关，前方便是仙门城城门。两人亮出文牒，那卫兵问了一句："有问天宗的通令牌吗？若没有，可从我们门将手中买……"

巴隆格尔淋了一路的雨，满腹怒气："甚混子问天宗？没那种鸟玩意儿。"

卫兵正要说什么，被他这样一堵立刻沉下脸，冷冷一笑，挥手让两人过去。

雨越来越大，贺兰砜顾不上细看城内状况，看见附近有个楼挑着"住店"的幌子，忙带巴隆格尔走进去。店里满满当当坐着人，都是来避雨的，贺兰砜脱下湿透的蓑衣，走到柜台前问："掌柜，住店多少钱？"

那掌柜抬头看见他那双眼睛，登时一愣："不是仙门人？"

"北戎行商来大瑀。"贺兰砜说，"可有空房？"

掌柜冲他摊开手掌："通令牌。"

贺兰砜："什么通令牌？"

"咱这是问天宗的产业，你不是仙门人，要住这个店，得有问天宗的通令牌。"

巴隆格尔听不懂："大瑀还有这个规矩？"

"这是咱们仙门的规矩。"掌柜笑道，"你若没有，也不打紧，进城的时候可以跟门将买一个。不过如今大雨，出行不便，你们在我手中买也行，价格是一样的。"

他亮出两根手指："北戎人，两贯钱。"

巴隆格尔狠狠一拍柜台："你比山匪还横！"

那掌柜眉毛一竖："你这蛮人，吼什么！来了仙门地界，就得从咱们仙门的规矩！"

贺兰砜拉住了巴隆格尔，示意他少安毋躁，问："仙门所有客栈都是问天宗的？"

掌柜："十中居九。"

贺兰砜对巴隆格尔说："我们去找别的客栈。"

掌柜登时冷笑："行吧，好走不送。"

贺兰砜才转身，门外又走进一个老翁，头戴笠帽，蓑衣没穿在身上，反倒牢牢裹着身后的一个篓子。他也是来住店的，和贺兰砜两人一样，也没有问天宗的通令牌。

"天底下就没有这样的规矩！"老翁怒道，"问天宗是一手遮天了吗？什么时候连仙门的客栈也要归他管了？"

"咱这客栈已经被宗主大人买下了，宗主说怎么收客住店，咱们就怎么做。"掌柜道，"你瞧瞧外面那雨，破天似的，别犹豫了，住吧，一张通令牌一贯钱，看你衣着打扮，不像出不起。"

"出得起我也不愿意出！"那老翁大声说，"问天宗、问天宗，仙门城还是不是大瑀城池了？处处都是问天宗把控……国之将亡，邪魔遍世！"

他这一吼不要紧，店内不少人站起，横眉立目："老头！谁是邪魔！"

这些都是问天宗的信客，纷纷把老翁推搡出去。更有人趁乱在他头上捶打，老翁踉踉跄跄，摔倒在地，背上篓子跌落，里头的书册纷纷掉出来。"嚯！是个卖书的书客！"有人笑道，"都是门面功夫，书客能有多少钱！"老翁忙把书收拢到篓子里，不料又被人踢了一脚。篓子与书全都飞进雨中，他不禁心痛地大喊。

贺兰砜与巴隆格尔正在一旁解缰绳，回头一瞧，巴隆格尔当即就冲了过去。他脱下蓑衣披在老翁身上，冲客栈里的人吼了一句北戎话。

"北戎蛮子！是北戎蛮子！"

客栈里头的人登时怕了，纷纷止步。巴隆格尔把老翁扶起，贺兰砜已经把淋湿的书册重新装进篓子内，仍旧用蓑衣盖着。

两人不愿生事，把那老翁扶上马便走进雨里。谁料那老翁硬气固执，一抹脸上的雨水，回头怒道："问天宗乃邪宗，天下清明之士谁人不知、谁人不晓！尔等沉迷邪说，奉凡人为神，有朝一日定……"

巴隆格尔气得跺脚："嗨呀！你这老头！闭嘴吧！"

他与贺兰砜一人骑马，一人牵马，往前疾奔。客栈里头涌出一大群人，紧随这三人两马，吵骂追打。

吵嚷之声甚大，客栈二层，岳莲楼推开了窗。一股雨水灌进来，他用折扇挡在额前，眯眼细看。

"出了什么事？"靳岄问。

"有两人把那老头救走了。"雨势太大，铺天盖地，他只能看出是两位身着大瑀衣装的青年，两匹马一黑一棕，看不出来历，"江湖人打抱不平，见义勇为，指不定就是我明夜堂的孩子。"

雅间中只有岳莲楼、陈霜、靳岄与岑融。岑融盯着岳莲楼那把扇子，心头暗自憋气："岳大侠，你拿的是我的扇子。"

"对，那又如何？"

"上有御笔亲章。"

"看到了。皇帝老儿字写得不错。"那扇已被淋湿，扇面画的山水与题字洇开，岳莲楼悠悠扇着，"怎么？不舍得？"

岑融放弃与岳莲楼沟通，对靳岄说："我今夜便走了。今夏雨水多，仙门毒虫多，你务必小心。这一路送你过来，我心中……唉，着实不舍得。"

靳岄去见盛可亮并决定前往仙门当夜，他去找过岑融。两人起争执之后一直没见面，岑融贵为皇子，没有开口道歉的道理，但面对靳岄，他还是说了些"哥哥错了"之类的话。靳岄接受了岑融的歉意，拒绝了岑融给他找的几块罕见美玉。岑融就是这样的性子，毁坏了别人喜欢的东西，便再找其他更好、更名贵的赔上。但这方法在靳岄这儿是毫无用处的。他也不打算与岑融说明这一切。两人并非同路人，只是彼此依赖与利用罢了。

仙门的情况岑融也并不十分清楚，但他知道夏侯信。夏侯信当时回朝请罪，连跪数日，朝中上下无人不知。夏侯信去仙门城当了城守，看似平调，实则是削官贬职。得知靳岄要去仙门探一探夏侯信，岑融起意劝阻，但靳岄决心已定，他拦不下来。

既然拦不下来，他便随靳岍一同前来。三皇子悄悄地来仙门，这不是一件小事。夏侯信得知后连夜在仙门关外迎接岑融，随后才知岑融是带着靳岍过来的。

夏侯信认得靳岍，靳岍对他却毫无印象。岑融只说靳岍身体不好，来仙门休养。靳岍知道夏侯信不好对付，便听岑融建议，见面时乖乖站在岑融身后，连话都不多说几句。

这客栈离城门极近，靳岍在城中租了个普通的小宅院，今日若不是送别岑融，又被大雨阻在这客栈里，两人还没有这说心里话的机会。

靳岍笑道："三皇子言重了，靳岍没有什么要怪你的。"

岑融叹气："你每每这样对我说话，我便知道，你与我又远了几分。"他顿了顿又说，"那日扔你的玉佩，是我不对。我只是心里头不高兴。我与你相识相知多年，竟比不上你才认识一年的蛮人。那玉佩碰不得摸不得，你却连我好心好意找的礼物都不愿多看一眼。"

靳岍："若你的重要之物被人随意抛去，你会不会生气？"

再抬头时，桌上一枚白玉扳指，是岑融刚刚从手指上摘下来的。

"这是新容在定亲之时赠予我的信物，也是她母亲的遗物。我与她成亲已有一年，此物常随身边。"岑融把扳指推到靳岍面前，"但你若想摔，你尽管摔吧。扔出去也无妨，都随你意。"

窗台传来响亮的收扇之声，岳莲楼手持那柄御扇，在窗棂狠狠一拍。"也不是什么好东西。"他把折扇扔到岑融面前，"自己不想要的，巴巴儿地给别人，算盘打得真精。"

"表哥收好吧。"靳岍说，"既然是新容姐姐珍爱之物，怎能随便交到旁人手中？"

岑融定定看他，良久才笑笑，把那扳指收起。他把游君山留给靳岍，并叮嘱游君山好好照顾靳岍。"你应当懂我的意思。"岑融临上车时跟游君山说，"明夜堂的人不识大体，我不放心。靳岍有什么意外的动静，务必尽快通知我。"

游君山明白这是让自己监视靳岍，他没有立刻回应。

"靳岍年幼，岳莲楼陈霜之流又对朝堂险恶不甚了解。为了保护他，为了尽快洗清靳将军的冤情，你得分清轻重缓急。"岑融又说。

这回游君山颔首，表示明白。

车队离开仙门城，穿过仙门关，沿仙门道往北而行。岑融在车中闭目休憩，良久后缓缓睁眼。那枚圆润的白玉扳指戴在他拇指上，他轻轻揉搓。亲信跃上车，小声禀报："监视靳岄和游君山等人的哨子已经安排好。"

岑融点头。亲信沉默片刻，又问："您是不信游君山吗？"

"游君山与我不是一条心。"他想了想，轻笑，"只怕与靳岄也不是一条心。"

"只要小将军与您一条心，大业可图。"

"如此谋臣，梁京里头，再也找不出这样一个合我意、称我心，又讨我喜欢的了。"岑融说，"就是这脾气，太拗。"他将扳指紧紧握在手中，骨节发白，暗暗用力。

大雨接连不断下了几天。

那日，贺兰砜与巴隆格尔护送老翁离开，三人辗转周折，总算找到一家偏僻破败的小客栈，不需要问天宗通令牌就能入住。

老者自称陆宏，是专门收旧书倒卖的书商，有几分书卷气。他一路从南境步行，逐个儿城市地走，一是为了买书卖书，二是为了寻找相依为命、失踪三年的孙子。

巴隆格尔与他尤为好聊，老翁平静时说话慢声慢气，抑扬顿挫，巴隆格尔的大瑀话不甚流利，两人交流起来倒也毫无障碍。这破店人少，多是来往的行脚商，贺兰砜和巴隆格尔包下两个房间要住半个月，那老翁被人一顿推搡捶打，受了伤，也要住上十天半个月。好在他带着些颇为稀有的旧书，一本两本卖出去，便有了吃喝住行的银两。

贺兰砜没那么多心思和时间陪不相识的老人说闲话，他日日冒雨出门，寻找远桑下落。但他一看便是外乡人，又有一双让人害怕的眼睛，没多少仙门人愿意理会。无奈之下，这一日天晴，贺兰砜揣着钱走进了明夜堂的仙门分堂。

他在萍洲分堂里询问过远桑的下落，手上有萍洲分堂的凭据。亮出凭据，仙门分堂便给他打了个折。贺兰砜实在肉痛，心中暗骂明夜堂诓钱有道。骂得宽泛，不能解气，便逮住岳莲楼腹诽不止。仙门分堂这儿也有问天宗通令牌出售，同样一贯钱一块。贺兰砜为免出行处处受阻，咬牙买下一块，那管事的人又给他打了个折扣。

“仙门刀客最近回到仙门了。”管事的说，“不过此人神出鬼没，想找他，得守株待兔。”

他给了贺兰砜几个刀客常出没的地点。贺兰砜一展开那纸，密密麻麻几十个字里头，他仅认得几个。“十八个地点？”他极为诧异，“仙门城这么小，十八个地方，这不等于仙门全城了？”

“也有更精确的。”明夜堂那人笑容可掬，“只标了六个地点，准确度大大提升，但，您还得再给我两贯钱。”

贺兰砜暗骂岳莲楼之流如同抢钱土匪，拂袖而去。

他刚走，岳莲楼便从后院打着喷嚏钻了进来。“你们这茅厕还烧着香，太干扰人大小解兴致了。”他揉揉鼻子，“怎么回事？你悄悄骂我？”

“没有没有，阳狩说笑了，我怎么敢呢？”管事的笑嘻嘻给他递上好茶，“仙门城里最出名的舞班是蔷薇阁，今夜我就安排您与蔷薇阁班主见面。”

岳莲楼“嗯”了一声，翻动桌上本册：“仙门刀客……有人找他？”

“仙门刀客，仙门怪客，说的都是这人。此人行踪诡秘，但做事利落爽快，不少人找他办事。”管事的又说，“阳狩，你为啥想去参加问天宗宗主寿宴？”

“凑热闹呗。”岳莲楼笑道，“听说连仙门城城守夏侯信也要出席，不去看看，我岳莲楼不就白来这一趟了？”

管事的也笑：“还有十天哩，一定帮阳狩办好。”

贺兰砜拿着那密密麻麻都是字的纸回到客栈，请陆宏帮忙辨认，又请客栈掌柜指点这些地方各自在何处。他和巴隆格尔蹲守了六七天，终于在第七天夜晚，于城外崂山水径中等到了仙门刀客。

崂山水径与崂山毫无关系，只是起了这样一个带仙气的名字，愈发显得仙门道仙气飘飘，不同凡响。水径是一条横穿沈水的石子桥面，已经淹没在水面之下，人从上面走过，远远看去就像踏水而行，十分神奇，因此常被宗派之人用来装神弄鬼，糊弄人钱财。

刀客从沈水另一头走来，抬头便看见等在岸边的贺兰砜与巴隆格尔。刀客仍旧一身黑衣，只露出冷冰冰的双眼，但看见贺兰砜的瞳色与发色之后便站定了，上上下下打量他。

“高辛人？”刀客用粗哑的声音说话。

这句话一出口，贺兰砜和巴隆格尔同时松了一口气，此人话语中带着明显的怒山口音。

“你是远桑？”贺兰砜说，“我是血狼山上的高辛人。”

刀客与两人拉开距离，审慎地打量：“高辛人，来找我？”转头看到一旁的巴隆格尔，刀客愈发不解，“这个北戎人又是怎么回事？”

“我叫贺兰砜，他是巴隆格尔。”贺兰砜介绍道，“我们专程来找你，请你回怒山。”

他向远桑说明来意和北戎、怒山、血狼山发生的一切。出乎他意料，过去所有的战争、仇恨与复仇之事，完全不能引起远桑一丝一毫的波动。刀客背负大刀站在沈水岸边，腰间系带在夜风里拂动。他静静看着流淌的沈水，不发一言。

等贺兰砜说完，刀客回答：“不回。”

贺兰砜知道难以一次劝服他，正要开口，刀客又说：“屠戮怒山的是哲翁，哲翁被你大哥杀了。怒山人不应该全都听从你大哥吗？你大哥才是为怒山报仇的人。”

巴隆格尔接话：“但贺兰将军是高辛人。”

刀客冷笑：“胖子，你是北戎人，你怎么也跟高辛人混在一起？”

巴隆格尔大声道：“我可不管什么北戎人高辛人，我只想跟着贺兰将军。”

“为什么？”

“将军在战场上救过我的命，将军信我、用我，巴隆格尔誓死效忠将军。”

“那你还跟我说这么多？”刀客转身，直视巴隆格尔，“你身为北戎人，效忠高辛人，觉得顺理成章。我身为怒山人，不想回怒山，就是违抗天神？”

贺兰砜和巴隆格尔对视一眼，心里想的都是同一件事：违抗天神这样的话相当可怕，看来是此前寻找远桑之人说过的。

“如今怒山和血狼山虽然交好，但都是散沙。”贺兰砜说，“北戎新天君不可信任，随时可能卷土重来，对怒山和血狼山下手。我们必须集结一支足以抵抗的军队。怒山人信赖敏将军，你是敏将军最后的儿子，你回去了，怒山人才能站起来。”

刀客忽然扬声大笑。

贺兰砜心中一惊：那声音与方才低沉的嗓音并不一样。

此时刀客回头，摘下了面罩。

贺兰砜同巴隆格尔先是吓了一跳，等面罩彻底落下，两人都惊得说不出话。

火光中露出的那张脸修鼻俊眉，显然是一位女子。但她的颈脖上有一大片狰狞的烧伤疤痕，从衣服里一直延伸到下巴和左耳，几乎布满了她左侧脸颊。

“敏将军的小儿子……看来知道事实的怒山人全都死光了。”刀客又笑了一声，“对，我是远桑。远桑是女子，是敏将军不承认的、想杀死的小女儿。”

世传怒山部落首领敏将军有三个儿子，实际上最后一位是女孩。远桑出生时敏将军不在部落中，等他回到部落，远桑已经两岁有余。在驰望原的传说中，天神的神子降世，曾有三子降落至同一个王家中。敏将军笃信这传说，心中期盼着第三个儿子降生，他自己便可成为货真价实的怒山之王。

得知远桑是女子之后，敏将军二话不说，抄起手边的火把往远桑身上捅去。火扑灭后，远桑大半年才慢慢恢复。从此她便知道，自己是父亲不需要的孩子。

“说我随商人前往北都，毫无音讯，是我不对。我哪里不对？”远桑面无表情，“我分明是女子，却要被扮作男子。若不是母亲苦苦哀求，我早已死在敏将军刀下，连尸骨都不会留存。怒山人没有说错，敏将军只有两个儿子。从来就没有我。”

她是在母亲死后才离开怒山的。离去了就没有想过再返回。怒山人的牢骚里也有真实的部分，她确实抛弃了自己身为怒山人的那一部分魂魄，她不需要这个身份。

她前往北都，拜师学艺。师父是大瑀人，病死在北都，她对师父口中的大瑀江湖心生向往，便干脆随着商队一块儿来了大瑀。

“我不可能回去。”远桑说，“怒山从来不是我的家。”

贺兰砜目瞪口呆，心知无论如何都不可能劝服远桑了。她的坚决里没有分毫犹豫迟疑，没有一丝后悔和留恋。

“打扰。”贺兰砜说，“是我们太鲁莽，请你原谅。”

远桑上下打量他：“你这个高辛人，倒是有礼。”

贺兰砜有些丧气，心里空空的。他又问远桑：“我与巴隆还要在仙门多待几日，有什么是我们可以为你做的吗？”

远桑发笑：“我三日后要去杀人，你们能帮我？”

贺兰砜：“什么人？”

远桑："问天宗宗主。"

贺兰砜："什么地点？"

远桑："问天宗，修心堂。"

贺兰砜想起近几日在仙门城内听到的事情，三日后是问天宗宗主的寿辰。"我们能帮你做什么？"贺兰砜问，"只要是我们能帮上忙的，什么都可以。"

远桑再次上下打量他。"那便去接应我吧。"她长腿一跨，跃上沈水的石桥，"三日后我要杀的其实是两个人。"

巴隆格尔奇道："两个？"

"寿宴上还有一位大瑀来的客人，他也是我的目标。"远桑回头说，"若顺利杀了他和问天宗宗主，我可以再听你们说些怒山的废话。"

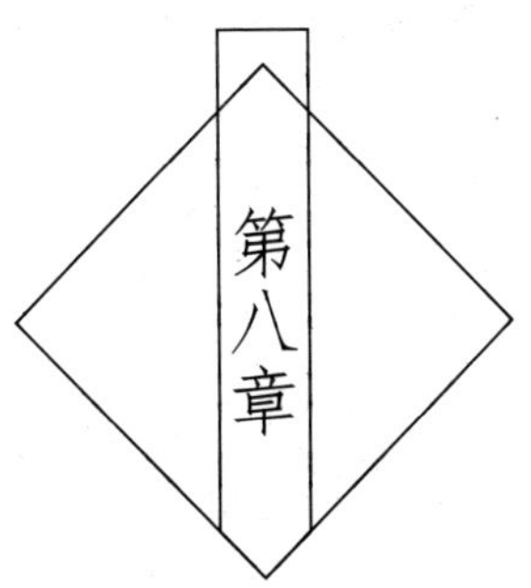

寿辰

三日后，问天宗修心堂。

宗主的寿宴热闹非凡，数日前，仙门城内便开始张灯结彩，待日子一天天临近，城内更有不少人开始贩售寿宴请柬，价格从几十钱渐次上升，到寿宴当日，已经涨到一两银一张。

“都是假请柬，进不去吧。”靳岄睁开眼睛道。

他正与陈霜坐在车中，车子停在修心堂门前街道上。门前人太多，一时还无法靠近。陈霜跟他说了些仙门城内的传闻，靳岄只觉有趣。他拿出自己的请柬，请柬上只写了名字，并无其他身份。这是夏侯信遣人给他送来的，他还能带一名随从入内。

“倒是正式。”靳岄轻笑，“这请柬样式也不甚独特，确实容易伪造。”

“听闻伪造请柬的不少都是问天宗里面的人。”陈霜说，“反正最终是进不去的，又狠狠赚了一笔。”

“请柬上有什么暗记？”

“有的。此处，用内力催发便会显出一个印记。”

靳岄左看右看，瞧不出来：“你试试。”

陈霜却不能试。这请柬需用问天宗独门内力催动，纸面才会显出痕迹。一旦痕迹显现便无法消失，因此请柬唯一可验明真假的时刻，便是在进入修心堂门口的受验之时。

靳岄不禁有些失望。片刻后陈霜忽然问："靳岄，你觉得那日三皇子是做戏吗？"

"当然。"靳岄微微一笑，"他摘下扳指，是吃定了我不会扔。新容姐姐与我亲姐是闺中密友，我们自小相识，那扳指对她意义非凡，她身边好友亲人无人不知。我怎么可能碰，又怎么可能扔？"他睁开眼睛，眼里没有丝毫笑意，"岳莲楼玩他一把御赐折扇他如此心疼，却把扳指放我面前任我处置。岑融不过是想要我的一个态度罢了。"

陈霜又问："他跟来作甚？他跟来只会坏事。原本你我二人加一个岳莲楼，悄悄地来，悄悄地接近夏侯信，比如今这样方便得多。"

"坏事不正好吗？"靳岄轻笑，"坏事了，我便什么都查不到，只能依赖岑融来追寻真相，继续为他办事。"说到这里，他心中惆怅。他和岑融原本好好地当表兄弟，未尝不是一件好事。

马车往前行去，靳岄问陈霜："这问天宗宗主是个什么人物？"

陈霜："你好像一开始便对此人充满兴趣？"

靳岄决定对陈霜坦白："那日我与纪春明去见盛可亮，我问过盛可亮，梁安崇与五皇子岑煅之间究竟有什么联系。盛可亮叮嘱我，若是到了仙门城，一定要看一看问天宗宗主的画像……为何是画像？"

陈霜了然点头："因为问天宗宗主不是人。"

问天宗在仙门兴起不过三十多年时间，但据说那宗主寿达数千年，几经坎坷劫数，现在是半人半仙之躯，可勘天策地，纵游古今。他无形无迹，是天地间一缕清明之气，巡游至仙门，有感于仙门地脉深沉、仙气蓬勃，便寄身于此并化出人形，创立问天宗，救度凡人。他有九形九相，无人能辨，唯有高悬于修心堂中央的一幅画像，描绘出宗主天人神采。

靳岄："……"

陈霜："这不是话本。"

靳岄："谁编的？"

陈霜："不知道。岳莲楼那日跟我说这传闻的时候，笑得从树上栽到鱼池子里去了，你没听见？"

"原来是因为这个……"靳岄实在忍不住，大笑道，"何其荒诞！"

"不知为何，这几年问天宗是越来越热闹，越来越出名。"陈霜说，"也冒出不少事端，但最终都解决了，夏侯信没让事情闹大。”

“越是动荡，荒诞不经的传言越是流传。黎民百姓无甚依托，只能信天信佛。佛也有不济之时，若出来一位万能神灵，自然会将人吸引过去。”靳岄道，“这辈子痛苦难当，便寄希望于下辈子投生一段好命运。有这样的愿望不奇怪，谁没个无力绝望的时候？”

陈霜问他信不信。

“我不信。”靳岄很平静，“我只信此生此世。”

话音才落，马车便缓缓停下。靳岄下车步入修心堂，将请柬递交到问天宗的人手上。那人接过请柬，手指紧捏纸面，很快纸上便浮现出一个火焰印记。

“贵客到——”堂内一声接一声，靳岄收好请柬，与陈霜跨入修心堂。

此时修心堂后门，岳莲楼正坐在墙上四处张望。他远远看见游君山驱赶马车停在后门，立刻利落跳下。蔷薇阁的班主四处找他，见他不住乱窜，忙把他拉到一旁。岳莲楼今日扮作舞姬，班主上下打量，满脸惊诧。若是看脸，岳莲楼是绝色美人，但目光落在他胸脯上，看起来又甚是平坦。明夜堂的人只说有一位少侠想去看看热闹，绝不闹事，班主没想到是这样的少侠。

“美吧？”岳莲楼转身在水桶里打量自己，“我的天，世上竟有我这样的倾国倾城色。”

班主：“大、大侠……还是叫你女侠？你可千万别闹事。”

岳莲楼拍他脑袋：“带我来一趟，你欠明夜堂的三十两银子便清了，这等好事，你还怕什么？”

蔷薇阁里其他姑娘小伙儿纷纷看他，岳莲楼像孔雀般愈发扑腾个不停。耳听着外头贵客接二连三地来，他与众人挥手打了个招呼，在拐角一转便没了踪影。

问天宗里也有不少信客身怀武功，而且学了问天宗的独门内功。岳莲楼对这独门内功十分好奇，很想抓个问天宗弟子来试探一二。他一路娇滴滴地躲过男人女人的目光，左闪右躲，瞅了个空子跃上房檐，随即发现修心堂正堂就在眼前。

正堂周围守卫森严，据说宗主就在其中。但这些人还拦不住岳莲楼。他几下穿梭腾跃，从顶阁通风的小窗口钻了进去。那窗口原本有扣，不知何时已经被人破坏。岳莲楼心中起疑，进入正堂后愈发警惕。

正堂分为内外两部分。外头是数个蒲团，香气萦绕，令人昏昏欲睡。内外以无数纱幔隔开，内部燃着两盏小烛灯，隐隐约约可见到纱幔中端坐着一个人。

岳莲楼轻轻落地。纱幔中那人不言不语，他听见很轻的书页翻动声。

这般好学？自己的寿辰还在做学问？岳莲楼心中奇怪。他大步往前，一把掀开纱幔。那纱幔重重叠叠，欲盖弥彰，掀来掀去总算找出一处缝隙。他钻进纱幔看到里头那人，还没开口便是一愣。

正堂的门忽然在无人敲门的情况下被打开了。

岳莲楼心中一凛，立刻弹身上跃，钻到纱幔上方的房梁上。几乎就在他藏好的瞬间，来人走了过来。岳莲楼探头去看，来人也是直接掀开纱幔，不打招呼，把两张纸放在纱幔中央那人面前。那人写了几个字，来人"嗯嗯"两声："你好好待着，别乱动，寿宴结束便有饭吃。"

岳莲楼此时才看到，纱幔背后的墙上还悬着一幅画像。画像上是一位踏云而行的青年，容貌俊朗眉目深邃，宽袍长带兼衣袂飘飘，隐隐有画圣遗风。

那是问天宗宗主的画像？岳莲楼心生疑窦，那下面这位又是……

来人很快退走，那端坐看书之人此时抬头，与岳莲楼目光恰好对上。

岳莲楼忽觉身边有他人呼吸，手指一翻，抓住几枚铁针，扭头一瞧——已经有人比他更快一步潜伏在房梁之上，一身黑衣，背后大刀隐隐生光。

"是你啊，美人儿。"岳莲楼笑道，"你不是冲靳岄来的吗？怎么躲在这里？是知道我要来，故意等……"

刀客起身跃下，衣带在岳莲楼脸上一甩，仿如耳光。

他揉着脸紧随其后跳下："你到底叫什么名字，袁姑娘。"

远桑没理他，掂量着背后的刀。"你是问天宗宗主？"她问坐在眼前的人。

纱幔之中坐着的，不过是一个七八岁年纪的孩子。他诧异地看着面前两人，先点头，后摇头。

远桑犹豫了。她转头问岳莲楼："你又来做什么？"

"来看宗主呗。"岳莲楼问那小孩，"你是宗主？"

小孩再度点头，顿了顿，又摇头。

岳莲楼又指着他身后的画像："这画上的也是宗主？"

小孩继续点头，这回没有否认。

岳莲楼摸着下巴："小孩，你是被问天宗的人抓来的？"

这回那孩子开始疯狂点头。

岳莲楼把他拉起，却怎么都无法动弹。他心中一动，撩开孩子衣袍，发现他腰间有一道铁环，紧紧固定在地上。

"袁姑娘，问天宗宗主也是你的目标？"

远桑点头："但我不杀老人和小孩。"

"既然不杀，那就帮个忙，用你那大刀把这铁环砍了吧。"岳莲楼笑着弹弹那铁环，"咱们把这小的问天宗宗主偷走，给寿宴增加些别的趣味。"

傍晚时分又下起了雨。游君山与车夫在外等候，车夫问他为何不进去，游君山笑笑摇摇头。他并不蠢，靳岄一般只与陈霜亲近，跟自己即便再熟悉，也还有几分疏离。这疏离是从北戎带回来的。

他原本以为靳岄还是过去认识的那个稚嫩孩子，但在北戎的这一年里，靳岄已经以令人震惊的速度飞快地成长起来。又或许，他本来就是这样的孩子。他有靳明照那样的父亲，有岑静书那样的母亲，没有谁教过他软弱和服输。游君山有时候怀疑靳岄已经知道自己身份不单纯，但每每看见靳岄满脸喜色地唤他"游大哥"，他又觉得这种怀疑是不能落实的。

闲聊之时，他看见有两个人披着蓑衣从街上走来，抵达修心堂门口后，为首那人从怀中掏出了请柬。

游君山从车上跳下来，紧走几步，又惊又疑。在方才那一瞥中，他分明看见此人眼中闪过碧翠般的光芒。

"恭迎西域苦炼门！"问天宗的人一声接一声地喊，"贵客到——"

西域苦炼门与问天宗有几分相似，以宗教为号集结信众，实则已经演化为江湖帮派。但苦炼门的人游君山曾经在金羌见过，那些都是光脑袋的和尚，与眼前两人绝不相同。

假扮西域苦炼门来客的，正是贺兰砜和巴隆格尔。

苦炼门那两个红袍和尚已经被两人打晕扔在角落，问天宗的人对西域宗派不甚了解，见二人一副异域长相，又有无法作伪的请柬，自然顺利放行。

修心堂中客人众多，闹嚷嚷的。大雨洗去了寿辰的欢庆气氛，红绸子吃了水，滴滴答答悬挂，完全没了气势。巴隆格尔找了一处偏僻位置与贺兰砜坐下，左右都是避雨闲谈的人。

“远桑让我们潜入这地方接应她，可她没说怎么接应啊。”巴隆格尔用北戎话说。

“我说帮她杀人，她又不愿意，只说逃跑时需要我们协助。”贺兰砜说，“走一步是一步吧。”

有问天宗的人为他俩端来茶水点心，贺兰砜才吃了一口，便觉得太甜，心里又掠过“靳岄说不定会喜欢”的想法。

此时在修心堂正堂中，夏侯信正面对纱幔中空空如也的蒲席大发雷霆。有仆人过来送晚饭，才发现小孩没了，那挂在墙上的宗主画像也没了。

“若不把他找回来，把画像找回来，我们都保不住！”夏侯信咬牙道，“蠢货！蠢货！”

众人四散寻找。夏侯信低声问身旁亲信：“那件事可都安排好了？”

亲随点头：“大人只要把小将军请到后院即可。”

按照寿宴的安排，问天宗宗主是会出现与众人见面的。虽说宗主半人半仙，凡人不可直面，但寿辰当日，宗主一般都在修心堂正堂之中，隔着厚重纱幔与众人会面。待会面结束后，宗主离开，纱幔掀起，有幸之人便可看见宗主的画像，吸一口仙气。

陈霜发挥他见人说人话、见鬼说鬼话的本事，与身边几位富贾聊得口沫四溅。“若不是信了问天宗，见了宗主画像，我这癞痢是决计好不了的。”他言之凿凿，指着头顶，“看不出来吧？我去年还是个秃子，今年这头发，哎哟三天就得修一回，不然早长到腿上了。”

富贾们见陈霜面目英俊，黑发浓密丰厚，又惊又奇，问个不停。

席上茶点甜腻，但口感细软，入口即化，是靳岄喜欢的口味。靳岄吃喝得满足，扭头便看见夏侯信走来。

“小将军，你随我来。”夏侯信把他拉到一旁，低声道，“今儿这寿宴出了点儿意外，宗主怕是被贼人掳走了。现在正四处寻找，你避一避吧。”

“夏侯大人，我所在之处已经是安全的内室，怎的还要再避？”靳岄问。他与陈霜进入修心堂后，并未和其他宾客同处一地。寻常宾客要在走廊上避雨，贵客则被请入室内安坐。外头大雨泼天，室内倒是干燥温暖。

“问天宗的人如今正在气头上，我想安排你走，但又不好与他们起冲突。”

夏侯信像是相当惧怕问天宗似的，“去了后院，便可趁机从后门离开。”

靳岄叫来陈霜，两人跟着夏侯信往后院走去。陈霜以眼神询问靳岄，靳岄示意他少安毋躁。

“夏侯大人辛苦了。”靳岄诚诚恳恳，“这是问天宗的事情，好端端一场寿宴，居然闹成这样……若需要我帮忙，大人一定要告诉我，靳岄自当倾尽全力。”

“小将军这话可折煞俺了！”夏侯信也诚诚恳恳，“我与小将军，说不得还有些过去的误会。小将军就如忠昭将军一般光明磊落，夏侯信钦佩敬重，你不怪我当年……我此番尽心尽力，那是应当的。你到了仙门，就是仙门的客人，我的客人。小将军再说什么帮忙，这让我如何自处？”

两人客客气气，你来我往。陈霜面无表情，只是撑伞。

很快便到了。后院不大，只一间小屋，里头站满了人。夏侯信让里头的人都出来，靳岄定睛一看，都是方才在戏台上唱戏的戏子。

“大人，咱也想走啊，可咱一不能去前院，问天宗说只能待在后院里，二又不得擅自离开，后门都被把守着。咱在这儿也就避避雨，咱什么都不做。”班主点头哈腰。

靳岄：“夏侯大人，无妨。”

夏侯信只得罢休。他先叮嘱班主好好照顾这位尊贵客人，又让靳岄在此处稍候片刻，他的亲随会过来带两人从后门离开。

等夏侯信离开，靳岄和陈霜对视一眼。卖的什么药？陈霜无声道：只怕又有古怪。靳岄只是笑，摇摇头。夏侯信把自己引到这里，当然不寻常。但若要害自己，这一招未免太不高明。这儿是问天宗的地盘，又是夏侯信的城池，若是自己在这儿没了，夏侯信和梁安崇拿什么跟岑融交代？

陈霜回头看去，屋子里的人挤挤挨挨，或坐或站。“这些都是你的人？”他问班主。

“有几个不认识。”班主虚指了几个角落里打呵欠的男女，“说是来架秋千傀儡的，可这雨一直没停，架不起来。”

雨水混杂着风势，天地一体，浑然一声。靳岄只觉得似乎此间只有陈霜和自己两人，连身后的人声也渐渐远去消失。

突然，陈霜抓住靳岄手腕，把靳岄拉进雨中，远离那小屋子。

屋内众人倒的倒，躺的躺，已经没了声息。原本坐在角落的秋千傀儡艺人跨过瘫软在地的蔷薇阁众人走出来，把陈霜和靳岄团团包围。

“好迷烟。”陈霜说，“哪一路的朋友？”

“晓得你是明夜堂无量风。”当先一位女子开口，她的口音与大瑀人不同，“但我们不认得你，也不认得什么明夜堂。”

靳岄只觉得闻到一种奇特的气味，似香似臭，等察觉这味道不妥的时候，他已经双腿发软。

陈霜瞪着那女子：“你们是琼周人？”

他说了一句发音古怪的话。面前几个人面面相觑，笑道：“原来你也是琼周人。”

话音未落，女子手肘一动，长鞭忽然甩出！

鞭子打在陈霜手上，他抓不牢靳岄，两人不得不分开。不过一松手的瞬间，靳岄已经被人提着衣领拉走，面朝下摔在地上。靳岄心中头一回产生恐惧，他四肢无力，完全不能抵抗。

“既然你也是琼周人，应该懂得我们用的是什么。”女子收好长鞭，走到陈霜面前，“你我都是海客，异乡重逢也是缘分。我们留你一命。”

那迷烟早已在小院中弥漫开来。陈霜对江湖上各类迷烟、迷毒有所涉猎，但这些人来自海国琼周，大瑀江湖中从未见过琼周的江湖客。

“别动手。”陈霜道，他察觉自己的舌头也开始麻痹，“若是……动手……明夜堂……”

踩着靳岄背脊的大汉笑道：“明夜堂算什么！你以为他们能找得到我们？”

他举起手中尺余长的小刀。那是专用于剥大鱼韧皮的切刀，锋利无比。

雨声密集，靳岄闭上了眼睛。用琼周刺客很高明，琼周人长相与大瑀人相似，这几个人又是问天宗请来的艺人，出入仙门城毫无障碍。他心头的恐惧渐渐消失了，因为预料到结局，所以不觉得诧异，只是觉得该做之事没做完、没做到，着实有遗憾。

甚至在这个瞬间，他生出一种轻松平静的喜悦，心里所想的唯有怕痛而已。

他的脸被压在湿透的地面上，混着泥土的浊水有奇特气味。雨滴落在他的兜帽上，落在地上，像一种沉闷遥远的雷。他记得驰望原的夏季，天空上会滚过这种雷。

金属碰击之声乍然响起！

呼啸而来的箭矢击中大汉手中切刀，另一支更是直接刺入大汉胸膛！

大汉痛呼、趔趄，砰地倒在地上。切刀落地，几乎擦着靳岄的脸。

与切刀同一时刻落地的还有一支箭。箭身精铁打造，浑然一体的黑，除了黑之外，没有任何一丝纹饰与刻印。

靳岄曾摸过这样的箭。水从箭身上流淌而下，箭尖死死扎入地面，纯白的尾羽轻颤，上面还残留着一片黑褐色的、陈旧的血痕。

是狼镝。

是属于贺兰砜的那支狼镝。

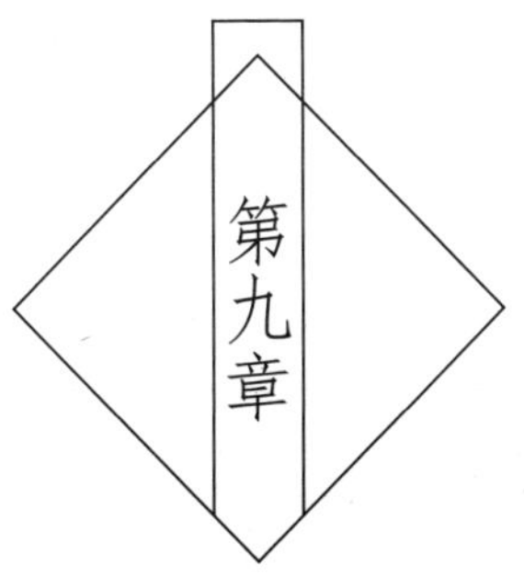

此意

箭确实是贺兰砜射出的。

他和巴隆格尔在走廊上苦等许久，除了听见众人渐渐骚动，有“宗主不见了”之言流传之外，怎么都等不到远桑。眼见天色渐暗，贺兰砜扮作不熟悉大瑀话，叽里呱啦地跟问天宗的人比画，假装要去上茅房。等走到别人瞧不见的地方，两人立刻闪进角落，趁着渐浓的夜色绕过了修心堂正堂，一路往后院找去。

雨水密集，稠稠如浆。蓑衣和笠帽全无招架之力，两人浑身湿透，巴隆格尔提议离开，说后院必定也没有什么可探查的，雨太大了，他觉得不安全。

贺兰砜却没有停步。他仿佛被冥冥的绳索牵引，直到攀上后院的墙头。

大雨之中，他只能看到有人举起刀子，刀光雪亮。那被踩在地上的人头脸被兜帽盖着，看不清年纪长相。巴隆格尔才说了一句“走吧”，便见贺兰砜忽然踩上墙头，于身后解下擒月弓，甩脱包裹的油布，从腰上抽出两支箭。他动作极快，不过呼吸一瞬，已做好攻击准备。

贺兰砜随身带着几支高辛箭，还有当日云洲王所赠的狼镝。抽出时仓促，等箭架在弓上，才看清楚其中一支是狼镝。贺兰砜只射过一次双箭，那时候他用高辛箭点燃了血狼山的鹿头。此时此刻，他几乎全凭本能，双箭离弦，穿破雨幕，击中目标。

大汉倒地，他手中的切刀也落了下来。贺兰砜此时才微微一怔。巴隆格尔一把将他拉下墙头："你干什么！"

"救人。"贺兰砜道。

两人听见后院中传来急促的脚步声，忙闪身躲在暗处，弯腰疾走。

"你认识那人？"巴隆格尔又问。

"不认得。"贺兰砜抓住擒月，大弓仍因方才的激射隐隐颤动，"我不知道那是谁。"

"那你救他？！"巴隆格尔低声大骂，"这不是惹了麻烦吗？"

贺兰砜其实全然不知自己方才在做什么。那一箭必须射出去——他的直觉这样提醒他。

身后追赶的人渐渐接近，两人头顶忽然掠过一声闷响。远桑手起刀落，两颗脑袋滚到地上。"走！"远桑对贺兰砜二人说，"崂山水径见。"

追赶之人转身逃窜。远桑不声不响，踏着雨水追上去。她在后院追到了那个逃跑的人，仍是手起刀落，切瓜一般干脆。

后院中，岳莲楼正将靳岄扛在肩上，另一手把陈霜抱在臂间。院中两具尸体，一具是被高辛箭刺中心口、当场断气的大汉，一具是头颅被剪下的女子。

"你怎么连琼周人都杀？"岳莲楼问，"他们也是你的目标？"

"你护着的这个人是我要杀的。谁阻我，我便杀谁。"

岳莲楼一笑："那你现在要如何？"

后院的骚动已经引起前院注意，奔跑呼喝之声不断。

"快走。"远桑看着他，"来日再见。"

其实岳莲楼在这一刻有了杀她的心思，但他要保护靳岄与陈霜，不得不微微颔首。转身离开时他看见地上落着两支黑箭，来不及多想，立刻把箭抓在手里。

远桑在雨里洗净大刀，忽见那断气大汉身旁有一抹金色光芒。

一柄镶嵌金珠的熊皮小刀落在地上。远桑心中微微一惊，这小刀刀柄的样式她非常熟悉，乃高辛族人惯用的剥皮小刀，过去高辛族与怒山部落来往时常常售卖此物。

她捡起小刀，掠过墙头消失在暗夜大雨里。

岳莲楼把陈霜和靳岄扔进马车。马车里还有一个小孩，见了生人也没有多吃惊，乖乖坐在车厢角落。

岳莲楼转身要钻出去，靳岄抓住他的衣角，一言不发，一根根抠开岳莲楼的手指，把他捡的两支箭拿到自己手中。

“是他。”一支高辛箭，一支狼镝，靳岄湿漉漉的脸上绽开笑容，“他来找我了。”

岳莲楼催促游君山驾车离开，回头道：“你是看错了吧？世上用铁箭的又不只有高辛人。”

此时游君山扭头道：“是贺兰砜吗？我看到他了。”

他把在修心堂门口看到的事情一说，靳岄脸上神情愈发变化不定。岳莲楼心道不好，随即便见靳岄跪着起身，咬牙道：“游大哥，停车。”

岳莲楼怒道：“别管他，往前走！”

靳岄竟然一把揪住游君山的衣袍，用前所未有的声音大吼：“停车！”

车子在滂沱大雨中停下。靳岄从车中钻出，微微发抖的手解开马儿身上缰绳，自己跨了上去。他身躯仍旧麻木，口舌僵硬，拼了命地握紧马头的缰绳，那匹马往前迈步。

游君山看岳莲楼：“靳岄是怎么了？”

岳莲楼起身追过去，他不拦靳岄，只是觉得心中难过。“或许游君山看错了。”他说，“你若是不确定，你便喊一喊他的名字？”

靳岄张了张口，咸涩的雨水灌入口中，他胸膛鼓动，无法出声。

他不敢喊贺兰砜的名字，生怕叫破了自己的梦。

马儿走过了一个街口，又过一个街口。大雨之中街上悄无人声，只有影影绰绰灯火掩映在窗户之中。偌大的仙门城，竟像是只有一人一马，踽踽独行。

“既然来了，为何不见我。”他咬着牙，一字一字道，“既然不想见我，为何要救我？”

岳莲楼见他摇摇晃晃，疾走几步张开手臂，接住了从马上滑落的靳岄。他听见靳岄的声音，断断续续的：“他救了我……他救了……他不恨我了。”

岳莲楼心中发疼。是谁说过贺兰砜恨靳岄？他只记得岑融曾这样提过。在岑融说破之前，他从没想过靳岄心里也是这样想的。必定是发生了什么他们并不知晓的事情，否则不会有那支击穿鹿头的箭。

“他怎么会恨你？”岳莲楼低声道，“你是他的月亮。”

靳岍挣扎着站起，不再骑马，只身往前走，踉踉跄跄。地面湿滑，滂沱雨水淌过脚面，他像是踏入深渊，心中隐隐发怵，忽然踟蹰不前。若寻遍仙门城也找不到贺兰砜，一切实则是幻觉，那又该如何是好？

他下意识去摸腰间的鹿头。鹿头光润冰凉，但小刀不见了。

崂山水径边，贺兰砜和巴隆格尔等到了远桑。远桑已经甩脱身后追兵，催促两人过桥。

风助雨势，沈水水面涨高，石桥完全被淹没在水浪之下，十分难行。三人过桥后回头，河上水浪滚滚，愈发凶险。

远桑住在一处幽谷之中，房舍低矮，点亮烛火才看见有石壁遮雨挡风，倒是干爽。房子原本空置，远桑在里头发现两具早已成了枯骨的尸体，清扫干净后便住了下来。此处罕有人至，出入困难，是绝佳的藏身处。

三人点火取暖，巴隆格尔单刀直入："现在事情办完了，你跟不跟我们回去？"

"没办完。"远桑说，"要杀的两个人都没杀成。"

巴隆格尔气急："那怎么样你才肯回去？"

"我也没说过要回去，只是给你们一个机会说说怒山的事情而已。"她换了个姿势坐着，"懂得说怒山话吗？讲两句，我听听。"

贺兰砜学会了几句问候的话，开口便道："帐里暖吗？"

这是怒山人在冬天常用于打招呼的问候，远桑怔了怔，笑着回了一串，可惜贺兰砜和巴隆格尔都听不懂。远桑沉默了一会儿，忽然道："我这次要杀的人也懂得说怒山话。"

"怒山人？还是北戎人？"贺兰砜问。

"大瑀人，和你年纪差不多。不知是什么身份，但想杀他的人不止我一个。"说到这儿，她想起自己随手捡的东西，便从怀中掏出那柄小刀，"这是那人随身携带的，常系在他腰上晃荡。此类小刀不是高辛人爱用的吗？"

熊皮小刀在火光中晃悠，刀柄上细细的金珠闪动光芒。

世上没有人比贺兰砜更熟悉这把刀，这是他的父亲留给他的东西。他把它交到靳岍手上，靳岍用它杀过熊。

他抓过那柄刀。刀子溅上了泥水，有些脏污，但显然它被人细心地保管着，时时擦拭，光亮如新。他忽觉手心发烫，随即连胸口也热烫起来，怦怦乱跳。

“除了这刀，还有一块玉佩，也是在他身上系着的。”远桑说。她跟踪过靳岍。她跟着他去瑶二姐的店铺，看到他珍重地保管那鹿头，又因为鹿头与岑融起争执。“吵得厉害，我不靠近都能听见。”远桑说，“玉佩碎过，他找人补好了，谁都不让碰。”

“吵的什么？”贺兰砜抬头问。火光凝在他的绿色瞳仁中，仿佛眼内生起两簇沸腾小火。

贺兰砜的反应让远桑误以为他对这个话题有兴趣。或许是许久不见故乡的客人，这个雨夜里她谈兴很浓。“记不清了，什么死不死的。”她说起自己眼里的靳岍。

靳岍年纪不大，心事却很重。和他差不多年纪的梁京青年一个个花天酒地，或是勤恳向学，总之总有几个同路人。他却几乎没有朋友，身边有几个武艺高强的人保护着，不是待在宅子里，就是在街上晃荡。

他常去燕子溪，也常去清苏里的靳府，一待就是一个时辰，闷不吭声。吃东西看戏的时候他倒是会高兴一点儿，街上几个卖樱桃煎的店子他都去遍了，但都不满意。可不满意，他也常常去吃。他这时候才显得快乐一些，有点儿活气。

巴隆格尔只觉得无趣。此时远桑说：“对了，就是方才你在修心堂后院救下的那人。这小刀应该是从他身上掉下来的。”

巴隆格尔打了个呵欠：“到底是谁啊？叫什么？”

话音刚落，贺兰砜已经起身。“靳岍。”他代替远桑回答，“他是靳岍。”

贺兰砜奔出去，跨上飞霄，在大雨和密林之中狂奔。他不知靳岍在此，更不知靳岍竟然是这样在梁京生活。为何有人要杀他？他费尽心思回到梁京，不是应该被岑融好好保护起来吗？如果过的是这样的日子，他为什么要以牺牲贺兰兄弟二人为代价，博取返回大瑀的机会？

转眼已经抵达沈水岸边，贺兰砜忽然看见在密集的雨帘里，远处有袅袅白烟氤氲升腾。他看不见仙门关，但知道那是什么——圣象骸骨供奉处，日夜有人烧香叩拜。

靳岍说得没错，世上有大船，有盛满星辰的长河，有横跨天际的长鲸，还有怪物一般巨大的大象。天地比驰望原广阔太多，他正站在靳岍描述过的远方。

贺兰砜紧紧握住了缰绳——这些都不是欺骗。靳岄后来再也没有骗过他。他是被大雪覆盖的驰望原，坦率干净。

莽撞的决定几乎瞬间生出。贺兰砜不觉得突兀，也不觉得诧异，一切本来就顺理成章——他必须去靳岄身边。事实的真相此时此刻对他来说毫不重要，那是所有事情中最无关紧要的一件。即便靳岄真的做错了什么，他也必须要奔到靳岄身边。

月亮和风鹿应当永远在一起，他们要穿过世上的风雪。

所有的困惑、痛苦、辗转被大雨全数冲走。贺兰砜心头有一个念头，无论什么都无法动摇。他的心意是血狼山的鹿头，一经点燃，永不熄灭。

暴涨的河水淹没了石桥，滚滚向前。大雨毫无停缓势头，贺兰砜没有穿蓑衣，浑身被淋湿。飞霄无法渡河，在岸边焦灼徘徊。贺兰砜跳下马，走近河岸，却立刻被大浪扑得倒退几步。沈水根本无法跨越。

仙门城就在对岸，灯火飘摇。

他在雨中大喊，声嘶力竭。

靳岄猛地睁开眼，一下从床上坐起。

陈霜快步走来摸了摸他的头：“没事，打雷而已，你继续休息。”

靳岄愣了一会儿，忽然想起丢失的小刀，立刻要下床。

“岳莲楼去找了。”陈霜厉色道，“无论是小刀，还是贺兰砜的行踪，明夜堂都会为你找到，但你可别乱来。”

他给靳岄灌了一杯茶，靳岄按下心中不安和焦急，问他：“你好些了吗？我们怎么被迷晕了？”

原来琼周刺客所用的迷烟，是琼周海客猎鲸时才会用的药剂。粉末冲水，注入中空的长枪，刺入大鲸体内后，大鲸受药力影响便会昏迷不醒。大鲸是琼周人心中的海神，只有极少数海客会猎杀它们，这种药剂很少有人使用。

“我们只是吸入少许，效力不大，没有影响。”陈霜道，“倒是你……靳岄，对不住，是我大意了。不会再有下一次。”

靳岄正要安慰他，眼角余光看见房间里还站着个小孩。他此时才想起，回程马车中确实有个孩子。靳岄发现小刀不见后情绪激动，岳莲楼直接把他打晕了扛回车上，靳岄竟没能问一问这孩子的来历。

“岳莲楼偷回来的。”陈霜说，“这孩子据说是问天宗宗主。”

靳岄大吃一惊，贺兰砜之事暂时被他抛在脑后。他冲孩子伸出手：“小孩，你过来。”

小孩长得乖巧伶俐，七八岁年纪，虽不会说话，但行止彬彬有礼。

陈霜又从桌上拿起一幅画卷：“岳莲楼还偷了幅画儿。”

靳岄：“他怎么什么都偷。”

“据说这画的也是问天宗宗主。”陈霜展开那画，随口道，“不过这宗主跟咱们眼前的小孩长得完全不一样。”

他平时并没有这么多的话，此时唠唠叨叨，十分啰唆。靳岄知他是为了转移自己的注意力，便点头道：“我看看。”

“话说回来，这画中人我总觉得似乎在哪儿见过，有几分熟悉，可又说不上来……怎么了？”陈霜忽然发现靳岄眼神变了。

此画笔法流利舒展，画上人衣袍当风，他仙人般矜贵的气质跃然纸上。

“问天宗宗主？”靳岄问。

陈霜和那小孩同时点头。

“这便奇了。”靳岄轻笑，“画上这位，分明是大瑀五皇子，岑煅。”

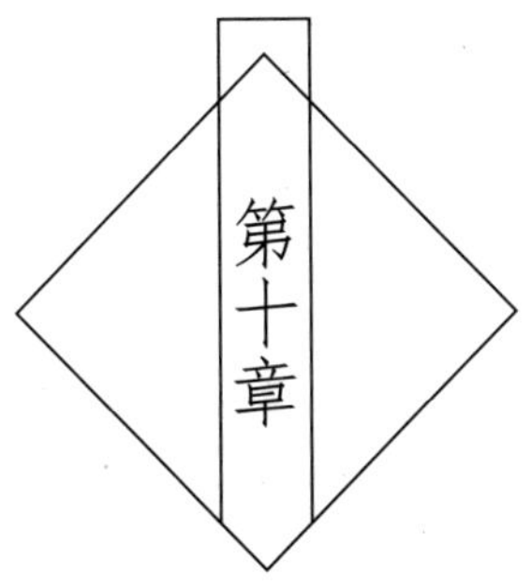

岑煅

封狐城，西北军军部。

西北军统领张越正在听下属汇报军部内的工作。金羌军撤离白雀关已有一段时间，近日又有蠢蠢欲动之趋势。众人焦头烂额，无奈军士懈怠疲惫，无法给予金羌军重击。

“金羌使臣带来的消息很明确，可以休战，但他们要封狐城。”张越说，“大璃刚刚割让了江北十二城给北戎，如今正在休养生息。再割封狐，只怕难上加难。”

封狐城地理位置极其重要，不仅是大璃西北部交通枢纽，更是大璃与金羌乃至金羌以北地区通商来往的重要关卡。封狐城及城外白雀关，有史以来一直是大璃西北部的兵家重地。

朝廷不想让，西北军又打不过，如今只能拼命僵持而已。

一场议论，毫无结果，除了维持现状，并没有更好的办法。众将领纷纷退去后，仍有一位戎装青年站在堂中。

“五皇子。”因只有两人，张越忙起身行礼，“可还有事要嘱咐末将？”

“将军不要这样客气。”岑煅把张越扶起，“在封狐，我就是您的下属。”

岑煅生得高大，相貌与官家年轻时有几分相似，但又多了生母瑾妃的沉稳。他沉默寡言，此前在朝中毫不引人注目，张越与他本来并没有交情，以为他平庸无能。然而岑煅来了西北军之后他才渐渐察觉，此人善于藏锋，且并不好相处。

封狐城被破之时，西北军军部丢失了大量行军记录，岑煅想问的是这个。他认为金羌人能准确找到行军记录，说明军中定有内鬼。

张越叹气："我明白你的意思。内鬼之事，建将军也提过，可我们查探了半年，不是仍没有找到吗？此事若再扰攘下去，只怕军心动摇不定，人人相互怀疑。五皇子，你从军经验不足，或许不知道，军人战心一旦动摇，极难再聚。我在北军服役多年，深有体会。"

岑煅不再出声。张越在提醒他，西北军如今由自己管理，岑煅虽为皇子，但也是来学习军务的，与他无关的事情不要多嘴。

岑煅离开军部时满腹郁气："元成！吃面去！"

从梁京随他来到封狐城的亲随宁元成立刻会意，两人往军部对面的面摊走去。

那面摊是西北军将领的家人所开，如今只剩一位老妪支撑着，每日卖的面不多，但滋味不错，岑煅很是喜欢。老妪有女名白霓，女婿名游君山，每每见到西北军中人，总要念叨两句。她女儿女婿下落不明，一直盼着军中有人能帮她找回。岑煅听过白霓大名，每次吃面总要多留几个铜板。老妪记住了他，浇头总比别人丰厚量多。

他与宁元成呼哧呼哧吃下两碗水滑面，老妪又说明日会有馄饨，让他俩早些来吃。

"多谢大娘。"岑煅朗声回答。

面摊上客人不多，两人身后坐着数位农人，大口吃面，大声说话。宁元成竖着耳朵听了会儿，用筷子尾戳岑煅手背："将军，你听。"

农人们正在议论问天宗宗主的寿宴。

问天宗是前两年在封狐兴起的教宗，传说宗主是个半仙，法力高深强大，十分骇人。此教派并没有什么过分行为，大约是求雨、问晴之类的把戏而已。不久前问天宗宗主过寿辰，农人称仙门城下了十天十夜的雨，是宗主为大瑀受尽苦楚的百姓愤怒悲痛，恸哭不已。又说有人看见宗主画像，天人般飘然若仙，双瞳灼灼放光，画中人竟然还会说话、走动，不愧是天降的谪仙。

宁元成去问："什么画像呀？咱也想看看。"

原来宗主画像只在仙门、梁京这样的大城里才有，封狐城里问天宗的人不多，至今还不能侍奉宗主画像。但寿辰之后，听闻宗主画像又分出了几张，正被问天宗护法一路保护，送往各处边关，护佑将士安宁。

宁元成笑道："好哇！等咱梁京有了画像，我也买两张在家里挂挂，驱不了邪魔，驱驱蚊虫也好。"

他一身戎装，那几个农人不敢对他发脾气，走出很远才回头指着他吐唾沫。

"一派胡言。"岑煅瞥他一眼，"你也真是闲，费这些口水作甚？"

"唉，无趣得很。"宁元成说，"以为来西北军可以大展身手，却天天坐在城门楼子里登记来往的人，有什么趣味？说是让你到西北军来学军务，可张越什么都不让你插手，只做些无关痛痒的小事，用处不大。"

岑煅："好，我即刻安排你回梁京。"

宁元成吓得当即跳起，并腿站直，双拳行礼："末将誓死追随将军，将军生末将生，将军死末将死……"

岑煅起身离开面摊，往城楼走去："最近有什么生面人进封狐城吗？"

"有是有的。"宁元成跟上他，"昨日便来了三个挺特别的人，其中一个双瞳竟是绿色的，但又不像纯粹的绿，颇似狼眼睛……"

两人走过一处油茶摊子，贺兰砜正低头吃肉，不经意听见了宁元成的话。他回头看了一眼，认出是昨日登记文牒的将领，又回头专注对付眼前的一盆烤羊肉。

离开仙门城已有一个多月。大瑀的夏季异常闷热，不比驰望原。他与巴隆格尔、远桑两人日夜兼程，一路牢骚，终于抵达封狐城。全因列星江与沈水流域连月大雨，河水暴涨，无法行船。他们想返回驰望原，只能绕道封狐城，从列星江上游渡河。

说服远桑花了贺兰砜不少力气。她仍惦记着怒山话，贺兰砜猜测她并非完全对故乡无牵无挂，只是怨恨敏将军而已。他跟远桑说，不是要让她回去当将军、首领，是请她回家乡，看一看往日的土地。远桑犹豫一夜，答应了。她放弃了诛杀目标，决定随他们回家看看，并迅速从附近村镇里买了一匹马。三人各乘一马，在阴雨中往北前行。

远桑原本以为贺兰砜不大说话，谁知一路上他们吃什么、喝什么，贺兰砜总要提一句：这个，靳岄说过；那个，靳岄喜欢。从那个滂沱的雨夜开始，"靳岄"不再是他的禁词。他每每提及，眼角眉梢都是跃然的欢喜。

"把你送回怒山，我便来大瑀找他。"贺兰砜说。

"可你是高辛王。"远桑说，"我听巴隆讲，高辛王是不能离开血狼山的。"

"我不做高辛王。"贺兰砜已经将所有困惑与迷茫想得通透。

说这话时，他们还未抵达封狐城，三人在山间露宿，点燃小小的篝火烤山鸡。

巴隆格尔问他，靳岄告密的事情是否就这样过去了。

贺兰砜却摇头。"没有过去，我会问他的。"他很认真，也十分真诚，"若是他做的，我会训责他。"

巴隆格尔奇道："然后呢？"

"不知道。"贺兰砜想了又想，忽然大笑，"不知道！等见到了他再说吧！"

巴隆格尔一脸纠结，远桑却和贺兰砜一块儿哈哈大笑。贺兰砜的性情跟远桑十分相合，做了决定就不会再犹豫，那股子闷头往前冲的劲儿也令她非常欣赏。她开始教贺兰砜怎样用刀。

就这样一路抵达封狐城，入了城门后，总算能吃上一顿安稳饱足的肉饭。

"从封狐城出白雀关，便是列星江上游的古穆拉塞河。渡过古穆拉塞河我们会进入金羌境内。从金羌回怒山和血狼山，不到半个月。"巴隆格尔对吃喝不停的远桑和贺兰砜说，"这路线是没问题的。"

远桑进入封狐城后，因天气炎热，她便摘了口罩和头巾。她头发极短，仿佛一个初初还俗的尼姑，颈上的烧伤疤痕也愈发显得狰狞。面对巴隆格尔好奇的目光，远桑言简意赅地解释：我怕热。

贺兰砜看了眼巴隆格尔在桌上用水画出的简单地图，点头道："好，那就这样走。"

"但我们的文牒只能在大瑀境内通行。想出白雀关，还得在封狐另换文牒。封狐这边的文牒只给大瑀人换，我们不是大瑀人，只怕很难。"

贺兰砜又喝了口油茶："负责文牒的，是昨儿给我们登记的那位守城将领吗？"

"我打听过了，那位叫宁元成。他负责登记而已。"巴隆格尔说，"真正负责签发出关文牒的，是宁元成上面那位，岑煅岑将军。"

贺兰砜手上动作一顿："岑……？"

巴隆格尔压低声音："大瑀五皇子，岑煅。"

仙门城的大雨疯狂地下了十日后，渐渐转为小雨。一整个夏季几乎都在雨水里泡着，山野倒是愈发翠绿，漫过河岸的沈水却丝毫不见有退去的迹象。

陈霜撑着伞匆匆忙忙穿过走廊，钻进院子里。那自称陆文杰的孩子在窗边桌上认真看书，劲头比靳岍还足。靳岍站在檐下看雨，这处宅院种着不少果树，如今纷纷结了果子，樱桃的季节过去后，桃子又成熟了。

距离与贺兰砜擦肩而过已然过去一个多月，但当时情景仍旧历历在目。靳岍的手总会不由自主地伸往腰间，腰上没了那柄小刀，空荡荡的，令他莫名心慌。岳莲楼没有找回小刀。他回明夜堂去搜寻贺兰砜的踪迹，发现他似乎与仙门刀客同行，一路往北而去，是要回北戎。

这消息倒是没让靳岍陷入沮丧。贺兰砜救了自己，这个事实似乎重新给了他勇气。“无妨。我会回驰望原见他。”靳岍只用这句话回答。

除了贺兰砜，他还牵挂着问天宗宗主画像之事。陈霜今日终于带回了好消息。

“陆文杰家在南境，爷爷是个书商，专门贩售旧书，前段时间来到了仙门城。”陈霜说，“那老头名叫陆宏。你可还记得送岑融离开那日，客栈楼下有问天宗信客殴打一个卖书的老翁？”

靳岍吃惊：“那位便是陆文杰的爷爷？！”

陈霜笑道：“正是他。老人家的腿受了伤，不容易好，一直在偏僻客栈住着。当时救了他的两位异乡人留下一些银两，让他住到好转为止。”

靳岍大喜：“文杰！”

小孩应声而来。他能听懂别人说话，只是无法发声，得知找到了爷爷，孩子毕竟年幼，顿时哭了出来。靳岍立刻让游君山准备马车，他要送陆文杰去陆宏下榻的客栈。

临上车时，陈霜还是没忍住，主动对靳岍说：“那救了陆宏的异乡客，正是贺兰砜。”

陆宏所住的客栈十分偏僻，外面看起来便是一处寻常院子，只在院门外挑着“住店”的幌子，连名称都没有。

仙门城几乎所有客栈都要使用问天宗的通令牌才可入住，客栈收入自然也要分一部分给问天宗。每年到仙门城拜会宗主、参加法会之人多如牛毛，这些信客往往只入住问天宗管理的客栈。问天宗与客栈便这样紧紧联系在一起，难以分割。靳岄认为此举很有意思，仙门城的每一个客栈，天然地成为了问天宗的哨塔。客栈中有什么人，会聊什么事情，左右都瞒不过问天宗的眼线。而陆宏所住的客栈偏僻破败，这种脱离问天宗荫庇的地方，是无法长存的。

陈霜把陆文杰抱下马车，陆文杰抓住陈霜的袖角在那院子门口张望片刻，忽然拔腿往院中跑，直扑入一个老翁怀中。

那老翁正是陆宏，冷不丁地被一个孩子抱住，先是吓了一跳，手里水桶咚地落地。等发现那孩子竟是陆文杰，他大叫一声，双目顿时发红。年纪愈大，愈是不能狂喜、狂怒、狂悲，但孙子失而复得，这种喜悦难以自持，陆宏抱起陆文杰，哭出声来。

一番忙乱。陆宏紧抓住陆文杰的手，不断对靳岄作揖道谢。他见过陈霜，只知道靳岄是陈霜的主人，得知靳岄与当日救他的绿眼睛青年是旧相识，他忙请靳岄入屋落座，说起贺兰砜的事情。

贺兰砜和巴隆格尔当时是路见不平拔刀相助，三人辗转寻到这家客栈，便住了下来。陆宏不清楚贺兰砜和巴隆格尔到仙门来做什么，只晓得这两人都是从驰望原来的。巴隆格尔不懂大瑀文，贺兰砜倒是勉强识得几个大字，偶尔也会拿起陆宏身边的旧书翻一下。他早出晚归，似是在找寻什么人，曾带回一张写满字的纸，让陆宏帮他辨认纸上的地点。

“贺兰砜有趣得很。”陆宏把陆文杰抱在怀里，呵呵地笑，“他老问我仙门这儿有没有狮子糖和梨干卖，说要买回去给妹妹尝尝。可仙门这是什么地方，即便有，也全都很普通。听闻他们吃过的梨干、乳酪狮子糖都是梁京售卖的货色，有的还是贡品。我不晓得贺兰砜是不是扯谎，总之他买了不少吃的，可没有一样与他印象中的口味相合。”

靳岄不禁笑了：“我带去的是四川的乳酪狮子糖，街市买不到。不过只要是甜的东西，卓卓都喜欢。他兄妹俩以前过得艰苦，连糖都没吃过。”

陆宏又问靳岄的名字如何写，靳岄一一说了，老人忽然道：“乳酪狮子糖是四川出了名的贡品，寻常人不说捎回家，连看到的机会都没有。你又来自梁京，‘靳’可不是什么大姓。”

靳岄毫无隐瞒：“我父亲是靳明照。”

陆宏心中一震，立刻牵着陆文杰起身："敢问小将军，莽云骑战甲中，云纹刻于何处？"

靳岄："双肩、双膝、手背及左胸。"

"西北军军部位于封狐何处？"

"封狐城北，军舍大道中段。"

"靳明照任西北军统领之前，于何处服兵役？"

"北军，建良英将军麾下。我父亲十五岁拜建良英将军为师，从不敢忘记老将军教诲。在下表字子望，是建良英将军所赐。"

陆宏连问三个问题，靳岄一一回答后，他二话不说跪拜在地。靳岄吓得不轻，连忙将老头扶起。但陆宏仍旧坚持着，给他磕了个头。

"愚昧试探，为求心安。"陆宏喃喃道，"忠昭将军一生磊落，威名赫赫。什么畏战弃城、落荒而逃，都是不可能的！大瑀百姓心里，忠昭将军就是大瑀的良心，无人不赞，无人不叹。小将军昔日于北戎为奴，卧薪尝胆般熬着，总算回了大瑀，凡听闻此事，百姓无不欢欣鼓舞。老朽得见小将军，实在是毕生福气。"

陆文杰虽然口不能言，但十分聪颖，听陆宏一口气说了这许多，也跪下给靳岄磕头。陈霜知靳岄不喜欢这礼节，连拖带拽，把爷孙俩拉了起来。

陆宏正襟坐下，欲言又止。见他言谈举止不似村头老农，又想到他售卖旧书为生，年轻时应当也是个文士，靳岄便客气询问："先生有何赐教？"

"不敢。"陆宏摆手，"陈霜少侠告诉我，你们是在问天宗修心堂里找到的文杰。小将军可知问天宗底细？"

"不知。"靳岄道，"先生请说。"

陆宏从南境一路往北，途经数座大城，最后才艰难抵达仙门。他一路走走停停，实则是为了寻找被问天宗带走的陆文杰。但他不敢对任何人讲起自己的推测，凡被问起，只说卖书，顺道找找失踪的孙子。

"大瑀如今边境不安定，百姓受苦，江海横流，恶匪群出，这都是大灾大厄、国运将衰之征兆。如此才有问天宗这样的邪派作祟。"陆宏道。

问天宗实则起源南境，一开始只是偏僻山川中求雨、求晴的法师们捣鼓出来的小宗派，后来经由几位有识之士添砖加瓦，杜撰传说，渐渐地出了名，衍变成钻研观星勘天之术、推演日月起升之法的宗派，在文人术士中有几分名气，陆宏过去也曾是问天宗的信客。但最近几年，问天宗信客忽然暴增，人人沉迷于修炼不老神术，称可用神奇法力救济苍生。

“问天宗上任宗主归天后，问天宗就开始变化。”陆宏说，“就像是有什么东西套着问天宗的皮子，却把里子全都换了个遍。”

他年轻时是县试秀才，屡考不中，便在乡里教书过日子。陆文杰今年八岁，出生后不久遇上瘟疫，一家人最后只剩爷孙俩相依为命。瘟疫过后，为求孩子此生安康，陆宏带他去附近的大城找问天宗的司天士勘命。

“司天士？”靳岄奇道，“这是问天宗里头的什么职务？”

“问天宗宗主之下有左右护法二人，左右护法之下又有四域天，共东、西、南、北四位司天士。我去找的是南域司天士。”陆宏解释。

彼时他并不知道问天宗的老宗主已经归天。南域司天士看过陆文杰的生辰八字，推演了他的四柱命格，万分激动，声称陆文杰正是老宗主托生转世的玄天之子，想带走陆文杰。陆宏不仅拒绝了，还与南域司天士大吵一架。因这场争执，陆宏脱离了问天宗，带着陆文杰回到乡中，不再理会问天宗的事情。

但南域司天士不肯死心，辗转数年找到陆宏，多次恳求索要不成，在三年前盗走陆文杰。

“玄天之子……也就是说，问天宗认为你才是宗主转世。”靳岄心中大惑不解，“可救你之人说，你当时是被铁环束缚在修心堂里，他们怎能这样对待宗主？你身后的画像又是怎么回事？”

陆文杰抓过桌上纸笔，开始比画。这三年里他一直跟着南域司天士，南域司天士对他毕恭毕敬，照顾得十分妥帖。问天宗四域司天士里，南域、东域两位司天士奉他为宗主；而西域、北域两位司天士则奉画像上之人为宗主。

那张宗主画像上的人，陆文杰从来没有见过。他是抵达仙门城之后才发现，仙门这儿的人只相信画像上的宗主，对他不闻不问。南域司天士离开后，问天宗的人不知如何处理陆文杰，只得把他关在修心堂里，偶尔写一些赐福、庇佑之类的东西，卖给信客。

靳岄沉吟片刻，直接问：“你认识夏侯信吗？他是问天宗里什么人物？”

陆文杰先点头，后摇头，写下三个字：他不是。

靳岄又问：“如今仙门问天宗里，管事的是谁？”

陆文杰答：左右护法，北域司天士。

靳岄："寿辰当日出现过吗？"

陆文杰：无。

靳岄："也就是说，如今问天宗内，有两位宗主？一个是你，一个是画像中的人？"

陆文杰不住点头。

靳岄满是疑惑，辞别爷孙俩，和陈霜离开，赶往明夜堂的仙门分堂。

岳莲楼正在分堂里跟俊俏女侠逗闷子，女侠一张冷脸，耐着火气，他自己却乐不可支，笑成一只抖毛的鹌鹑。见靳岄走入，岳莲楼收起笑脸，连蹦带跳跑过来。

靳岄让岳莲楼帮忙查一查问天宗的两个宗主，岳莲楼一口答应，陈霜却不太信任："问天宗一直都是两个宗主，仙门分堂完全没察觉，可见问天宗把这事情遮掩得多严实。你怎么查？"

"上次去参加宗主寿宴，认识了右护法。"岳莲楼笑道，"至于我用什么办法，你还是不知道为好。"

得到岳莲楼应承，靳岄放下心来。外头已经停雨，但天仍是阴暗的。他忽然想起仙门关那巨大的象骨，起意要去看看。

仙门关两侧被高峻山崖夹着，山崖上数根灰白石柱，斜斜刺入山中，石柱上不知是什么人写的字，"仙门城外仙门道，仙门关口仙人笑"，数十载风吹雨打，仍旧十分清晰。"仙人笑"柱子下方便是往日供奉圣象遗骨的棚子。

沈水暴涨，淹没了仙门道，马蹄踩在水里，足有数寸深。棚子拆走了，里头的象骨只剩一半，平时跪拜念诵的信客不见踪影。

"上个月雨太大，没法来拜象骨。有些动了歪心思的人便偷偷窃走骨头，拿回家里摆着。"游君山说，"这事情有一就有二，渐渐地，这骨头就只剩那么多了。"

仅有大象的头部和颈部还残余着，连两根象牙也被切走，留下两个圆乎乎的、惨白的切口。象骨下原本是一个石台子，如今连石台也几乎被淹没。他心中隐隐泛起不安，但又不知道这不安具体是什么。正要说话时，天上一道闷雷滚过，雷声还未消失，大雨又落了下来。

"回去吧。"靳岄皱眉道，"仙门城地势低洼，这雨下成这个样子，若是沈水上游堤坝撑不住，只怕会出大事。”

游君山驱赶马儿掉头。穿过仙门关时，靳岄听见车外哗啦一阵大响。

大雨竟把剩下的象骨冲散了。

又是哗啦一阵响，几支毛笔滚在桌上，方才搭的小架子没了形状。

贺兰砜被声音吸引，慢慢抬起眼皮，看向正在玩毛笔的宁元成。他不声不响、不笑不嗔时，黑中藏碧的眼里蕴着一股野兽的怒气，此时目光直勾勾扎在宁元成身上，宁元成坐立不安，手里两支毛笔怎么都搭不起来。

这是封狐城签发出关文牒的地方，宁元成今儿值班，一日闲散无事，临散值时却偏偏来了一个坐如磐石的高辛人，一个不住打呵欠的北戎胖子，和一个分不清雌雄的古怪刀客。

三人呈品字形，将稳坐桌边的宁元成围在当中。

“军爷，”贺兰砜慢吞吞开口，“我们还得等多久？”

“明日再来吧，啊？”宁元成苦苦地劝，“我没权力给你们发出关文牒，我刚刚已经说了两百遍。”

“谁能发，我们便等他来。”贺兰砜说，“我大哥和大姐脾气不好，再见不到你们将领，只怕要生气了。”

巴隆格尔应声嗬嗬几下。远桑背手站在屋角凝神观察一只蜘蛛，偶尔冷笑。

眼看天色越来越暗，宁元成不得不把灯烛点亮。灯光里，坐在他面前的贺兰砜双目愈发冷森森的，透着寒气。廊上终于传来脚步声，宁元成高兴得几乎直接跳起：“将军！”

一身戎装的岑煅掀帘步入，环视一周，与贺兰砜对上眼神。

初见贺兰砜，岑煅便看出此人并非行伍之人。贺兰砜身上没有军人之气，但有一种原始纯粹的野性。他虽然身穿大瑀衣装，但那应该是为了方便在大瑀境内活动而置办的，毕竟鞋子、背后的弓箭，乃至他草草扎起的头发、颈上的狼牙项链，全都透着莽撞不修饰的狂放。

他的目光让岑煅很不舒服。这个人似乎对自己有天然的敌意，可他对此人毫无印象。贺兰砜相貌气质非比寻常，但凡直视一眼，便难以忘记。岑煅上上下下打量他，贺兰砜微微昂起下巴，用同样的甚至更为无礼放肆的目光扫视岑煅。

宁元成跟岑煅说明贺兰砜等人的来意，岑煅翻开三人的文牒细看。

文牒显示，绿眼睛的高辛人名为贺兰砜，他与北戎男子巴隆格尔于五月从碧山城经杨河城入大瑀，一路往南，经过梁京、仙门等几个城池，后返回杨河，北行抵达封狐。因他们并非大瑀人，每次经过需要检查文牒的关卡，便有守关卡的官兵在文牒上书写记录，时间、地点齐全。

贺兰砜和巴隆格尔的文牒没有错漏，但远桑的文牒却是从杨河开始登记的。她只有从杨河出发的记录，却没有何时、从何地抵达杨河城的记录。

“这两个男的说，那女子身患怪病，两人打算带她去仙门城找问天宗看看。谁知她在杨河遭遇火灾，文牒什么的全烧没了，身上也留了疤。两人留她在杨河休养，去仙门找能治病的神仙。可神仙最后也没找着，所以空手而回。”宁元成说。

岑煅：“你信吗？”

宁元成：“那女子的烧伤疤痕我看过，是旧伤，没有十年时间拉扯不出这么大的疤痕。”

岑煅淡淡一笑。宁元成又低声说：“我没有再问，再问也是借口而已。”

岑煅：“可疑吗？”

宁元成：“可疑，但又不像细作。天底下哪里有这么嚣张跋扈的细作？”

他瞥一眼贺兰砜。贺兰砜把两人的对话听得一清二楚，打了个呵欠。巴隆格尔怕他说出不对劲的话，连忙对岑煅磕磕巴巴说道：“这位将军，帮我们签个文牒吧。我们都是驰望原的人，现在是打算回家去，不会给你添麻烦。”

岑煅问：“你们出了封狐城，打算怎么走？”

巴隆格尔嘴快，贺兰砜想制止时已经来不及：“过古穆拉塞河，绕道金羌，入驰望原。”

岑煅看到贺兰砜背上箭壶内有数支黑箭。他心中微微一动，看向贺兰砜：“一般人不会选这条路。古穆拉塞河不好走，金羌更是不好走。你们为何不在白雀关附近渡河？渡河后往南去萍洲城，可以回北戎。”

贺兰砜：“我们不回北戎。”

岑煅愈发肯定：“你们的目的地是血狼山？”

贺兰砜还是头一回遇到对血狼山有了解的大瑀人，心中不禁震动，忙坐直了：“你知道血狼山？”

“过古穆拉塞河，入金羌，这是从封狐城去血狼山最近的道路。封狐城内外地形，全在我心里。”岑煅说，“你是高辛人，去年北戎天君哲翁被高辛将军射杀，血狼山归还高辛，这些事情我都听闻过。我认得你的高辛箭。”

贺兰砜从箭壶中拿出高辛箭，岑煅双手接过，翻来覆去地看。高辛箭上的镂空他尤为感兴趣，箭杆的鸟雀，箭尖的云纹，全都精细无比。

“大瑀开国之时，高辛王曾到访梁京并送上礼物。其中便有这样的高辛箭。想来也是八十多年前的事情了。高辛箭如今散落在数位有惊世功勋的将领家中，我曾于一位将军府上见过高辛箭，精美异常，也锋利异常。”岑煅说，“高辛人擅冶铁，天下皆知。”

他把高辛箭还给贺兰砜，颇有些恋恋不舍：“实际上，我朝也有类似高辛箭的箭矢样式。”

贺兰砜立刻接话：“莽云骑的佩箭。”

这回轮到岑煅吃惊了。

“我有一位大瑀朋友，他跟我说过，西北军的莽云骑佩箭正是参考高辛箭样式而来，比如云纹。”贺兰砜说。

两人的惊讶之中均带着欢喜。方才弥漫在彼此之间的莫名敌意几乎消失了，岑煅不禁笑道：“你这位朋友不简单，莫非是莽云骑中人？莽云骑佩箭与高辛箭的渊源，也只有忠昭将军靳明照与寥寥几人得知而已。”

贺兰砜心道：我这位朋友自然是知道的。他有点儿想问岑煅认不认识靳岄，转念又问出另一个问题：“那你又怎么晓得？”

岑煅：“‘既然将军喜爱高辛箭制式，不如将莽云骑佩箭也仿照高辛箭来设计’，这正是我给忠昭将军提的建议。”

贺兰砜怔了片刻，咧嘴一笑。他笑的时候，那双绿眼睛里的寒气霎时无影无踪，倒显得诚恳了。

岑煅觉得此人十分有趣，谈天说笑都与自己相合，脾气也颇为独特，看起来疏离冷漠，实际却并不难相处。他把手里三张文牒看了又看，最终压在掌下：“我再问一个问题。你们打算过古穆拉塞河入金羌，可是从白雀关去往古穆拉塞河还需要好几日，路上都是戈壁沙漠，若没有人带路，并不好走。莫非你们对白雀关和金羌十分熟悉？”

贺兰砜揣测岑煅想法，默默不言。这是一个不好回答的问题。熟悉路线的，是当日跟随贺兰金英在白雀关外当探子的巴隆格尔。但若此时说他们对白雀关了如指掌，说不定会被怀疑为金羌细作，愈发难以出城。

“若不说明，这文牒我不能签。”岑煅说。

贺兰砜三人无功而返。远桑撺掇他们翻墙出逃，但封狐城周围看管甚严，巴隆格尔功夫不济，论逃跑活命的本事两人都比不上远桑，贺兰砜否决了这个提议。

这一夜贺兰砜辗转难眠。他猜测岑煅应该也是认识靳岄的。他若是认识靳岄，认识的也必定是小时候的靳岄，那小小的，像卓卓一样可以抱在怀里的孩子。贺兰砜突然很想知道，靳岄小时候长什么样子，如何在梁京生活。他也同岑煅去潘楼听过戏吗？岑融烧了靳岄喜欢的茶花，岑煅为他说过话吗？

他睡不着，趁夜出门吃汤面。一碗面吃到一半，忽然听见附近有喧嚷之声，打闹不休。良久后吵嚷停了，去看热闹的老板娘回来说，有西北军战士轻薄妇人，被军中将领狠狠教训一顿，现在拎回军部受罚。

“是谁出手了？”有食客问，“总不能是张越的人吧。”

“嘘……是五皇子。”老板娘一双眼睛灼灼发光，老板一个劲儿地皱眉。

食客们纷纷压低了声音，又是欣喜，又是难过，嗡嗡的一片，说的都是岑煅的事情。有人说若是忠昭将军还在，西北军不至于成现在这样；有人说岑煅就跟忠昭将军似的，若是他当上统领，西北军也有望回到往日情形。又有人提到靳将军有个儿子，众人纷纷摇头说，那孩子听闻是不成的，没有靳将军半分才能。

贺兰砜吃完面，问了那老板娘岑煅往何处去。他穿街过巷，在军部对面的面摊子上又看到岑煅。摊子上只有岑煅一人，与那煮面的老妪相对而坐，面前放的是一碗馄饨。等吃完了，岑煅又帮老妪推车回家，说了些絮絮的闲话。贺兰砜极有耐心，他一直等到岑煅独自往回走，眼看他走入一处偏巷，才在岑煅身后亮出行踪。

他刚靠近，岑煅忽然转身，左手像爪，一把抓向贺兰砜面门。贺兰砜后退躲过，抄出腰间短刀横挡，“当”的一声，与岑煅佩剑狠狠一击。

岑煅认出贺兰砜，却不说话，左足往前踏，左手朝贺兰砜胸前一抓，钩住贺兰砜颈上的狼牙项链。贺兰砜旋身一扭，空出的手扣紧岑煅手腕，短刀刺向岑煅腋下。银色长剑又挡了一记，短刀从贺兰砜手中弹起，他松开岑煅手腕，另一手抓住短刀，朝岑煅颈上抹去。岑煅身穿铠甲，颈上有护甲防卫，短刀咔地一响，停在那铁灰色护颈上。

岑煅的长剑也恰好刺穿贺兰砜衣袍，堪堪停在贺兰砜锁骨处，几缕发丝被剑刃切断，随二人呼吸落地。

“杀了我，你也拿不到文牒。”岑煅说，“更何况你没本事杀得了我。”

两人同时收手，各退几步。

“只是试探，并无恶意。”贺兰砜将手上短刀平平托在掌中，“此刀是我阿爸遗物，我不会用来杀人。”

岑煅：“你很有趣。”

贺兰砜终于问：“你认识靳岄吗？”

岑煅双目睁圆，良久才一叹：“你那大瑀朋友，竟是靳岄。”

因这个联系，两人身上那锋锐刺人的杀气总算收了回去。贺兰砜单刀直入：“岑将军问我们是否熟悉白雀关和金羌路线，恐怕不是因为担心我们回不去。你想去金羌？”

岑煅微微一笑，目光迅速扫过二人前后，确定无人在旁才开口：“擒贼先擒王。”

贺兰砜起初听不懂，但很快便明白了。

“你要擒喜将军？”

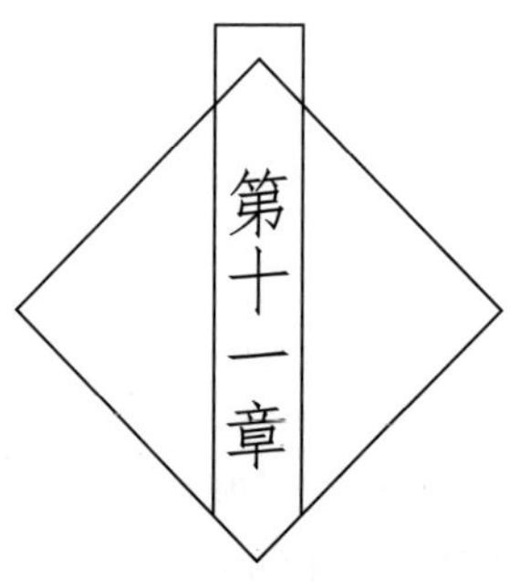

交锋

仙门城，明夜堂分堂。

靳岄不过问岳莲楼如何打探消息，陈霜却知道岳莲楼一贯的手法。那问天宗的右护法在寿宴上把岳莲楼认作女子，对他十分倾慕，岳莲楼便把人骗来，使尽各种手段折磨，逼问自己想要的信息。此时右护法肉虫子一般蜷在地上，身上血迹斑斑，鼻涕眼泪横流。岳莲楼和陈霜垂首站在院中，面前是面色铁青的章漠。

“陈霜，把这人带走，你负责料理。从他口中问出什么，都禀报靳岄。”章漠冷着一张脸说。陈霜被院中气氛弄得头也不敢抬，拎起瘫软的右护法火速离开。

岳莲楼咚地跪下：“他说了些侮辱你我的话，我下手才重了些。下次不会了。”

章漠：“没有下次了。”说着擦过岳莲楼肩头离开。

岳莲楼忙扯他袖角，袖角竟似混着一股大力，烫得岳莲楼手掌发烧。他心中微微吃惊，这是章漠把化春六变的功力灌注到袖角上去了。他不敢再露嬉笑神情，几步追上章漠。章漠回头看他，秀气双眼里尽是阴霾。

“我发誓，下不为例。”岳莲楼说。

“不必发誓了。”章漠说，“明夜堂即便探问消息，也没有这样折磨人的。这话我跟你说过许多次，你从不放在心里。你这般手段，明夜堂留不住你。

岳大侠另寻高枝吧。”

岳莲楼：“什么意思？”

章漠：“你不知收敛，给明夜堂和我带来很大麻烦。我不想再给你处理这些首尾，你走吧。”

岳莲楼不知他说的是真是假，怔怔地站着。

章漠走出两步又回头，按住他手腕脉门：“差点忘记，你若离开明夜堂，这一身化春六变，是要散去的。”

岳莲楼反手扣紧他手腕，把他推到院墙上，咬牙道：“好哇，你这是不要我了？”

章漠毫不退避，直直迎接他的眼神：“岳莲楼，我知道你是故意的。我向来憎恶这种刑问手段，你却偏偏这样做。等我责罚你，你又要赖耍混，博我同情。这已经不是第一回了，我忍你、任你，可我不是无底线的。”

岳莲楼根本不听他长篇大论，只重复：“你不要我了。”

章漠目光强硬：“对。”

两人僵持片刻，岳莲楼忽然倦了一般松手。他跳上墙头，看院中繁盛林木与累累果子，郁郁葱葱，青翠蓬勃。天仍旧是阴沉的，飘着细雨，打湿了他的眉毛与头发。他无来由地感到一阵伤心。伤心对他来说是多么陌生且不必要的情绪，他往日都可以压下去，今天却因为来势凶猛，无法抑制。

“你爹爹说过，无论如何明夜堂都是我的家。”岳莲楼觉得翻旧账挺不要脸，但他也没别的可跟章漠追溯，“你也对我说过，要我永远随你左右。”

章漠：“那是……”

他话未说完，岳莲楼跃下墙头，消失无踪。

经过一日煎熬，陈霜回家时疲累不堪，在心中把岳莲楼翻来覆去骂得仔细。游君山正在廊下喝茶，一脸古怪神色，见到陈霜，欲言又止。

门扉半掩，陈霜听见岳莲楼的声音。

“我也去信问天宗吧。”岳莲楼说，“说不定问天宗真有什么神通广大的法术，能把我变成天底下人人都喜欢的岳莲楼。这样章漠就不会赶我走了。”

过了一会儿，他又说：“靳岄啊，靳岄。你说是我去道歉，还是等章漠来找我道歉？”

靳岄疲倦又敷衍："无妨。皆可。随便。"

"咕咚"的灌酒声一响，岳莲楼又来了精神："我没错！我不道歉！他爹爹对我有救命之恩，既然于生死一瞬将我拉回人间，我允诺过的一生一世忠于明夜堂，便不是戏言！"

靳岄："嗯嗯。"

岳莲楼一拍大腿："他章漠说话不算话，我岳莲楼可不能这样。"

靳岄："是是。"

岳莲楼扑腾几下，勉强抵抗醉意："章漠第一次看我跳舞，他还流鼻血，连衣裳都弄脏了，好狼狈！对了，我刚刚提过吗？我和他小时候就见过面，还是他爹把我从乱葬岗里捡回来的，他嫌我脏，嫌我臭来着。他半大个小人儿，成天带着一帮小孩子来取笑我，我跟他计较过吗？我没有哇！"

靳岄打了个呵欠："噢噢。"

走廊上的陈霜："……"

游君山冲门内做了个"请"的手势："这些话他方才已经说了两遍，接下来就该介绍他与你们堂主月下相约，亮明身份后，你们堂主气得拔剑就打……您进去吗？"

陈霜长叹一声，迅速在他身边落座，倒茶、碰杯，相视一笑。两人伴着岳莲楼叽叽呱呱的说话声，看停雨后院子里几只飞来飞去的萤火虫。

岳莲楼是拎着好几坛子酒来的，靳岄只喝几杯，余下他全都灌进肚子里去了。去了几回茅厕，醉得愈发厉害，蜷在靳岄身边似哭似怨，睡了过去，手紧紧抓着靳岄腰上的鹿头，不让靳岄脱身。

靳岄揉着耳朵，听陈霜禀报从右护法那里打探来的消息。

八年前问天宗宗主死后，四域司天士和左右护法一直在寻找继任的宗主。实际上从寻找新宗主开始，四域司天士隐隐已有分裂之势。南域与东域司天士坚持要找老宗主的转世之身，他们称这样的孩子为"玄天之子"，但西域、北域司天士却想找一位有才有识之士带领问天宗。

双方僵持不下，三年前南域司天士从南境带回来一个孩子，西域与北域司天士却也在仙门城接待了一位来自梁京的贵客。

"此人便是夏侯信。"陈霜说，"三年前夏侯信已经是昌良城城守，但右护法却说他是从梁京来的。我猜那应该是夏侯信借探亲之机，绕道来仙门，特地见西域、北域司天士。”

“他来做什么？”

“他带来了那幅宗主画像。”陈霜说，“但此事最奇特之处在于，八年前老宗主死的时候，夏侯信也来过仙门城，同样带来一幅宗主画像。上面画的却不是五皇子。”

靳岄：“是谁？”

陈霜：“谁也不是。画像中人五官空白。”

靳岄恍然大悟。

梁安崇早已看中问天宗。问天宗近几年的壮大发展，也一样多得梁安崇扶持。八年前他已经和问天宗有所关联，只是那时候“宗主”仅仅是一个虚像。而梁太师选中岑煅之后，画像上的“宗主”便有了脸。

百姓崇敬问天宗宗主，奉其为神，等揭露岑煅就是宗主，百姓定愈发推崇敬奉。而无论岑煅是否知道这件事，他都将骑虎难下，利用民间宗派与神鬼传说营造声势，只要被人奏本捅上朝廷，就是铁板钉钉的谋逆。岑煅只有两条路可走：坚决否认，但官家必定严惩，信任不再，只怕会戴罪而死；或是与梁安崇合作，把此事坐实。

岑煅到底知不知道梁安崇的这些筹划？靳岄想起先生谢元至的叮嘱，心中情绪十分复杂。

一夜无眠，靳岄思索诸般事件，只觉得头疼欲裂，疲惫不堪。岳莲楼倒是一早就醒了，醒时还有些恍惚，摸摸靳岄脑袋后独自走入院子。靳岄以为他伤心，连忙跟出去，却发现他蹲在池子边上逗鱼玩儿。

“你好了吗？”靳岄也学他那样蹲在鱼池边。

石块湿滑，雨蒙蒙的，很快把两人头发衣裳打湿。鱼儿一条接一条地浮上水面吐气，小口叭叭张合，鱼尾巴乱拍，甩了岳莲楼一脸水。

岳莲楼说：“你瞧，就是这样，你跟什么人在一块儿，即便好得蜜里调油般分不开，他也会故意说一些让你伤心的话。他要我离开明夜堂，那我便走呗。我再也不见他，气死他。”

靳岄：“你和堂主彼此彼此吧。贺兰砜就不会这样对我。”

岳莲楼：“会的。一定会。”

靳岄气得笑了：“不会！”

岳莲楼看他那笃定模样，也气得牙痒："凭什么你们不会？"

两人当着众鱼的面吵吵嚷嚷，陈霜跑进来的时候又觉得脑袋嗡嗡响。

"别吵啦！"他大喊，"出事了！沈水上游水坝顶不住，已经有裂口了！堂主昨日离开仙门回梁京，现在被困在游隶城进退不得。这是他方才飞鸽传回来的讯息。"

岳莲楼噌地站起，差点把靳岄推进鱼池里。他匆匆忙忙拎着靳岄跃到陈霜面前："我去找他。"

"游隶城？是定山堰出了问题？"靳岄忙问，"是要开闸泄洪了吗？如今游隶城是谁主事？"

话音刚落，游君山又从外头急急忙忙奔进来："夏侯信求见小将军。"

靳岄又急又忧，只得先去见夏侯信。夏侯信来得匆忙，坐立不安，背手在廊下站着，脸色与清晨天色一样浑浊晦暗。见靳岄来到，夏侯信立刻跑下走廊，袍角一掀便跪了下来。

"请小将军随我去游隶城，"夏侯信磕了个头，"请小将军救仙门百姓一命。"

靳岄连忙将他扶起："夏侯大人来此，可是为了定山堰？"

夏侯信眼中掠过惊诧之色："正是。定山堰撑不住，可能要开闸泄洪。一旦开闸，仙门城以及沈水下游无数百姓都将受洪祸之害，死伤或达数十万。"

靳岄又问："游隶城如今是谁主事？谁能开闸泄洪？"

"游隶城城守治水不力，朝廷震怒……"夏侯信说，"如今坐镇游隶城的，是三皇子。小将军，你与三皇子交好，帮帮仙门百姓吧！"

当天晚上，靳岄带着陈霜，夏侯信带着两名随从，五人骑马离开仙门城，往北而行，奔赴游隶城。

游君山和岳莲楼并未和他们同行。岳莲楼为此很是发了一通脾气，章漠被困游隶城，他撒泼打滚一定要去找。靳岄花费很大力气说服岳莲楼，让他和游君山留在仙门以备不时之需。什么不时之需？那便是在万一劝阻不成，岑融执意开闸泄洪之时，两人可以与明夜堂的人合作，一起转移城中百姓。

靳岄和明夜堂都不熟悉定山堰详情，经夏侯信一番说明，众人才知此事非同小可。

游隶城同在沈水沿岸，是梁京往仙门城的必经之地。定山堰建于三百多年前，是一座横跨沈水与沈水支流沐河的大坝，传说此坝由十三尊镇水兽看守，费三十年之力建成，死伤壮丁兵士逾万。今年春季以来频频大雨，列星江、沈水水位暴涨，如今已经漫过堤岸，游隶城内低洼处已经被水淹没。定山堰更出现数道裂痕，开闸泄洪是必然的。

而定山堰设计了两个泄洪口，一在沈水，一在沐河。

若是沈水的泄洪口打开，同样正遭受洪灾困扰的沈水下游将受灭顶之灾。在大瑀初年也曾有过这样的天灾。彼时定山堰开闸泄洪，黄水滚滚、浮尸百里，三十多万流民被迫离乡背井。当年夏季沈水流域更是暴发瘟疫，又死伤数万人。

一旁听得不耐烦的岳莲楼不禁问："既然这样，我也做不了什么。就算整个仙门的人都撤走了，可仙门以外的城池呢？"

夏侯信为了表示自己的诚意，将尚在仙门城内的问天宗护法、北域司天士，及城内七宗九教的人全都请到靳岄面前。他以仙门城城守身份请求众人利用七宗九教在仙门附近，尤其是沈水流域的影响力，说服信众暂且离开家乡，往高处去躲避。在仙门城内，若明夜堂及官差开始转移百姓，众人也不应袖手旁观，协力共济方是上策。

岳莲楼十分不悦，却又不得不留下来，嘴上虽然吵吵嚷嚷，转头便去安排通知各处分堂。一时间无数羽鸟披雨起飞，散入天穹。

五人离开时仙门只下着小雨，第二日清晨时山道上已经大雨滂沱。勉强行进一段，又遇到山石崩塌。陈霜让靳岄和夏侯信在一旁歇息，他带着那两名彪悍随从清除路上杂物。

靳岄与夏侯信在树下等候，地面全是被雨水冲下来的叶子，绿茸茸一层。蓑衣笠帽轰轰地响，靳岄紧皱眉头，一言不发，看见夏侯信转身面向自己。

"小将军，为何不问我们是否找到了宗主寿辰当日那些杀手的底细？"

靳岄没料到夏侯信会问出这一句，面色不变，微微一笑："找到便找到，找不到便找不到，我对此事不关注。"

"为何不关注？"

"夏侯大人您以为呢？"靳岄反问。

夏侯信沉默片刻，又问："我始终没有想明白，你是三皇子的人，你们应该知道我的恩师是梁太师。为何我请你去修心堂后院，你没有丝毫怀疑，竟真的跟我同去？”

“我怀疑过。”靳岄坦白道，“但我当时以为你是问天宗的人。”

当日是问天宗宗主寿辰，来客众多，若夏侯信是问天宗信客，或者是问天宗里头极其重要的人物，他没必要在问天宗的地盘上下手害靳岄。靳岄是被三皇子带来仙门城的，甚至在岑融的引见下与夏侯信见过面。若他死于问天宗地盘，问天宗怎么脱得了干系？梁京多少传闻，说三皇子对靳岄青眼有加，若靳岄真在问天宗修心堂出了事，只怕岑融会将问天宗连根拔起。

一切推断都是基于“夏侯信是问天宗的人”，他行事会考虑问天宗的安危。

靳岄说：“是靳岄目光短浅。问天宗这样的民间宗派，怎会跟朝廷命官扯上不得了的关系。无论夏侯大人的恩师是谁，无论你我有何种利益冲突，夏侯大人都绝不会做蠢事。”

夏侯信躬身作揖：“小将军，我只是带你到后院，除此之外的事情，我是一概不知、一概不晓。”

靳岄没说信，也没说不信，沉默片刻后挑起了一个新的话题。

“夏侯大人，你会来恳求我帮忙，这着实出乎我的意料。”他说，“你知我身份，也知道你我有什么恩怨。你来求我，就不怕我拒绝吗？或者我去了游隶城，但我偏偏要在岑融面前进谗言，坏你的大事。”

夏侯信抬头直视靳岄。他的年纪足以让靳岄称呼他一声大叔，不知是劳心过度还是忧思频频，四五十岁的人，看起来却有花甲之貌。

“小将军是忠昭将军的孩子，来仙门之前，又与三皇子在梁京搅了这么大一桩事情，盛可亮被贬职流放，常律寺、刑部易主，梁京的钱民、行钱消失大半，多少卖妻鬻子之人得以脱难喘气。我来找小将军，便是认定小将军这样磊落光明、心怀天下之人，能帮我，也愿意帮我。”

靳岄心中百味杂陈。他父亲磊落光明，却落得身败名裂、惨死沙场之下场；而现在间接害死他父亲的人却因他磊落光明，上门求助。何等讽刺！

他冷冷一笑，说：“夏侯大人如此看重我，真让靳岄惶恐。靳岄倒是没想到，你为仙门百姓这样拼命，竟愿意去求三皇子。”

朝中六部，目前仅有工部仍在梁安崇手中。工部管理水利，若定山堰溃堤崩塌，工部必然要承担责任。这是岑融乐见的后果，所以他与夏侯信的目标是不一致的，他希望沈水出事，夏侯信却要救人。

雨瓢泼般下着，闷雷滚滚。夏侯信那试探的、小心翼翼的神态与语气消失了，取而代之的是一种陌生的慷慨。

“救仙门就是救我自己。我入朝为官十余载，同侪、弟子无数，犬子、女婿在朝为官，他们无不与朝廷中人有千丝万缕的联系。这种联系昔日能保我，日后极可能毁我。我若倒了，会有多少灾殃降临，小将军不在朝局，根本无法想象。这是其一。其二，小将军，在梁京内把弄权术之人看来，抢军粮、溃堤坝，不过是戕伐异己的手段。你做了，你是他们的人；你不做，你是另一边的人。有时候你只有左右两条路，你不能站在中间。但昌良城、仙门城百姓何辜？谁人没有父母兄弟？谁人没有一生经营的事业？谁人不惜命，不希望平安度世？世情如煎，天地汤汤。黎民百姓没得选择，天上降下来什么就是什么。我身为朝廷命官，可也是百姓父母官，只有我能为他们挡上一挡。”

靳岄心中微微吃惊，他没料到夏侯信竟是这样的想法。

定山堰一旦溃堤，沈水下游无一幸免。但朝廷尚未有任何通文下达，诸城城守惴惴不敢动，唯有夏侯信这样违抗过圣意又有梁太师撑腰之人，敢做出转移城中百姓之决定。

“夏侯大人看来是要以身挡之？”靳岄带一丝戏谑与嘲讽，问。

“我以身挡之，本来就做好了不能两全的准备。”

夏侯信停了片刻，忍不住似的，终于开口直说出昌良城难民哄抢军粮之事。

“小将军，你或许以为，昌良再撑数日就能吃上赈灾粮，可你是否知道那赈灾之粮早应该在一个月之前就抵达昌良？是谁挡下？是谁从中作梗？我当时不知道，也无暇去推测其中真意。赈灾粮迟迟不到，昌良城中已经没有一粒米，连城中首富的粮仓也全是麦皮。昌良城有守军，守军军粮按照律例不可调动。你可知是我持刀持剑，下跪恳求，才让守军出粮赈灾？”夏侯信越说越激动，“到后来，城里真的什么吃的都没有了。我孙儿年幼，他吃什么？他吃草根树皮。我吃什么？吃雪水。你以为粮食不过迟到而已，可每一日，昌良都有成百上千的人死去。新死之人被削肉拆骨吃入腹中，若家中有老父老母、病弱小儿……你真以为易子而食只是传说？如此人伦惨剧，就在我眼前上演。日日大雪，雪下都是尸体。积尸不除，开春便是大疫，到时候又有多少人会因此而死？小将军，若你是我，你如何选？”

他双目泛红，微微含泪，胸膛因急促的说话而起伏。

靳岄却真实地被夏侯信所说的一切震撼了。

他从未见过灾祸，对大灾的印象也不过是封狐城外大水后，父亲带他去看人们如何重建家乡。可灾中种种惨象，始终只存在于纸面，从未如此直接放过在他眼前。

他不禁想起碧山盟签订当日，那盛装打扮后唱着歌儿从楼上跳下的女人。世间诸般死，归结起来也不过是一个“死”而已，可“死”之前千万种痛苦，全因生之惨烈而起。

他心头震动，不禁攥紧拳头。他看到的是夏侯信撺掇灾民抢粮，却不知背后还有这样的事情。

“抢夺军粮，此事千真万确，我敢做，便敢当。”夏侯信道，“只要能救我管辖之百姓，以身挡之，有何不可？小将军觉得我来求你，很是荒唐，可这事情在我这儿确实再寻常不过。”

靳岄点了点头。风带着雨扑面而来，他下意识握住腰间的鹿头。冰润的鹿头卧在掌中，他冷静了下来。

“慷慨激昂，令人叹服。”靳岄说，“可是夏侯大人，你也不必抢走全部军粮。”

夏侯信怔了一瞬，竟慢慢笑起来。他越笑越大声，引得不远处的陈霜频频看过来。

“我这样一番陈词，你竟然还能……”他倒不生气，只打量靳岄，“好厉害、好稳当的一颗心啊，小将军。”

靳岄颔首：“大人谬赞。”

他相信夏侯信为了救昌良百姓而不得不抢军粮。但当时军粮共有两批，一从梁京来，一从北军来，夏侯信最终选择把两批军粮全部截留在昌良城。一是为救济全城，这是天大的功德；二是为梁太师夺西北军军权添砖加瓦，这是自己的利益。

靳岄心道，夏侯信做事如此漂亮，说得又慷慨大义，实在狡猾又难得。

夏侯信笑完又说：“小将军知我复杂，为何要与我同行？”

靳岄轻笑：“夏侯大人想救仙门百姓，我也想救沈水下游的百姓。你我目标一致，自然同路。”

陈霜等人清理好路面杂物，众人再度骑马上路，奔走两夜后，马儿实在累得迈不开步，只好停下休息。陈霜与夏侯信坐在一块儿烤火，不知怎么的聊起了天。

他问夏侯信，既然知道定山堰以前就因开闸泄洪导致沈水大灾，为何现在连日大雨水位暴涨，不干脆转移百姓逃难？未雨绸缪不是更好吗？

夏侯信放下手中肉干，认真道："你是江湖游侠，对这土地上的事情或许知道得不多。有一句话是靠山吃山，靠水吃水，黎民百姓在什么地方生活，便会依赖什么地方。你以为逃难是卷个铺盖这样简单的事情吗？拖儿带女，携老扶幼，忙忙乱乱。离了家乡到别处去，又要怎么活？种地的没了地，开铺子的没了货物，要活下去不容易。而活不下去，便会生出抢掠、烧杀之事，民怨四起。所以不到万不得已，城守不会让百姓撤离，同样，也没有哪个城池愿意接受外来的逃难者。"

他叹气："哀民生多艰啊。"

陈霜听得连连点头，回头见到靳岄，无比诚恳："夏侯信是个当好官的料，不像坏人。"

靳岄听了只是笑笑："此人狡猾，而你单纯。"

又过一日，众人终于抵达游隶城。游隶城地势较高，还未抵达城门便见到一座恢弘堤坝横跨沈水，雨雾中甚至看不清全貌。堤坝上的泄洪道开了一缝，浑浊黄水喷涌而出。

靳岄马不停蹄，直奔岑融所在之处。

得知靳岄来到，岑融十分高兴，他几乎是小跑着从院中奔出，也不顾及身份，张开双臂就去拥抱靳岄。靳岄和他寒暄几句，开门见山："定山堰之事，你如何处理？"

岑融面色一沉，欣喜之色尽去，同时也看到了靳岄身后的夏侯信。

靳岄与夏侯信都无意与他周旋，落座后不断追问他的打算。定山堰如今正在小幅度泄洪，但裂口渐大，情况刻不容缓。

"定山堰有沈水、沐河两条泄洪道，开启沐河泄洪道，便可解困。三皇子意下如何？"夏侯信说，"另外，沐河泄洪道较窄小，怕是承受不住这大水冲击，需立刻加固筑牢。三皇子可有什么措施？"

岑融只回答了一个问题："沐河太窄，一旦利用沐河泄洪，沐河流域所有土地都会遭殃。"

靳岄起初并不说话。此行他是陪伴夏侯信而来，夏侯信把利弊一一陈述，有理有据，无论谁听了都会认为开沐河泄洪道是最优选择。

两盏茶工夫，夏侯信嘴巴都说干了，但岑融就是不应。靳岄看出岑融实际上已有决断。

他与夏侯信失望告辞，岑融也并不挽留，看向靳岄的目光十分复杂。

萧条的大路上尽是浅浅的黄色水洼。雨一刻不停，夏侯信没撑伞也没穿蓑衣，站在路边长叹。一位大人喊着他的名字小步跑来。"夏侯大人也来找三皇子商讨定山堰之事？"那中年人是代行游隶城城守之职的小官，"有何成效？"

"无果。"夏侯信说，"你呢？"

那小官年纪比夏侯信小，两鬓竟然愁得斑白："我日日都来，可我只是代行城守之职，无权开闸，更无法左右三皇子的决定。看水位情况，最迟明天必须开闸，否则定山堰溃塌，只怕你我全都要因此事丧命啊！"

小官认不得靳岄，夏侯信便介绍称这是忠昭将军之子，与岑融交好。那小官忙恭敬见礼："小将军可有法子劝服三皇子？"

靳岄心中很是不解："明明有沐河这条泄洪道，为何三皇子不肯开？沐河流域人丁稀少，转移疏散都很容易，这分明是最好的办法。"

小官顿足道："小将军有所不知，被免职的游隶城城守早在今夏暴雨之时，已经着人去沐河流域疏散百姓，那两千多人已经分散到山里。如今沐河一带除了野兽、田地，没有一个人居住。如此安排，就是为了在万不得已之时开闸，朝沐河泄洪啊！"

靳岄："那……"

夏侯信忽然开口："沐河下游是广仁王的封地。"

靳岄霎时心若明镜。

广仁王宋怀章，是与忠昭将军齐名的大瑀名将，镇守南境，是南方边防军的统领。同时，他也是岑融母亲惠妃的表哥，是支持岑融的诸般力量中最无法忽视的一股。

当天夜晚，靳岄又去找岑融。岑融再见到他时已经没了初始的热情，淡淡地示意他落座。

岑融身后是一面白墙，墙上泼墨，绘制一幅浩浩汤汤的山川湖岳，飞雁点点，孤舟数帆。画旁题诗一首：银龙困锁叠嶂开，苍天如水影徘徊。银蟾几回自圆缺，轻帆冉冉浸月来——说的正是定山堰的景色。

定山堰绝不能垮。

“表哥，夏侯信带我来找你，你应该知道这是什么意思。”靳岄说，“他恩师是梁安崇，但他也有不少家人、弟子在朝中，他救仙门是为了救自己。良禽择木，人往高处，他在向你示好。”

岑融叹一声：“我知道。”

“夏侯信其人精明狡猾，是个人才，若你有意，他未必不能成为你的左膀右臂。”靳岄用岑融能理解和接受的思路相劝，“你做大事，需要更多帮手，如今正是你拉拢夏侯信的机会。”

岑融：“你之后真要走？”

靳岄沉默片刻，不答，又道：“夏侯信绝非忠臣，但也绝非奸臣。此人乃罕见能臣。”

岑融：“你不恨他？”

靳岄：“留下他，比杀了他更有用。”

岑融思忖片刻，又问：“还有吗？”

“你为杨松儿翻案，清洗梁京各类民间行钱与钱民，梁京百姓都称赞你。可你此时若开沈水泄洪口，沈水下游十余万百姓流离失所，生灵涂炭，你便失去了民心。”

“天下之民心，和梁京之民心，你觉得哪个重要？”岑融问。

“二者不可分。”

“爹爹身为天子，纵然耳聪目明，也不能听尽世上所有声音。”岑融说，“梁京的声音于我有利，我应该更用心经营。其他地方，我力所不能及。”

靳岄万没想到岑融竟是这样想的。他气得站起，声音都颤抖了：“岑融！你心如磐石，冷酷无情，哪里有半分君王气度？！”

岑融坐着看他：“你太软弱了，靳岄，而且错得离谱。心如磐石，正是君王气度。”

在岑融看来，无论定山堰垮塌，还是最后被逼无奈开启沈水泄洪道导致万人死伤，都是可以让工部入罪的事实。权衡利弊，他不可能冒着激怒广仁王的风险去开沐河泄洪道，沈水是他的最佳选择。而为何不通知下游城池转移百姓，自然也是因为只有伤亡巨大，才能引来天子震怒，才会大力查办工部修补定山堰不力之罪。

岑融在靳岄帮助下扳倒了刑部，他必须抓紧时间再接再厉，不让梁安崇有布局重来的机会。

“十余万百姓，在你眼里就什么都不算吗？”靳岄难以置信，“你只要发下一纸公告就能救下他们，这对你的计划丝毫无损。”

“我要最大的把握，这是天降予我的机会。原本应该坐在此地的是工部尚书，但我向爹爹自荐，爹爹才允我前来。”岑融说，“民去民还来，此役我不能输。靳岄，这左右不过是一场天灾，生死都是他们的命数。”

靳岄已说不出一句话。他拂袖离开，岑融追出来：“靳岄！我也有我的无奈和苦衷。太多人逼着我，有些选择我不得不做。我若在此退步，只怕……大业难成。”

靳岄甩开他的手，回头作揖：“愿三皇子天下归心。”言罢，头也不回地策马朝城门而去。

此夜忽然雨停，积云散去，露出眼睛般赤裸惨白的月亮。陈霜已经找到章漠，夏侯信帮章漠和游隶城分堂的人拿到了通行文牒，众人正在城门等待靳岄。

离开游隶城后，心急如焚的夏侯信不住催促马儿快跑。岑融执意要用沈水泄洪，他必须立刻回仙门让百姓撤离。

夏侯信一路与靳岄抱怨不停，更是气得直呼三皇子名讳。“岑融太过迫切，也太过短视！如今朝中诸位皇子，只有他一人够格当太子，官家宠他信他，对其余皇子不过淡淡而已，他急什么？何况……”他举手朝天作揖，“身体强健，他这般急切，倒是令人生疑！”

靳岄心中忽然微微一动，在梁京生活的时候，他曾听岑融说过一些事情。官家因思念过世的太子，常常提起远赴西北军学习军务的岑煅，说岑煅老实沉默，性格低调稳重，与太子很相似。而官家又确实身体抱恙，但此事机密，仅有朝中几位近臣及岑融得知，看来梁安崇还未对夏侯信这些学生提及。

他微微点头附和，并不说破。岑融所谓的“太多人相逼”，其中想必定有一个岑煅。

紧紧赶路，天才晴了一夜，第二日便又下起雨来。山路难行，一早章漠便安排游隶城分堂的人放弃马匹，施展轻功赶回仙门，他则与陈霜护送靳岄。与来时不同，人人心中焦灼，只顾低头赶路，不敢分心说话。

可临近中午，他们还是听见了远处山崩地裂的震响。

夏侯信脸庞一白："开闸了。"

众人立刻往高处去。才刚走上山腰，便见早已泛滥至河岸的沈水剧烈涌动。上游洪水如万马千军，奔腾而来，摧枯拉朽般吞噬了沿岸的树木和土地。不过眨眼一瞬，方才还骑马跑过的道路全成了汪洋，而大浪还在一股接一股地涌来，耳闻目见，全是浑浊黄水、滔天巨浪。

章漠脸色大变，陈霜忽然又道："岳莲楼会水，但水性似乎不太好？"

"是。"章漠回头对靳岄道，"小将军，我……"

"我知道了，你走吧。"靳岄忙道。

章漠点点头，施展起化春六变的内力，飘然如一片羽毛，掠过密密丛丛的树梢往仙门奔去，眨眼便不见了。

夏侯信望着不复往日的沈水，双眼含泪，颓然跌坐在地。

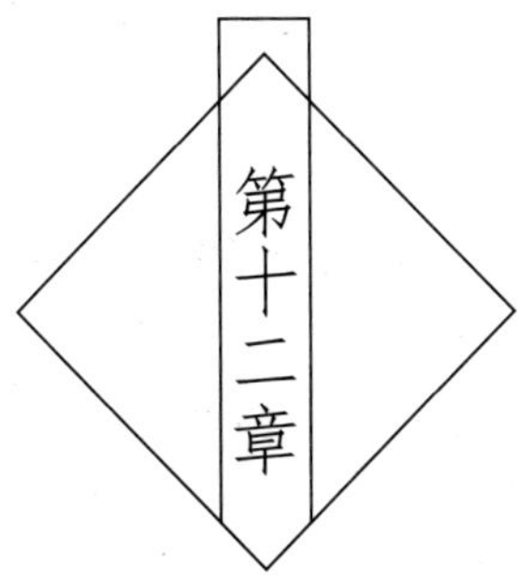

第十二章

夜袭

“你这性子，一定讨岳莲楼喜欢。”

贺兰砜与岑煅缩在山石背后，正分享一块肉干。

此处是金羌境内的勃兰湖畔，位于白雀关外，是越过边境线后见到的第一个大湖。

贺兰砜带着巴隆格尔、远桑，配合岑煅及宁元成，伪装成商客离开封狐城已有数日。五人一路疾行，多亏巴隆格尔带路，终于顺利进入了金羌境内。

这夜天高月朗，一行人抵达勃兰湖便就地宿营。岑煅很惊讶，他看见勃兰湖湖岸周围竟然有七八队与他们打扮类似的商客扎营，人们烧起篝火喝酒唱歌，说的尽是他听不懂的话。

“这段时间大瑀和金羌停战，所以行商人又活动了起来。”巴隆格尔磕磕巴巴地解释，“你们两位军爷从梁京来，不熟悉边境情况。实际在北戎边境也一样，只要不打仗，北戎商客和大瑀商客立刻就会相互来往。我们小时候住在烨台，离边境线最近。只要看到大瑀行商骑着马儿、风驼来卖货，我们就知道，太好了，不必打仗，咱们能买到大瑀的好布缝衣裳，我们烨台的好皮子、好肉干也能卖给大瑀人，让你们大瑀人开开眼。”

贺兰砜点头，证实巴隆格尔的话。

“那些都是金羌人吗？”岑煅又问。

“看衣服不像。”巴隆格尔眯眼观察，“都混着坐呗，吃呗，讲故事呗。

你和这位军爷穿着金羌人的衣裳，别人也认不出你的身份。咱这五人里头，唯有贺兰砜的眼睛骗不了人。”

宁元成嘀咕：“你这把胡子和那没头发的大姐，也骗不了人。”

远桑冷冷瞥他，宁元成迅速抬头，装作数星星。

贺兰砜正跟岑煅聊靳岄。两人因有靳岄这份联系，一开始就很快熟络，又因为脾气性格十分相投，没几日竟然如同挚友一般。

岑煅和忠昭将军是差了辈分的好友，常去靳府找靳明照说话谈天，偶尔也能看见岑静书带着一双儿女在院中玩耍。靳岄跟他没说过几句话，除了喊一声“五皇子”之外，两人并不亲近。“当时靳岄和我三哥关系好，三哥跟我不大对付，我就不好同他来往。”岑煅说，“靳岄小时候真是可爱得紧，我的兄弟姐妹都喜欢逗他。”

贺兰砜哼地一笑：“他和岑融关系好吗？岑融怎么还烧了他喜欢的那株茶花。”

岑煅惊讶：“他连这个都跟你说？”

贺兰砜心头有几分得意，几分骄傲，他大嚼一口肉干：“我们自然是很好的。”

“那株茶花被烧，错不在靳岄。”岑煅道，“茶花来自南境，是一株很老很老的花树。亲手在宫中种下它的人，是靳岄的外婆。”

贺兰砜惊得差点没抓稳肉干：“那个特别美，但是死得很早的赤燕妃？”

“对。她死后，是顺仪帝姬在照顾那茶花。后来帝姬离宫，我母亲喜爱那株花树，便日日前去照顾。茶花在梁京不好种，我母亲不敢随便移植，时不时去看看，松土施肥而已。三哥会烧了那茶花，只不过是因为爹爹在宴会上夸了我母亲一句，说她头上簪的茶花浓艳漂亮。”

贺兰砜明白了：“其实是岑融阿妈不喜欢你阿妈。”

岑煅：“都过去了。”

贺兰砜吃完肉干，不知想了什么，笑道：“靳岄为何不喜欢你们大瑀皇宫，我算是懂了。”

岑煅对明夜堂的故事十分感兴趣，贺兰砜还想再问靳岄的事情，只得耐心与他说完岳莲楼，又开始说陈霜与阮不奇。远桑也坐在一旁听，巴隆格尔则跟宁元成就着火光细说路线。

众人各有所谈，兴致正浓时，远桑忽然抬头望向身后石壁。他们宿营的地方十分隐蔽安全，背靠山石，面朝勃兰湖。随她的目光看去，岑煅吃了一惊：石壁上有一块黑褐色石头，从上而下飞快掉落。

快到地面时，那石头弹了起来，正好落在贺兰砜面前。

“我说呢，大老远就听见有人说我坏话，原来是你这狼崽子。”那竟是一位声音清脆的少女，“我怎么教坏卓卓了？女孩子不学点儿骂人的话，怎么在这世上混？”

贺兰砜：“……”

他转头对岑煅说：“这位就是我刚才所说，把我小妹教成大瑀混子的，阴狩阮不奇。”

阮不奇领命在白霓身边保护她，时不时会捎信告知众人白霓如今状况。

白霓生下孩子后，仍旧处于喜将军的软禁之中。喜将军如今陈兵金羌边境，与西北军遥遥对望。他一直带着白霓，但对白霓的监管再没有那么严，至少不会再用铁索来限制她的活动范围。

阮不奇是一个待不住的人。喜将军营地和白霓住处都在附近，她常常趁夜出来溜达，反正除了白霓，没人能察觉她的行踪。若不是这日跑到了勃兰湖，又在各种吵嚷声里听见自己心心念念的大瑀话，她也不会现身与贺兰砜等人见面。

得知众人来金羌是为了擒喜将军，阮不奇放声大笑。“就你们几个人？不可能！”她乐不可支，“若是我出手，自然没有问题，但你们不行。雷师之身边人多，他自己也会武功，更是时刻身穿硬甲，你们下不了手的。”

岑煅十分固执，无论阮不奇如何说明一切不可行，他也坚持要去看看。阮不奇说服不成，气得骂人，转身攀上山壁跑了。

岑煅：“这位女侠脾气如此暴躁，实在难以相处。也不知她到底有几分真本事。”

贺兰砜：“嘘！”

阮不奇人已经跑远了，听到这话又折回来，气冲冲地说：“老娘是明夜堂阴狩，入皇宫取你颈上脑袋瓜都不是什么难事，你怀疑老娘的本事？！”

宁元成噌地拔剑，怒喝道：“大胆！”话音刚落，谁也没看见阮不奇做了什么，他手中那把剑忽然脱手而出，在月光里打着银色的旋儿，落进了勃兰湖。

宁元成：“……”

阮不奇心疼地看着自己的指甲：“你这剑倒还挺锋利。”

宁元成扎进湖里找剑，岑煅不敢再说得罪阮不奇的话。阮不奇很吃激将法，她因岑煅方才的话大感愤怒，一边给众人画金羌军的营地地图，一边决定带岑煅潜入军营。

金羌军营内每隔几个时辰更新一次口令，进出必须使用口令。岑煅和宁元成不懂说金羌话，阮不奇给他俩找来金羌军的衣装，叮嘱两人扮作兵士，三人在营外徘徊躲避，最后是阮不奇拎着二人直接从高处跃进了军营。宁元成不敢造次，恭恭敬敬：“多谢女侠。”

另一边厢，远桑扛着大刀，跳进了一座小院子。巴隆格尔和贺兰砜脚上功夫不济，比不得她迅捷，只听到院子里哼哼几声闷响，随即便是重物倒地之声。两人跑到院门，远桑从院内开门：“喜将军给那白什么安排的护卫人数虽多，可都不经打。”

贺兰砜：“是你的刀厉害。”

院中的声音已经令房内之人心生警惕。远桑话音刚落，身后一阵破风之声，两支短箭从屋内射出，直飞向远桑后脑勺。远桑挥刀击落，贺兰砜和巴隆格尔迅速闪入院中，一人关门，一人扬声喊：“白霓将军！”

片刻后，房门打开，白霓面色惊诧。直到看见走到自己面前的贺兰砜有一双她印象深刻的狼眼睛，她才忽然记起：“烨台，贺兰砜？！”

白霓住在勃兰湖附近的一座小镇上。金羌多风沙，草木难生，镇上房子也都是灰扑扑的，唯有白霓所在这个小院多几分绿意。院中栽着低矮的小树，叶片上厚厚一层沙，长得憔悴又艰难。小树是喜将军雷师之给白霓找来的，但确实不适合此地生长，眼看着就要死了。

故人重逢，白霓十分高兴。贺兰砜起初还担心白霓会因为贺兰金英诓过她而迁怒自己，但白霓并没有。“身不由己，我晓得的。你们兄弟杀北戎天君，也是惊世之举。”白霓把这几位客人请入房中。

贺兰砜紧张得坐立不安，借口去看她的女儿，远桑也跟过去看了两眼。小孩儿被吵醒了，撇着嘴巴想哭，乍看见陌生人，吓得眼珠子左右看了又看，开始吮手指。

“卓卓小时候也不怕生。”贺兰砜去牵小娃娃的手。小孩子手指软绵绵的，圈住贺兰砜骨节分明的小指，令贺兰砜心底陡然生出许多温情。他一身风尘，不敢抱她，摇着小车逗她笑。

小孩开始大哭，贺兰砜和远桑悻悻走开，换白霓上阵。

贺兰砜来见白霓，其实是想看看白霓现在生活得如何。他心里有自己的盘算。这次带岑煅和宁元成出来，他们已经说好，等岑煅和宁元成潜入喜将军军营，贺兰砜等人便不必再管，径直抄近道返回血狼山即可。

贺兰砜如今已经完成了岑煅所托的任务，一行三人也顺利离开白雀关，他见完白霓，便会北行，直奔血狼山而去。与白霓会面，是为了重见靳岄时，他可以细细告诉靳岄白霓的近况，他相信靳岄一定非常想知道这些事情。

“雷师之对我不苛刻。”白霓说，“也不谈容易吵架的事情，说些旧事，说些封狐、梁京的风物而已。他说无人跟他讲大瑀话，怕是时间久了，连自己也会忘记家乡话。这样困着我，我实在不知他心里到底打的什么主意。”

贺兰砜：“他对你倒是不错。”

孩子在白霓臂弯里睡着了。白霓抚摸小孩的背，低声问：“靳岄和游君山现在如何？”

阮不奇已经告诉她游君山仍活着，如今跟随岑融。明夜堂与阮不奇的通信断断续续，只说游君山现在跟在靳岄身边，并未有太多细节。

得知贺兰砜和靳岄分离许久，白霓有些吃惊。她打量贺兰砜，将他与自己印象中那个执拗、顽固又害羞的烨台孩子做比较。“你长大了，是个能上沙场的北戎好汉了。”她笑道，“以前你常去找靳岄玩，带着你的妹妹。可惜这样分开，不知你们何时还能再见。”

“我其实是高辛人。”贺兰砜说，“我和靳岄很快就能见面，等我把两位同伴带回血狼山，我便启程去大瑀找他。”

巴隆格尔登时惊诧：“什么？！”

白霓神色变了又变，忽然抓住贺兰砜的手。贺兰砜瞬间想起白霓当日救他的那一箭，如今握住自己手掌的力道也仍旧强劲得让人无法挣脱。“你若见到靳岄，请务必提醒他……”白霓眼中涌动着无数复杂又痛苦的情绪，“小心游君山。”

贺兰砜登时皱眉："为何？"

"雷师之把我带到碧山城的时候，我发现自己常常夜间早睡，昏昏沉沉。随后才知，是雷师之在我饭食饮水中下了药，我吃完便会发困睡觉。"白霓说，"后来我勉强用针扎掌心，不至于立刻睡去。如此几回之后，我发现游君山来看过我。"

她虽不昏睡，但浑身没有力气，干脆装作沉睡不醒。游君山每次都从正门进入，毫无紧张之态，坐在她床边絮絮说好多话，有时是对她，有时是对尚未出世的孩子。而白霓生产当日昏睡过去，夜间迷迷糊糊听见房内有人声。游君山正抱着孩子轻唱封狐城里传唱最广的歌谣，声音很低很低。

"他多次进入我的房间，如入无人之境，还能在我房中吃茶喝水。"白霓盯着贺兰砜的眼睛，一字一字道，"他与喜将军，不可能没有关系。"

此时，军营中，脸戴面具的喜将军雷师之正从数册书卷中抬起头。

一柄细剑忽然在他身后扎破帐子，直刺而入！

雷师之即便身在帐中，也必定穿着铠甲。他双手一按台面，纵身跃起，剑尖扎在背部硬甲上，无法刺入，瞬间滑脱。落地后雷师之立刻抓起佩剑，回身一挡，又是一响，身后刺客果真闯入，举剑便刺。雷师之匆匆一眼，看出那是一位不过二十来岁的青年扮作的金羌士兵。

"哪里来的小贼！"他朗声大笑，挥剑几下横挡，抬腿将那青年踢了出去。不料青年反应极快，滚落地面时踹倒一旁的武器架子，刀枪剑纷纷落下，尖锐处正冲着雷师之而来。雷师之疾退两步，从腰间抽出长鞭奋力一卷，袭来的武器全被鞭子卷在一块儿，砸回那青年身上。

就在他反击成功的瞬间，头顶忽然又有风声袭来。雷师之暗啐，但已经来不及躲避，有人从帐顶跳下，卡住他的脖子反手擒拿，将他控制住。

倒地的青年一下跳起，满脸喜色："将军！成了！"

话音刚落，这营帐忽然裂开，毡布分作几幅落下。帐外灯火通明，一位身形与岑煅手中雷师之无异的男子站在灯火中，火光将他脸上纵横交错的伤疤映得清清楚楚。

岑煅心中一惊，立刻扯下手中男子脸上的面具，面具之下是一张没有伤疤的脸。

“你好啊，”真正的雷师之抚剑而立，狰狞的脸上笑意盈盈，“五皇子。”

喜将军把白霓留在自己身边，并非对她身边之人的行动毫无察觉。他已经知道白霓身边有阮不奇这样的人物，也清楚阮不奇身手了得，武功卓绝。喜将军查不出阮不奇的底细，又怕惊动白霓，引白霓起疑，只命人注意阮不奇动向，并不跟紧。

扎营在此，他早做好了预防大瑀西北军偷袭的准备。因为他当年也是像岑煅这样身负使命，率领小队离开封狐，才最终留在金羌。

将岑煅与宁元成捆好，雷师之屏退众人，只留几个心腹。“就你们二人？”他问，“身为皇子，你行动未免太过鲁莽。你若有损，皇帝可不得气死？”

“我在西北军中不过是一个普通将领，该上阵上阵，该潜伏潜伏。”岑煅说，“倒是你，身为大瑀人，竟这样卖国求荣。你屠戮大瑀人、践踏大瑀土地时，可有半分愧疚？”

雷师之对这样的话已经毫无反应，他笑着冲岑煅点头：“你这样天真，可不是做君王的料。”

岑煅又道：“你擒了我，是想用我换金羌俘虏？”

雷师之摇头：“也不尽然。我是想看看，你被我扣在这里是否会有人来救你。”

岑煅微微一怔。此时一阵长风吹过军营上空，战旗猎猎，雷师之仰头看向晴朗夜空，不知在想些什么。

“我给你五天时间。五天内若有人来救，我便放了你。”他说，“那来救你的人，你可要一生善待他。”

岑煅听得满头雾水：“我当然会善待我的救命恩人。”

雷师之点头，忽然问起梁京灯会的事情来：“我已有几十年没回过梁京。潘楼还在吗？玉丰楼灯阁每年都会点燃吗？”

岑煅闭嘴不言，雷师之抽了宁元成一鞭子，宁元成同样咬牙不说话。雷师之讨了个没趣，开始自言自语说些过去的事情。他和靳明照如何在北军军营相识，靳明照告假回家时如何带他去梁京开眼界，年轻的顺仪帝姬戴着纱帽和他们一块儿在燕子溪上划船，海棠花开了又谢，燕子去了又回。顺仪帝姬把一首《燕子三笑》唱得快乐婉转，如同天籁，靳明照回了北军军营也常常乱唱，雷师之听多了，对那段旋律也自然熟悉了。

他一边敲打酒碗，一边轻轻哼唱起来。歌声未消，忽听一阵异样风声。

雷师之甚至还未来得及反应，一支黑箭击中他手中酒碗，酒碗破碎，箭势不消，径直扎入他手掌之中！

心腹们纷纷呼喝拔剑，一个用黑布蒙面的高挑人影落在面前，手上拎着一个人。

雷师之认不得那黑衣人，却认得她带进来的这一位："高辛邪狼？"

贺兰砜与远桑闪到岑煅两人身边，远桑把大刀砸在地面上，沉重一响。

"得罪了，喜将军。"贺兰砜说，"这两位是我们的朋友，不能留在这儿。"

雷师之拔出那支黑箭，立刻有心腹上前为他包扎。他细细端详手中黑箭，发现箭杆上有精巧的镂空，与他见过的狼镝并不一样。

"这是云洲王即位后使用的新箭。"贺兰砜道，"是我才能用的狼镝。"

雷师之眉头一皱："我记得你，你是贺兰金英的弟弟。贺兰金英诛杀哲翁，不是被云洲王杀了吗？你现在……是为云洲王办事？"

贺兰砜面色丝毫不变："正是。"

雷师之："你们北戎人真是有趣，一个有弑父之仇，一个有杀兄之恨，居然还能当主仆？"

贺兰砜："仇恨只会制造阻碍春天的雪山，宽容能让驰望原春草生生不息。"

雷师之不禁笑起来："说得倒好听。是云洲王让你来救人？"

贺兰砜："我只是奉天君之命，前来封狐城保护五皇子而已。北戎与大瑀盟约方定，两国交好，五皇子与天君在碧山城见过面，成了好朋友。五皇子不知我一直跟随，但我见五皇子被将军擒获，心里头害怕……"

他一番话半文不白，说得吃力，内容更是胡乱编造。远桑看着他，岑煅和宁元成也看着他。贺兰砜异常镇定，毫不动摇。

"云洲王这人也是有趣。"雷师之大笑，"他爹活着的时候，跟咱们金羌关系不错。怎么，他如今即位，又去投靠大瑀了？"

贺兰砜："将军别这样诋毁我们的天君。天君是驰望原天神的神子，他做事当然有他的道理。"

远桑短叹一声，把大刀扛在肩上，懒得再看贺兰砜扯谎。

贺兰砜以为自己还要多费一番口舌，甚至是必须借助武力，但没想到雷师之居然起身挥手："把人带走吧。"

贺兰砜二话不说，立刻挑开岑煅和宁元成身上的绳子。

"五皇子，我不杀你，放你回去，因为如今金羌与大瑀停战，我不能挑起战端。"雷师之回头说，"今夜一面，就当作你我二人相识。"

他想了想又说："你冲锋深入虎穴，背后必定要有军队襄助。但你没有。我据此可知，夜袭是你仓促起意。为将者，行军一步，胸中需有后着万千。"

岑煅有些悻悻，但听得十分认真。

"你深入军营刺杀我，是最愚蠢的一招。我死了，金羌还有许多与我一样的将军可以代替我指挥打仗，愤怒的金羌人非常可怕，如今的西北军根本无法抵挡。你应该去烧粮仓，军粮一断，万事休矣。"他继续说下去，"既然是夜袭，只带一个人是不可行的。你至少要有四个同伴，一人随行，两人殿后，一人埋伏报信，他是你们最重要的眼睛。"

贺兰砜心头忽然一动，他想起岳莲楼从白霓那儿带回来的一桩久远故事：雷师之是因为潜入金羌军营烧粮，才会被金羌人抓住的。

"纵然如此你都可能会失败，何况现在这样莽撞？"雷师之最后道，"你别忘了你说过的话，对你的救命恩人，你需用一生善待。"

四人在雷师之心腹的护送下离开军营，直到走出很远一段，宁元成才大松了一口气："吓死我了。"

能活命完全仰赖运气。两人向贺兰砜与远桑道谢。

"我和北戎天君没有任何关系。"贺兰砜说，"方才不过撒了个谎，能够给云洲王惹麻烦，我是很乐意的。"

巴隆格尔在勃兰湖附近等待众人。贺兰砜、远桑和巴隆格尔已经做好了回血狼山的准备，他们不会与岑煅二人同行。

贺兰砜告诉岑煅，当日雷师之被金羌人擒获后受尽折磨，是靳明照率队来救的他。但雷师之最后没有跟靳明照一起走，他选择了留在金羌，成为"喜将军"。那来救你的人，你可要一生善待他——雷师之如此叮嘱岑煅。

岑煅心中百味杂陈。

众人在勃兰湖畔相互挥手告别，眼看贺兰砜即将消失在茫茫沙尘之中，岑煅忽然策马狂奔，疾追而去："贺兰砜！"

贺兰砜勒马回头。岑煅一把攥住他的缰绳："你是高辛人，并非北戎人。既然如此，你是否想过离开驰望原，到别的地方去闯一闯？"

贺兰砜："你想说什么？"

"来封狐城，来我这里。"岑煅说，"加入西北军，建立你自己的功业。"

贺兰砜一时间以为自己听错了。

"来当我的将领吧，贺兰砜。"岑煅说。

"当……将领？"贺兰砜被这个新鲜的提议吸引了。他决定料理好家乡的事情就到大瑀去寻找靳岄，但找到之后呢？相见之后的世事仿佛藏在浓雾之中，他还未来得及拨开迷雾看清前路。

"只要带着你的马儿过来，"岑煅诚恳道，"我就会来迎接你。"

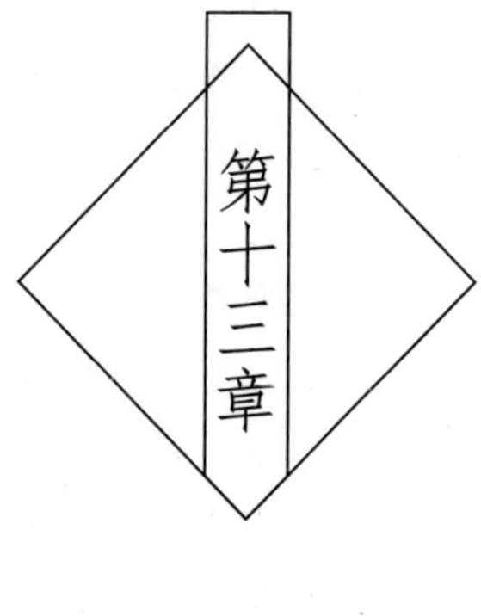

第十三章 回京

大瑀，仙门城。

暴涨的沈水已经淹没了整座城池，屋顶上稀稀落落地站着人。大雨已经停了，日头暴晒，上焦下涝，老者、幼儿都坐在屋顶，虚弱不堪。城内江湖人士纷纷找出船只甚至木桶、木板，一个个地把人接送到高处。

明夜堂分堂完全被淹没，只剩屋顶一座宝葫芦浮在水面。回到仙门的章漠一时间也顾不得去寻找岳莲楼，只忙着救人。如此这般奔波一天，他一个个地问明夜堂的人是否见到岳莲楼。

人人都说见到了，可人人都说不出他在何处。

岳莲楼负责转移城内百姓，游君山则与官府的人在山上接应，大水奔流而来时，岳莲楼死死拖住两艘船，船上十余个人，他拖得手臂脱臼都不敢松手。等草草接上，他歇息片刻，又冲进水里捞人。

捞出来的有活人也有死人，死人不敢随便乱放，他又四处寻找稳妥处安置。

又过了一日，城内所有生还之人都上了山。入夜后，原本繁华的仙门城漆黑一片，只有众人聚集的山上有灯火闪烁。岳莲楼仍旧不见踪影。

章漠一颗心七上八下。岳莲楼是章漠父亲从乱葬岗里捡回来的，浑身是病，在家里养了一年才活泛起来。他手脚还不灵便的时候栽进池塘里，若不是被章漠捞起来，只怕早就没了。岳莲楼会水，但不喜欢水，他水性一般，平时也大大方方承认，不会隐瞒。

章漠找一艘小船划了出去，穿过水宫般的仙门城，继续寻找岳莲楼。城内漆黑，平静水面映照天顶闪烁星光，夜雾沉沉，如流水般自山间淌出，明明是大水肆虐的惨状，却因夜雾与星光，平白多了几分朦胧之感。

“岳莲楼……”周围没有任何人声，章漠终于大喊，“岳莲楼！”

他划着船在仙门城里转了数遍，一颗心被恐惧攥得发抖，抬头时忽然看见远处有一豆微光。

有人坐在问天宗修心堂屋顶，那是蜡烛的火光。

水面杂物甚多，划行困难，章漠干脆纵身跃起，足尖在水面轻点，运起化春六变内力往修心堂奔去。

他白日里经过这儿，屋顶上分明空无一人。靠得越近，他看得越是清楚，屋上坐着的果然是岳莲楼！岳莲楼脱了上衣，裸着胸膛，胸前有几道伤。见章漠奔近，他还是一声不吭，但抬手冲章漠挥了挥。

章漠五内俱痛。他咚地落在屋顶上，怒气冲冲，但见岳莲楼伤势，胸口盘桓的火气霎时间消失无踪。攥着拳头呆立片刻，他伸手捏岳莲楼的脸。

“疼！”岳莲楼忙抓住他手腕，“刚刚在水上喊得那么甜，怎么见面就捏我？”

“看你到底是人是鬼。”章漠哑声道，“为何不应我？”

“想看你是如何紧张着急的。”岳莲楼笑道，“你很少找我。”

他不仅身上有伤，耳朵和脸颊也被擦伤。“水太厉害了。我功夫再好，也没法避开。”身为明夜堂阳狩，章漠不在的时候他便是章漠的化身，做事自然要身先士卒。他出入洪水中救人、抢畜，不时还被不了解情况的人打骂，十分辛苦。他本人又是个吃不得骂的脾气，憋了一肚子气发不出来，现在见到章漠才絮絮地发起各种牢骚。

章漠找不到他，是因为他跌进修心堂里去了。

修心堂被淹了大半，只剩屋顶一个小小阁楼，里头点着灯火，长烧不灭。昨日水退了一点儿，岳莲楼钻进小阁楼察看时不慎踏空，摔了进去。他一日未吃过任何东西，又在大太阳底下奔波劳碌，登时晕厥，苏醒时听见有人远远地喊自己的名字。

章漠察觉他身体微微发热，知道定是晒出了病。此时正是仲夏，白日里天热得紧，满城的水也晒得滚烫，上下煎熬。可他一时也不想带岳莲楼走。和岳莲楼坐在这屋顶上看星星，恍惚间像是回到十几岁的稚气年纪。

六月将尽，残月如钩。岳莲楼变戏法般从身后抄出两只莲蓬，问他吃不吃。

章漠哭笑不得："你不是救人运尸吗？怎么还藏了这个？"

岳莲楼："你方才划船找我时，我偷偷跟在后面瞧你来着。见到这莲蓬新鲜，随手摘了。你尝尝？种在高处，没被这些泥水淹过。"

他剥了一颗又一颗莲子，扔进嘴巴里，吃得津津有味。章漠实在不知说他什么好。想跟岳莲楼正经说些话时，他总是会插科打诨，把正经事情一语带过。

"以后别那样了。"章漠说，"即便你有想问的事情，也不能这样折辱他人。"

岳莲楼一声不吭。

"你平时怎么做事，我从来不过问。不是因我不想问，或是懒得去管你，而是我知道，你心里有自己的打算，有自己的秤，什么能做什么不能做你很清楚。"章漠看着他，"莲楼，我很信你。"

岳莲楼："知道了。"

他又扔了颗莲子入口，继续不吭声。

"我以后不说那样的话了。"章漠又开口。

岳莲楼："什么话？"

章漠："让你离开明夜堂的话。"

岳莲楼："我其实也不是很喜欢待在明夜堂。北戎回心院挺好玩，梁京鸡儿巷也适合我。江湖上能容我岳莲楼的地方可多了去了，不止明夜堂一处。"

章漠："我知道，你留在明夜堂是为了……"

岳莲楼等他下一句话。

"为了报恩。"章漠说，"父亲把你从乱葬岗捡回来，你欠明夜堂一条命。"

岳莲楼："哦。"说完低头继续抠莲子，抠完把莲蓬往水里一扔。

章漠："……"

这次争执实实在在让岳莲楼伤了心，章漠知道这人动怒之后着实不好哄。

"因为明夜堂有我。"章漠犹豫再三，终于开口，"因为你我有过承诺。"

岳莲楼看着倒映星光的水面，总算是笑了。他颈上那金子打造的项圈色泽光润，垂扣一枚红玉，无论红玉还是项圈，都像是嵌在岳莲楼皮肤上似的，微微陷入其中。章漠看那项圈，想起许多过去的事情。

项圈是新的，项圈之下的疤痕却是旧的。

岳莲楼颈上有一圈极深的伤疤，谁都能看出，那是曾被人狠狠勒过脖子而留下的伤痕。勒他脖子的东西不是草绳，而是粗糙生刺的铁丝，伤口血肉模糊，狰狞可怖。后来伤好了，却因为所用的药物，伤疤永远不消。它像一个项圈，永恒铭刻在岳莲楼身上，又因为在脖子上，是他漂亮躯体上至为显眼之处。

少年时岳莲楼常用衣物遮盖，他并不喜欢这道疤痕。章漠身为江湖人，起初并不理解。在他看来那不过是一道伤疤，就如自己身上也有伤疤一样，那并不能说明什么。而在岳莲楼看来，伤疤却一直在提醒他，他曾被人戕害、遗弃，那些人像扔尸体一样把他扔在暴雨中的乱葬岗里。

于是章漠遍寻天下金匠，为他打造了一个项圈。

项圈上的红玉极为珍贵，是章漠母亲留给他的一枚红玉指环上的。章漠将那枚红玉抠下，把指环熔了，全部给了岳莲楼。

“以后长随我左右吧。”章漠为他戴上项圈时说，“明夜堂是你的家。”

明夜堂里最看不惯岳莲楼做派的是陈霜和阮不奇。两人一见岳莲楼敞开衣袍乱跑便立刻皱眉，阮不奇说不过岳莲楼那条舌头，总是抄起武器便打，沈灯懒得和岳莲楼费口舌功夫，只规劝章漠。

章漠自然知道岳莲楼为何喜欢袒胸，他不是浪荡无端，只是总忍不住要跟人展示颈上金圈罢了。它是证据，证明他被人惦记着。而且，那是章漠给他的，他从此在世上有了一个永不会被拒绝的栖身之所。

“原谅你了。”岳莲楼舔舔嘴唇，扬声喊，“陈霜！偷听够了没！”

水面上远远一条筏子，传来陈霜的声音：“你们说的什么悄悄话，我可都没听见。”

陈霜是带着靳岄一起来的。他做了两张木筏子，分别载着靳岄、夏侯信返回仙门。夏侯信等人已经先行前往游君山所在之处，查看城内百姓安置情况，陈霜听明夜堂的人说章漠去找岳莲楼，便和靳岄一同出来寻这两人。

靳岄划着筏子靠近，笑道："和好了吗？"

有别人在场，章漠又恢复成了冷淡的明夜堂堂主。他跨上靳岄的筏子，和靳岄说话去了。岳莲楼从水里捡起自己方才丢的莲蓬给陈霜。陈霜吃了两颗，皱眉道："怎么一股泥味儿？"

"说明新鲜。"岳莲楼伸了个懒腰。陈霜这才发现他胸前和耳上被划伤，心中微惊。明夜堂有独门内功化春六变，岳莲楼已是个中高手，即便如此也不免受伤，他想起当日所见的滚滚浪涛，心有余悸。

岳莲楼见陈霜发愣，直接拎着他跳上靳岄的筏子。筏子吃不住四个人的重量，开始往下沉。章漠浓眉一蹙："岳莲楼！"

岳莲楼松了陈霜，拉着章漠踏水而行，落回章漠原本划的那艘船上。

靳岄不禁赞叹："好漂亮的轻功。"

岳莲楼根本不用木桨划船，他低头和章漠说话，船居然缓缓划破水面往前行驶。

靳岄十分羡慕，转头看陈霜。陈霜："对不住，这是曳步莲的功力，我还练不到。"两人只得慢慢划船，跟在章漠和岳莲楼之后往前去。

忙乱一夜，次日仍是酷辣的大太阳。

水往下退了一点儿，整座仙门城依旧如同蒸笼，清理水面杂物的壮年大汉们无不汗流浃背，一日下来，几乎个个被晒得脱皮。

夏侯信愁得头发又白了几分。他只在面对靳岄时会流露忧虑之情："仙门此次受创颇重，城中死伤数万，农田、商铺也全都毁了。虽然有明夜堂和七宗九教帮忙，但我们没有粮食，这是最难的一关。"

这座山地势较高，众人虽然无性命之虞，但几万张口全都要吃饭。如今沈水下游所有城镇全部受涝，根本无人可援助。他们只能往山里进发。

山中地形复杂，夏季野兽毒虫甚多，已有幼儿老人被毒虫叮咬殒命。夏侯信来找靳岄，是打算再启程去一次游隶，恳求岑融帮忙。如今定山堰已经开了，岑融想要的结果也已经摆在眼前，他如今必须赈灾，否则结果不会尽如其意。

夏侯信启程的前一日，从浩浩荡荡的沈水上游驶来几艘船，是大瑀三皇子岑融派人给沈水下游受灾的百姓送来了粮食。

那送粮的正是游隶城的小官。

“皇上已经知道咱们沈水百姓受苦了！如今赈灾粮正在途中，三皇子岑融顾念百姓，夜不能寐，特让我连夜启程，把游隶粮仓里的粮食给大家伙儿带来！不要怕，有三皇子在，咱们沈水这回一定能顺顺当当地渡过难关！”

百姓感恩戴德，纷纷跪拜欢呼。

靳岄和陈霜冷眼旁观。夏侯信不愧是见惯了世面的人，当着这么多人的面紧紧握住那小官的手，感激涕零：“三皇子英明！三皇子把咱们百姓放在心里，世上何曾见过这样的人！”

小官脸有些白：“夏侯大人，言重了言重了。这都是圣上的恩典。”

夏侯信：“对对，是我太激动。皇上万岁！万岁！”

整座淹没于大水中的城池都响着百姓山呼“万岁”之声，波浪一样回荡，久久不绝。

船队卸下部分粮食后继续往下游行进，岑融的一个亲信倒是下了船，专程来找靳岄。

“小将军请启程随我去游隶，三皇子将同小将军一起回梁京。”那亲信道，“中元将至，官家思念忠昭将军，想请小将军进宫说说话。”

七月，沈水。

船队破浪北行，过游隶去梁京，沈水下游的诸般惨状都被远远抛在后头。

靳岄在窗前看书，手中一卷《侠义事录》，是明夜堂沈灯所著，在江湖上极受欢迎。靳岄记得在杨河、梁京和仙门的摊子里也时有见到。《侠义事录》总长十七卷，仍在不断增写，记录的尽是大瑀江湖人与江湖事，十分有趣。

陈霜坐在矮桌另一端，正认真仔细地沏茶。房中宁静，偶尔能听见游君山在甲板上与水手聊天。岑融在另一个舱里，宿醉未醒。

离开仙门已将近十日，靳岄仍记得与夏侯信最后一面说的每一句话。

当时因暑气蒸腾，仙门城内尸体开始散发臭气。夏侯信着人去焚烧，无奈城中百姓大多是七宗九教的信徒，不肯毁坏尸体，最后又是明夜堂出面。岳莲楼不得不每天都去看焚烧情况，他酷爱洁净，又善于打扮，结果现在每天一身恶臭，什么香花香粉都盖不过去，脾气变得越来越坏。

与夏侯信辞别时，夏侯信和岳莲楼争执着从山上下来，裤腿高高挽起，双足泥泞。得知靳岄要回梁京，他吃惊后很快做出庆幸表情恭喜靳岄。靳岄无心和他客套，屏退了左右众人，在仅剩自己和夏侯信的情况下直接问夏侯信："夏侯大人，如今可否把昌良城军粮之事的来龙去脉告诉我？"

夏侯信反问："小将军知道了什么？"

靳岄心中暗骂夏侯信精明狡猾，无论如何就是不肯从自己口中说出梁太师所作所为。靳岄把自己所知道的事情一一道出：梁安崇扣押赈灾粮、指使夏侯信利用灾民抢夺军粮，是为了给西北军拖后腿。西北军战败之后，他才有理由奏本弹劾靳明照，扶女婿张越上位，并逐步夺走西北军军权。

但梁安崇没料到靳明照会因此阵亡。

靳明照的死让梁安崇在官家面前瞬间变得极为被动，也让大瑀瞬间陷入北方边境、西北方边境同时受难的困境。梁安崇为了降低军粮之事的影响，先倒打一耙，把靳明照战败说成畏战而逃、领兵不力，并利用朝中群臣迫使官家下旨，令靳明照背上冤屈骂名，靳家满门流放。

夏侯信轻声点拨："当时朝廷风起云涌，我恩师虽然是梁太师，但直到那时我才晓得，朝中竟有如此多大臣支持他的做法。"

靳岄："他早布好了所有的局。如果我父亲没有战亡，群臣谴责，也足以令我父亲身败名裂。梁太师对西北军军权是志在必得。"

夏侯信不置一词，只微微一笑。

靳岄："夏侯大人也是获利之人。"

夏侯信："不敢当。"

梁安崇保住了夏侯信，并最终调遣夏侯信到仙门城。张越从北军调到西北军，成为西北军统领，但梁安崇没想到，碧山盟签订前，岑融横插一脚，也要去商议订盟之事。官家对梁安崇彼时也正怀着不满，自然应允。

更令梁安崇意外的是靳岄给岑融的讯息。梁安崇至今不知封狐城北端废城的事情，它成为埋在碧山盟之中的一枚炸弹，随时可能引爆。岑融主持签订的碧山盟获得了官家的肯定，梁安崇在碧山盟之中作用不大，他愈发感到紧张。

再之后，得到官家信赖的岑融开始试图从梁安崇手中夺权，刑部尚书盛可亮是他的第一个目标。

"西北军军粮这件事，堪称梁太师的绝顶妙计。可惜金羌人过分冒进，我爹爹殒命白雀关，坏了梁太师的好事。”靳岄低声道，“靳岄以上所说，可有纰漏？”

夏侯信微微颔首：“不愧是忠昭将军之后。”他说话始终滴水不漏，没有半句指责梁太师之言。

他这句话让靳岄肯定，自己推测得完全正确。

靳岄又问：“若来日我与梁太师、夏侯大人同列官家身前，详陈此事来龙去脉，夏侯大人可愿为我作证？”

夏侯信眯眼一笑：“不愿。”

靳岄早料到他会这样回答，笑道：“多谢夏侯大人坦率。”

夏侯信继续道：“多谢小将军体谅。”

两人沉默片刻，靳岄换了一个话题：“仙门的问天宗也是梁太师早早安排下来的，他让你到仙门来必定有所图。”

夏侯信再次反问：“小将军认为所图为何？”

靳岄察觉这并非不愿回答问题的诘问，他沉思片刻，忽然回忆起一件事。

在启程前往游隶城见岑融之前，夏侯信为了让靳岄安心，也为了布置好仙门内部的事情，曾将城中七宗九教的人都叫到靳岄面前。当夏侯信说出希望众宗派以百姓性命为先，摒弃宗派成见与争执，合力救助仙门及沈水下游各城时，响应的人实际上并不太多。

明夜堂属于江湖门派，又有阳狩岳莲楼在场，很快答应帮忙。但其余宗派的人却犹犹豫豫，闷不吭声。夏侯信劝说多次，把道理翻来覆去地讲，仍有人觉得不妥：大水不是寻常灾难，若是七宗九教之人在灾难中救人殒命，那该怎么办？即便现在能说服百姓，日后官府压下一个煽动百姓的罪名，七宗九教也绝对担不起。退一万步说，就算他们真的愿意帮忙，可宗派繁多，官府人力不足，做事情的时候谁听谁的，又是一个新问题。

僵持许久，问天宗的北域司天士忽然站了起来。他带着左右两位护法，主动提出由问天宗牵头统领七宗九教，与官府、明夜堂合力救援沈水百姓。

靳岄猛然醒觉，此次沈水下游诸城救援的带头人，实际上是仙门城官衙、明夜堂及问天宗。宗派人士全都听命于问天宗，夏侯信那一场会面与争执，让靳岄看到了问天宗的影响力。

问天宗这样的大宗派，势力几乎遍布整个大瑀，南到南境，北到梁京。

除此之外又有七宗九教甚至八门十二派这样的民间巫术宗门。靳岍不禁想起那旧书商陆宏所说的话：国之将倾，妖魔横行。

他心中狠狠一沉：“梁太师要利用的并非仙门这儿的势力。他已经将问天宗经营成大瑀各个宗派之首，只要问天宗一声令下，各个宗派尽听驱使。而如今，问天宗掌握在他手里。”

夏侯信不承认，不否认，轻轻一叹：“小将军若再成长几年，怕是愈发令人畏惧。”见靳岍沉思，夏侯信又道，“有些话老朽只怕是要永生永世烂在肚子里，也绝不会宣之于口，还希望小将军不要责怪。小将军纵览全局，可千万不要忘记封狐城和封狐城内的五皇子，以及如今尚未有一丝动静的南境。广仁王宋怀章镇守南境，平西将军张越镇守封狐城，两位皇子各有倚恃，前路难料。小将军身在乱局，万万保重。”

这是一番长谈中，夏侯信所说的最真心的一番话。

靳岍始终无法原谅夏侯信抢粮之事，那是西北军战败的最关键原因。但抛去这种怨恨，他又不得不承认，夏侯信其人能用、堪用，有时候甚至知道他心有百窍、玲珑狡猾，也不得不用。

“夏侯大人以后有什么打算？”离别时他回头问。

夏侯信送他到山腰，风里飘来焚尸的浓郁怪味。人人都用布巾蒙面，脸色灰沉。夏侯信这时候却没有了方才步步为营的谨慎，笑道：“莫非小将军能带我回梁京？”

靳岍：“夏侯大人若有此心，靳岍定当竭尽全力。”

夏侯信目光闪动：“罢了，你现在自身难保。”

靳岍回忆到这句话，实在忍不住失声而笑。夏侯信说的是大实话。

靳岍是岑融带回梁京的，即便有各种风言风语，但朝中稍有头脑的人都知道，靳岍是岑融的一颗棋子。岑融要用他来将死梁安崇。

而如今官家打算见靳岍，梁安崇不可能坐以待毙。回京路上风险重重，抵达梁京之后更是波诡云谲。哪怕岑融现在善待靳岍，但夏侯信看得一清二楚，定山堰之事靳岍无法说服岑融，他在岑融这里的地位身份，充其量也不过是一个故友而已。若真有冲突，那冲突大到必须牺牲靳岍，岑融保或不保，无人能说清。

陈霜见靳岄陷入沉默，正欲起身拿扇子给他扇风，没关上的舱门忽然被推开，岑融走了进来。他脸色苍白，咚地坐在靳岄面前。

靳岄："头还疼吗？"

"疼死了。"岑融低声道，"做了许多噩梦。"

靳岄："梦见了什么？"

岑融："很多死人，沈水里全都是尸体。一个个地扒着船舷往我这儿爬，要抓我。"

他扶着额头呻吟。靳岄给他倒了杯龙井："你歇歇吧。"

岑融盯着他很久才开口："我以为你又会骂我。"

靳岄："不想浪费力气了。"

岑融示意陈霜离开，陈霜面带不悦，翻身从窗中穿出，坐到船舱顶上。离开游隶城后，沈水便日见清澈，如今越是接近梁京，越是透亮如镜，船中看野水，水底见青山。

他只听见船舱中岑融压低的声音："我来游隶之时，爹爹就说过想见你。爹爹的状况并不好，甚至着人去封狐，打算把五弟也叫回来……我知道这事情你不能原谅我，但，我也有我的苦衷……"

陈霜揉揉耳朵，听见河上有船娘清唱船歌，歌声袅袅，如莺啼穿过重重青山。

七月初七，靳岄一行人终于抵达梁京。岑融回宫面见官家，让靳岄先回府宅歇息，等待召见。他把游君山也一并带走了，靳岄便和陈霜一同回家。

车到半途，路上人太多，走走停停，靳岄干脆下了车，和陈霜步行穿街过巷。陈霜眼尖，看见前方一个摊子正在叫卖双头莲。拿着双头莲左看右看之人，俨然是纪春明。

乍见纪春明，陈霜和靳岄都十分高兴。两人快步上前，陈霜先拍纪春明肩膀，等纪春明回头，他后退一步，恭敬行礼："见过纪大人。"

靳岄也学他一样拱手作揖："见过纪大人。"

纪春明见到二人，先是一喜，随即立即涨红了脸："别、别这样叫，喊我名字就行。"

那卖双头莲的老妪睁大了眼："春明，你升官啦？"

纪春明又羞窘，又带几分不能掩饰的得意，手舞足蹈地解释。一见到他，靳岄顿觉胸口许多郁气暂时消散。老妪贺纪春明升任刑部尚书，送了他几枝双头莲。这双头莲是梁京七夕的常见之物，农人在田里采摘未开的荷苞，用细草绳或篾片相连，做成并蒂莲花的样子，极受欢迎。

纪春明抱着一大簇莲花，引来路上熟人掩嘴轻笑。书生面皮薄得像纸，他扭头慌忙把双头莲都塞到靳岄怀里。

陈霜在街上买了两对憨态可掬的磨喝乐，一对赠给靳岄，一对自己留着。他接过靳岄怀中还带着露水的半开莲花："纪大人买双头莲是要给谁？"

纪春明："总之不是给你。"

陈霜："我可不敢要。"

三人在街上边走边看。梁京七夕街头热闹非凡，卖磨喝乐这种土塑小佛像的，卖黄蜡鸳鸯的，卖谷板、果食将军、种生的，应有尽有。红菱也上了市集，白胖甜润，和木瓜、金桃、梨子、甜瓜摆在一块儿。陈霜砍价厉害，长得俊俏加上又有一张甜嘴，那卖果儿瓜儿的大姐被逗得花枝乱颤，送他许多东西。

靳岄和纪春明在一旁吃荔枝膏，陈霜回来时正巧看见靳岄竖起耳朵听旁边人聊天。那几个人说常律寺少卿卫岩与刑部尚书纪春明常有争执，是因为嫉妒纪春明升官太快，他却仍在常律寺当个少卿云云。纪春明默默地听，坐立不安。

靳岄起身道："这荔枝膏味道不好，走罢。"

一路上，纪春明与靳岄聊了许多梁京发生的事情。

卫岩和他的争执自不必说，但朝中最大的事情，是官家几次三番晕厥，如今还无法上朝。

纪春明升任刑部尚书，官家的病情至少六部的大人都是清楚的。他身体每况愈下，众人心中都有惴惴之感。太子过世之后，储位空悬，几乎朝中所有人都认为岑融是最佳人选，可是官家却迟迟不肯下旨册封。

而最近一次晕厥后，官家醒来时，明明看见了眼前的岑融和惠妃，他抓住岑融双手，喊的却是"煅儿"。很快有英骑快马加鞭，从梁京出发前往封狐城。据传是官家思念五皇子岑煅，迫不及待要见他一面。

朝中风云突变，此时恰逢西北军军报传来，岑煅与亲随孤身深入金羌，与喜将军当面对峙后全身而退，并带回了白雀关之外的金羌地图。尚在病榻的官家又欣喜又激动，暗想：此子有我当年风范！

而此时南方边防军又有报告：南境异动，广仁王宋怀章正在调兵镇压。

靳岈很是吃惊。他现在总算明白岑融当时为何不肯开沐河泄洪道。广仁王此时正在南境为岑融争先，他绝不能让大水淹了广仁王的土地。

“只要南境仍是广仁王镇守，岑融就有极大倚恃。”靳岈道，“只是我怎么都没想到，岑煅会成为他的竞争对手。”

边说边走，转眼已经到了纪春明家铺子门口。瑶二姐正在门口浇花，看到靳岈和陈霜立刻欢喜起来：“听说沈水被淹了，我同春明是日夜担心，幸好你们没事。”

靳岈把双头莲交给纪春明，纪春明却转赠了他一枝。“并蒂莲开，鸾缘便来。”纪春明说，“今儿七夕，回家用水浸着，夜间便开了。”

陈霜把刚买的红菱与自己那对磨喝乐赠给瑶二姐，瑶二姐又惊又喜：“怎的连我也有？”

“二姐这样人品相貌，今日没人赠礼？”陈霜装作吃惊，“早知道便把整条街搬过来送你。”

他送便随手送了，也没有别的意思，加上常跟岳莲楼在一块儿，学足岳莲楼嘴上本事，一番话把瑶二姐逗得眼睛发亮。等到当夜瑶二姐打扮一新来邀陈霜出门看灯，陈霜结结实实愣住。

仆人来报：陈霜跟个漂亮姐儿在门口说话，居然手足无措，抓耳挠头。

靳岈当即兴冲冲出门看热闹，见到一身新衣的瑶二姐时，不禁微微一愣。“二姐，你真好看。”他由衷赞叹，“梁京城里像你这样美的姑娘，翻遍全城也找不出第二个了。”

陈霜扭头看靳岈，眼神里藏着一句话：你也跟岳莲楼学了这本事？

靳岈：“陈霜若是不去，我同你去。”

瑶二姐用团扇掩着嘴巴，头上珠翠钗环随她的轻笑颤动。“你也很好。可我今日只想约陈霜。”她直视陈霜，毫不畏怯又问一遍，“邀你看灯，去是不去？”

陈霜又看靳岈，是向他求救的意思。

靳岈：“想去就去吧，别担心我。灯爷一会儿要来给我送《侠义事录》最新一卷，我有许多问题想问他来着。”

陈霜：“我不是这个意思。”

靳岄：“噢。也不必买什么东西给我，你们玩得开心就成。”他往陈霜肩上一推，陈霜两步跳下台阶，站到瑶二姐面前。瑶二姐叹气道：“不去就算了，我丢脸也不是头一回。”

陈霜忙道：“没有没有，不是不去。我回去准备准备。”

看着他跑进府内，瑶二姐和靳岄相对偷笑。等陈霜出来，靳岄和瑶二姐都吃了一惊，他竟然换了一身衣裳。平时陈霜穿着打扮十分简朴，今夜换了新装，俨然一位翩翩公子。靳岄忍不住大笑：“妙哇！”

陈霜和瑶二姐并肩走远，靳岄乐滋滋靠在门边目送。沈灯来的时候正瞧见他和几个举着荷叶的小孩说话。

得知陈霜竟然和姑娘出了门，沈灯大吃一惊：“这可太稀罕。”

“陈霜在明夜堂少说也待了十年，就没有过一两个心上人？”靳岄问。

据沈灯所说，陈霜相貌出众，脾气性格特别好，明夜堂里喜欢他的人可不止一个两个，主动示好暗中表白的自然也不少。陈霜圆滑灵活，不惹人讨厌，这种事情遇多了，偶尔也会同别人出去行街吃酒，可始终没见他与谁有过什么密切往来。

“他没跟你说过他以前的事情？”沈灯问。

靳岄：“说过的。他是琼周人士，和母亲渡海来大瑀。”

沈灯：“那他母亲现在何处？渡海来到大瑀后发生的事情，他没说过？”

靳岄不禁愣住：“我以为他来到大瑀便加入了明夜堂。”

沈灯微微一笑：“没那么快，中间隔了好几年。他若想说，会告诉你的。”

靳岄隐隐想起以前的事情：“他和我有什么渊源？”

沈灯摆摆手，守口如瓶。

沈灯带来的不只有《侠义事录》的最新一卷，还有一些他平时写的薄书册，里面都是些奇奇怪怪的故事。南境的蛊人、若海的鲸舟、芙蓉谷内千年不凋的芙蓉花、仙门峡谷内白气滚滚的神秘山洞，等等等等。他走南闯北，金羌话、赤燕话都会说，兴致来了，也教靳岄说几句。

靳岄钦佩沈灯的游历和见识，沈灯笑道：“都是年轻时去过的地方。出门才知天下大，江湖人吃四方饭睡八荒床，即便这样也有人力不能及之处。等明夜堂的事情没那么多，岳莲楼、阮不奇这两位能发挥阴阳二狩用处，我还要再出门去走走的。"

沈灯身后，那枝插在白瓷瓶里的双头莲正缓慢绽放。重重莲瓣中，掩藏一蓬稚嫩莲心。

"怎么了？"沈灯问。

"我很思念一个朋友。"靳岄低声说，"他和你一样，也有渴望四方游历的心魂。"

沈灯点点头，他知道靳岄说的是谁："想见他？"

靳岄闭了闭眼睛。莲花的香气似有若无："很想。我回到大瑀，处处都是苦痛与算计，唯有想到他才觉得心中安宁快乐。只是不知何日才能重逢，重逢之前的每一日，于我都是煎熬。"

此时，在遥远的驰望原上，血狼山的鹿头正在一弯钩月下熊熊燃烧。

部落营帐里，卓卓趴在朱夜怀中，竭力想从她微隆的腹中听出小孩的声音："弟弟怎么不出声？"

"还不知是弟弟或妹妹，现在也不能开口说话。"朱夜想了想，"不对，这娃娃不是你的弟弟也不是你的妹妹。"

贺兰砜在旁忧心忡忡："卓卓这头脑，怎么当高辛女王？"

贺兰金英失声而笑："你还真的打算让她当？"

贺兰砜清理兔子毛皮："当然，我不当，你不当，就剩她了。"

贺兰金英摇头："不需要什么高辛王了。高辛族如今和怒山部落的人一起生活，王或不王，有什么意义。"

兄弟俩拿起弓箭离开营帐，开始一场夜间驰猎。启程时，贺兰砜远远听见远桑和阿苦刺在吵架。自从把远桑带回怒山部落，她几乎每天都跟别人起冲突，贺兰砜见怪不怪，也早就放弃了劝架的打算。无论远桑如何暴躁，如何不讨人喜欢，怒山部落的人仍旧尊敬和仰赖她，这仿佛是血脉中存在的崇敬。

夏夜清爽，星辰高悬。

贺兰砜骑着飞霄在草原上飞驰，风吹起他的长发与袍袖，他感觉自己仿佛也被这风悬空吹起，是一片自由的草叶。

贺兰金英追上他，马鞭一响，开口问："你说你要去大瑀，是真的吗？"

“当然。”贺兰砜毫不犹豫，“我把远桑带回来，也安置了高辛族人。接下来我要去做我想做的事情了。”

兄弟俩勒停了各自的高辛马。月色清凉，草在马蹄下轻轻翻卷，原上仿佛涌动着细细的波浪。

贺兰金英看见贺兰砜眼中盛着一弯清澈的月亮。他的弟弟成长得如此之快，飞速褪去稚气的脸庞如今已经棱角分明，说话做事有一股铮铮之气。

月色镀亮了贺兰砜深棕色的长发。“我要走啦。”他攥着飞霄的缰绳，笑道，“我要去大瑀，去找我的勒玛。”

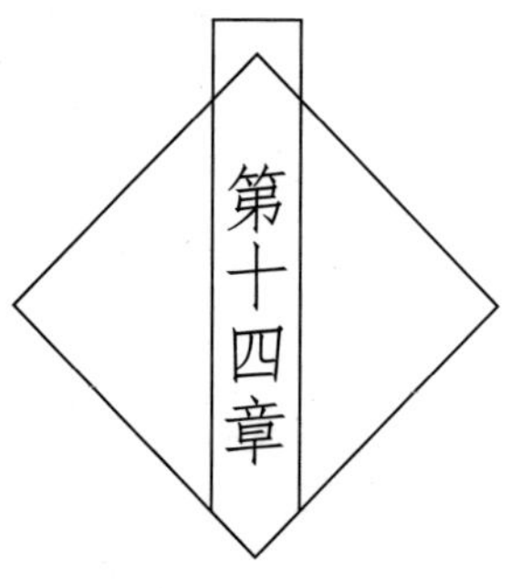

第十四章

中元

中元节前夕，岑融带来了官家的口谕。

靳岄随他入宫，才知官家病情反复，从今年年初开始心口痛便时常发作，有时是用膳之后，有时是晨起便开始隐隐作痛。太医有的说肺阴不足，又有的说肝脾郁热，针药方子用了许多，始终不见成效。宫中最负盛名的太医曾隐晦告知岑融，无论是郁热还是阴寒，全都要靠人的中气维持稳定，可官家年事已高，怕是难了。

靳岄心中说不出是什么滋味。他这几日常带陈霜去找纪春明吃酒，原本是打算给陈霜和瑶二姐制造见面机会，但最后总是三个男人在院中枯坐喝酒，听了许多朝堂的事情。

纪春明不是梁太师的人，也不是岑融的人，他甚至从未出现过在朝臣提请的人选名单中。官家任命他的时候朝中不少人甚至连纪春明的模样都没见过。

换句话说，纪春明实际上是官家的人。

这情况和原先靳岄、岑融推测的完全不一样。原本岑融控制吏部、礼部，梁安崇控制刑部、工部，官家始终将兵部和户部掌握在手中。岑融把盛可亮拉下马，是想推自己的人填补，谁料官家却谁都不选，偏偏挑中了纪春明。

如今官家实际掌握了刑部、兵部和户部，岑融的势力并无丝毫变化。靳岄愈发明白为何岑融如此看重定山堰。官家立谁为太子，就意味着他会把权交到谁手上。命英骑狂奔千里，只为召回岑煅见一面，这种态度已经很能说明问题。岑融如今当然仍旧是官家最疼爱的皇子，可岑煅一旦回京，情况或许又会生变。

靳岄听了这许多，心里只有一个念头，岑融和梁安崇都想搅动朝堂这摊浑水，可官家大权在握，他才是真正呼风唤雨之人。

进了宫门，来迎接的仍是官家身边最亲近的杨执园公公。杨执园先向岑融问候，面对靳岄时，一双老眼竟渐渐浮起泪水："小将军，久久不见，你长大了啊！"

靳岄向他见礼。皇宫内宫娥太监他见得多，这位杨执园杨公公确实是对他极为亲切的一位。杨公公握着靳岄的手，上下打量，不住嗟叹："像，真像！眉眼似顺仪帝姬，可这股子迎风傲立的气派，活脱脱便是忠昭将军！"

他领着岑融与靳岄一路穿过朱红色宫廊、布满铜钉的宫门，曲曲折折，进入宫苑。岑融被杨公公挡下，靳岄径直往宫苑中走去。

走过印象中尚有几分熟悉的地方，他想起曾有一株茶花栽在此处，那花色泽殷红，冬日里衬雪托霜，尤为惊艳。花树被岑融烧光后起了一座小亭子，白发苍苍的官家正坐在亭中。

靳岄狠狠一怔，不过两年，官家竟老成这样！

官家远远见到靳岄，也不等太监通报，直接冲靳岄招手："靳岄，快过来。"

亭中有清茶糕点，都是靳岄喜欢的东西。他心中微微一叹。石桌上一局残棋走到一半，官家招呼靳岄接着对弈，语气亲切随意，就像昨日才刚刚分别似的。棋局基本已定，但在角落处又残存生机。靳岄思忖片刻，落下白子。黑子吃掉白子一片地，被困的白子却因此开辟出新路。

"谢元至最近如何？"官家忽然问。

靳岄回京的第二日便去拜见了老师，还把纪春明带了过去。纪春明不是谢元至的学生，但十分景仰谢元至，在老人面前磕磕巴巴话都说不利索，逗得谢元至夫妻乐不可支。

得知谢元至身体康健，官家十分感慨。谢元至是他恩师，虽关系不佳但彼此也常常惦念，如今看两人情况，是年纪尚轻的他劳损更多。

"你第一次入宫见我，是什么时候的事情？"官家又问。

彼时靳岄六岁，母亲与他从封狐城被召回，次日便入宫面见太后。太后所在的慈宣殿巍峨庄严，靳岄紧张得死死抓住母亲的手，走得磕磕绊绊，一声不敢出。

慈宣殿中除了太后还有一位黄袍中年人，仪态高贵威严，喊母亲的时候说的是“八妹”。母亲牵他来到那黄袍人面前，教他喊“皇上万岁”，把他的小手交到中年人手中。一番稀里糊涂的见礼后，靳岄得了赏赐。他对那些金银珠宝没有兴趣，笔墨纸砚更是让他心烦，呆坐在母亲怀中昏昏欲睡。好在后来有几位哥哥姐姐进来，牵着他到屋外花园去玩儿了。

靳岄毕竟年幼，在封狐城里也常跟不认识的哥哥姐姐一块儿玩耍，见众人态度亲热，便高高兴兴跟着一起去。他们在宫苑里扑蝶爬树，在石头小桥上跑来跑去，惹得宫娥太监又急又怕。玩到半途，外头走来几个年长一些的皇子。

为首那位见到靳岄这个生面孔，立刻大步走来捏他脸：“哪来这粉雕玉琢的孩子？我怎从未见过？”

得知他是靳岄，那皇子愈发笑得高兴：“我是你三表哥，你叫我哥哥吧。”

靳岄不明就里，喊了声“哥哥”。岑融当即笑了，十分快乐的样子。

等岑融离开，杨执园找来，得知靳岄竟喊他哥哥，顿时冷汗直冒：“万万使不得！”

教训一顿后，靳岄被杨执园带到旁边吃果子点心，扭头看见有个与岑融身量差不多的少年站在树下。那树郁郁葱葱，却又不似寻常大树，花苞层层叠叠，尖端透出一点儿欲盖弥彰的火红。少年从树叶上抓起一只蝴蝶，松手让它飞走了。

“你是谁？”靳岄问。

那少年一副不讨喜的表情：“别跟我说话，你会惹麻烦。”

靳岄便不敢讲话了，那是他和岑煅第一次见面。他手里的小托盘上有两颗乳酪狮子糖，怯怯递给岑煅。岑煅左右看看，才敢拿起一颗吃下。

靳岄看他拿小铲子给那树松土，心道：这人是宫中花匠吗？等岑煅收拾好了，也不跟靳岄打招呼，扭头便走。走到一半，他又转头小步跑回来，小声道：“这树现在不好看，春天才漂亮。早春有雪，它会开花，你记得来瞧瞧。”

如今花树已经消失，连焦土也没了痕迹，只有记忆里还留着那株茶树磅礴的模样。茶树很高，根系发达，要在这不适合的气候土地里扎根、开花，何其辛苦。不开花时平平无奇，不声不响，开花时满树花朵，惊心动魄。

官家忽然道："以前这儿有一株茶树，你还记得吧？"

靳岍点头。官家便告诉他，茶树是他从未见过的外婆所种。

这一日官家尤为话多，说的尽是旧事。他的回忆、靳岍的回忆，甚至说到某年中秋灯会，靳岍被岑融用鬼面具吓得大哭，圣人狠狠责骂岑融一顿，官家则抱起靳岍，同他一起看梁京城夜空中无数升高的天灯。

细细碎碎，都是过往。

靳岍便知道，官家见他不是为了道歉，更无意为靳明照平反。老人不过是和故人之子见一面，拾捡一些自己的回忆罢了。

临别时，官家与他一同走下小亭子，忽然说："靳岍，让我看看你的手。"

靳岍伸出手臂，官家捋起他衣袖，见到左臂上的奴隶标记。老人目光闪动，良久才说："你受苦了。"

靳岍忍不住问："圣上，与我相比，我爹娘与姐姐，还有靳家其他之人，所受冤屈更大。您真的相信爹爹会畏战弃城逃跑吗？"

官家看着宫苑中花草林木，问他："靳岍，你觉得这宫苑如此精致华美，靠的是什么？"

靳岍闭嘴不答。

"靠的是，花有花的去处，树有树的位置。流水小山，皆有安排。"官家平静道，"各事各物，各有其所，相互制约，方得平衡。"

靳岍仍不出声，只望着他。官家没有直视靳岍的眼睛，继续道："为君之道，最难的也正是衡字。只要守得住衡，便有国泰民安，河清海晏。若因私欲、私念，失了分寸破了平衡……靳岍，我知道你是聪明人。"

官家将一杯茶缓缓泼在亭下，面朝西北方向，久久不语。

随杨公公一路行到宫门，岑融一直在那儿等着。他问官家与靳岍说了什么，靳岍想了想，回答："让我提醒你，做事不要太过火，也不要心急。如今这个局面，官家自有分寸。"

岑融随他上车："我做了什么过火之事？"

靳岍："定山堰。"

岑融闭嘴了。

靳岍："官家想从梁安崇手里夺权，但梁安崇根系庞大，这不是一朝一夕的事情。如今盛可亮已经下台，官家趁此机会在刑部安置了纪春明，他心里是赞赏你的，这件事情你做得很对。可你紧接着想扳倒工部尚书，实在太急切了。”

岑融看着他，目光里有一些委屈。

靳岄又说:“我知道你为什么着急,但着急也无济于事。官家如今心疼岑煅,是因为总把岑煅和先太子联系在一起。”

岑融叹了一声：“行了，知道了。”

车内陷入沉默。靳岄其实还有未说出口的话。官家对他强调“衡”的作用，实际也是说明自己为何不能彻查靳明照之死。靳明照之死关系着梁安崇与西北军务，一旦开查，西北军必定动荡不安。此时金羌大军虎视眈眈，实在不是最佳时机。

靳岄明白他藏在心里的那些话。可明白归明白，靳岄根本无法原谅。今日一面只不过是让他更清楚地认识到，官家根本无意为父亲与靳家平反。

此时忽然听见岑融开口：“幸好你在我身边。我许多苦衷与焦灼，不可对他人语，只能说给你听。”

靳岄不声不响。岑融握住他的手：“对不住，我以后会多多听你的话。”

靳岄：“别忘了你承诺过的事情。”

岑融笑道：“我定为你家平反，你不要急。若有违约，任君处置。”他又说笑了几句，脸色慢慢沉下来，“今日中元，算一算时间，五弟也该启程了。”

车子抵达靳岄府宅，岑融先行下车，想了想说道：“我陪你去祭扫。”

靳岄没有拒绝。他如今在梁京仍然需要依靠岑融，这一点儿示好的心意，他是要接受的。

靳明照的衣冠冢前满是祭扫之物，梁京百姓络绎不绝。靳岄远望衣冠冢，茫然与悲切中想到此日是先人孤魂暂归人间之时。不知父亲的魂灵，是徘徊在梁京，还是徘徊在封狐城外的白雀关?

他没有想到的是，同样的一个问题，此时此刻也正萦绕在贺兰砜心头。

牵着飞霄的贺兰砜在封狐城城门外等候来接自己的岑煅和宁元成。他看见城外有无数百姓焚烧纸钱，朝着白雀关方向下跪叩拜，一问才知，今日是大瑀人的中元节，这些都是来祭拜战亡士兵的人。

“可有祭拜忠昭将军的地方？”贺兰砜问。

那守城士兵大吃一惊：“你们蛮人也知道忠昭将军？”

“谁不知道忠昭将军的大名？”贺兰砜说，“我认识他的儿子，我想给他烧些纸。”

士兵感慨：“你倒不像蛮子。靳将军是在白雀关牺牲的，朝着白雀关方向就行。”

贺兰砜不懂得这些祭扫的礼仪，买了些纸钱之类的东西，学着别人烧了拜了，口中念念有词：“靳将军，你如果听到我的话，请保佑我一路顺顺利利抵达梁京。保佑我找到靳岄，保佑他不要生我的气，好好听我说话。保佑他平安，保佑他高兴。”

或许是他说的话奇奇怪怪，又或许是他的发色、肤色与瞳色和别人不一样，贺兰砜拜完抬头，发现有人在看自己。他回瞪过去，那女人立刻低头缩肩，不敢再看。

岑煅和宁元成见到贺兰砜，实在是非常高兴，两人带他入了封狐城，一路不停地询问他回血狼山之后的事情。

巴隆格尔自然是留在血狼山，他根本不乐意到大瑀来。远桑天天在怒山部落里跟人吵架，她不愿意留下来当部落首领，只答应帮高辛人和怒山人训练一支军队，有贺兰金英和隆达在旁协助，这不会很难。

贺兰砜更是亮出自己的新箭：“这是我的箭。”

他带来的新箭外形上与高辛箭略有不同，箭杆虽然仍是镂空，但一半是实心的，增加了箭身的重量，以保持稳定性。箭尖锋利，为双层菱形，杀伤力愈发强劲，一旦刺入敌人血肉，极难拔出，且会豁开血口，令人大量失血。

岑煅啧啧称奇：“不愧是铸铁为生的高辛人。这也是高辛箭？”

这其实是贺兰金英想出来的新箭，他将会把这箭用在高辛人和怒山人的军队中。但此箭尚未开始大量制造，目前只有几十支，他全都交给了贺兰砜。

“这是结合了高辛箭和北戎狼镝优点的新箭。”贺兰砜笑道，“它是我的狼镝。”

岑煅兴致勃勃与他谈论铁器、武器之事，宁元成忽然在身旁提醒：“有人跟着我们。”

三人回头，贺兰砜发现紧紧跟随而来的，是方才在城外瞪自己的古怪女人。

岑煅仔细一瞧："那是英姐，我们府里做事的厨娘。"

贺兰砜回头看了又看："她怎么一直看我？"

岑煅："见你英俊罢了。对了，你上次跟我讲，白霓认为游君山有问题，我这几日着实查到一些不寻常的地方。"

岑煅与宁元成一直暗中调查西北军丢失军务记录一事。

西北军遭受重创后元气大伤，北军建良英和张越率部前来整顿安置，军中残余的人员纷纷被打散，军务防务原本由谁管理、经谁之手，等岑煅来到时已经说不清楚。张越几乎将管理西北军军务的人全部换成自己的心腹，岑煅想问事情，连个可靠的人都找不到。两人查得艰难，辗转找到一个退役老兵，这人竟然还是当日在白雀关一战中活下来的几个人之一。

"那人不是莽云骑骑兵，是步兵，行军时的位置离靳将军不远。"岑煅说，"他可以证实，游君山一直是紧跟在靳将军身边的人，从开战到将军出事那天，几乎寸步不离。"

宁元成又补充："但游君山称自己重伤昏迷时将军仍活着，他对之后的事情一概不知。"

贺兰砜不解："你们怎么知道他在说谎？"

宁元成和岑煅对视一眼："那人告诉我们，西北军的军务记录，游君山也是保管人之一。"

游君山身上伤口很多，但几乎都避开了致命之处，军医称这是莫大的运气。而他身上最重的一处伤是剑伤，自右下腹开始，止于左胸。剑势凌厉，甚至划破了游君山的铠甲，用剑之人显然力气极大且功夫卓绝。

贺兰砜比画位置，心中暗惊：伤口很长，若没有铠甲，只怕当场毙命。

宁元成背对贺兰砜比画："假如你是游君山，我是靳将军，你在我身后刺了我一剑，那我立刻回身挥剑……"他右手举剑，回身一扬。贺兰砜疾退两步。剑走之路恰好就是游君山身上的伤势走向。

"那一剑是靳明照的力气？"

"能划开莽云骑铠甲的兵器不多，有这种力气的人更少。"岑煅说，"一切只是怀疑，我们尚无真凭实据。"

说话间三人已经回到岑煅的住所。岑煅起初住在西北军军部，后来张越给他安排了一个小院子，让他没事别在军部晃悠："士兵见到你五皇子，大气不敢喘一口。”

院子摆设虽然简单，但十分整齐。岑煅亲自下厨煮了两碗面，和贺兰砜边吃边说。他手艺平常，全靠酱料和浇头调味，贺兰砜饿了一日，狼吞虎咽吃下一碗。

“我怀疑带走西北军防务、军务记录的，就是游君山。”岑煅把自己那半碗也给了贺兰砜，贺兰砜来者不拒，继续端碗狂吃，“有白霓将军的这个证言，我猜游君山早已与喜将军暗中勾结。”

贺兰砜渐渐地有些吃不下了。白霓跟他说游君山可疑的时候，他尚无强烈感觉，如今身在封狐城，他忽然想起当日在碧山城外遇见游君山时，靳岄是如何狂喜。他甚至根本抓不住靳岄的衣角，靳岄疯了一样跳下马车，喊着游君山的名字，朝他狂奔而去。

白霓是他的亲人，游君山也是他的亲人，若推测是真的，贺兰砜不知靳岄要如何面对游君山。

宁元成为他安排了厢房，贺兰砜坐不住也睡不着。见日头正亮着，岑煅和宁元成去处理军务，家里只有他和仆人，他便打算出门再走走。

岑煅将和宁元成启程回梁京，刚刚已经邀他同去。因为贺兰砜是异族人，军队吸纳异族人为将士，必须向兵部报备，岑煅回梁京正好顺便把这件事处理妥当。贺兰砜实则还在犹豫是否加入西北军，他打算先去封狐城的明夜堂分堂问清楚情况，靳岄在哪里，他就去哪里。

才到马厩牵马，他又看见了英姐。

英姐年纪约三十上下，容貌清秀，黑亮双眼藏着忖度。见贺兰砜盯着她，她这回没有躲避他的视线，直直看着贺兰砜。

贺兰砜有几分不悦：“你要偷马吗？”

飞霄适时哼哼。英姐不答，退了两步，仔细打量贺兰砜，忽然开口问：“你是高辛人？”

贺兰砜方才与岑煅在厨房说话时，英姐已经在周围走出走入，貌似偷听。如今见她脱口而出，心里不禁有些惊异，大瑀人很少见到高辛人，这寻常民妇居然认得出自己部族的身份，很不简单。

“你身上带着的，是高辛箭吗？”英姐又问。

贺兰砜登时警惕：“你连高辛箭都知道？”

英姐又退一步，忽然咚地跪下，朝他深深跪拜："这位高辛英雄，你若去梁京，可否把我也一并带去？"

贺兰砜厉声呵斥："你是金羌细作吗？"

"当然不是！"英姐抬头，嘴角带着一丝恨意，"我与金羌人、金羌细作不共戴天！"

贺兰砜一怔："那……"

"我听到你和岑煅的话，我知道你们在找细作，你们怀疑游君山。"英姐一字一字道，"不必怀疑，他就是金羌细作。西北军防务、军务原本由我夫君和游君山一同管理，出战之前我夫君担任前锋，游君山说服我夫君和爹爹，让他独自负责防务、军务的档案。除了他之外，没人能将这些东西卷走。"

如晴天中一声惊雷，贺兰砜怀疑自己听错了："夫君？爹爹？你是谁？你去梁京做什么？"

"我是靳云英，靳明照是我爹爹。"英姐看着他，"你想找的靳岄，是我的亲弟弟。"

和靳岄一样，靳云英也曾在封狐生活过很长一段时间，她在西北军里学会骑马，学会射箭与枪法，直到被召回梁京做人质之前，她几乎都在封狐城生活。军队里的人都晓得靳将军有一对儿女，儿子文静，女儿则活泼调皮。

靳云英的丈夫裘辉是莽云骑的将军，两人成亲之后很长一段时间，靳云英都在梁京生活。她有孕之后，岑静书不允许她出远门，可靳云英思念边疆的丈夫，不顾母亲阻拦，收拾行装来了封狐，一晃已有数年。

她是靳岄口中的"姐姐"，带他逗狗，背他上街玩儿，教他练武、骑马，大晚上还与他一同出门吃凉水和冰雪丸子的"姐姐"。

贺兰砜忙把靳云英扶起。他碰到靳云英双手，察觉有异——她右手竟然缺了两根手指。

裘辉和靳明照在白雀关一役中身亡，靳云英察觉出事的时候，这消息甚至还没有传到封狐城中来。她先是察觉白雀关外有异响，登上封狐城城楼才看见，滚滚的金羌大军竟然越过白雀关，直逼封狐城。

靳云英立刻返家，带着孩子与裘辉母亲打算逃出城外。他们连悲伤的时间都没有，只想着一件事：逃出去，活下去。

据靳云英回忆，当时拥到封狐城城门的百姓数以万计，但城门不知为何，就是不肯开启。愤怒的百姓冲破城门时，身后另一边的城门也被金羌军突破了。

金羌军确实不杀城内百姓，但他们在找靳明照的家人。

靳云英那时候还没有离开封狐，在封狐城百姓的庇护下，他们悄悄藏了起来。无奈有人告密，躲藏数日后老少三人被金羌军从地窖拖出，带到军部。裘辉母亲虽然目不识丁，但脊梁很硬，她护着靳云英和孙儿，死在金羌军杖下。靳云英的孩子只有几岁，趴在母亲怀中却不见哭，睁着眼睛看面前的陌生人。有金羌将军逗他，让他喊爹爹，孩子张口一咬，差点把那人手指咬掉。

“如今只剩我一人而已。”靳云英握住自己的右手，淡淡说道。

贺兰砜心中一跳，不忍再问。

她受尽折磨，始终不肯说出西北军军务记录藏在何处。她原本已经做了死守秘密的决定，不料某日金羌士兵得意扬扬地告诉她，他们已经得到了所有的军务记录。他们撤走了，把奄奄一息的靳云英扔在军部大牢中。

有人救走她，把她藏了起来。她内伤外伤都很重，一躺便是大半年。建良英将军来的时候，靳云英本想去见他，与他说说自己的怀疑，但又得知建良英与张越同来，而张越是梁太师的女婿。因身边亲人几乎全部惨死，靳云英不敢再信任何人，干脆彻底藏了起来。

她不知母亲去向，不知靳岄是否平安，甚至没能见到父亲、丈夫的最后一面。封狐城内渐渐恢复秩序，她听到许多传言，譬如靳家满门流放，譬如靳岄惨死异乡，譬如顺仪帝姬在靳府门口上吊自杀，以抗官家旨意不公，譬如有人在靳府墙上写字，明明用的墨水，写出来的却全是血般的红字。

靳云英不知该信什么，也不敢离开封狐，日日处于惶恐之中。

“我不信任何人，除了帮我的这一位。”靳云英说，“你或许也认识她，她是白霓的娘亲，常在军部对面卖馄饨和水滑面。她告诉我军部来了个新的将军，是五皇子岑煅，人很好，说不定能够帮我，所以才将我介绍到岑煅这儿做事。”

靳云英起初也怀疑岑煅与梁太师是同一条心，但因常见他与张越争执后回家，小声跟宁元成发牢骚，说的尽是梁太师的不是，渐渐便晓得此人或许是可信的。婆婆和孩子的死令她心有余悸，她犹豫之时，恰好在城外碰到了念念有词的贺兰砜。

“我知道你是高辛人，我还认得出你的高辛箭。镂空的黑色箭身，白羽箭尾，这跟爹爹珍藏的高辛箭一模一样。”靳云英握住贺兰砜的手，渐渐迫切，“我还听到你说要找靳岄，要保他平安高兴……坊间传说靳岄活着，靳岄回到了梁京，是真的吗？”

贺兰砜肯定地点头：“是真的，是我把他送到碧山城的。”

他没有说码头上的事情。而单单这一句话，靳云英眼中便登时涌出了眼泪。

“多谢你，多谢你……英雄，多谢你……”她手筋已断，激动时双手簌簌地抖，无法自行控制，“你是我们靳家的恩人……”

贺兰砜羞赧了：“还有许多人也帮了靳岄。姐姐可能还不晓得，白霓将军活着，如今被困金羌，但安然无恙。你们的阿妈也活着，你知道明夜堂吗？”

贺兰砜把明夜堂获得的消息告诉靳云英。得知母亲被赤燕人接走，至少离开时安然无恙，她终于掩面大哭，几欲崩溃。贺兰砜静静地坐在她身边，陪她许久。

得知英姐就是靳云英，岑煅又是高兴，又是难过。他小时候是见过靳云英的，只是彼此并不熟悉，加之相隔日久，竟完全没有认出。靳云英想去梁京，他当然应允，立刻做了一番周密安排。启程之日，岑煅还特意雇了一辆马车，让靳云英同行。

贺兰砜帮靳云英拎行李，又搀扶她上车，临启程时钻进车里问东问西，下车了还要掀开帘子叮嘱：“大姐，有什么需要的你大声喊我，不用客气。”

宁元成在一旁看他：“大姐？”

贺兰砜：“大姐。”

宁元成：“我们都喊英姐。”

贺兰砜：“你喊你的，我喊我的。”

宁元成回头跟岑煅告状，称贺兰砜此人不好相处。岑煅认为“大姐”确实比“英姐”亲切，便也随着贺兰砜一同喊“大姐”。结果遭到贺兰砜不满抗议，两人争执半天，岑煅不和他一般见识，回头与宁元成说：贺兰砜确实脾气古怪。

靳云英也想和他们一样骑马，可她手筋受损，力气不济，无法控制缰绳。贺兰砜为了让她高兴，每每车队休息，他便让靳云英骑着飞霄小跑一段。飞霄似乎也知道背上的女子是靳岄姐姐，性格变得极为温顺，跑动十分稳当，靳云英夸个不停。

“高辛马儿真好。”她说，“贺兰砜，你也很好。”

宁元成又跟岑煅告状：“贺兰砜当时笑得好奇怪。”

岑煅：“你一天天地就盯着贺兰砜，能不能干点儿正事？”

这一趟遥遥地走了大半个月，终于抵达杨河城。在城外驿站歇息的时候，宁元成照例去打探消息，回来时满脸古怪神色。

“据说你死了。”他对贺兰砜说，“有传言从北戎那边过来，说是当日诛杀天君哲翁的北戎兄弟俩都被云洲王杀了。你是两个月前死的，因为去行刺青鹿部落首领，云洲王正好也在青鹿部落，他用狼镝射杀了第二个高辛邪狼。”

贺兰砜：“……”

“他射杀你之时，满天星辰突放光芒，黑夜如同白昼。巫者说，那是天神知道神子诛灭邪狼后，特意为驰望原万千牧人降下的神旨，驰望原从此平安祥和，永无灾厄。云洲王……哦不，天君阿瓦是北戎最英明的君主，他能镇服驰望原所有邪祟。”

贺兰砜：“大巫又在编造假传说。每一个天君即位，都有这些故事。”

岑煅插话：“哲翁即位时编了什么传说？”

贺兰砜：“哲翁将邪狼部族的血狼山收归囊中，从此邪狼没有了邪气源头，四散在驰望原上，渐渐消失。”

岑煅面露惊讶之色：“怎么又是高辛族？你们真不容易。”

此时靳云英忽然问：“这传言已经传到杨河，会不会也传到了梁京？靳岄会不会听见，听到了会不会以为你死了？”

贺兰砜脸色霎时变得铁青。

此时的梁京，秋意已经先行侵袭高树叶梢。

靳岄正与纪春明在院中下棋，聊着最近梁京城内发生的诸般怪案。陈霜匆匆从外面跑来，是岑融到了：“说是听到了一些与贺兰砜有关的消息，急着要来告诉你。”

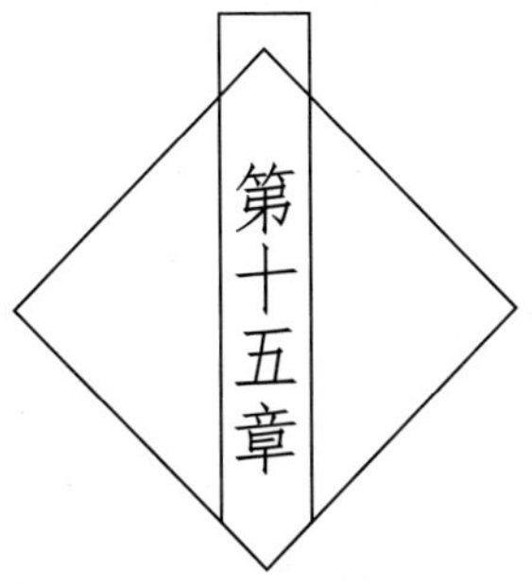

重逢

岑融匆匆走入，开口就是一句："贺兰砜没了。"

靳岄面色丝毫不变，纪春明却看见他的手指僵在棋盘上。"什么意思？"靳岄稳着声音问。

岑融便把从北戎听来的传闻一一告诉靳岄。说的时候，他一直紧紧盯着靳岄的脸色，眼见靳岄眼睑发颤，嘴唇越抿越紧，他竟有几分肆意的快乐。"那是两个月前的事情了。"他说，"听说高辛兄弟俩全都没了，如今高辛族出了个什么女王，年纪很小，没什么用。"

靳岄忽然问："两个月前？也就是六月前后的事情？"

岑融点头："确凿无误。"

刹那间，方才笼罩在靳岄身上那种冰冷和恐惧的气息消失了，就连陈霜也露出松了一口气的表情。

岑融心中一动："怎么了？"

靳岄摆摆手："无事，你也不必当真。那高辛女王我也晓得的，很不错。"

纪春明不晓得什么高辛邪狼，见靳岄和陈霜笑了，也稀里糊涂一起笑。于是院中四人，唯有岑融云里雾里，被这三人的融洽气氛隔绝在外。

他又有几分不悦："好吧，既然你都不将贺兰砜放在心上，便算我多事。"

靳岄心想，你是知道这消息会坏我心情，特地赶来告诉我的。他明白岑融心里的想法，有几分可怜他，笑着说："当故事听吧。多谢三皇子告诉我这件事，想来应该是北戎新天君传出的假消息。若是六月，贺兰砚那时候并不在北戎。”

岑融吃惊不小。他怎么都不会想到贺兰砚和靳岄曾在仙门城擦肩而过，以为是明夜堂探听的消息：“是章漠告诉你的？”

靳岄模糊应了，岑融沉默片刻后，没再继续纠缠这个问题，话锋一转：“听说你在仙门城与问天宗来往颇多。你去仙门不是为了探听夏侯信那边的消息吗？当日见你和夏侯信一起来找我，我实在很吃惊。”

靳岄眨了眨眼睛，装作回忆：“确有其事。”

他心中此时又亮堂了一分。岑融问起夏侯信是很正常的，岑融送自己去仙门，也是为了从夏侯信那里打探更多昌良城哄抢军粮的真相，但岑融怎么会知道自己和问天宗来往？

当时在自己身边，又晓得问天宗内情的，想来想去也只有游君山了。游君山明明跟在自己身边，回到梁京后被岑融叫走，紧接着岑融便知道了自己在仙门的行踪。

靳岄心头掠过一丝阴霾，又有几分隐隐的愤怒，从岑融这儿确定游君山和自己不是一条心，他始终是难过的。

此时此刻，他唯一庆幸的便是，游君山并不知道问天宗宗主画像上的人是岑煅。

他不打算把这件事告诉岑融。

他告诉岑融问天宗与梁太师有关联，而且问天宗的势力目前几乎遍布整个大瑀，但藏得隐蔽，就连梁京也有不少问天宗的信客。岑融心事重重，靳岄让他留下来吃饭，他摇头拒绝了，和靳岄、纪春明又说了些朝廷上的闲话，起身告辞。

靳岄把他送到门外，见到游君山等候在旁。游君山走上前问候：“小将军。”

靳岄看着他，微微笑道：“游大哥。”

游君山等着他下一句话，靳岄袖着手，低声道：“望你保重。”

游君山十分茫然，送岑融回府的路上一直思索靳岄这句话是什么意思。他一时担心靳岄知道了什么，一时又宽慰自己：靳岄回大瑀之后便截断了与封狐、金羌的联络往来，明夜堂的人查不到西北军军务之事，根本无需担心。

和靳岄这边的事情相比，他更牵挂已经许久不与他联络的喜将军和喜将军身边的白霓。

今年中秋有琼周、赤燕等属国朝拜，官家让岑融负责安排诸般事宜。岑融忙忙碌碌，连带游君山也不得歇息。这一日他带着将士巡查梁京内城的防务，经过潘楼时，忽然察觉身后有冷厉视线，立刻回头望去。

中秋是个隆重的节日，城里的店铺里几乎都摆上了酒，“醉仙”字样的幌子高高低低地挑在楼外，在秋风里簌簌舞动。潘楼门面更是重新装扮，彩彩绸新结，画竿顶花，十分热闹。游君山看了几眼，捕捉不到视线，继续驱马前行。

潘楼旁的一条小巷，贺兰砜拉着靳云英匆匆离开。

“大姐，别鲁莽。”贺兰砜回头叮嘱，“如今情势，你保护自己为上，不必与他起正面冲突。”

他攥着靳云英的手，察觉那双虚软无力的手正拼尽全力反握。靳云英在他身后颤声说：“多谢，我懂的。”

她双手手筋被切断，平时其实做不了什么活。岑煅当时见她凄惨可怜，收留她在厨房帮忙，不过是择菜、擦桌之类的简单工作。想到此处，贺兰砜胸口有一种沉闷的裂痛。他听靳岄说过许多姐姐的事情，她骑马风姿卓然，梁京城的公子哥儿没有人不倾慕折服，她会射箭、会舞枪，靳明照说若她愿意，上阵杀敌也不是难事。

在贺兰砜心里，他一直认为姐姐是朱夜那样的人物，肆意、自由、强韧。

人有一双脚，一匹马儿，就能抵达世上的任何地方——他渐渐明白为什么靳明照和大哥都要强调这件事。实在是因为，这并非天经地义，人世厄运根本就丛丛密布，避无可避。

把靳云英带到落脚处，贺兰砜扶她进屋歇息。这是宁元成的家，岑煅安排了几个人看守保护，主要由宁元成和贺兰砜轮班守卫。可靳云英实在机灵聪敏，即便这样也能轻易逃脱。

“我只是想回家。”靳云英对贺兰砜说，“说不定靳岄就在清苏里，他在家中等着我。”

“大姐，你听我说。”贺兰砜给她倒了一杯水，让左右的人都退下，自己坐在靳云英面前，“清苏里我去过，靳家门口贴着封条。听人说里面没有人住，靳岄也不在里头。”

靳云英顿时急了：“那他在哪里？”

贺兰砜：“大姐，你就在这里好好地休息，我会去找他。哪怕走遍整座梁京城，我也会找到靳岄。我会把他带到你面前。你不要担心，我就是你的眼睛。”

他说得认真诚恳，不像安慰人，倒像是许下什么珍贵的承诺。

“谁说你是高辛邪狼？”靳云英拨开贺兰砜散落在额前的头发，看着他那混杂了大瑀人与高辛人特征的脸庞，“你有这么温柔的眼睛。”

第二日已是中秋。贺兰砜每日都想去寻找靳岄，但现下保护靳云英才是最重要的任务。他只能挑宁元成回家换班的时间出门，这一日他专程前往明夜堂。

中秋实在热闹非凡，今夜虽然没有官灯，但民间私灯林林总总，异彩纷呈。贺兰砜从门前进入，明夜堂的人尚未休憩，有人认出他，立刻皱起眉头。

贺兰砜来这儿已经好几回了，每次都问两个问题：一是岳莲楼和陈霜在不在，二是能不能帮忙找找靳岄的去处。

岳莲楼最近确实回了梁京，但很快又与章漠一同出门，不知去了何处。陈霜如今陪在靳岄身边，而靳岄又是明夜堂保护着的。普通帮众不知道如何回答，而知晓底细的人又不可能随意将靳岄和陈霜的住处告诉贺兰砜这样的生面人。

他频频碰壁，又频频询问，很惹人烦。

在明夜堂里盘桓片刻，贺兰砜悻悻离开。他信步走到潘楼，在楼里听了一会儿咿咿呀呀的嘌唱，没有一句能听懂，倒是看周围人起哄欢呼十分有趣。这潘楼里没有靳岄，他又一路穿过人群，往清苏里走去。

清苏里的靳府门前不少人在放灯，贺兰砜也放了一个，他想让小贩写靳岄的名字：“明月出天山，懂吗？”

小贩：“不懂。”

贺兰砜自己拿笔画了他与靳岄的名字，歪歪扭扭的，远看倒有模有样。他还在路边买了没见过的石榴，摊贩教他怎么吃，他一颗颗地吐子儿，觉得嘴巴舌头都很累。但这鲜红晶莹的玩意儿很是清甜，靳岄喜欢的吧？他又想。边吃着石榴，边往附近的燕子溪走去。

清苏里的另一头，靳峒拽着纪春明的袖角低声说："咱们到了燕子溪就分开，让你姐和陈霜单独相处。"

话音刚落，陈霜立刻回头瞪他。

瑶二姐对陈霜的喜欢一点儿也不掩饰。七夕约他看灯，中秋也约他看灯。陈霜实在不想去，推托说自己要陪靳峒下棋。谁料靳峒立刻蹦起来说自己也去看灯。

纪春明是跟着瑶二姐一块儿来的。他猜到陈霜会用靳峒当借口，特意来陪靳峒，好让陈霜推托不了，最后变成了四个人一同出行。靳峒十分喜欢跟瑶二姐说话，他从这位与姐姐年纪相仿的女子身上小心翼翼地寻找着姐姐的影子。

"瑶二姐今日这耳环是玲珑斋的手笔？"

瑶二姐很惊奇："你怎么知道？"

"赤金攒丝，珠圆玉润，玲珑斋每年中秋都出一品新的玉兔耳环，我每年都给姐姐买的。"他笑道，"你戴上真好看。"

靳峒和瑶二姐聊得热烈，纪春明和陈霜走在一起。纪春明不懂迂回，直截了当："你是不是不喜欢我姐？"

陈霜："那倒没有。"

纪春明："那你为何不愿意与她出门？"

陈霜："我害羞，行吗？"

纪春明："没点儿男子气概。"

眼看燕子溪就在前面，靳峒一拉纪春明，冲陈霜与瑶二姐挥手："我和春明去那边逛逛！"

不等陈霜应声，两人齐步跑开。

燕子溪夜间灯火辉煌，两岸海棠树渐渐开始落叶，树梢上挂满了红绸、彩结、花灯。树上的花灯大都较小，在秋风里团团地转，像被系在枝头的星辰。偶尔有一两盏烧起来，引得行人齐声惊叹，烧了也不代表坏事，那一团小小的火是九重天神灵听见人间祈愿，收了花灯，要为祈愿之人遂愿。

溪水长而蜿蜒，有一两艘小船，船中一般只坐戴面具的两人，面具图样一男一女。"男"的唱歌杂耍，"女"的弹琴奏乐，每每行至石桥下，便有人从桥上扔下银两铜钱、果子糖块，喝彩之声此起彼伏。

靳岄对纪春明说："戴女人面具的也可能是男人。"

纪春明："岳莲楼一定很擅长这种事儿。"

靳岄大笑："我小时候常说，长大了就去燕子溪上划船，银钱我也不要，给我点儿糖就行，我能高兴一整天。"

纪春明扭头看见附近有人在卖水晶糖枣，对靳岄说："你在这儿等我，我去给你买甜的东西吃。"

卖水晶糖枣的摊贩正不住地跟人说起方才见到的一个古怪男子："绿眼睛！跟咱大瑀人完全不一样！吃了我两个糖枣，说不好吃，偏又要买。"

有人想起那传得沸沸扬扬的传说："绿眼睛？那不是什么北戎邪狼？哎哟，都到大瑀来了？"

摊贩又道："不是吧？邪狼不是被北戎天君杀了吗？哪儿还有邪狼！"

纪春明凑热闹道："可不是这么讲，听说凡是绿眼睛的高辛人都叫邪狼，满身邪气，十分可怕。"

他话音刚落，周围人都噤了声。纪春明心猛一跳，回头便见身后一位高大的青年，正微微低头看他。青年面貌极英俊，眼里透着澄澈的翠色，面上倒不见一丝愠怒，十分平静。

纪春明吓了一跳，又一眼瞥见此人背上负着弓箭，知道是个练家子，顿时有些紧张，连忙回头嘀咕："没事没事，异乡人，听不懂大瑀话。"

"还你一个铜板。"那青年用流利的大瑀话对摊贩说，"方才人多，你算错了。"

纪春明背上尽是冷汗。

青年又道："高辛人不是邪狼。"

纪春明连连点头，抓住水晶糖枣就跑。

他一路奔回靳岄身边，正要跟靳岄说自己的所见所闻，靳岄便亮出手上的花灯。中秋节，梁京人都喜欢在燕子溪上放莲花小灯，靳岄手上这盏小灯有些不同寻常，灯芯里除了半截蜡烛，还有一个纸糊的黑色小狼。

纪春明噎住了："你喜欢狼啊？"

靳岄："我喜欢高辛邪狼。"

纪春明只得把嘴边的话咽回肚子里。

两人身后是热闹的人群，各色明亮的花灯。贺兰砜提着一小包水晶糖枣怔怔地站在灯彩之中，他揉了揉眼睛。

举着莲花小灯与方才那书生模样的青年说笑的，正是靳岄。他的勒玛。

他的心脏怦怦地跳，疾走几步，听见那卖花灯的摊贩大声道："什么？高辛邪狼？高辛邪狼不是被杀了嘛！死啦！世上没有什么邪狼！"

靳岄也不辩白，只冲那老翁笑笑，拎着莲花小灯往前走。

这话似乎点燃了周围人对北戎传说的兴趣。贺兰砜耳里听到的尽是人们对北戎天君射杀邪狼的议论。梁京人都知道邪狼的故事，梁京人都晓得那一对高辛邪狼兄弟死了。人们熙熙攘攘，从他身边经过，毫无顾忌地大声说话。

贺兰砜只觉得手中的水晶糖枣十分沉重，连带自己的双足也变得沉重，如同石块。

既然知道我死了，为何靳岄还会笑？他为何与那书生这样快乐？他还为那一箭恨我吗？贺兰砜压不下心中困惑与焦灼，远远跟着，不敢走近。

靳岄与纪春明本想去找陈霜、瑶二姐，但怎么都寻不见这二人。纪春明知道附近有明夜堂暗哨盯着靳岄，便自己先去寻找姐姐。靳岄在燕子溪边上徘徊，见身边有卖天灯的小贩，便问他借了笔墨，在那盏莲花小灯上仔仔细细写下"贺兰砜"三字。

抬头时，燕子溪对岸一排璀璨灯楼，有人以风月为起字，在楼上题了两句诗：风流应在故人处，月色遥连海上天。

靳岄隐约认得，这是岳莲楼的笔迹。

燕子溪边人头攒动，他小心走下石阶，将莲花小灯放入水中。溪面已有无数灼灼的小花灯，几乎都是红莲形状，挤挤挨挨绽放。为了让花灯稳妥前行，有余钱的人家往往会在小灯中放一枚铜板。靳岄正在摸铜板，小灯已经摇摇晃晃被水流推着往前去，渐渐地与其他花灯混作一处，看不分明。

走上岸时，纪春明正好回到他身边。"陈霜又撇下了我姐姐！"他十分生气，"真是气死人了，我姐有什么不好的！我非抓住他不可，你晓得他去哪儿了吗？"

"不知道，我刚在这儿放灯。"靳岄说，"我在灯上写了那高辛邪狼的名字。"

"贺兰砜是吧，听陈霜略略提过，不过靳岄……"纪春明揉揉耳朵，看向燕子溪，"莲花小灯上可不能写活人的名字，这会给他引来灾殃。"

靳岄一愣："谁说的？"

纪春明："书里说的。"

靳岄不太信，笑道；"你那是什么书？"他回头往清苏里方向走，手里拈着纪春明拿回来的水晶糖枣。

举着木架子售卖花灯的小贩恰好移开，重重灯影里人影幢幢。靳岄忽然一愣，将糖枣往纪春明怀里一塞，拔腿往前跑。

在方才那一瞬，他看见灯火之后有熟悉的目光掠过。

靳岄一口气往前追，他又不敢大喊，生怕是自己看错。人来人往中跌跌撞撞，不知多少人回头看他，他跑得头发都乱了，脸庞上不知擦到了什么，油乎乎一抹黑色。他匆匆擦去，发现已经跑到灯市尾处，行人稀少，愈发显得头顶天灯灿烂。

不是贺兰砜，没有贺兰砜，他只是看错了。靳岄靠在墙上喘气，发觉自己手心一层冷汗。

他忽然想起岑融说的北戎传闻，还有纪春明方才的话。莲花灯上不能写活人的名字……他扭头奔向燕子溪。

此处已是燕子溪下游，距离燕子溪的终点沐清池已经非常近，水面很浅，只堪堪淹没膝盖。溪上一座小石桥，从上游流下来的莲花灯纷纷堵在这小桥的桥洞处，进退不得。有人站在桥上把一根竹竿伸进水里，拨动莲花灯穿过桥洞往前去。

靳岄几步跑下石阶，跳进溪水。莲花小灯被他掀翻，灯上铜板纷纷沉入水中。

那人用竹竿戳他，骂道："又来偷铜板吗？这是给梁京乞丐爷儿的，你一身锦衣，真不要脸！"

靳岄不理，自顾自在水面找自己的小花灯。水面密密麻麻全是莲花灯，他脚底打滑，不得不小心翼翼地往前，竹竿戳了又戳，那人骂了几句，跑下桥来。

靳岄终于在桥洞下看见了自己的小花灯，那灯半淹在水里，蜡烛倒还是燃着的。他抓起小灯，黑色小狼被泡得软了，"贺兰砜"三字已经有些模糊。他连忙将那灯撕碎，艳红的纸屑抛在溪水里。他看着纸片被蜡烛点燃，很快熄灭，便觉得那灾殃应该也会随之消除。

那人跑到岸边，见他撕去莲花灯，顿时气得脸白："你怎能撕别人的灯！"

说着挥舞竹竿往他身上打。

竹竿还未落到靳岄身上，忽然被人抓住。那人还未反应过来，竹竿便忽然脱手，咚地跌进溪水里。他吓了一跳，一个高大青年站在身边，刚才便是他夺走了竹竿，直接扔了。

贺兰砜的眼睛吓得那人急忙转身跑走。靳岄听见岸上声音，回头便见一个人站在燕子溪岸边，皱着眉，正大步踏入水中。

海棠树上灯盏摇动，墨色天空被天灯点亮。贺兰砜朝他走来，抓住他的手，厉声问："你在干什么？"

靳岄看贺兰砜的脸，像定住了一样，脑袋嗡嗡作响。秋天的溪水有些凉，他的衣裳下摆全部浸湿，贴在肌肤上很不好受。

贺兰砜把他拉上岸。靳岄随他动作而动作，目光只徜徉在他身上。

"你要找什么，我帮你。"贺兰砜说。他心头的犹豫迟疑在见到靳岄跳入水中之时全都消失，等牵他上岸，方才的忐忑才稍稍回来。他有些不敢抬头，这和他想象过的重逢完全不一样，他没话找话说一般补充："我水性不好，但在燕子溪里找个东西还是可以的……"

靳岄捧着他的脸，手劲大得令贺兰砜不适。因靠得太近了，他能看到靳岄眼里闪烁的灯火与小小的自己。靳岄的黑眼睛里渐渐涌出薄薄的眼泪，只是在眼眶里滚动。

他忽然抬手狠狠扇了自己一巴掌。

贺兰砜吃了一惊，忙抓住他的手："不是梦！"

靳岄咬着牙，似哭似笑："你……你来找我？"

贺兰砜点头："我来找你。"

他忽然碰到靳岄左臂上的疤痕。云洲王的奴隶印记上还有一道新伤，已经愈合了，像在奴隶印记上斜刺了一记，划破旧痕迹。正是当日高辛箭留下的伤痕。

贺兰砜喉中苦涩难当："疼不疼？"

"很疼……"靳岄揪着他的衣领大吼，"疼死了！你怎么能……你怎么能用高辛箭对着我……你说过你不会……"

他哭着，嗡嗡作响的脑袋里仿佛被什么剧烈敲打，混乱地说着连自己也听不清的话，心里有个声音低语：原来你还是怨他。

“是不是我做错了什么？”靳岄忍不住眼泪，想在贺兰砜面前装作强硬，却又咽不下这口气，“是不是大哥的死和我有关？你恨我吗？你真的恨我？”

他越说越快，几乎喘不过气，心口被疯狂涌动的情绪填满了，连呼吸都渐渐变得困难。他像个受尽了委屈但又无人谅解的孩子，除了诘问，不晓得还能做什么。

“大哥没有死。”贺兰砜一字一字道，“我们都回到了血狼山。卓卓也很安全，大哥和朱夜在一起，他们还有了自己的孩子。大哥只是当时受了重伤。”

靳岄怔住了：“受伤……和我有关？”他用湿漉漉的手擦去眼泪，红眼睛瞪着贺兰砜，等待他的答案。

贺兰砜只觉得眼前的靳岄让自己心里发疼：“有人告诉云洲王，我和大哥会从英龙山脉离开。”

“你怀疑我？”靳岄又气又急又悲，语无伦次，“不是我……不可能是我！你怎么会怀疑我！我不会……你怎能……”

“对不起。”贺兰砜说，“我信你。”

他胸口那淤积不去的阴云此时此刻才终于消散。

靳岄抓住他的头发，用真正凶狠的声音说：“贺兰砜，你即便怀疑世上所有人，都不能怀疑我！”

贺兰砜：“嗯。”

靳岄仍流着眼泪：“你若再用箭伤我，我不会再见你，也不会原谅你，我到死都会恨你……不，你若再怀疑我，我便杀了你。”

贺兰砜：“好。”

他背靠一株海棠树，听着靳岄低低的呜咽之声，深吸一口气，双手有些颤抖。

漫长的风雪和冰冷的月色都被抛在身后，他骑着飞霄穿过偌大的驰望原，穿过荒无人烟的草原和戈壁，漫漫千里，只是为了抵达此时此刻的燕子溪，同眼前的人说一句话。

水面、树梢，万千小灯摇曳闪烁。岳莲楼与章漠一坐一站，正在不远处的屋顶眺望燕子溪情景。

“你可真是坏心眼。”章漠说，“明明知道贺兰砜来了梁京，却又不肯和他见面。”

岳莲楼手持一根长烟管，长发疏松扎在身后，姿态慵懒，闻言笑道：“寻常见面多没意思，总得整出些趣味来。也是这两人有缘分，不必你我暗中指引，这么长一条燕子溪，这么多人的灯会，居然也能遇上。”

章漠又问：“你挂在灯楼上那两句诗什么时候取下？”

岳莲楼：“你不喜欢？”

章漠：“看的人太多，不喜欢。”

岳莲楼笑着招手让他坐在自己身边。两人也不说话，只静静俯瞰梁京满城繁盛灯火，偶尔瞥一眼海棠树下的两个人影。

灯会结束，灯市上的人也渐渐散去。有衣衫褴褛的乞丐汇集到燕子溪下游和沐清池，从莲花小灯里捡拾铜板。贺兰砜跟靳岄说自己去仙门所为何事，靳岄看着眼前在水中扑腾搜寻的老老少少，心里很难受。

“盛世常有可怜人。”靳岄说。

他心里还有一些怨气，不可能因这一面就彻底消除，尤其在知道贺兰砜竟然怀疑自己之后。贺兰砜把水晶糖枣递到他嘴里，又拉他起身，沿着街道往前走。靳岄察觉，这是去外城的方向。

“你住在外城？”他忽然想到一件事，“你一个人来的？”

“不止。”贺兰砜侧头低声道，“还有一个人也和我一起回了梁京。”

靳岄微微睁大眼睛，贺兰砜说的是“回”。

“你姐姐可是叫靳云英？”贺兰砜说，“和你长得有三四分相似，尤其是眼睛。”

靳岄握着的手掌忽然生出一股前所未有的力气，攥住他的手。靳岄失声：“你找到她了？！”

“她活着，受了一些伤，但现在很精神。”贺兰砜说，“我带你去见她。”

靳岄又喜又惊，孩子般的雀跃和快乐混着眼泪，他表达不出心中狂喜，拽着贺兰砜的衣袖催他快走。

“而且她也非常喜欢我。”贺兰砜正儿八经地强调。

靳云英这一夜睡得并不安稳。她自从回到梁京，没有一日是平静的，今夜中秋，外间总有孩童吵嚷，还有焰火炮仗之声，令人难以入眠。

起身走到院子，她在廊下看见宁元成，宁元成正点着灯烛在小院子里看兵书。

“贺兰砜呢？”靳云英问。她又想跟贺兰砜说说靳岄的事情了。

“出门去了，他没见过梁京中秋的灯节，估计是去凑热闹。”宁元成活动手臂，“英姐，我再过半个时辰就得走了，宫里还有事情。贺兰砜他晓得时间，会回来的，你莫担心。”

靳云英笑道：“我不担心，你们都很好。”她只是心中总有些忐忑不安，几丝焦躁萦绕，说不出是什么滋味。

灯火此时渐渐熄灭消散，头顶硕大圆月的光辉才亮堂起来。靳云英低头看宁元成手中的兵书，发现这竟是靳明照写的《西境十年问对》。她记得此书小时候靳岄也常常翻看。

正说着话，院门忽然被推开。门外站着一位靳云英熟识的青年。一别许多年，她的弟弟被驰望原的风雪打磨，天真稚嫩之气褪去，不像靳明照，也不像世上任何一个人——他和靳云英想象的一样挺拔、俊雅，有任何梁京士子身上都找不到的英朗气质。

靳云英霎时如在梦中。那青年直冲向靳云英，紧紧抱住她。姐弟俩没说一句话，却几乎同时流下泪。

宁元成缩进了房间，院里其余守卫的兄弟也默默潜回暗处。贺兰砜走出小院，关了木门，把不大的院子留给姐弟两人。

孩童和看灯的人们已经四散而去，周围静谧异常，从街上传来的脚步声愈发清晰。贺兰砜鼻尖忽然掠过一阵香风。他条件反射地捂住鼻子，后退举起手中的剑。

岳莲楼偷袭不成，笑道：“好久不见你，亲近一下又何妨？”

贺兰砜：“你……”

话音未落，岳莲楼脸上笑容一变，手像蛇一样掠过他的腰侧。贺兰砜伸手一擒，抓了个空，腰上的熊皮小刀已经被岳莲楼夺走。

岳莲楼晃着那柄小刀，冷冷道：“原来这玩意儿是被你捡走了，累得我在仙门大雨里找了三日三夜，靳岄还差点儿对我发火。”

贺兰砜：“我不知道。”

“靳岍原谅了你，我可没有。”岳莲楼上上下下打量他，“碧山码头上那支高辛箭，射得可真准。你如今办好自己的事儿，屁颠屁颠跑回来，靳岍惦记你，他不生气，我不行。纵然发生了天大的事情，你也不能这样对他。你怕是不知道，因你那一箭，他这一路回来受了多少苦，高热不退，浑浑噩噩，吃不下睡不着，醒了就逮住我和陈霜问，为什么你想杀他。”

贺兰砜垂下眼皮，静静听训。

岳莲楼收起小刀：“对了，节哀。待我以后有空，我去驰望原拜拜你大哥。”

贺兰砜：“他没死。”

岳莲楼一惊：“什么？”

贺兰砜便简单把当日碧山城发生的事情告诉岳莲楼。当说到兄弟俩遭遇埋伏的虎将军，贺兰金英受了重伤，又有都则在旁说话时，岳莲楼咬牙笑了：“好哇，你以为靳岍告密？”

他背着手走来走去，怒道：“你若对他有半分怀疑，那就是辜负了他对你的一片真心。贺兰金英是吧，我知道他肯定也煽风点火了，他一直不乐意你和靳岍来往，碰到这样天降的机会，不搞点儿事情简直不像他的性格。他还抢了我的朱夜！”

章漠正巧走到，随口问：“你的朱夜？”

贺兰砜此时才注意到章漠。他与章漠相互微微颔首，见岳莲楼蹭到章漠身边辩解朱夜与自己只是挚友，便隐隐猜到眼前青年的身份。他对章漠有着更多的好奇，从靳岍、远桑和岑煅口中听来的大瑀江湖气度，似乎应该落在章漠这样的人身上。眼前的青年如同一竿翠竹，眉眼中自带峭然之色，仿佛胸有万里乾坤。

若有章漠和岳莲楼两人同时在前，即便三岁小儿也会懂得，章漠更加可靠。

贺兰砜朝他作揖行礼，他也礼貌地自报家门：“久闻贺兰公子大名。在下明夜堂章漠。”

头一回有人称贺兰砜“公子”，贺兰砜不晓得怎么回，半天憋出一句：“多谢两位照顾靳岍。”

岳莲楼笑道：“多谢？你是靳岍什么人啊？你凭什么多谢？脸可真大，我都能在你面皮子上跳舞了。”

贺兰砜看章漠，发现章漠没有劝阻的意思，反倒微微笑看岳莲楼。

他迟疑片刻，认真道："我知道我错了。你骂我，打我，都可以。"

贺兰砜不多话，但话一说出口，就有斩钉截铁的味道。岳莲楼被他噎了一下，本想再讽刺几句，又不好继续讲了。屋面几声轻响，潜伏在小院周围的兵士举箭防御。贺兰砜抬头一看，连忙阻止："自己人。"

兵士收箭时，陈霜飘然落地。他满头冷汗，咚地就要朝章漠下跪："堂主，陈霜疏忽……"

章漠托住他手肘，陈霜便跪不下来了。"无妨，今夜是莲楼和我出门看灯，顺便代替值夜的人罢了。"章漠说，"灯好看吗？"

"不好看。"陈霜连忙说，"以后再也不看了，一定死死守在小将军身边。"

岳莲楼笑道："陈霜啊，这是堂主，不是灯爷。堂主不会阴阳怪气地说话。"他顿了顿又问，"你今日是跟姑娘一块儿看灯？"

陈霜："是纪春明的姐姐。"

岳莲楼："怎样的女子？好看吗？"

陈霜："世间罕见的好姑娘。"

岳莲楼一拍手掌："妙呀！所以你……"

"所以我不害人。"陈霜说，"我跟她说清楚了。"

贺兰砜看看陈霜，又看看岳莲楼和章漠。这番谈话似乎只有他被隔绝在外，全然听不懂陈霜话中之意。岳莲楼叹了两声，张开手臂，陈霜躲避不及，被他结结实实揽住肩膀。

院门"吱呀"一声打开，宁元成走出门。"换班了。"宁元成看了看周围几个陌生江湖客，"我回宫里去。"

贺兰砜简单把章漠介绍给他，宁元成十分惊喜，握住章漠的手不放："明夜堂堂主！久仰久仰！《侠义事录》每一本我都看了！"

他性格活泼，三言两语就与章漠约定了改日去明夜堂拜访。贺兰砜静静旁听，心中对宁元成生出十二万分的佩服。

章漠和岳莲楼与陈霜说了些闲话便告别了，小院外只剩贺兰砜和陈霜。贺兰砜此时才发现，陈霜不仅一句话不跟自己说，甚至没瞧过自己一眼。

靳岄姐弟俩有许多说不完的悄悄话，但靳岄不能久留。他现在还住在岑融为他置办的府宅里，出入去留都有人看着。靳岄和姐姐辞别，又低泣一回。他和贺兰砜重逢，是回到了驰望原那段日子。而与姐姐再见面，他便不是小将军，不是岑融的附庸，不是质子，只是清苏里靳府的靳子望。所有的盔甲、防备都尽可卸下，他靠在靳云英肩膀上，想起了母亲和旧日许多温暖的日子。

走出一段后回头，贺兰砜和靳云英仍在小院门口张望。靳云英朝靳岄挥手，靳岄实在留恋，一步都不舍得走，踟蹰起来。

贺兰砜忽然跑过来，小声说："快回去吧，我明日去找你，到时候你再好好骂我。"

靳岄："好。"

贺兰砜："用箭刺我。"

没见到姐姐之前靳岄还带着几分怨气，可贺兰砜把姐姐也带到他身边了，靳岄心里所有不忿和怨怼全部烟消云散。那一点儿伤口算什么，就连当时痛苦得几欲绝望的心情似乎也被喜悦稀释了。

靳岄笑着看贺兰砜："谢谢你。"

贺兰砜回到靳云英身边，靳云英自然问他说了什么。"我说你若不走，英姐便会一直在外头站着。她重伤才愈，身子虚弱，这样不好。"贺兰砜说，"靳岄在意你，他会听的。"

靳云英微笑点头，但想想又问："是吗？那靳岄的随从为何要瞪你？"

贺兰砜把她带回院中："我做错了一些事情，他憎我。"

与靳岄回家的路上，陈霜连打几个喷嚏，心想定是贺兰砜正与姐姐说自己的坏话。靳岄鼻子也有些酸痒。之前跳进燕子溪里，鞋袜湿透，方才心情激动时还不觉得有异，现在被风一吹，凉得他发颤。

令他心中沉重的，是与游君山相关的事情。封狐城发生的异变与靳岄这头的观察推测相结合，靳岄确定，游君山就是金羌的细作。

这个事实实在太令他难过，他一路沉默不语。

陈霜问他贺兰砜为何出现在这里，靳岄简单说了。"不是你泄露的，那是谁讲的？"陈霜不解，"他们会走英龙山脉密道一事，我和岳莲楼甚至都不知道。"

"知道此事的只有我、贺兰砜兄弟俩，还有远在血狼山的朱夜。"靳岄回答，"甚至连阿苦刺也是被朱夜引领前去，没有任何人会告密。"

陈霜欲言又止，靳岄知道他的意思。

“没错，最有可能泄密的人是我。”靳岄说，“可我确实从未……从未……”

他忽然站定，一种可怕的猜想袭击了他。

“靳岄？”陈霜忙问，“不舒服吗？”

霎时间，毛骨悚然的感觉控制住靳岄。他回忆起在碧山城与岑融见面时自己说过的一切。

他确实没有告诉云洲王，贺兰砜兄弟会在刺杀之后借助英龙山脉密道离开。但他却曾经与岑融无意说起，英龙山脉中有一条密道，连通大瑀和驰望原，不需经过江北十二城就可以离开。当时他还不知道贺兰砜兄弟的刺杀计划，也不知道他们会从密道逃离。

“你怎么了？”陈霜又问。

靳岄脸色苍白，下意识攥住左手的伤疤。久未疼痛过的奴隶印记一跳一跳地耸动，那道箭伤也在隐隐发麻，令他害怕。

贺兰砜那一箭，原来没有射错。

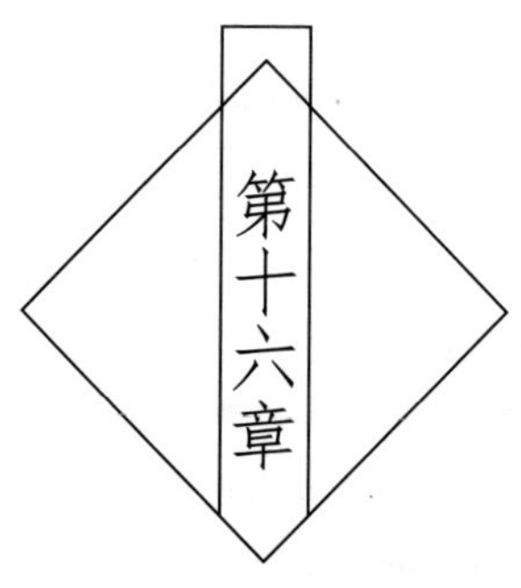

释然

第二日下着小雨，贺兰砜去找靳岄，很是花了一番工夫。

那宅子是岑融的，他不能贸然进入，由陈霜出门找他。贺兰砜对陈霜恭恭敬敬，陈霜依旧是一张冷淡的脸，命他戴好笠帽做伪装。看门的人果真询问来历，陈霜简单道：“这位是明夜堂的人，与小将军商量些事情。”

那人见贺兰砜高大强壮，腰上佩剑，背后负弓，犹豫着放行。

走入院中，见左右无人，贺兰砜才问：“你们住在这里，不是客人吗？怎么反倒像是被看管起来了？”

“以前倒还自由，最近不成了。”陈霜说，“难道你以为靳岄回到梁京，是来过舒服日子的？”

贺兰砜：“不，我知道你们都不容易。”

陈霜回头看他一眼：“他在里头那小院子里，我在外面守着。”

贺兰砜摘了笠帽：“等很久了吗？”

陈霜：“知道你会来，他一早就等着了。”

院子十分雅致，池塘、假山石俱全，池边两棵石榴树，榴花早谢了，拳头大的红石榴压得枝条低垂。石榴树旁是一座小亭，亭中竹桌竹椅，小炉火烹着茶，靳岄正抬头看他。

贺兰砜站在院门口，看见靳岄遥遥望向自己，忽然生出几分陌生的怯意。他拍拍前襟，稳住脚步，慢慢朝靳岄走去。靳岄见他古怪，起身笑问：“怎么了？

刚刚不是一路跑过来的吗？我都听见了。”

贺兰砜紧走几步，站在他面前，抬手拨了拨靳岄肩上的发丝，轻声道：“我来啦。”

靳岄今日看起来并没有昨夜的欢喜：“等你很久了。”

大瑀茶水和北戎油茶大不相同。贺兰砜记得在北都生活时，靳岄曾在街边铺子买过碎茶叶，还认认真真在家中煮茶请众人品尝。包括卓卓在内的所有人都不喜欢茶水的甘涩味道，只有他一杯杯地牛饮，喝完还要被靳岄说他不懂品尝。

“水沸如蟹眼，移瓶去火，茶汤此时最嫩。汤嫩才有茶甘，这是点茶之法。”靳岄一一跟贺兰砜解释，贺兰砜不懂品茶，他觉得自己这根舌头也尝不出什么精细绝伦的味道。与喝茶相比，看靳岄有条有理地煮茶有趣得多。他说些封狐城的事情，说些血狼山的事情，还有都则莫名其妙的死，浑答儿与青鹿部落首领的女儿成亲，那女子非但不丑，还是位相当厉害的打猎好手。

“若不是卓卓告诉我，我还不晓得阮不奇居然能说话。”贺兰砜说，“她教了卓卓许多古怪的东西……大瑀歌谣卓卓大都忘记了，可骂人的话记得极牢。”

靳岄大笑：“人之常情！”

他又说在金羌遇到阮不奇和白霓，还有与喜将军的会面。靳岄渐渐听出异样：“你真的要加入西北军，上阵杀敌？”

贺兰砜：“嗯。”

靳岄把茶碗放到他面前：“为什么？你不是想一人一马闯荡天下？怎么突然想起要参军？”

“在西北军里服役才能打金羌人。”贺兰砜说，“杀喜将军，为你报仇。”

靳岄顿时怔住。

“我抵达封狐城那日是大瑀人的中元节，许多人在城外祭拜靳将军。能被这样多的人牵挂，这辈子才算不白活。”贺兰砜又说，“除了为你报仇，我也想试试，我想知道在我死后，是不是仍会有人记住我贺兰砜的名字。”

靳岄：“你好好地当你的高辛王，在血狼山上保护高辛族，一定能被人记住。”

贺兰砜：“血狼山没意思。”

靳岄被心头愧疚烧得难受，扭头道："对不起，是我说的。"

贺兰砜一怔："什么？"

靳岄："你们要从英龙山道离开这件事，是我告诉岑融的。岑融一定是把这作为交换条件告知云洲王，所以云洲王才肯放我离去。"

贺兰砜扣紧他的手臂："你是怎么说的？"

当日为了跟岑融说明现状，靳岄透露英龙山脉有密道可以让自己离开北戎，回到大瑀。此话不过一语带过，谁料岑融居然牢牢记在心中。当时贺兰砜还未把刺杀哲翁的计划告诉靳岄，岑融这人心思细密狡黠，定是得信之后推测揣摩，猜到了他们的逃脱路径。

贺兰砜沉默听着。

此事真相他早有过许多揣测。昨夜听见靳岄说不是自己做的，他几乎没有瞬间犹豫，立刻就信了。今日再听靳岄细说，贺兰砜心中并没掀起太大波澜。

在他决定离开血狼山前往大瑀寻找靳岄的时候他就已经做出了决定。哪怕是靳岄说的，他也仍然要去靳岄身边。他表达感情从来直截了当，怀中热情不因为靳岄犹豫、迟疑而有半分减损，此时此刻再重剖真相，不过是让他把自己心中所思所想认得更加分明罢了。

看着眼前极力说明的靳岄，贺兰砜心中生出陌生而奇特的柔软感情。他的月亮正在竭力地陈述自己的罪过，好让他干干脆脆地恨他。

贺兰砜一直想知道靳岄被自己射伤之后是怎么度过的。靳岄常常因为别人的痛苦而饱受折磨，对自己的痛苦却并不多言。从碧山城码头到梁京，路途漫长，他是怎么熬过来的？他会哭吗？他会和自己一样在长夜里辗转无眠吗？他也会常常在眼角余光里看见熟悉的影子，会把所有体貌近似的人认作勒玛吗？

贺兰砜以为只有了解靳岄的痛苦，才能确认靳岄对自己的心意是如何强烈。但他现在忽然对过去的事情失去了探问的兴趣。他看到靳岄腰侧的鹿头，金色的裂纹完整地留存了高辛箭击碎的痕迹。他握住那颗鹿头，像攥住了靳岄的心，热烈坦率，是他最喜欢的驰望原的风。它能吹走一切过去的尘埃。

贺兰砜端起茶杯，敬酒似的在靳岄面前一递。他认真而直接："高辛人不怨恨自己的勒玛，没有人愿意抛弃自己的心。勒玛活着，我就活着。勒玛伤心，我也伤心。这事不是你的错，我有我应该去面对的仇人。"

“不怪我？”

“我不是为了责怪你 ，才来到这里的。”贺兰砜看着他的眼睛，一字一字说。

小雨渐渐大了，小院中传来一声叹息，还有纸伞撑开的细小声音。

亭子只有四柱，周围开敞。岳莲楼左手撑一把赭红色纸伞，伞上绘着几尾疏落小鱼，右手拿着半个石榴，手指正一颗颗把石榴子推进池塘喂鱼。

贺兰砜：“……”

靳岄：“岳莲楼，你什么时候来的？”

岳莲楼：“从贺兰砜说‘杀喜将军，为你报仇’开始。不好意思，雨太大我才撑把伞，不会打扰你们，继续继续。”

靳岄抬手邀请：“进来喝茶吗？”

岳莲楼把石榴扔进池塘：“不了，我嫉妒。”

靳岄：“跟堂主吵架了？”

岳莲楼：“没有，不过他出门不肯带我，这趟远行要一个多月，我不高兴。”

一问之下才知，章漠居然启程去了赤燕。南境的分堂传来消息，探到了靳岄母亲岑静书的踪迹。

“还有这个，我们堂主给你的东西，快穿上试试。我先把你这乡下土小子装扮成大瑀人，再让靳岄带你去鸡儿巷开开眼界。”靳岄和贺兰砜和解，他心里还存着点儿怨气，解开包袱时摇头晃脑，“人靠衣装马靠鞍，可也有句话叫穿龙袍也不似太子。高辛人穿咱大瑀的衣裳，必定怪里怪气不像样。”

贺兰砜：“我在仙门穿过。”

岳莲楼怒道：“街边买的破衣裳，能跟章漠赠你的相比吗？”

他说着已从包袱里抖搂出一件衣裳。

贺兰砜见靳岄穿过大瑀衣装。大瑀衣装与北戎装束有极大不同，用大瑀学者的话来说，便是“礼从先王冠服，得辨胡夷”，他们推崇的是正冠、衿服的衣装，同赤燕的开敞、北戎的厚重并不一样。

靳岄跟贺兰砜说过许多衣服冠帽的事情，贺兰砜记住了不少，但理解得不多，大概都是些不能衣墨紫、不能用珠玉金银当装饰之类的繁缛规定。有时候又强调女子不能使用过分夸张的璎珞项珠，更有仔细的，要求梁京的士人庶民禁穿靛蓝色底、黄色花纹衣服，衣服上更不得添加白色点缀与柳叶纹路。

贺兰砜当时便问："这么严格？大瑀人真是辛苦。"

靳岄却大笑："规定得越是严格，越不会有人遵守。百姓喜欢，穿着舒适，行动方便，哪里管这么多纲常之论。大臣们上朝议政，有时也会互相指责别人穿的衣服不合适。官家是一概不理会的。"

贺兰砜当时回他一句："真是麻烦。"靳岄连连点头。

岳莲楼拿来的衣裳样式与靳岄所穿的长襦近似，但质地硬挺，腰带一束，贺兰砜整个人愈发显得英姿飒爽，比他穿蛮军细银鳞盔甲的模样更俊朗高大。

两人回到院中时，小雨还在下。岳莲楼和进来说话的陈霜见到一身新装的贺兰砜，都是一愣。"好哇！"岳莲楼拍掌笑道，"今儿我带你们俩去鸡儿巷，准能把春风春雨楼所有姑娘都引过来。"

这是极其难得的一天。陈霜起初不愿意同行，但见靳岄兴致勃勃，只得抄起纸伞跟上。他撑一把，岳莲楼也撑一把，贺兰砜和靳岄共举一伞，走在他俩前头。

雨水带来清凉，秋风舒适，街上有寥落黄叶纷飞，庶民、士子纷纷来去。雨雾和雨伞遮挡了别人的视线，没人晓得贺兰砜是绿眼睛的高辛邪狼，这伞下只是两个寻常好友，并肩前行而已。

"这铺子卖的樱桃煎不错，若是换桂花蜜，便更好吃了。"靳岄说，"不过太甜，你可能吃不惯，卓卓倒是会喜欢。"

贺兰砜："嗯，我吃过。"

靳岄吃惊："什么时候的事情？"

贺兰砜："去仙门之前。我以为你在梁京，特意在城里逛了几圈，可没遇见你。我还在你家门口放了天灯。"

晃荡半日，终于走到鸡儿巷附近，岳莲楼兴奋不已，撺掇众人随自己前去开开眼界。鸡儿巷这里新开了一间春风春雨楼，据说有漂亮姑娘也有英俊汉子，岳莲楼从它开张第一日便登门吃酒，如今已是春风春雨楼的常客。

"春风春雨楼与回心院有什么不同？"贺兰砜问，"除了跳舞弹琴，还有什么？"

"这你就不懂了，春风春雨楼里能做的事情可太多了。回心院是歌寮，虽然也算青楼，但始终比不得春风春雨楼旖旎多色。”岳莲楼喜滋滋道，“请吧，各位。”

四人已站在那小楼前，楼上莺声软语，和别处倚门靠窗招徕客人的勾栏瓦肆有几分不同。靳岄看着楼上“春风春雨”四个大字心想，或许是因为现在还是白天，等夜幕降临，再怎么高雅的青楼，也同鸡儿巷里其他地方一模一样。

贺兰砜对自己没见过的所有东西都好奇，他和靳岄跟着岳莲楼走进去，回头时却发现陈霜站在外头，根本没动。

“不去了。”陈霜说，“我不喜欢这地方。”

岳莲楼挠挠头：“只是瞧瞧，不用做什么。”

陈霜踟蹰片刻，靳岄忽然拉着贺兰砜退了出来。“青楼也没什么可玩的，”他又回到雨里，“咱们不如去吃羊汤？陈霜找到一家新开的羊汤面店，特别好吃。”

陈霜知靳岄顾念自己的不乐意，迟疑一阵之后轻叹：“对不住，是我一直没跟你们提过，我母亲同样是做这种生意的。家里没有男人，女人又不得出海打鱼，为了活下去，只有开门接待海客。”

贺兰砜认真看陈霜，与靳岄静静听着。

“我不喜欢这种地方，每每来到此处，我总是……很不舒服。”陈霜道，“你们去吧，我随便逛逛就好。”

靳岄却立刻揽着陈霜的肩膀道：“不去了，咱们都不去了。今日我和贺兰砜请客，咱们把上回那烤羊腿再点一次，我记得你喜欢吃的。”

三人牵牵拉拉往前走，岳莲楼轻轻落在他们面前，拦住了众人的脚步。他先瞪了陈霜一眼，随后才小声说：“别走。我们来这儿是办正经事的。春风春雨楼里有一对双生姐妹，是赤燕人。就是她们带来了你母亲的讯息。”

靳岄大吃一惊，陈霜也顾不得自己的别扭，忙道：“那咱们进去吧。”

岳莲楼一把拉着陈霜往前走，大手扣住他手腕，嘀嘀咕咕地教训起他来。贺兰砜和靳岄走在后面，春风春雨楼里的人全都认得岳莲楼，见他带来了三位俊俏男子，纷纷欢喜地嚷起来，很快便有几个美丽的姑娘贴了过来。

岳莲楼要了个房间，开口就道：“瑞草和瑞火有空吗？”

很快，两位面貌、身材全都一模一样的姑娘袅袅娜娜走进来。靳岄大吃一惊，他立刻想起每年梁京灯节上，赤燕大象上坐着的异族女子。

赤燕人肤色略黄，双目细长，眉梢高挑，自带风情，又因赤燕炎热，赤燕人衣着只求清凉爽快，与讲究礼数、包裹严实的大瑀人完全不同。瑞草、瑞火行止坦荡，胸口薄衣大敞，坐下后跷起长腿，目光缓缓扫过他们的脸庞。

岳莲楼介绍两位女子，瑞火搭着他肩膀："厉害啊岳莲楼，带来了这么多俊俏哥哥。"

靳岄细看二人装束，插嘴问："你们的颈环和臂环，跟赤燕象队里看到的十分相似。"

瑞草笑问："你认得出来？"

靳岄："我外婆是赤燕人。虽然母亲和我都没见过她，但母亲看过许多赤燕的记载。能坐在赤燕大象身上的少女和少年，全都经过精心挑选，一是童男童女，二是血脉、生辰年月与赤燕传说相符。大象在赤燕被称作圣象，不是人人都可以骑行触碰的。你们颈脖、上臂的银环刻有赤燕神鸟白梅燕，不可轻易摘除。"

瑞草与瑞火很是惊奇："你真厉害，这都能看得出来。"

靳岄欲言又止，陈霜代他问："既然是童男童女，怎么在鸡儿巷做起了生意？"

瑞火托着下巴长叹，跷起长腿晃荡："这个哥哥说对了，大象在赤燕被称作圣象。我们这些人，命运与圣象相连，圣象死了，我们也要陪葬。"

瑞草接话："谁都不想死，既然这样，只能逃到别处。"

靳岄和陈霜几乎同时出声："仙门？！"

两张漂亮的脸露出一模一样的笑容："对，死在仙门关的那头象，就是我俩要侍奉的圣象。"

第十七章

圣象

赤燕人奉白梅燕为神鸟，奉大象为创族之神。传说赤燕人祖先来自若海，他们骑着身长双翅的巨象，以此为舟，横渡若海抵达陆地，从此落地生根，繁衍生息。

赤燕地处湿热环境，林木茂盛，象族繁衍，赤燕王族常驯养大象为坐骑。瑞草和瑞火姐妹俩从出生开始便被赤燕王族选作奉象使。奉象使由王族抚育长大，终身侍奉圣象，圣象若死，这头象的奉象使全部入墓殉葬。

死于仙门的圣象是赤燕国派往梁京参加节会的大象之一，急病暴亡。这头大象共有十位奉象使，随队前来的有五人，包括瑞草、瑞火姐妹在内。大象彻底断气那晚，五位奉象使立刻被使团的人严密看管起来。

“算是问天宗的人救了我们。”瑞火说，“问天宗发现大象死了，花了大价钱买下尸体。但那尸体太大了，一直堵在仙门关也不行，道路不通。问天宗的人让赤燕使团把大象移动到道旁。没有人想死，尤其是死在异国他乡。趁着一片混乱，我们五个人偷偷逃了。”

逃走的五位奉象使并无去处，他们只知道梁京繁华美丽，便全都到梁京来谋生，瑞草和瑞火辗转来到了春风春雨楼。

瑞草看向靳岍：“你们要找的大瑀妇人，我俩确实见过。”

圣象生活在森林里，奉象使则居住在象宫之中。象宫地处偏僻，景色瑰丽，是王族休憩的地方。姐妹俩在象宫里见过赤燕王族带来的大瑀女人。

她俩不清楚那女人的身份，只知道赤燕王族对那妇人十分尊重。妇人面貌隐约带有赤燕人特征，比如她的一双凤眼，但肤色比赤燕人白皙，行动举止娴雅，对待下人也温声细气。奉象使从小学习大瑀话，她们能跟这妇人聊上天。妇人在象宫住了半年，把身体将养好了才离开。

“她还教我们这首歌哩。”瑞草小声哼起一个曲调，“我们都觉得不好听，她说若是我们有幸被选中，可以去梁京，记得要在梁京唱这首曲子，梁京人最喜欢听。”

贺兰砜立刻听出，这是靳岄教过他的《燕子三笑》。

“她人非常好，常和我们说话。”瑞火说，“但我们来了梁京，去看了她说的清苏里靳府，也没多漂亮。”

明夜堂能捕捉到这个讯息实在是极其偶然。岳莲楼到春风春雨楼吃酒，临走时发现没带银两，只得叫人去明夜堂找章漠付钱。沈灯当时正在明夜堂里，便揽了这个麻烦差事。他来到春风春雨楼时，岳莲楼正跟瑞火、瑞草姐妹俩又唱又舞。沈灯年长，一下听出这双生姐妹唱的竟是如今已没多少人晓得的梁京旧曲《燕子三笑》。他仔细一问，才知道这后面还有许多故事。等到问出那妇人长相以及她手上佩戴的一串金环，沈灯猜测，此人极可能是顺仪帝姬岑静书。

“那串金环是我外婆遗物，赤燕王族的记认。母亲从小戴在手上，是取不下来的。”靳岄向贺兰砜解释。

沈灯和岳莲楼把消息带回给章漠。明夜堂诸人中，只有章漠和岳莲楼见过岑静书，章漠决定将岳莲楼留在梁京，自己亲自前往赤燕查探消息。

“赤燕无论是地形环境还是族人分布，都非常非常复杂。它跟大瑀、北戎完全不一样，几乎没有独立的城池，明夜堂至今无法在赤燕建立自己的势力，只有一个松散的南境分堂。”岳莲楼说，“想融入赤燕很不容易，你不懂他们的习俗、传说、禁忌，就算你懂得了，他们也不乐意接纳一个外族人在自己的地盘上走来走去。况且深山密林，毒虫毒草，赤燕也有自己的江湖帮派，武功术法十分古怪，与大瑀武林完全不一样，要查探消息不是那么容易的。”

贺兰砜静静听着，又对章漠生出许多钦佩与向往。

了解了情况后，众人与姐妹俩告别。陈霜笑道：“如今知道你母亲安然无恙，姐姐也回到了梁京，您心头的大石总算可以放下来了。”

“我有一件事不明白。”贺兰砜忽然开口，“你阿妈既然康健，为什么她在赤燕逗留一年多，却不肯传回哪怕一个消息？赤燕使团来了梁京又走，他们没带来任何口信？”

靳岄点头：“所以我娘只是平安，却并不自由。”

陈霜一怔：“你是说，赤燕王族扣下了顺仪帝姬？”

靳岄认为，岑静书在赤燕的现状其实并不乐观。岳莲楼和章漠虽没说出口，但心中隐约有数，这也是章漠必须亲自去赤燕的另一个理由。岑静书很健康，能说话，能行动，可她始终处于赤燕王族的控制之下。她教奉象使《燕子三笑》，告诉奉象使梁京清苏里有靳府，全是在暗暗地传递信息。

“这事情目前只有明夜堂和我知道？”靳岄问。

岳莲楼点头：“准确地说，这事情只有现在的我们几人，以及堂主和沈灯知道。”

贺兰砜忽然问：“我可以跟岑煅说吗？”

“不可以。”靳岄立刻回答，“你也别跟姐姐讲，我会自己告诉她。”

贺兰砜：“岑煅是好人。”

靳岄：“他是梁太师的人。”

贺兰砜：“他不是。他很讨厌梁太师。”

靳岄还不能完全确定岑煅对梁太师和问天宗的事情一无所知。他必须更加谨慎。

贺兰砜又说：“他把你的姐姐带回了梁京。”

靳岄有些气急：“你现在还不懂吗？这梁京城内人人相互算计，我帮你，你帮我，往往另有所图，没有人是心思单纯的。你若还是不明白，你就想想云洲王，想想岑融。岑煅身为大瑀五皇子，从小在宫中长大，若真是白纸一般的人，他能活到现在？”

贺兰砜不明白他为何忽然情绪恶劣。陈霜和岳莲楼各退两步，装作听不见。贺兰砜想了又想，说：“章漠一定能把你阿妈顺利带回来。”

靳岄紧紧抿着嘴。贺兰砜看着他又道：“梁京很好，可我不喜欢。”

靳岄一愣：“为什么？”

贺兰砜：“你在这里过得不高兴。”

靳岄心头一软，低声长叹：“对不住。我知道你欣赏岑煅，我不该那样说。”他心里浮起难以言说的惆怅，贺兰砜要跟着岑煅，而他被岑融保护着。

贺兰砜忽然问："你想不想和岑煅见一面？"

皇宫中，岑煅与宁元成匆匆走过朱红色回廊。

杨执园紧跟在后："五皇子，你迁怒御医也无济于事啊。"

岑煅恼急："杨公公，五个御医，五种说法！爹爹已经病重成这样，却连一个确切的疗方都没有！养着这帮废物有何用处！"

话音刚落，另一头匆匆走来一行人，为首的正是岑融。

"五弟，怎么了？"见他焦灼，岑融忙上前询问。

"三哥。"岑煅把他拉到一旁，"御医无用，我们不如去民间寻医问药？天下之大，总能找到隐世神医来断爹爹的难症。"

"五弟少安毋躁。你所想的我早已派人去做了。那民间的神医也悄悄寻来了三两位，但所说之话，跟御医并无多大差别。爹爹年事已高……"岑融顿了顿，低声道，"爹爹常常思念你，既然回了梁京就多来看看他吧。"

冷静下来的岑煅又恢复了以往的寡言，沉默许久才开口："回来这几日，我并不能适应。爹爹对我太亲近，太好了。我甚至以为，他是不是病得糊涂了，才把我错认作大哥。"

"五弟！"岑融压低声音呵斥，"不要胡说！"

两人又说了几句闲话，岑融找了个恰当的话头问："听说你这次回来，跟兵部申请要征异国人为将士？"

"也就一个而已。"岑煅说，"一个绿眼睛的高辛人，身手了得，又有赤子心肠。高辛人对北戎、金羌都没有归属之心，我欣赏他的品性与武艺，打算让他在我身边做个校尉，跟元成一样。"

岑融心中一动："高辛人？"

他正要再问，岑煅忽然抬头看向他身后："是游校尉吗？"

紧跟在岑融身后的游君山连忙踏步往前："游君山见过五皇子。"

"不必多礼。"岑煅笑道，"我与你见过的，你可记得？"

游君山："记得。"

岑煅对岑融解释："靳将军还在的时候，我偶尔去他家向他请教调兵遣将之法，见过游校尉几次。听闻游校尉从白雀关死里逃生，如今可将身子养好了？"

游君山又作揖："已经好了，谢五皇子关心。"

岑煅问："你夫人白霓将军如今可好？听闻她送靳岄去北戎，如今靳岄回来了，不知她在哪里？"

游君山迟疑片刻，低声道："拙荆……至今下落不明。"

岑煅装作吃惊："在北戎失踪了？"

岑融看看他，又看看游君山："五弟，别问了。君山与白霓感情笃深，别勾起他的伤心事。"

岑煅点点头，问："游校尉有什么想要问我的吗？"

游君山满头雾水，回道："君山惶恐，五皇子可是有什么要嘱咐君山的？"

岑煅笑笑："你知我从封狐城回来，怎么就不问问封狐城、白雀关和西北军如今的情况？"

岑融靠在栏杆上，有几分看好戏的兴致，目光在游君山脸上打转。

游君山抬头道："五皇子言重了。末将人微言轻，怎能跟五皇子随意谈论边境军情。"

岑煅："我曾去过金羌，并当面见过喜将军。"

游君山正低头作揖，身姿纹丝不动，无人看见他目光中掠过一丝惊悸。

紧接着便听岑煅又说："此人果真有一张碎脸，看来传言非虚。不知三哥可曾听说过？"原来是对岑融说的话。

岑融把这话题抛回给游君山："君山，你见过喜将军雷师之吗？"

游君山："只在战场上遥遥见过，看不真切。"

岑煅："游校尉不必总是低着头，我与三哥都是行伍中出来的人，你自在些便是。"

游君山便站直了，这时才看见岑煅一直盯着自己。未等他收回目光，岑煅笑道："游校尉不愧是西北军莽云骑的猛将，持重沉稳。我正谈论你的仇人，你也能保持这般冷静……"他看着游君山的双眼，"岑煅佩服。"

目送岑煅离去，岑融扫了游君山几眼。"你哪儿惹到我这位五弟了？"他说，"岑煅是出了名的木头性子，不怒不恼，不愠不喜，你们有过节儿？"

游君山心头发怵。他只记得要保持冷静，却没想到自己过分冷静，反倒引来岑煅怀疑。他摇摇头，回答岑融："末将不知。"

岑融带着他往前去，几步后回头叮嘱："查一查岑煅想要招纳的高辛人是谁。"

入夜，纪春明又来找靳岄。他没进府宅，只在府门与看门的两人闲聊。片刻后，靳岄与陈霜出门，三人嚷嚷着去吃羊汤面，说说笑笑地走了。

过了拐角，纪春明立刻回头把手里的小包袱塞给陈霜："你行啊陈霜，不跟我姐好，反倒让我姐帮你置办女人用的东西。你实在是过分了。"

陈霜接过小包袱："我明日会去跟二姐致谢。"

纪春明又问："为什么要我来做这个幌子？"

靳岄："你可以回去了。"

纪春明："我晚上什么都没入肚，你们要去哪里赴宴？一同去吃啊。"

陈霜找纪春明来约靳岄，如今靳岄已经顺利离开府宅，纪春明也就没了用处。两人打发走纪春明，直奔外城而去。

宁元成的小院子里，岑煅和贺兰砜已经等着了。

靳岄与岑煅见面不多，凡被人问起，他一概以"不熟悉""未见过"来搪塞。以往岑煅到家中拜访靳明照，靳岄对他们谈论的事情毫无兴趣，也从不加入。他已经不记得自己多久没跟岑煅说过话了，印象中即便是春节进宫面见官家与圣人，岑煅也是诸位皇子中最不起眼的一个。

靳岄心想，不知道他还记不记得曾救过我一命？

见他进门，岑煅立刻起身，犹疑片刻，跟贺兰砜一样称呼："靳岄。"

靳岄和他见礼之后，先去偏房和姐姐见了一面。小包袱里都是女人用的东西，靳岄告诉姐姐母亲已有下落，明夜堂堂主亲自去查。

回到院子里，岑煅已经给他倒好了一杯茶。靳岄也不跟他客气，撩起衣角便坐了下来："五皇子回来这几天过得可好？"

"梁京比封狐更令人忐忑害怕。跟朝中大臣们说话，一句普通问候，愣是能听出千百种意味。"岑煅摆摆手，"我实在不适应。"

"五皇子若是打算往上……"靳岄轻轻一笑，抬起手指略指向天，"再进一步，只怕要强迫自己适应。"

岑煅一叹："我对那个位置没有兴趣。"

靳岄："情势所迫，五皇子身为皇族血脉，身在朝廷，如今又与西北军、梁太师有牵连，你说没兴趣，无人会信。"

岑煅不答，只静静看他。

靳岄很难和他聊下去。岑煅像是听不懂自己的话，又像是听懂了但不回应。

贺兰砜闷头喝茶，慢吞吞吐出口中茶叶。

岑煅忽然开口："靳岄，你现在是帮三哥做事？"

靳岄反问："那你现在是跟随梁太师做事？"

岑煅："或许是你对我有一些误会，我必须说清楚。我不信任梁太师。去西北军学习军务是我的愿望，西北军现在确实是梁太师的女婿控制，但我与他争执颇多，并不融洽。"贺兰砜点头附和，靳岄皱眉看他一眼。

岑煅又说："三哥心思深沉，你万事小心。"他告诉靳岄自己在岑融面前试探游君山，发现岑融或许并不知道游君山的细作身份。

靳岄点头："身在权局，没有谁不深沉。"

岑煅又怔住了，眉头微微蹙起，不说话。

三人闷头喝茶，岑煅忽然开口："你喜欢的那株茶花，是因为惠妃娘娘不喜欢我母亲才烧掉的。个中原因与你无关。"

靳岄一愣："五皇子是什么意思？"

岑煅看看贺兰砜，又看看靳岄："我就是想告诉你，三哥并非气你或故意激怒你。那都是长辈之间的恩怨。"

靳岄："为何此时告诉我？"

岑煅："你现在跟着三哥，总不能心里存着疙瘩。三哥若是被立为太子，你必定是他的幕僚，彼此心底坦荡敞亮些才好。"

靳岄摸不着头脑，扭头却见贺兰砜捏着茶杯低头忍笑。他在桌下踢了贺兰砜一脚，用眼神责问他：岑煅什么意思？

贺兰砜："这茶好喝吗？"

靳岄："还行。"

贺兰砜："你说还行是什么意思？是说这水不好，还是茶叶太老？或者是此时此地风景不对劲，我与岑煅长得寒碜，令你倒胃口？"

靳岄："我没这个意思。你是不是想太多了？"

贺兰砜戳他脑袋："是你想太多了。"

靳岄看看贺兰砜，又看看岑煅，忽然反应过来，脸上登时有些发烧。他是带着许多成见来见岑煅的，可岑煅这人坦荡直接，他想说什么就说什么，没半分花巧，直截了当，不存曲折心思。是靳岄自己想得太多，偏要把岑煅的每句话都解读为另有深意。

岑煅喝了一口茶，叹道：“我觉得这茶很好啊。”

月上中天时，靳岄才与岑煅道别。他今夜才知为何贺兰砜和岑煅如此投缘。两个人的性格实在太相似了，常常聊着聊着就放声大笑，有了争执也毫不在意，三言两语便揭了过去。他甚至能明白父亲与岑煅交好的原因，父亲也是这样坦率直接的人，他当然会欣赏这种复杂世情里仍旧怀有一腔热血的儿郎。

贺兰砜把靳岄拉到一旁说悄悄话，抬头看见陈霜对岑煅与宁元成鞠躬。那三人一言不发，无声地传递着某种外人不知晓的信息。岑煅不接受陈霜的礼，他托着陈霜的手肘令他站起，摆了摆手。

回程路上，靳岄问陈霜方才为何行礼。

“感激五皇子把贺兰砜带到梁京来。”陈霜笑道，“多亏有他，否则我不知什么时候才能看见你高高兴兴笑一回。”

靳岄：“我平时和你下棋聊天也会笑啊。”

“那怎么能一样呢？”陈霜说，“人真的快活和勉强自己快活，完全不一样的。”

见靳岄点头微笑，陈霜想了想，又问：“你为何不把问天宗宗主画像之事告诉五皇子？”

“再等等。”靳岄回答，“这是我手中至关重要的信息。我只有确定岑煅完全值得信任，我才会说出来。”

“我认为五皇子比岑融更值得信任。”陈霜低声道，“趁此机会，你大可以向五皇子表示诚意，若是由五皇子来保护你，你便能脱离岑融。”

靳岄摇头。“带我回到梁京的毕竟是他。”他声音很低，像是自言自语，“我不能忘恩负义。”歇一口气后，他面色沉静，“况且，目前他是最有希望继承大统的人。”

岑融府中，书房忽然传来器皿碎裂之声。

游君山低头沉默。岑融右手掌心伤口有血沁出，滴落在桌面白纸上。他竟生生捏碎了一只瓷杯。

“你确定？”他厉声问。

“确定。”游君山重复，“岑煅从封狐带回梁京的高辛人，正是贺兰砜。”

第十八章

雷雨

几日后，岑融来到府宅拜访靳岄。他开门见山：“我知道贺兰砜来梁京了。”

靳岄印象中的岑融并不是这个样子的。

岑融长相随母亲惠妃，容貌俊俏，一双狐狸眼总是笑眯眯，朝中上下都知道这位三皇子有心计，不好对付。岑融说话也喜欢拐弯抹角，从不直截了当。

靳岄不好继续隐瞒，承认了：“没错。”

岑融皱眉看他，目光里藏着几分愠怒与复杂。

靳岄知他心中所想：“你不必担心。”

岑融：“我担心什么？”

靳岄：“我不会与岑煅有多余的来往。”

岑融失声而笑：“我担心的是这个吗？”

靳岄：“难道不是吗？”

岑融：“贺兰砜一来，你就要跟他走了对吧？去北戎，去什么血狼山，总之你是不会留在我身边的。”

他右手的划伤已经结痂，掌心几道纹路，乍一眼看去，竟像是断掌一般。

“投靠岑煅也是个好选择。岑煅要招纳贺兰砜进西北军，他这样的人才在军中简直如鱼得水，很快就能和他哥哥一样成为赫赫有名的异族将军。你必定也会去封狐城，我早该知道留不住你。”他说，“你跟我回来，只是为了给你父亲洗脱冤情，全然不顾我如何需要你，如何看重你。”

秋风穿过亭子，高树叶落，池塘里漂着薄薄一层细叶片。秋意渐渐深了，白日里也会让人忽然有一霎寒意。靳岄背脊忽然一抖。岑融今日非常急躁，这与靳岄平时接触的他很不一样。

官家的重病与岑煅的归来，让岑融方寸大乱。太子之位悬而未决，原本一切尽在岑融掌握之中，谁料天子之心如风云般难测，岑融至今无法从官家口中得到一句确凿话语。而官家越是病入膏肓，就越是重视岑煅，他对岑煅的倚重已经足够让朝中各路人马疑惑重重。

靳岄揣摩朝中各路人马心事，常常想起云洲王阿瓦对北戎天君所做的事情。天家无父子，这是子辈的恐惧，何尝不是父辈的恐惧？若官家现在立岑融为太子，难保岑融不会独揽大权。官家怕的是自己虽为皇帝，位仍在，权已空，连性命都要系在太子岑融身上。

这种犹豫完全出于知根知底的了解。身为父子，他实在太清楚岑融的品性。

靳岄心里也明白，岑融对贺兰砜的无穷敌意全都是因为自己而生。但自己不可能永远留在岑融身边，对靳岄来说，长久地困囿于朝廷就是无穷无尽的折磨，如被钝刀割肉一般，痛苦沉重。

"我知道你烦心事很多。"靳岄说，"表哥，你想做人上人，就要受人上人的苦。这是逃不掉的。"

岑融看他："你信我，依赖我，不过是希望我有朝一日得登龙位，为你们家洗清这泼天冤情。"

靳岄放弃了周旋，直接答："你若能做到，靳岄此生不胜感激。"

岑融低头注视掌中茶盏。茶杯在他手中转动，茶叶摇晃："子不言父错，臣不议君过。"他说，"事情既然已经过去，你何不放下？"

就像是第一次认识他一样，靳岄只是看着岑融，一时之间连该说什么话都忘记了："我要放下什么？"

"即便那圣旨是梁安崇写的，可最终这过错还是会被扣在爹爹头上。"岑融说，"肉体凡胎，岂能无错？可他身为天子，又怎能有错？"

靳岄气得双手握不住茶杯，狠狠摔在地上，"啪"的一声脆响。

"有错就要认，有错就要偿，我以为这是三岁小儿都该懂得的道理！"他愤怒起身，心里又疼又苦，"即便那是梁安崇拟的旨，若官家不点头，他又怎么能去宣旨去办事！官家这样做，无非是因为这是最能息事宁人的办法！

朝廷被梁安崇把控，他无能为力，这是他的问题。可他不能牺牲我们靳家，牺牲我父亲一生的清誉，去满足梁安崇的私欲！”

“这是爹爹的策略，并非针对靳家！”岑融不得不抓住他的肩膀，想让他冷静，“梁安崇根系很深，若是直接与其对抗，对朝政又有什么好处！他是君王，君王所做之事，怎能以对错简单论断？你不要用凡俗匹夫的行为来谴责爹爹！无论是他还是我，若是承认当日下旨是错的，岂不是丢尽天家面子？”

“匹夫之错与君王之错，岂能同日而语？”靳岄没有想到竟然连岑融也和官家同一个想法，他们都不打算承认错误，“君王一令，便是生死数万乃至十几万人之分别！若君王犯错而没有责罚，有罪却不必悔悟，那为君者又怎能对黎民百姓、案头万事存敬畏警醒之心？无敬无畏，不警不醒，只会一错再错！”

他实在太过激动，这两年来的桩桩件件，所有压抑悲苦之事，全数翻上心头。一颗心半边燃烧滚烫，半边却因岑融的话渐渐冰冷坚硬。岑融捧住靳岄的脸，直直看入他的眼睛，那双墨黑明亮的眼睛如今泛起潮红，隐隐翻滚着浅浅眼泪。

“别生气……”岑融说，“你说的都对。我答应你，等我继位，我一定好好补偿你。我只求你答应我一件事，不要跟贺兰砜去驰望原。留在梁京，留在我身边，我大业得成，一定……”他看着靳岄的目光，这敷衍的谎言渐渐说不下去。

靳岄冷笑。岑融已经令靳岄失望了许多许多次，而让靳岄一次又一次决定“再信任他一回”的，便是这一点儿毫不过分的愿望：靳岄不能指望官家承认错误，他便指望岑融继位后，以天子的身份为靳家，为靳明照雪耻。

岑融答应过他，无数次地答应，诚恳地承诺：只要靳岄帮他，他也一定会回报靳岄。但岑融现在说的，才是他失控时会吐露的真心话。靳岄有种作呕的冲动。

——是我天真了。

靳岄心头响起一个冷冰冰的声音：世上能全心全意信任的人，原本就屈指可数。

在这漫长的一刹里，靳岄做出了决定。

“你走吧。”靳岄说，“今日这些话，我只当作从来没听过。”

知道再聊下去只会更难收场，岑融起身告辞。他退出小亭，忽然想起更加重要的事情，大步走回靳岄面前。

“最后一件事。”岑融低声问，“游君山究竟是什么人？”

在得知游君山就是金羌细作的时候，靳岄已经萌生了杀意。

靳云英告诉他，游君山转移了西北军的军务、防务记录，还有游君山胸口致命伤的真正原因。当时已经身受重伤的靳明照，充满愤怒，难以置信，才会用余下力气划破莽云骑铠甲，重伤游君山。

而在愤怒与恨意之外，靳岄同时也想到，他不能鲁莽。如今游君山跟着岑融，他还需要确定岑融是否得知游君山身份。如果游君山从封狐回到岑融身边是岑融的授意，那么岑融也等于是害死靳明照的黑手之一——但岑融这样一问，靳岄便知道他也是不知情的。

既然如此，那事情便好办得多。靳岄思来想去，确定自己尚需要明夜堂的帮助。

和陈霜去明夜堂的路上，陈霜一直欲言又止。靳岄催了又问，陈霜才小心翼翼问前几日岑融来府上拜访但怒气冲冲地走了，是不是他又和靳岄吵架了。靳岄只是摇头不说。

陈霜这样问，霎时又令他想起当日欲呕的所有事情。岑融所说的话令靳岄心冷。他对皇家的人彻底失去了信心，无论是官家还是岑融，不愧一脉所出，连那副铁硬心肠都几乎一模一样。

来到明夜堂，岳莲楼正巧在这儿做事。靳岄从未见过他正襟危坐翻阅书册的样子，一时十分吃惊——尤其岳莲楼没穿酷爱的女子衣裳，正正经经地戴冠束发，俨然是一个正人君子。

靳岄把游君山的事情告诉岳莲楼，岳莲楼总算没了那副嬉皮笑脸的模样，正经八百应对起来。“我明白了，你是打算要更确凿的证据？”他问，“就是那种捉贼拿赃，能把游君山钉死的证据。”

“不止钉死他，我还要钉死梁太师。”靳岄沉声回答，“不管游君山与梁太师是否有牵连，他不能死得毫无价值。我要让他的死，直接指向梁太师与金羌。”

岳莲楼心中微惊，上下打量靳岄。他察觉今日的靳岄有一些不同，仿佛有什么事情在他身上发生过了，他变得更强硬、果断起来。

“这事情岑融知道吗？”

“我已经告诉他游君山的身份。”靳岄道，“但他不知道我起了杀心，也不知道我与你们明夜堂的筹谋。”

岳莲楼此时才意识到哪里不对劲：“以往你做事情，尤其是这等大事，都是要跟岑融联合起来。怎么这次突然——”

靳岄打断他的话：“不必再提他，游君山我要亲手处置。”

岳莲楼便不再追问，转了话头：“你似乎已经有了计划。”

“我需要一个人去接近游君山。”靳岄说，“不是你，也不是陈霜，我希望是沈灯。”

岳莲楼吃惊：“为什么？沈灯向来只管明夜堂的事情，他不一定会答应。”

“请你帮帮忙，这事情只有沈灯能做。”靳岄说，“我看过沈灯的《侠义事录》。他去过金羌，在金羌待过一段时间，懂得说金羌话。”

岳莲楼和陈霜恍然大悟，靳岄是想让沈灯假扮从金羌来的人，接近游君山套话。

“第二点，游君山没有接触过沈灯，他也不认识沈灯。”靳岄显然已经把计划想得一清二楚，“第三，沈灯身手厉害，武艺高强，即便露出马脚也有脱身的可能。此事由他出面，比任何人去做都更稳妥。”

“我先试着跟他说说吧。”岳莲楼道，“一定尽力让他答应。等灯爷点头了，你再细说具体安排也不迟。”

得到岳莲楼的应承，靳岄才松了一口气。他抿了抿茶，抬头看岳莲楼：“对不住，我今日有些没大没小。若你觉得冒犯了，我向你道歉。”

他的异样是陈霜和岳莲楼都看在眼里的。岳莲楼和陈霜对了个眼色，微微摇头：“这有什么？我平时比你还要没大没小，也不见有人生我气。”

陈霜接话：“你哪怕有一点儿自知之明，也不至于跟堂主天天吵架。”

岳莲楼：“天天吵架的是我吗？是阮不奇吧！”

两人在靳岄面前胡乱吵起来，总算让靳岄露出一丝笑意。正打闹着，沈灯站在门前，高大的身影挡住阳光：“有个高辛小青年来找堂主，估摸是你们认得的人？”他先跟靳岄点头致意，随后才慢吞吞开口。

靳岄几乎立刻跳起来就要往外跑。顾及沈灯跟自己不太熟，他疾走两步又站定，规规矩矩地举手作揖："灯爷辛苦了。"

沈灯笑道："小将军客气。新的一卷《侠义事录》我写好了，还未修改，小将军若是不嫌弃，能否给我些意见？"

"好啊！"靳岄先是惊喜，说完又立刻规矩起来，"靳岄不胜荣幸。"

沈灯大手一挥："你不必跟我这么拘谨。我虽然常常骂岳莲楼，但那是因为他确实该骂。小将军不必怕我，若有需要差遣沈灯的地方，尽管开口。"

靳岄心中一喜，不顾沈灯的阻拦，又鞠了一躬。

在明夜堂前厅徘徊的果然是贺兰砜。拜见章漠不成，他约靳岄出门吃茶。陈霜陪着两人离开，天色阴沉，隐隐有雷滚动。陈霜转身回明夜堂拿伞，靳岄忽然说："陈霜，我同贺兰砜单独说些话，可以吗？"

陈霜只好把伞给了他俩，叮嘱贺兰砜保护靳岄。

才离开明夜堂没多远，大雨就落了下来。梁京今日无风，异常闷热，雨箭笔直插入大地，左右上下各处都啪啪乱响。街上行人四处奔跑找避雨之处，雷声一阵叠一阵，密集得吓人。

行至燕子溪附近，贺兰砜见到有个船夫跑上岸。他给了那船夫几个铜板，便拉着靳岄钻进船里。船一半掩在石桥之下，靳岄站在船头笑道："以前我也会在下雨天偷偷跑到燕子溪的船上藏着，很有意思。"

贺兰砜点亮舱中小灯，直接问："发生了什么事？"

靳岄回头不语，双手在袖中绞着。贺兰砜不催，坐在舱中静静看他。一豆灯火摇曳，他的狼瞳始终清明透彻。靳岄忽然几步跨入舱中，跪坐在他面前，小声道："我想杀一个人。"

"我帮你。"贺兰砜毫不犹豫。

靳岄吃惊："你知道是谁？"

贺兰砜："游君山。"

靳岄："他是白霓姐姐的夫君。"

贺兰砜："你的白霓姐姐比你更早就知道他是什么东西。"

靳岄："他以前是个很好的人。帮过我，帮过我娘亲，那总不会是假的。"

贺兰砜："全都是真的，但也不能抹掉他犯的大错。"

"在碧山城外见到他，我真的非常、非常高兴。"靳岄低声道，"那时候我没有了爹娘，没有姐姐姐夫，也没有白霓，知道他还活着，还康健，我甚至想过，这一定是神的庇佑。虽然我不信神，但我那时候真的感激过神灵。”

贺兰砜不发一语，沉默地听靳岄说话。

靳岄没说很多，他非常疲累：“这世上我能信的人不多。只是我心肠还不够硬，每失望一次，我就会伤心一次。”

贺兰砜攥紧他的手：“除了游君山，还有谁让你伤心了？”

他敏锐得让靳岄吃惊。两人在昏暗的船舱中对视，贺兰砜提醒：“不能再骗我瞒我。”

“岑融。”靳岄坦白。

岑融所说的话，哪怕仅仅是重复都令靳岄感到胸口发闷。贺兰砜听完了，提议：“我觉得岑煅比他好。”

靳岄：“陈霜也这样说。你发现了吗？陈霜直呼岑融名讳，但他一直用‘五皇子’来称呼岑煅。”

“岑煅值得人尊重。”贺兰砜说，“你和他相处就知道，他和岑融完全不一样。”

“你也认为我选择岑煅比较好？”靳岄问，“他若是当上了皇帝，他能为靳家洗冤吗？”

贺兰砜毫不犹豫：“当然能。”

靳岄只感到一种奇特的畅快。他居然和贺兰砜在这样的天气里，在这样窄小的船舱里，谈论这样重大的问题。贺兰砜说话全凭直觉，他不会像靳岄那样，弯弯绕绕地想得头疼。靳岄心里原本有无数纠结，此时被他斩钉截铁这样论断，一时间竟不知道说什么才好。

天上惊雷滚动，他摇桨划船，想起小时候曾说过的话。刚回头，贺兰砜便问：“你小时候想做的就是这件事？”

靳岄忽然笑了，他笑得爽快，胸口无数郁气在豪雨里全都消散了。这风雨再狂，也不能将他击倒。他握紧船桨，回头对贺兰砜说：“游君山，我要亲手杀。”

贺兰砜不问他打算如何，迎着他的目光狠狠点头。

“我帮你。”他肯定地重复。

靳岄想起了两人站在山顶点燃鹿头的那一夜。有人跋涉千里奔他而来，带着草原的月光和风霜。驰望原的邪狼，连神子也会惧怕的杀神，成为了自己的勒玛。世上再没有任何事情是可惧怕的。靳岄握紧了手里的桨，对贺兰砜说了一句话。

雷声一重接一重。贺兰砜没听清楚靳岄的话，但他看懂了靳岄的表情。“我知道。”贺兰砜看着他，“靳岄，我就是为此而来的。”

小船停在桥下，两人直到云消雨霁才分离。

贺兰砜回到宁元成的家，进门便看见靳云英在院子里喂小猫，还冲自己招手。

“靳岄生辰是十月十六。”靳云英说，“虽然还有一个多月时间，但我想好好给他过一次。我多年在封狐生活，已经许久没跟他庆祝生辰。你今日也是去见他吗？”

贺兰砜：“是。”

靳云英：“你可知道他想要些什么？”

贺兰砜被这个问题问住了。他想了又想，却完全答不上来。

见他不答，靳云英叹道：“他总是这样，话藏在心里，不会主动说。喜欢什么讨厌什么，总要跟他细细来往才能知道。”

贺兰砜忽然问：“十月十六是什么时候？”

北戎人记历方式与大瑀不同，靳云英和贺兰砜解释半天，贺兰砜云里雾里之际，一个扫地的兵丁过来说：“贺兰砜，你是高辛人，去年北戎天君被你哥刺杀那事情你总记得吧？那日是十月十五，隔天就是小将军生辰了。”

贺兰砜猛然一凛：“大瑀人很重视生辰吗？”

“当然。”靳云英笑道，“一个人降生到这世上，无论是来吃苦还是来享福，他生下来便有了父母兄妹。这些人会爱他疼他，他是世间仅有的珍贵之人，生辰当然最为重要。我未出阁时，每年靳岄生辰我都会与娘亲给他仔细筹划。不知去年他是怎么过的？那时候他回大瑀了吗？”

没有，还没有回到。贺兰砜在心里回答：十月十六，靳岄的生辰，他在列星江的大船上，带着被射裂的鹿头、手上的伤口和许多问不出答案的疑惑。贺兰砜无法细想，他只要稍稍将自己设想成当时的靳岄，疼痛就似乎要把他撕裂了。

“贺兰砜，你呢？”见他沉默不答，靳云英又问，“你的生辰又是什么时候？”

“我不知道。”贺兰砜开口，“小时候还隐隐约约有着印象，大概是夏季，具体何时，早就忘了。”

贺兰兄弟俩都记不住自己的生辰。朁姬在世的时候，她会按照大瑀人的习俗给兄弟俩过生辰，她走后贺兰野也很快病逝，兄弟俩忙于生存和照顾妹妹，日子记不清楚，也不觉得这是多么重要的事情，渐渐地他们的记忆就模糊了。

但贺兰砜和贺兰金英都牢牢记得，卓卓出生在春天，是冰河化冻的那一天。

靳云英笑道：“那也不是固定的日子啊。”

贺兰砜：“嗯，但冰河化冻的时候我们就晓得，卓卓又长大了一岁。”

靳云英看着他，眼神里是贺兰砜常在靳岄目光中看到的温柔。“靳岄能认识你们，真是他的幸事。”她笑道，“如今靳岄在这儿，除了我之外再没有其他亲人，也不会有人给他过生辰。要不今年你同我们一块儿过吧？他心中思虑太重，许多自己的事情也无法顾及……他以前比现在开心多了。”

她说完，便沉默了。

“大姐，”贺兰砜忽然问，“你的生辰又是什么时候？等那一日到了，我也给你过。”

靳云英愣住片刻，笑着拍了拍贺兰砜的手背：“这个世道，你这样的好人是会吃苦的。有时候我觉得，你和靳岄还真的有点儿像。”

贺兰砜心想，我不怕吃苦。

这之后，他便把靳岄的生辰挂在心上。靳云英说靳岄小时候喜欢隔壁方尚书家的白色小猫儿，常常趁大人不注意翻过围墙，蹲在小猫面前看它瞌睡打滚吃鱼。方尚书家一对双胞姐弟同他要好，猫儿天天被三个小孩围着盯紧，毛秃了好大一片。

贺兰砜天天往外跑，就想找只漂亮小猫给靳岄当贺礼。这一日找猫不成，却在明夜堂外面看见一匹极为漂亮的白色骏马。那马儿的鬃毛马尾都是金色，熠熠生光。见贺兰砜走近，马儿垂眸看他一眼，仍静静站着，姿态十分骄傲。

岳莲楼骑在马上，一身火焰般的红衣，愈发衬得人唇红齿白，马纯然无垢。他大声说：“高辛狼，快看我这马，俊不俊？”

贺兰砜在脑中将岳莲楼涂抹去，把靳岄放在马背上。

“这马多少钱？”他问。

岳莲楼笑骂：“你这混账，我是让你夸它！你这是想夺我的心头好？”

贺兰砜：“我买给靳岄，他生辰就要到了。”

岳莲楼连忙下马：“好哇，那我也凑一凑，这马就当作我俩一块儿送的。”

贺兰砜不肯：“不要你，我自己送。”

岳莲楼：“这马得十两银子，你有吗？”

贺兰砜：“十两是多少？”

岳莲楼：“能买你们烨台所有羊羔子。”

贺兰砜闭嘴了，他没那么多钱。岳莲楼又问靳岄何时过生辰，贺兰砜说了日子之后岳莲楼脸色大变，骂道：“不提还好！一提我就来气！不卖了不卖了！”

他拂袖走入明夜堂，贺兰砜跟在他身后，一步一趋走走停停。沈灯不在，岳莲楼在院子中寻了个凉快地方坐下喝酒，贺兰砜静静站在他面前。

“罢了。”岳莲楼说，“只要你答应以后给我岳莲楼做牛做马，任我驱使，我就原谅你，把马儿给你。”

“不行。”贺兰砜说，“我只给靳岄做牛做马，世上只有靳岄可以驱使我。”

岳莲楼十分嫉妒：“气死我也！也就只有我这么好说话，坐在这里的若是陈霜，你肯定吃不了兜着走。”

贺兰砜：“那马儿给我吗？”

岳莲楼：“五两银子吧，你慢慢还我就是。”

贺兰砜坐在他面前，欲言又止。岳莲楼多看他几眼，只觉得院中景色不错，眼前的高辛人又俊美异常，心情自然舒畅，展开扇子快乐道：“还有什么想要的，一并说了吧。”

“我对你不耻下问。”贺兰砜胡乱用词，“怎么才能练成你这一身功夫，去杀人？”

岳莲楼：“你个高辛坏狼不要装文人。你要杀谁？我给你算便宜点儿。”

贺兰砜：“岑融。”

岳莲楼收起折扇在他头上一拍：“你疯了？”

“他欺负靳岄，我要为靳岄报仇。”

“贺兰砜，梁京与北戎不同，靳岄如今身份和往日更是不同。你不要轻举妄动，给他惹麻烦。”岳莲楼正色道，“我知道你心里愧疚，想多为他做些事情。但他自有筹谋，不需要你插手。”

贺兰砜悻悻低头。岳莲楼很少见他这样沮丧，越发想逗他：“你若真想帮靳岄，不如为我打打下手。我在外城赌坊里欠了几两银子，你替我去教训那出老千的混账，既不暴露明夜堂，又可为我出气……”

贺兰砜打了个呵欠：“告辞。”

岳莲楼气得跺脚。当夜，沈灯四处寻找岳莲楼，在赌坊门外把人抓住，厉声问：“你假借我名义从账房支了五十两银子，又去干了什么？”

岳莲楼：“买马。”

沈灯：“马呢？”

岳莲楼：“给贺兰砜了。”

沈灯一哼：“你也有这般好心？”

他不等岳莲楼辩解，将岳莲楼拎回明夜堂一顿好训。岳莲楼受了委屈，气得和沈灯大打出手，明夜堂一整夜都鸡飞狗跳，引来衙门官兵。岳莲楼见人多了，越发来劲，举着火把蹿上树梢，运足真气长声哀号：“苍天呀！苦命的我呀！沈灯你这个吃人不见血的……”

明夜堂的风波在梁京内城外城传得离奇，连纪春明也专程找靳岄和陈霜打听：“听闻岳莲楼在外城胡乱放火，全被明夜堂一个姓沈的大侠扑灭了。那大侠武功奇高，十指能射出水柱，一张口就是滚滚长流的清水，岳莲楼全无招架之力。”

正在捞池塘落叶的陈霜张口结舌。

靳岄正巧走过：“不是吧？我今早听到的是说岳莲楼从明夜堂密室里放出了一头恶兽，他骑着恶兽和沈灯对峙，被沈灯打得毫无还手之力。”

纪春明对这个说法也有兴趣，催促靳岄细说。陈霜默默在池边喂鱼，完全不想搭话。

游君山带来了岑融的一些礼物，无非都是些吃的用的玩的，说是上次冒犯了靳岄，跟他赔罪。靳岄的心早就凉了，但礼物他全都收下，又回赠了些东西，做足礼数。

纪春明察觉靳岄和岑融之间生了矛盾，小心问过两次，靳岄全都闭口不答，他也就不再说了，起了新话头。“最近和梁太师相关的案子并不多。”纪春明说，

“京中无大事，唉，反倒是各处都有些邪派教宗杀人放火之事，我正理着案子，打算一并呈报御史台和官家。”

“问天宗？”

“就是它。沈水下游受灾严重，听闻问天宗出了不少力，多了许多信徒。可不知为何，最近总有信客妄信神灵而杀人修道的事情发生。”

“神灵是指问天宗宗主？”

纪春明又惊又叹：“你怎么知道？”

靳岄笑了笑：“设了这么隐秘一个局，此时官家病重，正是启局的好时机。梁太师不过是想拉某个人下水罢了。”

他说得没头没脑，纪春明听不明白，只好问：“什么人？”

靳岄微微摇头，示意他不必多问：“问天宗这些案子你全都整理成册，先不要上报御史台，给我看看。”

纪春明：“这不合律例。”

靳岄：“你我是朋友。”

纪春明：“部内卷宗，不得外泄。我身为刑部尚书更不可徇私枉法。你想看卷宗，先考个状元榜眼进刑部吧。”

靳岄长手一伸，从纪春明手中夺回喝了一半的茶。

纪春明嘿嘿冷笑：“原来你同我做朋友，不过是想套我这儿的消息。”

靳岄：“……”

纪春明又说：“小将军也同朝中那些人一样，表里不一，令人齿寒……”

他话音未落，头顶便受了一记。陈霜不知何时蹿来，打完还亮出拳头作势威胁。纪春明十二万分地不忿：“我同靳岄说话，关你什么事？你好好地跟你的鱼聊天就是了，为何突然打人？”

陈霜把手中捞落叶的网子一扔，纪春明吓得立刻蹿到靳岄身边，大声道：“好吧，秀才遇到兵……卷宗我是不能给你看的，但案子我可以稍稍跟你透露些细节。”

靳岄笑着点头。奇怪得很，现在形势分明比之前更加严峻复杂，但他不知为何，并不觉得心中焦灼难定。

纪春明每次来都要跟陈霜吵几下，不是为了靳岄就是为了瑶二姐。安静的院子里突然多了吵吵嚷嚷的人声，陈霜舌头利落，纪春明口讷，但脑子里装的典故繁多，听二人吵架十分有趣。岳莲楼来一般是和他说些荤素不搭的闲话，谈的大多是章漠的事情。沈灯最稳重，来去如风，开口闭口都是正经事。贺兰砜偶尔也会过来，带来姐姐做的鞋垫、烧的好菜，同他在亭子里讲话。

靳岄心里许多的畏惧、不安，似乎都被秋风吹远了，有一些沉稳不动的东西填实了他的心。他此时此刻心中最执着最迫切的念头，就是诛杀游君山，而且要制造一个时机、一些假象，甚至把游君山的死和靳明照战亡、白雀关大败跟梁安崇联系在一起。

送走纪春明后，靳岄在亭中拆开明夜堂托人捎来的信件。

信是谢元至写的，他委托兵部的学生调查存档的西北军将领档册。档册中记载，游君山无父无母，是关外流浪至封狐城的孤儿。他的故事从被白霓捡回家那一刻才真正开始。在此之前，竟然是一片空白。

西北军中许多将士都有一段惨痛往事，并非所有人都能追溯父母、籍贯等信息。但游君山不一样。靳岄此时才有一种后知后觉的害怕，毫无前史的游君山，他并不是被金羌策反的细作。他认识白霓，结交靳明照，进入西北军，也许是早有预谋。

此外信中还另有一句话：据传，封狐张越抗敌不力，白雀关已失守。瑀有意求和。

靳岄烧了那信，在心里细细地思索。陈霜催他休息，他想起刚听来的一件事："送信的人告诉我，岳莲楼在明夜堂又支了十两银子。"

陈霜拿起茶杯："常事，等堂主回来他又得跪院子了。"

靳岄："他假冒你的名义借的。"

陈霜沉默片刻，手中茶杯咔嚓碎了。

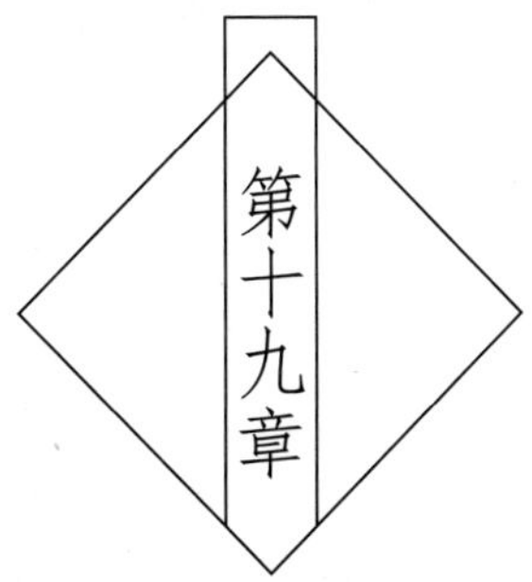

设局

十月，已经入冬的梁京很少有敞亮天色，总是沉沉地聚着浓云，雪却始终没来。

游君山从未在这个时节的梁京逗留过。他想起往年十月封狐城应该已经下起了雪。军部会给将领家眷分发过冬取暖的炭，他和白霓都是西北军将领，能得双份。

靳明照并不常常回家，他喜欢待在军部，或是和士兵们围炉取暖说闲话，或是在军部里看地图做记录，偶尔来了兴致，会备上好酒和小菜，招呼游君山和女婿裘辉一起喝酒。裘辉的家和游君山的家相隔不远，白霓同靳云英感情深厚，两家人常常来往，他还记得靳云英那孩子被自己抱在怀中的感觉。他留过胡子，那小孩喜欢抬手去抓，总是扯得他脸歪鼻斜，疼痛不已。

封狐城的雪很大。下雪的时候他会和白霓骑着马，登上封狐附近的高山。列星江上游的河水还未干涸，但河面已经结了厚厚的一层冰。大雪鹅毛般飘落，城里城外山上山下，俱是白茫茫。

游君山漫无边际地想着这些往事，把一柄软剑仔细妥帖地藏在手臂上。这是他每天早上必做的事情，当这把自小陪伴他的软剑贴身放好之时，他才真正觉得安全、稳妥。软剑锋利，剑刃薄薄地抹了一层蜡，不至于划伤游君山的肌肤。他使用软剑时会在抽出瞬间灌注内力，蜡层熔化，尖刃吹毛可断。

软剑是他的秘密武器，被他从金羌带到大瑀。白霓问过他这把剑的来历，游君山说是父母的遗物，白霓知他曾目睹父母惨死，此时总会依偎着他，握着他拿剑的手，不再多言。

他心想，若是白霓知道这些来历、过往都是谎言，依她的性子，定会亲手杀了自己。

一切准备妥当，游君山推门走出。他昨夜在岑融身边值夜，草草睡了两个时辰便被叫醒——岑融要出城祭拜，叮嘱游君山同去。

官家的身体一日不如一日，岑融也一天比一天更着急。他在外人面前忍不发，回到家却常跟皇子妃发脾气。游君山给靳岄送过几次岑融的礼物，靳岄虽然收下了，但态度也是淡淡的，看不出喜怒。游君山摸不准靳岄的态度，只觉得这位小将军和自己越发疏远，梁京的人事也愈发令他不安。

一行人骑马离开梁京外城，在城外步远亭见到另一队身骑骏马的人。游君山目光毒辣，只一眼就看出那些都是行伍之人。为首那位气宇轩昂、白面短须，与靳明照差不多年纪，面色冷冷的，遥遥对岑融点头。

“表舅。”岑融驱马靠近，“等很久了吗？”

游君山跟在岑融身后，微微一惊，此人竟然是南境的广仁王宋怀章！

宋怀章虚应几句，目光掠到游君山身上。游君山忙低头见礼，宋怀章开口问：“这就是白雀关死而复生的那位？”

“正是。”岑融说，“游君山，曾是忠昭将军麾下猛将。”

宋怀章又看了两眼，勒转马头悠悠前行。

游君山紧跟在岑融身后，那两人说话聊天，对他毫不避忌。

“你五弟什么时候回西北？”

“还不知。爹爹不舍得让他走。”岑融回答，“但我看岑煅倒是很想回去。”

宋怀章冷笑：“他自然想回去。如今金羌逼近封狐城，他再不快一点儿，这军功可又被张越独揽了。”

岑融：“据说张越和他很不对付。”

宋怀章：“做戏罢了。梁安崇支持岑煅，他的女婿能跟岑煅不和？”

岑融：“五弟跟梁太师吵过几次，都是在朝上，他对梁太师很不客气。”

宋怀章微微一愣。

岑融的狐狸眼笑得弯弯：“这也是做戏吗？五弟可没有我这玲珑的本事，他直来直去，不懂掩饰。”

宋怀章:“梁安崇心有九窍,有他调教,只怕你那五弟早已学会扮猪吃虎。”

他此次回梁京，除了祭扫，还有一重原因是探望病重的官家，再同官家说明自己为何不让南军驰援封狐。如今官家躺在卧榻之上动弹不得，宋怀章便干脆待在梁京等一个结果。

舅甥二人边走边聊，宋怀章忽然回头看了一眼游君山，对岑融说：“我有顺仪帝姬的消息。”

岑融和游君山几乎同时勒紧马头：“她在何处？”

“在赤燕，被赤燕王族扣下了。”宋怀章笑道，“我听赤燕王说，靳明照死后封狐被金羌军队突入，有一队赤燕人打算逃回家乡，在路上碰到了重病的顺仪帝姬。赤燕人认出她手上金环，知道她是王族的后裔，便顺道带走她，一路好生照顾，又在赤燕象宫休养许久，如今已经恢复元气，无碍了。”

游君山不禁松了一口气。

而岑静书病愈后一直被赤燕王族的人看守着，无法离开。赤燕王带着这个消息找到宋怀章，想用岑静书与大瑀换取五年的赋税减免。

赤燕是大瑀属国，多年前曾与大瑀有过漫长的土地争端，之后广仁王出战镇压南境，二十多年来双方相安无事。但当年战乱平息后，大瑀对赤燕课以重税，以作惩罚。

“南疆重税我有所耳闻。”岑融说，“可赤燕王为什么以为我们会看重顺仪帝姬？”

宋怀章瞥他一眼：“你该叫她姑姑。不要在这种小事上落人话柄。”

岑融一怔，立刻改口：“谢表舅提醒。对，顺仪姑姑。”

“南疆蛮人，鼠目寸光！除了手中这一个人质，赤燕王还有什么可以和大瑀交换的？莫非是那些蠢笨的大象吗？”宋怀章又继续道，“我拒绝了，但我知道赤燕王并未放弃。中秋节他到梁京来，居然没与官家说这事？”

“未听闻过。”岑融说。

“你未听闻，不一定是没有。”宋怀章接话。

岑融霎时明白：“或许是赤燕王说了，但爹爹没有答应。毕竟朝中如今势态已经十分复杂，若是知道靳明照遗孀成了赤燕的人质，加上回京的靳岄，只怕会更加棘手。”

“你认为该如何？”

“此事不能答应。”岑融说，“若他国抓住人质就可跟我们商讨交换条件，大瑀成了什么？一旦答应，遗害无穷。这是其一。其二，顺仪姑姑若是回京，靳明照战亡之事必定再起波澜，对爹爹毫无益处。按旨她要流放北疆，如今待在赤燕，至少能留下一条命来，这对她或对靳岄，并非坏事。”

宋怀章不置可否，淡淡笑道：“官家九子，你最像他。”

游君山默默听着，心里万般思绪翻涌。

此时宋怀章回头问：“游君山，你认为我和三皇子说的话有没有道理？”

游君山没料到他会问自己，一时怔住，立刻低头行礼：“末将是粗人，不懂朝堂大事。”

宋怀章没放过他：“无妨，听了这么久，你有什么想法直接说，不必忌讳。”

游君山闭嘴不言。他心中急急思索要以什么身份去回答这个问题：白霓的丈夫？靳明照的部将？认识岑静书和靳岄的朋友？还是忠心于岑融的下属？每一个身份都会给出不同的答案，他脑中纷乱却又清醒，不断挑拣衡量利弊。

岑融：“说吧，免你的罪。”

游君山做出了抉择。他此时应该是靳明照的部将。

“圣上不答应赤燕王的请求，自有圣上的考虑，末将愚钝，不敢妄自评价。”他语气渐渐激动，“可圣上不答应，难道就不能悄悄地派人去赤燕，把夫人救出来吗？我不懂朝堂，可我知道将军戎马一生，最牵挂的就是大瑀和他的家人。如今将军已经……夫人生死未卜，末将……末将心里不舒坦！”

宋怀章忽然击掌大笑：“好哇！”

岑融微微一笑，冲他颔首。

游君山不知这二人在笑什么，但岑融和宋怀章都不评价他的慷慨陈词。两人又继续往前走去。这回不再讨论岑静书，反倒聊起靳岄来。

游君山心如鼓震，隐隐不安。这一日他始终提心吊胆，晚上回到自己卧房才缓缓松了一口气。实际上，自从靳明照战死，他没有一日不惶恐。如今回忆起来，这两年间他唯一彻底把自己放下的时刻，便是守在昏睡的白霓身边，与她、与未出生的孩子絮絮私语的时候。

游君山大口喝下冷茶，抱头呆坐，久久不语。他实在是思念白霓，又思念孩子。

在无法得偿的思念之中，偶尔地，他会感到后悔。

如果当日没有向靳明照刺那一剑，如果他不听从喜将军的话，如果他没有偷走西北军军务记录，如果……若一切“如果”可重新选择，他不会是现在的游君山。他仍旧是西北军的将领，他有军功，有心爱的妻子和孩子，甚至还可能有平静顺遂的一生。

与喜将军在碧山城一别，忽忽而过将近一年。他从未接到过喜将军的消息，也不知道当时的任务是否还要继续。喜将军要他刺杀岑融，因杀了岑融大瑀就再没有可靠的继位之人，但如今官家却突然对岑煅上了心。游君山不知喜将军是否会重新调整计划，也不知道何时自己才能奔赴金羌，见白霓和孩子一面。

愣怔间，窗纸忽然一声轻响。一枚飞镖透窗扎在墙上，镖尾系着字条。

游君山反应极快，在窗响瞬间已经推窗跃出。他住在岑融府中，独享一个小院，此时院中异常静谧，落光了叶子的树梢在夜风里摇晃，他跃上屋顶也不见任何人影。

字条上是一行金羌文字：明晚丑时，春风小栈。

游君山惊疑不定，把字条扔进灯火里，字条瞬间便化成了灰。他明晚不需值守，传信之人看来连这一点也已经摸透。字条上是金羌文字，来人已经知晓他的身份，这是陷阱还是来自喜将军的讯息？

次日夜晚，游君山并没有赴约。春风小栈是鸡儿巷附近的一个妓寨，不久前出过人命案子，就此荒废。入夜后，游君山在玉丰楼上找了个靠窗的位置，能远远望见春风小栈。

直到玉丰楼打烊，他也没见到春风小栈有人出入或经过。

游君山只得独自回家，他警惕性素来很高，拐入巷中时，忽然察觉高处有人盯梢。他瞬间弓腰、退步，手腕一抖，贴身藏着的软剑蛇一般从他袖口滑出。蜡层熔化，剑刃映着稀疏星光，雪一样亮。

不远处传来拍掌之声。一个身披墨色披风的人坐在屋顶，正慢慢鼓掌赞叹。

他声音粗哑，说的是金羌话：“好一把炎蛇剑。”

那人说出金羌话已经足够令游君山震惊，但更令他愕然的，是此人竟然认得出他手中这把剑。

炎蛇剑是他被金羌人捡回去之后习练武术才获得的。剑身用特殊金属打造而成，柔软坚韧，注入内力时银色剑身会变成红色，十分特别。此剑被游君山贴身收藏、使用已有二十余年，但极少有人知道它的名称，包括白霓。

“喜将军说，你这把炎蛇剑是天下至宝，可杀人于无形。”那人又说话了，“果然名不虚传。”

游君山一句话都没有应。他忽然纵身跃起，炎蛇剑急急刺去，直冲那人被兜帽覆盖的脸！

那人微微后仰，炎蛇剑几乎擦着他脸颊掠过，但伤不到他分毫。闪避中，兜帽滑落，一张大瑀人的脸庞出现在游君山面前。

“身为大瑀人，却口吐金羌话，什么来头！”游君山边叱边攻，但那人武功高强，每次眼看炎蛇剑就要刺中，却总被他轻巧躲过。两人一番来回，已到屋顶边缘。

那人旋身落地，抬头道：“我是奉喜将军之命来找你的。”

游君山仍是不信。他一声都没应，捏紧炎蛇剑，俯视那陌生男子。

男人年约四十岁，目光锐利，身手了得，金羌话更是流利顺畅。他见游君山不信，指着自己的脸说：“我是浑吐罗部族的人。”

浑吐罗部族是金羌一个极小的部落，族人原本栖身于勃兰湖附近，距离白雀关很近，长相与大瑀人丝毫无异。白雀关常有大瑀、金羌部队交战，多年前一次暗袭，大瑀军队点燃了勃兰湖附近干枯的麦草，浑吐罗部族陷入火海之中，全族两百余人一夜之间全数丧命。

“只剩我一个。”那男人又说，“你我境遇相同，使命相同，不必兵戎相见。”

游君山慢慢放下了剑，目光犹疑。

男人又说：“出发之前我见过你的妻子。她如今生活得很好，你的孩子很健康。”

游君山终于跳落地面：“你见过白霓？！”

男人点头笑道：“但你夫人脾气太差，并不理会我。倒是你的女儿十分有趣，不怕生，见到人就笑……啊，她哭过。”

游君山紧张：“怎么？”

男人回忆：“那孩子着凉不适，你夫人煮了姜汤，她不肯喝，哭得厉害。”

游君山神情一松，微笑道：“她也不喜欢姜味。”

“你不信我，我也不能信你。”那男人突然说，“你许久不与喜将军联系，一心一意跟在大瑀三皇子身边，想来已经另有打算。”

游君山怒道：“是喜将军从未联系过我！”

此话一出，他脸色大变，忙退了几步，左右张望。

长街无人，回头时男人已经笑着跃上屋脊：“我会再来找你的。游君山，你若背叛金羌与喜将军，我定亲手杀了你。”

游君山怒极，但知对方武功高强，不敢贸然追上去，眼睁睁看着他飘然离去。

此人正是沈灯。

沈灯离开游君山视线后，先掠到外城盘桓一阵，确定无人尾随后才折回头，前往靳岍所在之处。

“你给的信息里头，我只用了姜味这一点。”沈灯说。

靳岍坐在书桌前，面前是几本摊开的书。他拨了拨灯芯：“游君山极其厌恶姜味，但他在下属面前要面子，知道的人并不多，我也是听爹爹提过才无意记住。”

“很妙。”沈灯笑道，“我一说他女儿不喜欢姜，他态度顿时大变。我便捉住这个空隙，总算引出他至为关键的一句话。他一直在等待喜将军的联系。”

靳岍微微眯起眼睛，嘴角一丝轻笑，灯火中他那张温柔的脸庞竟显出几分毫不迟疑的狠辣。“今夜的试探，看来是成了。”他低声道，“多谢灯爷。”

沈灯今夜与游君山接触是靳岍计划的第一步。确定游君山与喜将军、金羌无联系之后，他之后的计划才可顺利进行。只要游君山确信沈灯是喜将军的使者，游君山便可以成为靳岍对付梁太师的一枚棋子。

之后一段时间，沈灯时不时便出现在游君山周围。他带来的白霓和孩子的消息越来越详细，其中种种细节，若不是长期与白霓来往，根本不可能知道。游君山对沈灯从半信半疑，渐渐生出信任。

转眼已近十月十五。这一日游君山路过潘楼，恰见靳岍、贺兰砜和陈霜。靳岍邀他进楼听曲。游君山本想拒绝，但禁不住靳岍热情相邀，最终还是随他一起进了潘楼。

四人在楼上要了个雅座，能居高临下听曲看戏。戏台上一张蒙了彩绸的桌子，上书“苏滚儿”三字。“今日是苏滚儿的班子。”陈霜说，“贺兰砜，就是你上次说听不懂的那出戏，和尚喜欢尼姑，还记得吗？”

贺兰砜瞥他：“我又不是傻子，前天才听，怎么会不记得。”

陈霜：“那你知道什么是和尚，什么是尼姑？”

贺兰砜：“总之都没有头发，都不得跟人结亲生娃娃。”

陈霜：“庸俗！”

贺兰砜以为他夸自己：“都是靳岄教得好。”

靳岄和游君山坐得稍远，回头笑道：“这两人凑在一块儿，就跟小孩一样。”

游君山仔细看他，低声说：“我见你和岑融生了矛盾，常为你担心来着。”

靳岄：“一些小事情罢了，不值一提。”

游君山却不觉得是小事情。岑融和靳岄的来往明显冷了下去，他为二人传递东西，感受颇深。

靳岄转了转手中折扇，轻声问：“游大哥，我能问你一件事吗？”

游君山：“尽管问就是了，不用客气。”

“我知道现在是岑融管着你，你要听他吩咐。我在仙门的一举一动你都要跟岑融报告。”靳岄看着游君山的眼睛，“你当时明明看见了贺兰砜，你知道他就在仙门出现，你也知道是他射出狼镝救我一命。可你没有告诉岑融这件事，为什么？”

“你还记得当时你为了追赶贺兰砜，做了什么事吗？”游君山笑着问。

靳岄一怔，他只记得被岳莲楼拎上马车，随后他独自骑马追赶，最后被岳莲楼打晕带回去。中间发生过什么，他如今是想不起来了。

“你这样拽着我呢。”游君山抓住靳岄的衣襟，“力气极大，模样极凶。你对我吼，停车！”

靳岄睁大了眼睛：“我，我对你吼？”

“连你也觉得不可思议，何况是我？”游君山松了手，拍拍靳岄的肩膀，“我从小看着你长大，从襁褓中的小娃娃到现在玉树临风的公子爷。靳岄，所有人都觉得你性子温和甚至懦弱，不言不语，不声不响，闷葫芦一般，即便受了欺负也没有反击之力。他们说你不像靳将军的孩子。”

靳岄怔怔听着。

“可我觉得，你真就是靳将军的化身。你心里有自己的标准，你不会为自己看不上的事情、看不上的人浪费时间，而一旦你有了想做的事情，想去接近的人，你一定会竭尽全力，绝不轻易放弃。”游君山说，“从小到大，你哪里跟人发过脾气？你什么时候吼过我？那令你情绪失控之人，对你必定意义非凡。”

靳岄此时再也忍不住，他鼻腔发酸，不得不在袍袖中狠狠掐住自己的手背。疼痛令他冷静，他问：“所以你才……”

“贺兰砜对你很重要，可对岑融，无关紧要。”游君山低声说，“我怎么能为了让他满意，而去伤你的心呢？”

靳岄紧紧抿着唇，片刻后才笑道：“游大哥，以前倒不晓得你这么会说话。”

“都是真话，没有花巧。”游君山拈起碟中肉干扔进口中，戏台上苏滚儿已经拿着扇子戏板上台，“我说过誓死追随小将军，西北军的人，从来一言九鼎。”

“你也说过，一生为大瑀尽忠，为爹爹粉身碎骨。”靳岄轻声道。

苏滚儿一张嗓子忽男忽女，灵活万变，此时唱完一段，欢呼声四起。游君山一时没听到靳岄说的话，低头侧耳：“什么？”

“多谢游大哥。”靳岄换了个笑容，“有你在我身边，我觉得万事都稳妥许多。”

游君山也笑：“你喊我一声游大哥，我自然要尽兄长之责。”

几场戏听下来，靳岄似是心情绝佳，一直笑着。

与游君山告别后，靳岄带着陈霜和贺兰砜去拜访谢元至。小童引他入内，靳岄坐在谢元至书房里，一张脸像罩了冰壳，没有半分表情。贺兰砜从未见过谢元至，今日是靳岄说要把他介绍给先生他才高兴跟过来。

“见你和他聊得起劲，我以为你是真高兴。”贺兰砜说，“是他说了什么惹恼了你吗？”

靳岄告诉他仙门的事情，贺兰砜愈发不解：“这说明他对你还不错。”

“是啊。”靳岄低声道，“越是知道他疼我、爱我，顾念着我，我便越发恨他。”

贺兰砜不说话，只轻柔拍打他的肩背。

谢元至不知何时已经站在书房门口，笑眯眯看着房中两人。

靳岄忙为二人引见。谢元至上下打量，啧啧称奇：“我从未见过这般挺拔英俊的高辛人。你识字吗？”

贺兰砜："懂得一些，靳岄和大姐教我的。"

谢元至对他愈发欣赏："好哇，孺子可教。"

贺兰砜又答："都是靳岄教得好。"

谢元至挺喜欢贺兰砜的性子，两人聊得热烈，偶尔有些驴唇不对马嘴之处，也各自能自圆其说，实在是其乐融融。聊到后来，殷氏和小童也凑了过来。贺兰砜跟他们说驰望原的景色，说烨台的风俗，说高辛人的传说，真正是滔滔不绝。靳岄坐在一旁听，有时随之笑笑，很快又陷入沉默。他知道游君山对自己并不差，但越是明白这一点，胸口那猛烈的仇火愈是不能熄灭。

当夜，游君山在自己的小院子里再次迎来了沈灯。

"不必拘礼，你坐下吧。"沈灯对游君山说。

他自称巴罗沁，游君山也用这个名字称呼他："巴罗沁，喜将军到底如何打算？"

"莫急。"沈灯笑道，"喜将军确实有事情想让你去办。而且这是你在大瑀的最后一个任务，完成之后，你便随我回金羌。你的夫人和女儿都在金羌等着你，之后一家团聚，不必再受分离煎熬。"

游君山心中大为震动，他不得不控制住自己的狂喜："我要做什么？"

沈灯："杀梁安崇。"

这个名字大大出乎游君山意料，他沉默地等待沈灯解释。

"西北军现在由张越统领，张越是梁安崇的女婿，而我军正与西北军对峙。"沈灯说，"与靳明照、建良英这样的良将相比，张越实在不足为惧。只不过如今背靠梁安崇，军需资源应有尽有，武器粮草充足，才能顽抗。"

游君山："白雀关不是破了吗？"

"对。白雀关破，喜将军与张越正在封狐城外对峙。"

"我近日听闻，金羌已经派来使臣，要与大瑀议和割地。"游君山又说，"如此势态，还要杀梁太师？"

"必须杀。"沈灯斩钉截铁，"议和时间漫长，若是杀了梁太师，张越没了倚恃，立刻就会崩溃。到时候我军长驱直入，再取封狐。只要把封狐拿捏在手，议和对我们就更加有利。王对封狐是志在必得，但我们不仅要封狐。"

游君山："我在岑融身边，听说使臣带来的要求是，列星江上游，从封狐城起，到此江中段的昌良城止，全都划归金羌。”

饶是沈灯已经做好准备，乍听到金羌胃口居然这般大，也不禁微微一怔。他立刻调整自己的表情：“没想到你也知道此事。”

游君山低头不语，似在思索。沈灯不让他有犹豫之机：“你不愿意动手？”

“我现在是岑融的人。”游君山说，“朝中上下都知道岑融和梁太师矛盾重重。我若是动手，矛头直指岑融。”

“所以为何不可？”沈灯一笑，“你做完了这件事，我立刻带你回金羌。你不再是大瑀人，不再是岑融身边亲随，你顾虑这个有什么用？”

游君山仍旧不应，但也并未拒绝。

沈灯冷笑道：“喜将军说得没错，你在大瑀逗留太久，牵连太多，已经忘了自己的身份。”

游君山忙回应：“我没有！”

沈灯：“游君山，不必多想其他事情。你只要牢牢记住，等你回到金羌，你就是一个自由自在的人。你同你妻子、女儿生活在一起，彼时连喜将军也不能再使唤你。牧羊、跑马，金羌那么大的地方，还放不下你一个小家？”

沈灯每次见游君山，并不会逗留太久。他谨慎地掌握着两个人说话的分寸和态度。游君山起初对他不信任，但现在已经完全相信他就是喜将军派来的人。可下手杀梁太师，仍旧令他忐忑不安。

沈灯把此事告诉靳岍，靳岍却认为游君山的动摇已经十分宝贵。只要他流露出动摇之态，沈灯就能继续说服，直到让他心甘情愿，抓刀砍向梁安崇。

“游君山并非穷凶极恶之人。”靳岍说，“他心中唯一可动摇的地方就是白霓姐姐和他们的孩子。只要用这一点来进行说服，游君山一定会愿意的。他对梁京、大瑀并无留恋，但我相信，他对白霓的感情是真的，否则他不会冒着被发现的风险，无数次靠近白霓，只为了同她说话，同还未出生的孩子说话。”

沈灯站在靳岍面前，沉默片刻才说：“小将军现在心肠也硬了。”

靳岍一愣：“什么？”

沈灯笑道：“只要能除去游君山，利用白霓也没有什么不妥。”

靳岍答：“我心无愧。”

沈灯猛然被他平静的眼神震动。此时陈霜走入院中，是岑融来了。

岑融不仅来了，还牵着一匹皮毛油亮、结实健壮的黑色骏马。靳岄以前日日都看烨台的马，也听贺兰兄弟说过怎么分辨马种，他一眼辨认出这是一匹纯种的高辛马，极为难得。

此马浑身黝黑，乍一看和飞霄倒是有八九分相似。

“明日是你生辰。”岑融开口，语气自然得仿佛两人之间的龃龉从不存在，“这马儿是我花高价买来送你的。”

靳岄绕着那马儿看了又看，终于从记忆深处捞出些许相关的印象：“这是不是盛鸿花百银买的那匹高辛马？”

岑融：“你认得出来？”

靳岄：“当日纪春明和卫岩给我看过他们抄查盛家的物品名录，其中有一匹罕见高辛马，价格昂贵。只是后来又被人从名录中删去，你说那是盛可亮赠给你的，便这样拿走了。”

岑融失笑：“纪春明还真是什么都愿意同你讲。”

这匹马太昂贵，靳岄不肯收，虚虚地向岑融道谢：“表哥能记住我的生辰，靳岄已经十分高兴。正好打算与你商量一件小事。”

岑融难得见他态度和缓，想来之前的争执也算是过去了，他不知靳岄记仇，以为他已经原谅了自己，心中自然畅快：“你说吧。”

靳岄：“回京后多得表哥收留，但我长期寄住此地，也是不妥。明夜堂有一处空置的院子，我去看过，位置好，不大不小，十分合适。”

岑融脸色变了又变，许久才长叹：“你仍旧怪我。”

靳岄：“不敢。”

二人一时无语，只是相互看着。岑融这才明白，当日无意中说出的真心话，已经彻底让靳岄心寒。他霎时间有许多话在喉头滚动，但思来想去，最终咽回肚中。靳岄对朝堂确实是毫无兴趣，他试探劝说多次，没有一丝效果。

“你离开后，以后是都不打算见我了？”岑融问，“当日你说不会离我而去，原来只是谎言吗？”

“表哥是要同我翻旧账吗？”靳岄笑道，“那你我可得找个时间好好坐下，这旧账不止一份。你对我的承诺，我对你的承诺，细细梳理，确实有很多可谈之处。”

岑融彻底放弃：“那你离开这宅子之后，就再也不管朝堂之事了？无论我在这风云里如何艰难，你都不理会？”

“我要对付游君山。”靳岄说，“表哥，如何下手，如何处理，我现在不能对你说。但这计划对你绝对没有任何坏处。相反，我还会给你制造一个机会，让你在官家面前再长一回脸。”

岑融心中微惊，但靳岄只是让他等着。“时机出现时表哥自然会知道的。你切记不要说错话、做错事。”靳岄说，“机会我会帮你制造，但你能否抓住这个机会，全看你自己。”

岑融流露几分感慨：“你心里还是有我的。”

靳岄笑笑，恢复了平时对他的称谓:“三皇子言重了。你是皇子，我乃平民，敬重你是应当的。”他想了想，又加重语气说，“三皇子要争那天下独一份的位置，芜杂事情最好全都放下。”

岑融怔怔注视他良久，终于塌下肩膀。“好。”他说，“我会牢牢记住。”

离开时，岑融把那匹高辛马也一并带走了。他给靳岄留下一张请柬，原来十月二十将在大源寺举行狮子会，他邀请靳岄也一同去听讲经。

目送岑融离去，陈霜微微侧身说：“我以为……你和岑融见了面，至少也会打一架，骂几句。”

“不想浪费时间了。”靳岄答，“尤其不想在他身上浪费时间。”

只是岑融竟然还记得靳岄的生辰，靳岄有些吃惊。他难免想起去年的十月十六，他乘坐的船还在列星江上晃荡。当时他浑浑噩噩，发着高烧，没有闲心去想自己的生辰，满脑子都是左臂的伤和被击碎的鹿头。这无比珍贵的一日，就这样无声无息地过去了。

岑融的举动令他心里确实有过一霎的感动，但那点儿震荡，已经无法撼动心头坚硬的壁垒。

得到岑融许可，当天靳岄就和陈霜收拾行李。纪春明和瑶二姐也来帮忙，众人收拾好之后发现，靳岄的行李极其简单，陈霜回忆比较，竟然只比之前多出两箱书而已。

四人坐马车前往明夜堂选定的宅院。那院子就在明夜堂后头，得出外城才到，离宁元成的家并不远。靳云英和贺兰砜早在院里等着了。院子虽小但一应俱全，收拾得整齐干净。靳岄下了车，先奔过去抱住姐姐，贺兰砜接过行李等物，俨然主人般进屋安置。

院子实际已经不是明夜堂的产业。在章漠离开梁京之前，他安排岳莲楼暗地里去办理房契地契的手续，现在这儿完完全全是属于靳岄的家。他终于能跟自己的亲人同住。

当夜，陈霜和瑶二姐张罗了一桌好菜，一桌子人满满地坐着，十分热闹。靳云英如今还处在岑煅的保护之下，她以往常在梁京活动，京中不少官宦子弟、女眷都认得她，岑煅叮嘱她减少外出。靳云英便提前一日给靳岄做了长寿面，面条柔滑洁白，靳云英端得颤颤巍巍。靳岄知道她要强，决定袖手不帮，笑着看她把面碗小心放在桌上。

"好久没吃姐姐的长寿面了。"他说，"吃完这面，你还得给我礼物。"

贺兰砜扭头看纪春明。纪春明一面紧盯正和瑶二姐低声说话的陈霜，一面草草解释："大瑀人过生辰就是要吃长寿面的。"

贺兰砜还想再问，但见纪春明心不在焉，只得作罢。他不由得也开始回忆，自己的生辰到底是夏季的哪一天。

第二天一早，靳岄从床上醒来，神清气爽心情畅快。

这院子小了点儿，没有池塘、亭子和假山石，但养了两只猫，一早上就在院子里相互打架，喵喵乱叫。家中没有乱七八糟的管家仆从，没有看门的人，岳莲楼给他派来两个轮换的年轻人负责打扫卫生，还有一个做饭的妇人，此外便只剩陈霜了。

靳岄忽然想起一件怪事，他很久没见过岳莲楼了，就连自己搬家这么热闹的事情岳莲楼也没出现。他出门打算找陈霜问一问，便见陈霜匆匆从外面走入，一脸不耐烦："贺兰砜来了，还带了个臭烘烘的四脚畜生。"

扫地的明夜堂帮众在旁嘀咕："明明是绝世靓马。"

靳岄霎时忘了岳莲楼，出门时果真看见门口站着一匹白马。

初冬时节仍有融融暖阳，那白马立在门前，皮毛发亮，鬃毛和尾巴却是浅金色的，异常夺目。靳岄被这绝世靓马惊得呆住，扭头才看见贺兰砜站在门边，带着几分得意挑挑眉毛："喜欢吗？"

靳岄："你的新马？不要飞霄了？"

贺兰砜："你今日生辰，给你的。"

靳岄惊呆了："你什么时候买的？昨晚上离开的时候，城门和马市已经都关了。"

贺兰砜："一个月前跟岳莲楼买的，五两银子。和岑融那匹百银的高辛马不能比……你喜欢吗？"

靳岄感动坏了，心知一定是陈霜跟贺兰砜说了岑融赠马之事："纵然他人有百银、万金，我只喜欢你送我的马儿。"

贺兰砜咧嘴笑了："今日宁元成当值，我回去啦。晚上再来找你。"

那马儿看起来骄傲，实际十分温驯。靳岄家中没有马厩，他便把马儿牵到明夜堂后门。小院与明夜堂后门只隔一条小巷，陈霜早已等在那里，帮他安排这臭烘烘四脚畜生的寄养之事。

靳岄一见到他就笑。陈霜奇道："笑什么？"

靳岄："你真好啊。"

突然被这么一夸，陈霜有点儿尴尬："我，我好吗？"他牵过马儿，扛不住靳岄一直冲自己笑，那张严肃的脸终于露出笑意，"你今天生辰，我不惹你生气。"

靳岄继续赞他："你什么时候惹过我生气？你是天底下最好的陈霜。"

"行了行了。"陈霜皱眉摆手，"学什么不好，学岳莲楼那套。"

靳岄总算想起自己要找陈霜问的事情："怎么这几日都不见岳莲楼？"

陈霜皱眉回想，似乎也觉得古怪。岳莲楼在明夜堂里总是吵吵嚷嚷，但最近竟像是销声匿迹一般，没了踪影。他去问明夜堂帮众，帮众也说不出个所以然，只知道岳莲楼不仅不出现，帮里积攒的事情他也没处理。"最出奇的是，连鸡儿巷他也不去了，这半个月来咱们没收过欠债还钱的单子。"那帮众挠头，"不过也不是什么稀罕事情。阳狩常常去办我们都不晓得的秘密事情，这回应该也是。"

靳岄却想，不对，不可能。如今章漠远赴赤燕，他叮嘱岳莲楼保护自己，岳莲楼不可能擅自离去。但这一整日，在陈霜、明夜堂帮众和沈灯口中，靳岄都没能问出岳莲楼的行踪。

夜幕刚刚降临，贺兰砜便骑着飞霄过来了。他约靳岄出城跑马。"梁京外城没有草原，不过山脚下勉强可以跑跑，你去吗？"

靳岄："好啊！我去牵马……"

飞霄背上的贺兰砜已经冲他伸出了手。

靳岄回梁京之后极少出城，寥寥几次也都是为了扫墓祭拜。贺兰砜有宁元成的腰牌，一路顺利，并未受到阻拦。

飞霄驮着二人在初冬的冷夜里奔跑，靳岄披着狐裘，忽然想起一些以前的事情。

他那时候年纪还小。袭辉同靳云英定亲后，常常会到家里来找靳云英说话。靳家没有大户人家的诸多规矩，纵使有规矩也根本困不住靳云英，她常常牵着马儿跟袭辉会面，两人要不就逛街，要不就出城跑马。靳岄不过八九岁，正是最亲近姐姐的年纪，靳云英在他眼里就是无所不能的女侠，他不顾母亲阻拦，总是死乞白赖抓着姐姐的马儿，要跟他俩一起出去玩。袭辉只好带上他这个甩不脱的跟屁虫。偶尔跟靳云英拌了嘴，还得讨好靳岄让他从中调和。

“这条路一直往前走，有一个小湖泊。”靳岄指着前方说，“湖边有梅园，二三月时很美。”

此时梅园只有枯秃秃的枝干，在夜里冷冷地支棱着。此间主人安排两位老翁看守，但天气太冷，两人早躲得无影无踪。贺兰砜和靳岄下了马，牵着飞霄走进梅园。城外比城里冻得多，霜气挂在树梢，人一张口就是一团白气。

灯火昏暗，好在天上正悬着十六的圆月亮，照得地面霜雪般白。

靳岄跟他聊起自己的诸般安排，一切进展均顺利，距离他计划中的那一日是越来越近了。

“纪春明和卫岩帮了我许多忙。”靳岄说，“他们花了将近两个月时间，在各处秘密搜集问天宗的银钱往来之讯。梁太师至今毫无察觉，我只盼他最好永远不察觉。”

卫岩与纪春明有过争执，朝堂民间也有各种流言蜚语，两人平时见面，只互相淡淡问候而已。靳岄原本以为说不动卫岩，不料纪春明使足牛皮糖功夫，拉下脸皮，竟真的说服了卫岩。二人依赖明夜堂的江湖人脉，绕过朝中万千眼线，谨慎小心地摸查探索。

贺兰砜听陈霜说过纪春明的事情，问：“纪春明愿意做这样的事情吗？我听说，他是很刚正的人，做事只求光明磊落。”

“我也怕哩。但纪春明懂得轻重缓急。”想起杨松儿一案中的纪春明，再对比如今的纪春明，靳岄叹道，“他那时刚正不阿，做事一板一眼，江湖、庙堂分得清清楚楚，犟得可恨又有趣。如今不到一年，连他也变了。”

“这不好吗？”

“我也变啦。”靳岄仰头笑着说，“我可以利用白霓来左右游君山，我还利用纪春明来说服卫岩参与到调查之中。为了目的，我已经成为不择手段之人。”

贺兰砜低头注视他，拨开冷风吹乱的鬓发，低声问：“那你什么时候利用我？”

靳岄不答，只是看他。这头驰望原的邪狼总有自己的逻辑、自己的原则，轻易就能打破靳岄加诸自身的束缚枷锁。他甚至怀疑，自己做的一切事情在贺兰砜眼里都是正确的，绝不必质疑。几乎同时，他想起了贺兰砜曾说过的话。

靳岄心中一叹，他差点儿忘记了，高辛人用生命来信任自己的勒玛。勒玛胜过他们的生命，胜过大地和苍穹的规则，更别谈人世俗律。

天上月色透亮，他们往梅园深处走去。

转眼已到十月二十，大源寺的狮子会是十月最盛大的佛节。这一日大瑀各地都有信众赶来，听得道僧侣在狮子座上讲经论道。而大源寺外漫长的五六里路，全是售卖小佛像、佛珠、佛香的摊子。因来往人多，自然也有不少热茶水、热汤面叫卖，还有鸭梨、干枣、油饼和头面、钗环、鞋袜，一路热闹非凡。

只不过今年狮子会十分特殊，十月二十早晨，本该沿街摆卖的摊贩无人出现在山道上，只有一列列车马沉默前行。因官家病重，岑融、岑煅等皇室子嗣邀请鲜少出现的布衣佛僧明远大师在大源寺为官家祈福，并开坛讲道。这一路上戒备森严，行列肃穆。

唯一的闲杂人靳岄对狮子会兴趣寥寥，但为了见岑煅，还是去了。

他对明远大师毫无印象，偏生明远大师一瞅见靳岄，立刻疾步走过来，似是见到旧友：“你同靳将军年轻时很像。”

明远三十多岁便开始云游四海，一身百衲衣，颜色陈旧纷杂，靳岄见他白眉白胡子，怎么都想不起自己在何时见过这人。

明远大师捋着胡子笑道：“你出生之时，我曾为你勘过命。”

靳岄恍然大悟。这位得道高僧曾预言靳岄以后出将入相、呼风唤雨，以及一生平安顺遂无灾无厄，更有儿孙满堂、白发齐眉的福气。总之都是听了让人高兴的好话。

“大师看我如今怎样？”

明远大师仔细看他，笑道：“施主有心劫。”

靳岄：“心结？”

“是劫数。”明远大师道，“快要来了。小将军可得仔细提防，守定本心。”

“能躲过吗？”

“这是命数，躲不过。”

靳岄笑道：“大师，我不信命。”

明远大师摸着胡须摇头不语。群臣越来越多，在大源寺里排成四列，为首的便是三皇子岑融。

靳岄无官无职，在队末闲站着。他压根儿听不清明远大师的话，只听见钟鸣之声浩荡传来，众僧齐呼佛号，群臣跪拜，一声声地重复明远大师口中的偈语。阴沉的天空正酝酿着今年的第一场雪，靳岄俯身下跪，忽然想起自己幼时初见官家，战战兢兢，也是这样跪在那黄袍中年人面前。

官家抱起他，说他机灵可爱，把御厨做的栗子糕放在他手心，喊他“岄儿”。靳岄眼眶一热，不禁咬了咬嘴唇。他熟悉的人在一个个逝去，天地间风雨飘摇，他又何尝不是摇摇欲坠。

祈福仪式过后便是狮子会讲经。明远大师等高僧坐在狮子形状、装饰精美的石座上，与群臣谈经论道。

靳岄听了一会儿，看见宁元成匆匆走入，在岑煅耳边说了几句话。岑煅起身离去，靳岄坐在最边缘，也悄悄跟着走出大殿。

待岑煅跟宁元成说完话转身，靳岄恰好站在他必经之路，手藏于袖中，定定看他。

“来找我说话吗？这儿风挺大，你这毛裘得穿紧实点儿。”岑煅并不因靳岄上次见面时不够礼貌而发怒。

靳岄笑着问：“你不怕跟我说话，给我惹上麻烦了？”

岑煅：“你不是从三哥那里搬走了吗？”

靳岄心道，贺兰砜还真是什么都跟岑煅讲。

岑煅低声问："对付游君山和梁太师，你果真还是用那法子？"

靳岄："当然，局已经布好，狮子会之后便可行事。"

岑煅向来不齿这样的行径，但这些事情由靳岄去做，似乎就变得理直气壮起来，他找不出辩驳的理由："栽赃陷害，不是君子所为。我不参与，就当作我什么都不知道吧。"

靳岄想了想，低声问："五皇子，你觉得大瑀如今好不好？百姓过得安乐不安乐？"

不等岑煅回答，靳岄又一字一字低声道："你是否想过，改换天地？"

靳岄问得直白，岑煅心中震动。

"连你也……"他只说半句便停口不语，眉心紧蹙着，像是听见了什么令他厌恶的话。

"从没有过？"靳岄又问，"身为皇子，太子在位时便罢了，可太子已经离世，你难道从未生出过这样的念头？"

岑煅肯定回答："无论我是否有这般念头，如今都不重要。"

"官家怎么想的，你晓得吗？"

"爹爹对我素来平淡如见邻人之子，二十多年来，我已经全然习惯。他挂念我亲近我，不过是因为病中忧思多，且时时想起太子哥哥罢了。"岑煅答道，"爹爹一生冷硬果断，不会因为年迈的心软而改变自己选择的原则。"

"我却认为，官家如今看你，是看自己的儿子，也是在看未来的君王。"

岑煅："我了解自己的性子，不屑于使用钩心斗角的手段，更不适合当万人之上。"

靳岄又问："你认为朝廷是一个人的朝廷？所谓庙堂，莫非只有天子位，却无朝臣座？"

岑煅："何解？"

靳岄："为人君者，无不愿造万代盛世，然盛世非一人之功。俗语有云，一手独拍，虽疾无声。天下事汤汤如水，即便你是天降的圣君，你孤身一人，就能成堤成坝？"

定山堰之事在朝堂上闹得沸沸扬扬。工部尚书受罚，主持定山堰开闸之事的岑融也被官家多次斥责。如今边境告急，兵部四处征用粮食，偏偏沈水下游又受灾严重，万千饥民张口待喂。靳岄一开口，岑煅便懂了他的意思。

“龙嘘气成云，然龙弗得云，无以神其灵。世有忠臣良臣贤臣，亦有奸臣逆臣佞臣，而最缺的，恰好是这二者之间的能臣。”靳岄说，“盛世应有明君，更不可缺少能臣。”

岑煅：“能臣从来难得。”

“若你可得能臣，你是否愿意与岑融一争？”

岑煅只是沉默。靳岄不再逼他，话锋一转，说起了游君山的事情。针对游君山和梁太师的局已经布下，狮子会之后便会收网。他提醒岑煅，之后岑煅可能会被牵扯入一场岑融和梁太师的争端中，但岑煅只需要说真话、表真情就好，不必说谎更不必隐瞒。

岑煅：“你要我做什么？”

靳岄：“若你愿意在这件事上帮我一个忙，那就在狮子会结束之后，与梁太师一同离开，最好能一路随他回家。”

岑煅：“当然可以。”

靳岄说的话令他有些许的动摇，却还未能完全让他改变想法。但能在诛杀游君山一事上帮上忙，岑煅是很乐意的。

见他欣然答应，靳岄有几分感慨。“万一这事情会牵累到你呢？万一我骗你呢？”靳岄笑问，“你就这样信我？”

“我信你。”岑煅看着他，“如果你的计划失败了，我会亲手诛杀游君山。”

靳岄满心的盘算被岑煅这一句话完全搅碎。他回到梁京之后，所见之人、所经之事，无不令他逼迫自己变得复杂、狡猾，偶尔遇到纪春明、岑煅这样的人，靳岄反倒要担心他们如何在诡谲高墙内活下去。他怔怔看着岑煅，一时为贺兰砜与他相识而庆幸，一时又感到愧疚难安，为自己即将把这个人推入旋涡中而难过。

“多谢你和瑾妃娘娘照顾那株茶花。”靳岄说，“我从未见过外祖母，但能与她一样看过一棵树、一朵花，我心里也觉得高兴。”

他向岑煅行礼告别，走回大殿。明远大师仍在论道，每说完一句，木鱼便响一声。和尚身后是庄严佛像，慈目低垂。靳岄不信神佛，呆立许久，忽然双手合十，俯首拜了一拜。

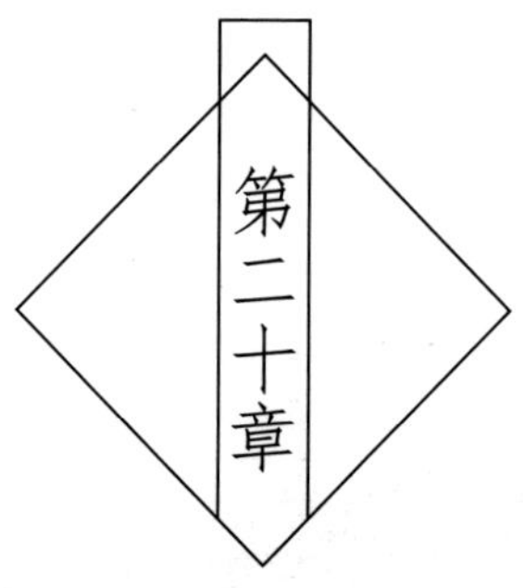

诛杀

斋宴结束已是傍晚，梁安崇的车队走出半里路，便见宁元成在路边等着。原来是岑煅有话要跟梁安崇聊，专程在这儿等待他。原来岑煅听说梁安崇认识一位江湖神医，医术高明但行踪不定，他想问些细致问题，自己着人再去寻找。

梁太师又惊又疑。自从岑煅回来，他几次邀请都被拒绝，偶尔聊起张越和西北军的事情，岑煅才勉强积极一些，如今怎么主动靠近？但见岑煅仔仔细细地问神医的籍贯、打扮、模样，梁安崇渐渐地也消了疑虑。跟岑煅这样的人打交道，他素来是不想花太多心机的。

天太冷，进城之后路上行人同样稀少，宁元成和贺兰砜率队跟在梁太师的马车之后，警戒周围的情况。长路静谧，只有马车上悬挂的铃铛泠泠作响，与齐整的马蹄声、脚步声混在一起。

“驰望原的雪很大吧。”宁元成问贺兰砜，“这是梁京的第一场雪，往年这个日子，封狐城早就内外俱白，一片茫茫……”

他话音未落，忽然抽刀往马车上一砍！

“当”的一声脆响，竟生生砍断了一支激射而来的木箭！

“有刺客！”梁太师的卫队立刻展开护卫之势，将马车团团围在当中。路上的油灯一盏接一盏地灭了，石子打灭火焰的扑扑声不断接近，像脚步声一样。四面就这样迅速地暗下来，随即便是叫喊砍杀之声。梁安崇原本镇定，但车窗突然破开，一柄长剑砍断木条往他面前平平划来，他登时吓得喉中低声一哼，甚至来不及躲避。

眼见刀刃就到鼻尖，岑煅忽然一把抓住那刀刃狠狠往外一推。那人收刀上跃，咚地落在车顶。

“五皇子！你的手！”梁安崇忙抓住岑煅的手细看。好在岑煅手上一直戴着韧皮手套，刀刃只伤了皮。车内狭窄，岑煅抓了佩剑起身：“太师安坐，我去会会这刺客。”

他跃出车外，周围十来名护卫竟然全被那黑衣刀客砍倒，躺在地上呻吟。刀客手上一柄薄刀，在雪光中正高高举起，唰的一声从顶部插入马车之中！

黑箭掠过，是贺兰砚骑在马上冲那刀客射出一箭。刀客在车顶一滚，两层箭尖的狼镝扎进他右臂，他不知箭头有这样的设计，咬牙把箭拔出——不料一拔之下，伤口竟豁得更大，一股浓血溅在车顶。

那刀便偏了一偏，恰好刺在梁安崇身前。梁安崇从马车中滚出来。有两名护卫把他拖起，转身就跑。

“太师别走！”岑煅断然一喝，“提防刺客有帮手！”

宁元成带着几位士兵上前保护踟蹰不前的梁安崇，破声大吼：“将军别斗了！这人功夫厉害，不是寻常刺客！”

岑煅已经和那黑衣人在马车顶上打了二三十个回合。贺兰砚始终骑在马上，身形不动，他箭术厉害，狼镝又锋利，箭箭入肉，那黑衣刀客腿上扎了两支箭，已经隐隐地站不稳了。

“巴罗沁！”刀客忽然哑声大喊。

他在喊出这一声的瞬间，把手中薄刀奋力掷出——薄刀如破空之箭，刃光雪亮，直冲梁太师而去！

漆黑夜空中掠过一个人影，动作竟然比那黑衣刀客更为迅捷。又听“当”的一声兵刃敲击之声，是一支黑箭击中薄刀，薄刀准心偏离，“刺啦”一响，把梁安崇身边一个护卫从头到腰剖开。

若不是宁元成搀扶着，梁安崇已经软倒在地。他半边身体被那护卫的热血泼透，不禁抬头望向车顶刀客。

那从旁掠来的人影竟然不是来帮刀客的——他蒙着脸，作势去拉那刀客，手却在刀客脸上一扯。蒙面布条与人皮面具齐齐被扯下。刀客愤然一吼，梁安崇抬头时恰好见他露出面目，惊得失声：“游君山！”

刀客从车顶滚下，捡起地上护卫的佩剑，拔足狂奔。

宁元成恰在此时大喊：“将军莫追了！”

他话音刚落，贺兰砜已经驱马紧追而去。一场突袭落幕，岑煅在雪地上捡起人皮面具，那无端掠过、无端出手的人动作极快，又穿了一身黑衣，若不是岑煅离得近，只怕根本看不出还有人经过。他转头看梁安崇，梁安崇根本没察觉还有第二个黑衣人，他一张脸由惨白渐渐转为涨红，恶狠狠咬着牙，用尽力气吐出一句：“好哇，岑融！”

另一边，贺兰砜骑着飞霄紧追，但沿途有许多小巷窄道，马儿奔跑太慢，他弃马狂奔，看见游君山蹿上屋顶不住飞跑。

游君山跑得越快、越猛，狼镝造成的伤口就越是撕扯得狰狞，一路上的血迹先是逐滴逐滴落地，跑到后来竟连成一线，融化了地面上薄薄一层落雪。

雪夜静谧异常，游君山跌跌撞撞。他听见身后与身旁有追逐的风声、脚步声，慌不择路穿街过巷，只求保命而已。拐过巷口，他几乎拖着伤腿挪步，忽见一个黑衣人从天而降，足尖一踏，数枚小鱼飞刀冲自己袭来。游君山只得扭身一避，从燕子溪上小桥跑过，脚底一滑，摔倒在地。

这一摔，他几乎不能立刻站起，抬头只看见长街漫漫，自己则头晕目眩。但这地方他是熟悉的，他曾经来过这儿许多次，在过去，在回梁京的这一年时间里。

清苏里的家家户户门前都挂着照明的灯笼。除了门上贴着封条、落了大锁的靳府。

游君山登时明白，是那些人逼着他一路狂奔，直至来到靳府门前。这是草原猎人惯会使用的办法：追击大型猎物时，不断用箭矢射击它试图前进的方向，逼猎物受惊转身逃窜，直到跑进预设的陷阱里。

他用佩剑支撑自己起身，回头时果然见到身后绿色眼瞳的青年。

“贺兰砜……”游君山咬牙道，“没有什么巴罗沁，没有金羌和喜将军的口信。一切……都是靳岄的计划……”

他边说边喘，手心全是血，佩剑抓握不住，猝然落地。贺兰砜眼前忽然一花，往后连弹几步——纵然他退得极快，头发也免不了被削断数根，脸颊上更是隐隐一凉，被划了一道小口。那柔软的武器砍入身旁大树，在树干上生生割出一处刀痕。

游君山手上不知何时竟多了一柄软剑。他将内力注入软剑之中，柔软如纸的剑身渐渐绷直，显出一层醒目的暗红。

站在不远处房顶观战的陈霜正收拾自己的小鱼飞刀，他看见游君山这柄软剑，大吃一惊："灯爷，这就是炎蛇剑？可这材料不是……"

"对。"沈灯点头，"岳莲楼那两把凤天语用的也是这种异色金属。你听他说过凤天语的来历吗？"

陈霜摇头："没有。最近你见过他吗？他去了哪儿？"

沈灯微微摇头："你不必问。岳莲楼没事，只是去探问一些让他心焦的事情而已。"

陈霜顿了顿，又说："咱们不去帮贺兰砜吗？他打不过游君山的。"

话音刚落，游君山已经持剑袭向贺兰砜。他伤势极重，不过在原地站了片刻，脚下已经是一汪血洼。纵使如此，他动作仍然利落迅疾，突刺、劈砍、拖甩，炎蛇剑在他手中忽软忽直，贺兰砜招架不住。眼看被逼到燕子溪边上，贺兰砜长手一伸，抓住一根树枝便往上直跳。

游君山前行攻击，一直拖着伤腿，如今贺兰砜跳上树梢，他要回退防守，一时不能站稳，眼角余光看见贺兰砜举着手中大刀从树上一跃而下。

这是驰望原猎人砍熊的致命一刀！从上而下，力若千钧，破头裂骨——

贺兰砜这一刀中还蓄着远桑教他的力道，他长声一吼，刀势如雷如风，瞬间砸向游君山！

游君山吃力举剑横挡，实在撑不住贺兰砜的大力，咚地单膝跪倒在地。他的炎蛇剑虽然灵活，但挡不住实打实的力气，剑尖刀刃相交，随即一滑，刀刃砍入了他肩膀，"哧"的一声闷响。

"贺兰砜！"游君山愤怒大吼，"你是高辛人！与我有什么仇！"

贺兰砜不言不语，继续下压大刀。炎蛇剑一软，游君山把软剑甩向贺兰砜腰腹。但已经来不及了——大刀狠狠一拖，游君山右肩连同右臂被一同砍下，那胳膊斜飞出去，扎进雪地里。

他奋声痛呼，一吼未消，耳朵忽然嗡嗡作响。随即心口一凉，有什么从背后透胸而出。

游君山一时恍惚。他仿佛回到了两年前的白雀关，烽火连天，冲杀处处，金羌的旗帜、莽云骑和西北军的旗帜，在飞雪与烟雾中翻卷。他急促地喘气，握剑的手颤抖着，往身前之人后背猛刺。

“雪真大啊。”在这一战开始之前，靳明照站在封狐城城墙之上说，“不知白霓和岄儿如今到了哪里。”裘辉接话：“不管去了哪里，此战过后，我们便去北戎接他们回家。君山，你去过北戎吗？”

游君山满耳都是嗡嗡声。他低头，看到透胸而出的剑尖。冰凉的金属被热血浸得滚烫，他用仅剩的那只手碰了碰剑刃，身体的剧烈疼痛令他眩晕，令他忽然回忆起靳明照回头看他的那一眼。

他跟随的忠昭将军何等厉害，即便不解、震愕，也仍在回身的瞬间，给了他几乎可以让他毙命的一剑。

游君山回头，用自己也听不见的声音喊：“靳岄。”

靳岄半张脸布满喷溅的血，双手握紧剑柄，长剑几乎没入游君山背部。游君山右肩的血像水一样淌着，靳岄的衣袖、前襟，全都染成了红色。他的眼也是红的，里头盛着熊熊烈火，能把游君山焚烧殆尽。

那是游君山从未在他脸上见过的表情。靳岄分明流着泪，却又似乎怀着永远不能消去的仇恨。游君山想起与他重逢的时候靳岄也是这样哭。哭着也笑着，久别重逢，欣喜若狂，就这样扑进自己怀里。

他想给靳岄擦眼泪，但他没有手。

靳岄拔剑，血开闸般涌出来，游君山仰面躺倒，冷雪落进他的眼睛和嘴巴里。他什么都说不出，心里却像是松了一口气似的，生出几分释然的平静。

他还没给自己的孩子取名字，他希望她长得像白霓。

贺兰砜从靳岄手中接过那把被血染透的剑。靳岄紧紧抓着，一时竟然松不开。他完全没意识到贺兰砜在身边，只是瞪着躺在地上的游君山。天太冷了，不能哭，会哭坏眼睛，但他的眼泪完全停不住。靳府就在不远处，冷清萧瑟。他回到梁京的桩桩件件不过是一次次重复提醒：他确实永远回不去了。

游君山忽然在地上挣扎着，用仅剩的那只手抓住靳岄的衣角。他已经没多少力气，但还要拼着命说话：“靳岄……别跟高辛狼子一起……别信他！”

靳岄冷冷垂眸。

“他的哥哥……与靳将军之死有莫大关联……”游君山哑声一笑，不断咳血，声音越来越混乱低沉，“西北军根据白雀关外地形做了部署……莽云骑分散五处，做好了埋伏，只等喜将军袭来……我们提防了封狐和金羌的探子，却没想到，从北戎……从白雀关北边，居然有探子渡过列星江而来……”

贺兰金英带着巴隆格尔和几位北戎士兵横渡列星江而来。这支探查白雀关消息的队伍，给金羌军提供了至为重要的初始情报。

“没有贺兰金英……西北军不会有第一败……没有第一败，就不会有之后的……他眼睁睁看着将军死……他也是帮凶，他也是！”游君山用最后的力气大吼，“贺兰砜什么都知道，但他不会说……别信他，别信——”

声音中断时他仍攥着靳岄的衣角，一双眼睛闭不上，眼眸里是梁京冬季的第一场雪。

靳岄静静地站在游君山渐冷的血泊里。他看向贺兰砜，贺兰砜也正看向他。就像一次再平常不过的询问，靳岄轻声开口：“是真的吗？”

直到陈霜与沈灯来到他身边，他也没有等到贺兰砜否认。

是夜，官家精神稍好，能起身与人谈笑。同杨执园聊了一些宫内的趣致事情后，他食欲恢复些许，忽然想吃瑾妃做的家乡小菜，于是一顶轿子出行，很快抵达瑾妃所在的德源宫。

小菜还未做好，杨执园便急急来报，梁太师夜叩宫门，愤怒惶急，要告岑融的状。

官家只得离开德源宫。此时岑融的母亲惠妃因头痛失眠，岑融正在宫中看望她，得了通报后匆匆赶来。一番折腾，官家回到书房，冷冷看着面前的梁安崇和岑融。

梁安崇衣着散乱，形容有些狼狈，好在还算镇定。狮子会结束后，车队回城却突遭袭击，痛下杀手之人居然是岑融的亲随游君山，梁安崇言简意赅说明了整个过程，看都不看岑融一眼。

岑融听得心惊，他知道靳岄要对付游君山，没想到是撺掇游君山去刺杀梁安崇。但他又想到，靳岄曾说对付游君山之后会给他制造一个机会。他立刻意识到，现在正是靳岄所谓的机会——处于盛怒之中的梁安崇指责岑融暗害自己，但岑融从未做过这样的事情。若岑融此番可以证明自己的清白，便是狠狠将了梁安崇一军。把脏水泼到皇子身上，梁安崇只会吃不了兜着走。

岑融立刻扑通跪下：“爹爹明鉴！孩儿从未做过这样的事情。今夜游君山不当值，他去了哪儿、做了什么，孩儿是一点儿也不知道的。”

梁安崇冷笑：“三皇子这样说，意思是我污蔑你？”

岑融：“夜黑灯暗，太师年迈，若有错看也是自然。太师受惊过度，应当好好休息……”

“现场并非只有我一人。”梁安崇打断他的话，“除了我府中护卫之外，还有五皇子岑煅和他的随从。”

官家此时才抬抬手发话：“把煅儿叫来。”他方才的轻松惬意已经消失，眉头紧皱，浑浊的眼睛不住地在梁安崇和岑融身上打转。一个与自己几乎同样年纪，却仍旧健康强壮；一个明明是自己的儿子，又是下任君王的最好人选，却始终无法让他全心信任。一时间御书房陷入死寂。

岑煅一路护送梁安崇到宫门。他以为这就是靳岄所说的“帮忙”：保护梁安崇，让他面见皇上，把这口锅扣到岑融身上。

岑煅并不喜欢这样的方式。他可以理解靳岄的做法，但他察觉到这做法背后的心思后，便已经决定不会参与其中。但还未离开皇宫，就有禁卫请他到御书房里说话。

在路上岑煅碰到了母亲瑾妃。瑾妃带着食盒过来，食盒里是刚做好的江南小菜，滋味清淡可口，官家方才点名要吃。得知梁安崇、岑融都在书房，如今儿子也要进去，瑾妃有些忐忑：“你又做错了什么？”

“爹爹问我些寻常问题罢了。”岑煅安慰她，“母亲不如先回去吧。天冷，今夜这事情只怕一时半会儿还解决不了。”

瑾妃却不肯走，宫人为她打伞，她把食盒藏在披风里，在御书房前的小亭中等候。她发觉岑煅衣角、鞋面和袖口居然有血，心中惊怕，反复查看确认岑煅没受伤才作罢。岑煅让宁元成陪在瑾妃身边，独自走进御书房。

他一进入这肃穆之地，房中三个人同时朝他看来。官家免去他的礼，直接问他今夜发生之事。

岑煅一五一十地说了，只隐去了为何与梁安崇同路的原因。官家追问两遍，他迟迟不言，最后还是梁安崇代他说明：“五皇子是想问问我，当年为我妻子医治怪病的神医在何处。”

官家沉默片刻，又问：“那刺客确实是游君山吗？”

岑煅果断回答：“是。我见过游君山，我也见识过他的武功身手，那人揭下面具后，确实是游君山无疑。”

梁安崇紧接着说：“谁不知西北军的旧部将都怨恨我，因张越现在是西北军统领，他们便以为是我从中做了手脚害靳明照。游君山是三皇子的人，要说今夜之事与三皇子毫无关系，只怕讲出来都无人相信！”

岑融：“空口白话，无凭无据。”

梁安崇：“三皇子对我有诸多不满，朝中上下心知肚明。”

岑融：“那朝中又有谁不知道，五弟是经你力荐才能去西北军学军务的呢？如此说来，五弟的证言也不见得一定可靠。”

梁安崇大呼：“皇上！冤枉！老臣今夜饱受颠簸惊吓，请皇上为老臣讨个公道！”

他说罢深深跪下，白发凌乱的脑袋伏在地上，看起来着实凄惨可怜。岑融又要再说话，官家不轻不重地一拍桌子：“闭嘴！是真是假，一查便知。杨执园！把乐泰、纪春明和卫岩找来！”

半个时辰后，御史大夫乐泰与纪春明、卫岩在宫门碰头。三人急急往前赶，乐泰发现纪春明和卫岩似乎是有备而来，纪春明手持奏章，卫岩手里一大把卷轴，似乎是画像。

“纪大人，今夜可是出了什么大事？”乐泰不禁问。

“是大事抑或小事，全看官家如何定夺。”纪春明说。

一进御书房，乐泰便暗暗一惊。官家已经疲惫了，不再多说废话，只让三法司各司其职，将今夜梁安崇受袭之事仔细查查。他说完，忽见纪春明和卫岩手中物件，不禁皱眉：“还有什么事？”

纪春明与卫岩齐齐走上前，呈上奏章与卷轴。“回皇上，刑部与常律寺在这两个月中发现不少民间宗教活动形迹，其中有一宗派名为问天宗，杀人、抢夺之事屡屡有犯。刑部与常律寺已作查探，我等察觉问天宗可能与朝中权臣有牵连。”

纪春明此话一出，梁安崇眼底登时掠过一丝惊愕。

杨执园把奏章呈给官家。官家强打起精神翻看，越看越是震惊。等杨执园在旁为官家展开卫岩呈上的十三个卷轴后，官家脸色忽地阴沉。岑煅熟悉父亲的这个表情，他震怒，并且就要发火了。

梁安崇认得那些卷轴，全都是问天宗宗主的画像，其中一幅用金线绣成的布匹装裱，那是仙门城修心堂中供奉的画像，尺寸最大，绘制得栩栩如生。他也自然记得，那画上之人飘然若仙，正是他命人悄悄描绘的岑煅。

他不禁咬牙，仙门城问天宗的宗主画像居然能落到卫岩手中，但夏侯信这厮却从未对他透露半句。今夜原本是他和岑融的矛盾，如今又牵扯了一个岑煅进来，只怕不能善了。

“问天宗宗主是半人半仙之体，通天彻地。”官家念着奏章，冷笑道，“这是一个宗主，还是一个神？抑或此人神通广大，可与我比肩？”

“此次调查实则已有数月，一切都要从定山堰开始说起。”纪春明道，“当日三皇子坐镇游隶城，仙门城城守夏侯信夏侯大人，为了与三皇子商讨开闸泄洪之事，驰骋赶赴游隶。后来沈水受涝，仙门城首当其冲。三皇子却因此发现，仙门城中主持疏散、转移百姓之事的，竟然大多是宗派人士，而非官府中人。”

岑融面色平静，心中却惊起一片波澜——原来这才是靳岄给他的机会！纪春明和卫岩调查那所谓的问天宗，看来是桩大案。现在刑部尚书如此说明，这功劳自然要分给岑融一半。

“三皇子回京之后，立刻授意常律寺调查此案。”纪春明继续道，“这十三幅卷轴均是宗主画像，是常律寺少卿卫岩分别从十三座城池中获取的。其中便包括仙门城。问天宗在仙门城的势力十分稳固雄厚，就连城守夏侯信大人也无法左右宗主、司天士等人的决定。城中百姓只听问天宗安排调动，民意压过了官策，情况已经十分严重。”

官家：“你奏章中说，问天宗势力已经渗入梁京？”

纪春明点头：“正是。尤其是年原初刑部尚书盛可亮牵扯入杨松儿一案，百姓纷纷认为，是宗主驱策鬼神，才有——”

“一派胡言！”官家大怒，“那案子能翻，能重审，是这什么宗主的功劳？！”

纪春明仍旧站得笔直：“问天宗势力古怪邪气，雄厚异常。我等原本也以为是民间作乱，但越是调查，越是发现牵涉颇深。尤其是仙门城的问天宗，常律寺已经查出，有梁京方向的银钱不断流入。”

官家此时转头看向岑融。

岑融自然要抓住这个机会，肃然道：“儿臣想为爹爹分忧，因而一察觉此事，便——”

他话未说完，官家忽然抓起桌上卷轴狠狠一扔。卷轴砸中岑融额头，岑融发愣片刻才慢慢跪下。

“你看看这上面是谁！”官家一面急喘一面大吼。

梁安崇忽觉不对，扭头望去，登时惊出一身冷汗，那原本绘制了岑煅面貌的画像竟然已经被人全部改去，如今画上飘然若仙的宗主长着一双狐狸眼，嘴角含笑，赫然是岑融！

纪春明岿然不动，连声音都没有分毫变化：“回皇上，我们收缴了这十三幅画像，才发现画中之人是三皇子。”

岑融心中骇浪惊涛层层涌动。他死死盯着画像，意识到自己百口莫辩，只得抬头看向父亲，斩钉截铁地说一句：“我没有。”

官家不应。

岑融又一字一字道：“若我知道画中人是自己，难道我还会请求常律寺去查我自己的谋逆事吗？”

杨执园正急急地抚拍官家胸背，他劝官家先歇息，切莫动怒，官家却一把推开他。“你没有，那这画像是谁弄的！是谁费尽心思要把你装扮成比皇帝还厉害的神明！”

纪春明此时开口：“皇上，我们查到了梁京城中暗暗资助问天宗的人。”

官家：“谁？”

纪春明：“姚福生。”

官家一愣：“这又是什么人？”

梁安崇却已经从椅子上站起来，连乐泰也不禁朝他望去。

纪春明扬声回答：“梁太师府上管家。”

“血口喷人！”梁安崇大怒，举起巴掌往纪春明冲去。

卫岩将他拦下，纪春明就像什么都没看到一样，继续说道：“目前已查到去年共有五百二十六两银子，通过江湖镖局分七次运往仙台。镖局之人确认，镖主是姚福生。托镖需留下字据，我们验过姚福生在玉丰楼、锦味斋等处留过的笔迹，确实是此人无疑。”

官家闭了闭眼，用前所未有的嘶哑声音低喝：“寻常管家，只怕一辈子都拿不到五百两银子。梁、安、崇！”

梁安崇扑通跪下："皇上！老臣没做过，这是栽赃陷害……这是栽赃陷害！"

岑融回过神，迅速接口："原来如此。梁太师，你为了害我，竟然设下这样一个局。先是偷偷援养这些作恶宗派，又假借我的名义四处作威作福。等时机一到，你便可以向爹爹报告，说我在民间经营了这样一股势力，你是要往我头上扣篡权夺位的罪名！"

梁安崇完全不看也不理会他，膝行两步再次跪拜："皇上！"

御书房中一片安静，只剩官家急促的喘息声。他咳嗽一阵，只觉得头疼身重，看到眼前这些人，跪的跪、喊的喊，一个个都是冤枉的。问天宗这事情令他暴怒，但究竟是岑融主使，还是梁安崇主使，一时半刻分辨不出，所有人都令他疲惫、焦躁。

抬头欲说话时，官家看见岑煅静静站在众人之后，腰身笔挺，面色冷静，沉默得如同一尊石像。房中灯烛通明，岑煅身上血迹已经干结发黑，但他没透出一丝一毫的疲惫。

"三法司彻查今夜梁安崇被袭一案，还有问天宗之事。岑融、梁安崇禁足府内，由常律寺遣人看管，没有我的允许，任何人不得出入探访。"官家疲倦万分，挥了挥手。

岑融不禁怔住："爹爹，我为何也……"

"说到仙门我便想起定山堰。定山堰泄洪，沈水下游死了十三万人，十三万人哪！伤者、损者不计其数！你心里真就没有一丝一毫的悔悟？！"官家怒道，"你以为我真的不明白你为何迟迟不开闸，为何不选沐河，偏偏选沈水？！你与梁安崇终日争斗，从梁京到仙门，从朝内到朝外，你以为我病重，我就眼盲耳塞、全然不知？！"

他说得气急，彻底是一个训斥孩子的父亲。说到最后连声咳嗽，竟喘不上气来。

杨执园忙让人去找御医，岑融等人只得退离御书房。官家忽然扬手说："煅儿，你留下来。"

岑煅便站定了。岑融路过他身边，复杂而意味深长地看他一眼。因御书房内争执得厉害，又听见官家咳嗽，瑾妃已经从小亭来到门前，在雪里站了好一会儿。杨执园迟疑一瞬，冲她招手。等瑾妃进入御书房，他便把门给关上了。

岑融默默看着，回头时瞧见纪春明和卫岩正往外走。

“是谁让你撒谎的？”他紧追上去，低声问，“靳岄吗？”

纪春明沉默不答。

“他说会给我一个机会……”岑融咬咬后槽牙，“这是帮我，还是害我？！”

陈霜推门进入屋内，细细的雪片随他而入，还未落地就被烘化了。室中燃着地炉，十分温暖，靳岄站在盆前洗手。陈霜离开时他在洗，陈霜回来了他还在洗。

陈霜抓起他的手用布巾擦干净。靳岄像是忽然从梦中清醒一般说：“还有点儿脏，我再洗洗。”

“够干净了。”陈霜说，“衣裳也换了吧，我已经命人去烧水，一会儿你洗个澡，尽快休息。”

靳岄呆站着，不停地搓弄指尖。衣服和头发都有血腥味，令人作呕。他从不知道血是这么令人害怕的东西。

陈霜按住靳岄的肩膀，决定提起一个靳岄一定会有反应的话题。“雪越来越大了。”他说，“贺兰砜在院子里站了一个时辰也不肯走。要不我让他进来吧？就算他是北戎人，也会冻坏啊。”

靳岄终于抬起头。房中昏暗，院子里倒是十分明亮。窗纸上有一个静静肃立的影子，在等他的召唤。

贺兰砜在雪里站了许久。随着夜色渐浓，风大雪厚，他的脚下已经积起雪堆，几乎把他的双足埋实。

房门打开，靳岄没有露面。贺兰砜只看到他坐在地上，不停地用打湿的毛巾擦自己的双手。陈霜给贺兰砜一把伞，贺兰砜不接。

“你知道北戎发生的事情吗？”陈霜忽然问。

贺兰砜：“什么事？”

陈霜：“怒山反了。”

继五部落之乱后，这是怒山部落第二次揭竿反叛北戎。当年领军的是敏将军，如今却是敏将军的“小儿子”远桑以及一位头戴黑色铁面具的狼面将军。传说那狼面将军高大威风，有一双黑中藏碧的狼眼睛，身骑黑色高辛马，行动如风，一呼百应。

贺兰砜怔住："大哥？可怒山军队怎么能与北戎的蛮军相比？即便远桑是将才，也不能……他们是要反北戎，还是要离开北戎？"

陈霜点头："你猜得没错。怒山的要求是脱离北戎，而且是与血狼山一起脱离北戎。"

贺兰砜："北戎不会答应的。"

陈霜："但北戎出现之前，驰望原原本就有无数部落，怒山不过是其中一个罢了。有聚有散，世间常事。"

贺兰砜："你认为怒山应该脱离北戎，独立成国？"

陈霜："我无所谓，这些事情与我无关。只不过明夜堂各方收罗信息，我偶然听到了便告诉你。这么大的事情，你不打算回去帮忙吗？"

贺兰砜沉默不语。

怒山是北戎最西端的部落，距离北都、青鹿部落这些核心地带已经非常遥远。若此时怒山揭竿起兵，北戎蛮军调往西边，那重修江北十二城的工程必定会延缓。碧山盟之后江北十二城中反对北戎的大瑀民军始终不绝，天君阿瓦在江北派驻许多兵力，要调动并不容易。

"我不回去。"贺兰砜说，"我来大瑀就是为了和靳岄在一起。"

看见房中靳岄仍旧低着头，沾了血的衣裳还没换下来，贺兰砜在门口徘徊。

"靳岄，你信我吗？"

靳岄沉默不语。

"你若信我，我才会说。"贺兰砜说，"你若不信我，我一句话都不会讲。你可以直接用刀剑砍我，用箭刺我。我代替大哥受这份惩罚。"

靳岄扭头，狠狠把毛巾扔在地上。他起身关门，贺兰砜抵住门扇，又喊他一声："靳岄。"

靳岄不看他："给我一点儿时间。"

贺兰砜轻声说："我知道大哥去过白雀关战场，我也告诉过你的。阿瓦跟我提过大哥做了什么，但我从未跟大哥核实过，不能随意确定。游君山的话我不知道是真是假，我也不敢回答。这事情对你来说太过紧要，我不想鲁莽开口，让你误会。"

靳岄其实是信他的。他知道贺兰砜从来不说谎，他也清楚，即便是贺兰飒也会生怯。但仅仅是信任，仍不能让他跨过心里那道坎。他看着贺兰砜就会想起贺兰金英，想起游君山的话。他现在甚至比之前更恨游君山了，临死前留下的这些讯息对游君山本人毫无意义，却将靳岄推入迷雾与深渊。

小院外一阵小小的骚乱，明夜堂的人引着纪春明进来，陈霜忙问："只有你一个？卫岩呢？"

"回家了。"纪春明风风火火走进院子，看到陈霜先是一怔，随即那张被风雪吹得僵白的脸上艰难扯出一个笑容，"可算见到你了，我……我……我刚刚怕得腿软，在天子面前扯谎，可又不能不说。靳岄呢？靳岄！"

他小跑进院子，一眼看到房门前对峙的贺兰砜和靳岄。纪春明并不知道之前发生的这许多事，三步并作两步蹦进房中，顺手把贺兰砜也拉了进来。

"冷死我也！"他奔向地炉疯狂搓手，"我是一路骑马过来的，这第一场雪怎么这么冷。"

贺兰砜莫名被他拉进来，自然是不会再走出去了，迅速站到靳岄身边。靳岄没空与他纠缠，忙问纪春明："情况如何？"

纪春明烤火烤出两条鼻涕，哧溜一吸，抬头笑道："如你所料，成了一半。"

官家多疑，靳岄便利用问天宗宗主画像与游君山事件，设下了两个陷阱：诛杀游君山，暴露问天宗。

这两个陷阱必须一前一后摆在官家、岑融和梁安崇面前。先是蛊惑游君山刺杀梁安崇，但沈灯和陈霜埋伏在旁，绝不会让游君山得手。此战一是为了制造靳岄亲手诛杀游君山的机会，二是让梁安崇与岑融的矛盾彻底暴露。

梁安崇把一切押在岑煅身上，有这样一个扳倒岑融的机会，他必定紧紧抓住。岑融身为皇子，能治他罪的只有官家，梁安崇必定会求见官家，狠狠参岑融一本。

即便官家不召见纪春明与卫岩，这两人也已经做好了今夜求见官家的准备。岑融对靳岄安排的事情一无所知，面对梁安崇泼来的脏水，他必定会反驳。而当问天宗宗主的画像暴露在官家与岑融面前，从始至终被蒙在鼓里的岑融会再一次反驳。

官家年迈、病重，便愈发多疑。他对岑融本来就不是完全信任。这两桩事件、两次反驳，都会让官家愈发不满。

而问天宗确实是梁安崇援造的宗派。但梁安崇做得极为隐蔽，若不是明夜堂经过镖局找出姚福生的托镖记录，只怕根本查不出来。姚福生实则从未托运过一分钱，但靳岄和明夜堂制造了假证据，将姚福生钉死在梁安崇身边。就算梁安崇没输送过银钱，只要官家起疑心，梁安崇根本洗不脱嫌疑。

如此一来，官家怀疑梁安崇，也要怀疑岑融。虽然未到绝对不信任的地步，但也已经为岑煅制造了机会。

“但我不明白。”纪春明问，“梁安崇和姚福生托运的究竟是什么东西？他为何不敢直说？”

“是铁器。”靳岄道，“大瑀少铁矿，所以我们从赤燕拿矿石炼铁，制武器。赤燕身为大瑀属国，所有铁矿铁器的分配、制造都有去向，民间少见赤燕铁。”

陈霜补充道：“赤燕铁十分坚固，寻常兵器砍不断。巧得很，岳莲楼在仙门城救过一个被当作问天宗宗主的小孩。那小孩当时被囚禁在问天宗内部，腰缠铁环。那铁环岳莲楼弄不断，但远桑的刀砍断了。”

纪春明听靳岄等人说过当时在仙门发生的事情，此刻微微一愣：“莫非那铁环就是赤燕铁制造的？”

“远桑的刀是高辛人炼铁锻造的厚刃，也只有这样的刀，才能砍断赤燕铁。”

纪春明恍然大悟，是那小小的铁环令明夜堂和靳岄察觉，问天宗与赤燕有秘密来往，乃至梁安崇与赤燕有秘密来往。

“但凡武器，无不需要铁。梁安崇私下运铁，犯的可不止一条两条律例。”靳岄轻声说，“我会耐心等待三法司查出真相。”

纪春明看他两眼，小声道：“你若是恨他，其实直接让游君山把他砍死也就罢了，怎么这么折腾？”

“我要他活着，最好长命长寿。”靳岄冷笑，“我要他身败名裂，受万人唾骂，受百世积怨。从一人之下的显赫位置跌落，我想看看他会变成什么模样。光是死，未免太便宜他了。”

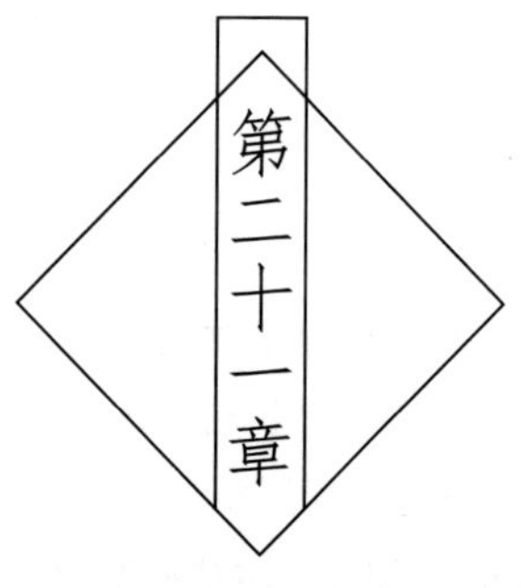

风云

梁太师与三皇子之间的矛盾激化，一同被禁足看管。不到三日，这消息便风一样传遍了整个梁京。

惠妃到官家面前跪求，说岑融悔恨不已，又担心父皇病体，这几日茶饭不思，人瘦了一大圈。官家毕竟曾宠爱过她，见她哭得凄惨可怜，想到她孤身一人从南境到梁京，如今头痛病犯却又见不到儿子，心中终究有几分不忍。

数日后，岑融得到官家许可来到母亲宫中，进门便看到官家端坐厅内。惠妃关门离开，只留父子两人说话。岑融一个字没讲先重重跪倒，俯首下拜，久久不起。

官家喝完了一杯热茶才慢慢道："起来坐吧。"

岑融仍是不起："爹爹可原谅儿臣了？"

官家："定山堰之事，你实在是过了火。我原本以为你能帮我分忧，却总是给我添乱。定山堰如此，广仁王也是如此。他毕竟是你表舅，与你亲近，却连你都不能劝他驰援西北。你让我怎么原谅你？"

岑融不敢接定山堰的话题，只应对后面那几句："表舅是大瑀出了名的镇南将军，我不过学了几年军务，对南境、西北了解不深，我又怎能劝得了他？"

官家对他怨气未消，脸色严肃："你是否尽过力，我是知道的。"

岑融心中又何尝没有怨气。他先被梁安崇污蔑派人暗杀，又劈头扣下问天宗宗主这桩怪事，而且还被靳岄摆了一道，此时压不住怒火，生硬回答："儿臣知错了。”

官家：“错在何处？”

岑融：“错在没有思虑周全，没有为民着想，没有——”

“胡说八道！”官家暴怒，狠狠一拍桌子，“你最错的是没有摆正自己的位置！你大哥离世多年，你时时处处以太子自居，在争权夺利上费尽心思，却看不到大瑀如今边境告急，内熬外煎！我知道你怨我不肯立你为太子，可你瞧瞧你自己，你能做一个合格的储君吗？你以后能当万世表率之君吗？！”

他吼得太急，一时头晕目眩，忙拍着胸脯连连喘气。

岑融也不知为何，一股子犟气冲上了脑门：“难道爹爹就没有错吗？您多年纵容，才有梁安崇如今嚣张跋扈；您知错不改，才有靳明照惨死白雀关，靳家流离失所，百姓失望顿足；您不均不平，看不到我多年来勤恳尽责，为您分忧，却对那不声不响、不言不语、一无是处的闷葫芦青眼有加！”

“放肆！”官家青筋暴突，抓起桌上茶杯狠力投掷。但力气不足，茶盖是碎了，茶杯一直滚到岑融膝前，茶水泼湿了地面。

器皿碎裂之声引来屋外的杨执园和惠妃，杨执园叩门询问。

室中，官家跌倒在地，紧紧抓着岑融衣袖："融儿……我……我喘不上……救……救我……"

岑融连忙起身，掌心却不小心压到了破碎的瓷片，登时溢出血来。此时杨执园连喊两声没有回应，正准备推门。掌心的血和疼痛让岑融站定了。他看了看脚下匍匐的老人，忽然扬声回应："爹爹气我才砸了茶杯，没有大事。"

官家一把抓住他的脚踝，挣扎着朝门扇张开手：“执……执……”

岑融心口剧跳，但方才那句话一出口，已经没有回头退路。他弯腰把官家从地上拖起，捂着老人的嘴巴，低声道：“爹爹，您最后帮我一次吧。”

杨执园净身入宫后一直跟着官家，方才室内的碎裂声总让他隐隐不安。踟蹰时岑融推门而出。“母亲，爹爹想跟你说话。”岑融看了眼急急走来的杨执园，“杨公公，爹爹只想见娘亲。”

杨执园只得停步。岑融搀着惠妃进了门，杨执园竖起耳朵细听，里头什么声音都没有。又过了半晌，惠妃步出房门。她神情平静温和，对杨执园笑道："杨公公，官家累了，要在我宫里稍歇片刻。"

杨执园探头，但看不到房内情况。正要再问，忽听里头传来岑融的声音：

“爹爹这步棋走得太妙。”

惠妃笑道：“正下棋呢，连我都不得打扰，只留融儿一人。”

十一月的冬至，是仅次于过年的隆重节日。梁京今年雪下得早，冬至当日又飘起鹅毛般的雪片，从早上一直落到中午才稍稍停歇。天色仍旧阴沉，浓云郁郁不散。

往年冬至，官家都要去大源寺开坛祭祀，但今年的祭礼有些异常。三日前靳岍打算进内城去找纪春明，内外城之间八扇城门竟然全都紧紧关闭，晚上有消息传来：皇宫戒备森严，比以往更甚。

城门关闭，连纪春明也出不来。靳岍等得心焦。这一日冬至，梁京内城城门终于开启。街头传来消息：官家的祭礼车队昨日已经出城，浩浩荡荡往大源寺去了。按照惯例，六部尚书必定紧随而去，连卫岩这样的常律寺少卿也不得脱队。想见到纪春明，只能等待他回城。

靳岍越发感觉不对劲，有什么事已经发生，但他一无所知。“去见先生。”靳岍起身说。

他与陈霜才走出房门，墙角那棵树忽然簌簌而动，久不见面的岳莲楼翻过墙头落地。

多日不见，岳莲楼让人觉得陌生了。素来最爱干净的人，一身衣袍上尽是灰尘，头发凌乱，眼下一片青黑，面色憔悴，严肃阴郁。

他拉着靳岍进屋。陈霜连忙合紧门扇，回头便听见岳莲楼声音嘶哑地开口：“皇帝老儿病重，起不来床，说不了话，就剩一只手与一双眼睛能动。如今是三皇子岑融代管国事，包括此次祭礼。”

靳岍一把抓住他：“谁说的？！”

岳莲楼：“我回城时碰到了正出城的纪春明，偷偷跟他说了几句话。他叮嘱我务必把此事告诉你。”

“怎么会这样……”靳岍立刻反应过来，“等等，不对！官家即便病重得不能料理国事，代行此责的也应该是梁太师。如今梁太师于府内禁足，则该由御史台管理国事。岑融不是储君，他怎能……”

“据说皇帝是在岑融娘亲宫中倒下的。皇帝和他下了几盘棋，忽然便倒下了，倒下之前说，他死后让岑融当皇帝。”岳莲楼说得直白，“纪春明不敢和我讲太多，那车队守卫森严，古怪得很。”

靳岄斩钉截铁：“不可能！没有下旨吗？”

岳莲楼：“没有，所以纪春明也非常怀疑。但具体情况如何，我也不大清楚。”

靳岄沉吟片刻，问：“那车队中可有杨执园公公？”

岳莲楼：“不知道，不认识。”

靳岄：“杨公公是官家身边最亲近、最信任的人。”

陈霜忽然道：“我认得，我这就去大源寺看看，要问什么？”

靳岄来不及细想他为何会认识杨执园，抄起纸笔匆匆写了一张字条：“见到杨公公，你把这字条给他。他知道你是我派去的人，若官家和岑融之间有……他应该会告诉你的。你切记叮嘱他，多多保重。”

陈霜揣着字条离去。岳莲楼看着他的背影说：“你这三表哥，胆子还真是大。”

靳岄心中忐忑煎熬，官家病情忽然转重，岑融如此僭越，不知是否与他之前设下的陷阱有关。

岳莲楼忽然正色道：“靳岄，我来找你是打算向你辞行的。”

靳岄一怔：“你去哪里？”

岳莲楼：“去赤燕。”

天黑得早，贺兰砜与靳云英来到靳岄家中时，雪又落了下来。

按照惯例，冬至这日人人要添置新衣新鞋。靳岄哪里还有时间去考虑这些事情，靳云英惦记着他，早早就把衣鞋买好收着。

明夜堂的帮众已经认得贺兰砜，知道他是天天到家门口罚站的人。前几日只能站在雪里，这几天可以在屋檐底下坐着和他们一块儿烤红薯。

岳莲楼正好走出来。他第一次见靳云英，立刻抹了抹脏脸，恭敬地对靳云英行礼问好。靳云英听过这英俊青年许多事情，非常感激，拉着他的手不放。她给靳岄和陈霜都带来了新衣新鞋，但没有备好岳莲楼的，匆忙从包袱里拿出一个放着热炭的小手炉递给岳莲楼。

岳莲楼极为珍重地收下了。见贺兰砜跟在靳云英身后想往房子里走，他立刻伸手扣住他的手腕：“随我去喝酒。”

贺兰砜："不喝。"

岳莲楼不管他，卡着这人脖子就往外拖。

"你身上这衣裳是靳岄姐姐买的吧？"岳莲楼笑道，"穿上新衣服，还真是人模狗样的。"

他这回没把贺兰砜带到春风春雨楼，而是一直往内城走，直奔玉丰楼而去。贺兰砜不知他葫芦里卖的什么药，见他随口点菜，忙提醒："我没钱。"

"今儿我请你。"岳莲楼大手一挥，"想吃什么随便点。对了，小将军爱吃的山海羹也来一份，现在先不要，我跟你们借个食盒，咱们走的时候让这位绿眼的少侠给小将军带回去。"

掌柜又是点头又是笑："岳大侠，少见啊，这么慷慨。"

岳莲楼笑骂："小心我揍你。"

贺兰砜摸不着头脑，只是打量他。

"你什么时候去西北军？"岳莲楼问他。

岑煅带贺兰砜回来的原因之一，便是招纳他进入西北军，让他和宁元成一样跟随自己。贺兰砜见过兵部的人几次，他户籍身份全无问题，身手武功也不错。原本这事情已经十拿九稳，不料数日前忽然传来消息：贺兰砜的军籍被划去了。

岳莲楼冷笑："我晓得了。岑融现在执掌大权，怎么可能给你军籍？封狐城是靳岄心心念念的地方，若是给了你许可，你去封狐，靳岄也得去封狐。"

贺兰砜喝着酒，手顿了顿："他不会跟我去封狐了。"

岳莲楼："不可能。"

贺兰砜："我大哥与靳将军之死、白雀关大败有关，他生我气。"

岳莲楼："他没有。"

贺兰砜忍了片刻，低声道："他不理我。"

听完他说的来龙去脉，岳莲楼道："再等等，他心里有些坎过不去。但那些坎和你没有关系，是他自己的事情。"

贺兰砜与岳莲楼接触多了，渐渐改变了对他的印象。不调笑不作弄别人的岳莲楼跟章漠很相像。"堂主呢？"贺兰砜说，"他在赤燕找到靳岄阿妈了吗？"

他话一出口，岳莲楼眉梢一跳，是个忍疼和焦灼的表情。

“今日我是去跟靳岄辞行的。”岳莲楼说，“我得去赤燕，章漠不见了。”

章漠失去讯息是在离开梁京的一个月之后。

他一路南行，经过仙门城时带了两位明夜堂帮众随行。按照原本计划，章漠在深入赤燕、探察象宫后，无论那被关押的大瑀妇人是不是顺仪帝姬岑静书，他都会用飞鸽送回消息。但后来不仅章漠失去了踪迹，连那两名身手了得的明夜堂帮众也消失得无影无踪。

他们被赤燕的山林吞噬了。

仙门城的分堂把这消息送来，岳莲楼哪里还坐得稳。他立刻孤身启程前往仙门，四处探访熟悉南境的人，包括他曾救过的那对爷孙。大瑀幅员广阔，越是接近南方，民族部落越多，帮派风格也与中原大不相同。明夜堂的势力尚未能铺设到南境，岳莲楼为了打听章漠的消息，着实吃了不少苦头。

“好在章漠行事谨慎，一路都给明夜堂帮众留下了痕迹，有些印记讯息只有我能看懂。他知道若他出了事，我是一定会赶去的。”岳莲楼说，“我得把他带回来。”

他往常没有这么多话，今天面前坐着贺兰砜这样一个不适合聊天的人，反倒起了谈兴。

岳莲楼笑道：“他身为明夜堂堂主，实在不应该这样以身犯险。虽然只有我和他见过顺仪帝姬，但我去也可以，他留在梁京照看靳岄岂不更好？”

贺兰砜点头：“嗯。所以他为什么要自己去？”

“……”岳莲楼撑着下巴，看窗外黑沉的天色，雪正无声无息地落着，“因为我曾差点死在赤燕。”他勾了勾自己颈上的金环，红玉熠熠闪光。

岳莲楼之前曾与他们说过，自己是被章漠的父亲章鸣章大侠从赤燕某个山坳里的乱葬岗里捡回来的。

那确实是乱葬岗，动物与人的尸首混乱地堆在一处，年幼的岳莲楼就趴在尸堆里头，若不是手脚抽搐，只怕谁也看不到他的动静。

他早已不记得自己来自何方、父母是谁。赤燕人善蛊，也善于炼药。炼药人需要用药奴试药，身体强健的药奴与尚未吃饱人间杂物的孩童价格奇高。岳莲楼只模模糊糊地记得，自己被人套在麻袋里带走，辗转卖到了赤燕某位炼药人手中。他那时会说话，会走路，但只有五六岁年纪，逃也逃不掉。

所有的药奴都被关锁在山洞里，用铁具束缚手脚。但岳莲楼的年纪太小了，和其他小药奴一样，铁具束在他手脚上松松垮垮，只有套在脖子上才恰好合适。

“铁圈倒还罢了，可里头嵌着铁丝。被灌了药之后常常抽搐、腹痛，我就拼命挣扎。可越是挣扎，那玩意儿就越是往肉里扎。”他指着自己脖子上已经被金环彻底遮盖的痕迹，“天长日久，留了这道痕，怎么都消不掉。章大侠以为我是被勒晕的，我也不跟他解释。倒是章漠，天天来奚落我，喊我臭妹妹，他反倒发现这不是绳索勒成的痕迹。”

章漠从未打算让岳莲楼去赤燕。他怕那是岳莲楼不愿意回想、不愿意再接近的地方。岳莲楼其实无所谓。他对往事的所有可怖回忆，都被章漠这个金环覆盖了。

章漠是明夜堂的少主人，从小被娇惯着，说话做事都不饶人，偏偏被父亲带回来的一个臭妹妹吓着了，嫌弃得不肯靠近。但臭妹妹洗干净之后成了个好看的妹妹，他吃惊之余三天两头跑来看，时不时还带来些外面的花儿虫儿放在岳莲楼头上，左瞧右瞧，自觉十分满意：“以后你就是我的跟班。”

“那是章漠最有趣的年纪，好玩极了。”岳莲楼笑道，“再后来，章大侠问我要不要学武功。他传我化春六变的功法，把我交给沈灯。沈灯那时候可烦死我了，他性好四处游历，带着我很不方便，后来便把我留在他一个老相好那儿，一个舞乐班子。我在章家没有名字，他们都跟着章漠一块儿喊我妹妹，岳莲楼这个大名还是沈灯帮我起的，和他相好同一个姓氏。”

他与章漠分开数年，重逢时章漠不认得他了。他也觉得章漠大有变化，小时候那又调皮又讨人厌的劲儿完全消失，人变高、变挺拔，成了颇有气势的明夜堂少堂主。

章漠不认得“臭妹妹”，只是看着舞台上跳舞的岳莲楼发愣，一口一个“岳姑娘”。岳莲楼有心捉弄他，把人约到夜晚的小桥上，穿着男装摇扇子，比章漠还要倜傥风流。

不料章漠来到，第一句话是“我就知道你是男子”，第二句话便是“你可听过明夜堂”。

“他那时候年轻，路上见到武功好的人都要问这么一句，恨不能把天下所有学武之人都收揽进明夜堂。”岳莲楼笑完又看向窗外大雪轻声道，“我与他相识多年，赤燕不下雪，太热的地方，他是不喜欢的。”

夜愈是深，雪愈发浓密。冬至这一日是太漫长了些。

靳岄的小房子里，地炉虽然燃烧着，但靳云英的手仍有些凉。这也与她双手不擅活动有关。暖手的炉子给了岳莲楼，靳岄便牵着她的手和她絮絮说话，说完了游君山、梁安崇和岑融的事情，又细细地说明夜堂对自己、对靳家的大恩。而提到北戎，自然免不了要说起贺兰砜一家。

靳岄说到离开北戎之事，犹豫迟疑，停了口。靳云英以为是途中出了什么不好的事情，再三追问。

“姐姐，贺兰砜是我心中至关重要之人，就同你、同娘亲一样。你知道我从小对朝堂毫无兴趣，若不是因家中生变，我是不会沾染这庙堂霜雪的。”靳岄看着她的双眼，“若能选择，我愿与他策马过江，在谁也找不到的驰望原一角，隐居一生。”

此话有如惊雷，靳云英瞠目结舌。但有靳岄杀游君山一事在前，她不得不重新打量审度自己的弟弟。靳岄虽惯常沉默却心有硬骨，认定之事绝不回头。他能设计重创梁安崇与岑融并诛杀游君山，行事如雷，手段干脆狠辣，已经隐隐有父亲之风。靳云英握住靳岄的手，沉默许久才说：“你想好了吗？”

“想好了。”靳岄回答。

“姐姐知道你心里不快活。”靳云英理了理他的头发，“你最近疏远他，是贺兰砜做错了什么事？还是游君山或梁安崇那边，有些尾巴没料理清楚？”

对着陈霜和贺兰砜不能说的事情，靳岄此时终于能向姐姐倾诉。

他杀游君山，为父亲和莽云骑、西北军惨死的将士、封狐城无端遭受战祸的百姓报了仇。可他心里非但没有一丝畅快，反而淤满了无处可排解的痛苦。从布局杀游君山开始，他没有一夜能够安睡。闭上眼睛便想到靳明照，想到白霓，想到过去游君山和他们在一起时的桩桩件件。游君山对他很好，与白霓的感情更是深厚真挚，但靳岄通过沈灯才知，就连与白霓初见的第一面也是喜将军早就安排好的。

游君山信任沈灯，会与他聊许多过去的事情。他父母如何惨死，他如何在金羌流浪，如何被金羌人捡回去，如何成为一名训练有素的“暗针”。那袖中的软剑炎蛇是他的撒手锏，也是所有金羌细作在自知无法善了的情况下自行了断的工具。

他是带着必死的决心进入封狐城，扮作乞丐，去接近白霓和靳明照的。

可天长日久的相处，游君山开始摇摆迟疑，新的身份让他拥有平和的生活，这对自小流离失所、吃尽苦头的游君山来说，几乎等同于一种奢望。奢望实现了，他难以亲手毁去。

“说不定他会倒戈，他可以放弃自己的细作身份。他能够与白霓姐姐一起过日子，他们可以隐姓埋名，不必管这些繁杂世事。”靳岄轻声道，“把剑刺向游君山的时候，其实我仍在犹豫，我怕我做错了。我杀了人，姐姐，我此生杀的第一个人，居然是游君山……”

靳云英捧着他的脸，斩钉截铁：“你没有做错。你更不必为白霓担心。若是她知道游君山这种身份，知道他做了这些事情，第一个拔剑相向的必定是白霓自己。”

靳岄心中充满了恐惧。他双手沾满游君山的血时才真真切切地理解，自己深涉朝局，若是犯错，动辄就是生死人命。

他终于开口说出最令他挣扎的部分：“贺兰砜的大哥贺兰金英，曾亲眼看到父亲战死。那时金羌与北戎联合，他是北戎的探子，带着一支队伍在白雀关附近活动，搜集的情报全数提供给金羌喜将军。若不是他，或许西北军不会战败，爹爹也不会……可他与爹爹相识，爹爹欣赏他……他还亲手收殓爹爹，那坟墓就在白雀关。他怕金羌的人会破坏坟冢，因此谁也不说，只把位置告诉了我。”

靳云英听明白了：“这就是你疏远贺兰砜的原因吗？”

“我怕我又错了。”靳岄低声回答。

“你认为贺兰砜有罪？你要惩罚他，要恨他？”

“当然没有！”靳岄立刻说，“那是他哥哥做的事情……可我不知道要如何抉择。我愿意和他做朋友，但爹爹和娘亲会怪我。”

靳云英看着他的眼睛：“你不必让自己活得这么辛苦。靳岄，听我说，若爹爹和娘亲在这里，他们也一定不愿意看到你现在这个样子。你记住了，你做的一切事情都是对的，都是正确的。你杀了该杀之人，你惩罚了奸佞之臣。日子还长着，你大可再恣意一些，你就同你的朋友一起，去做你乐意做的事情。姐姐永远不会拦你。”

“可若是错了呢？”

“错了也是对的！”靳云英拍着他的肩膀大笑，“怎么，咱们靳家的人还要让别人来议论对错？即便全天下都说你错你也不必管，你心头认定什么就是什么。谁说你错，我来为你挡着。你只管去做让你快活的事情，世人絮语，不必多听。”

靳岄忽然想起与贺兰砜的重逢。

贺兰砜当时并不确定靳岄是无辜的，但他仍旧义无反顾来到大瑀，寻找靳岄。真相、对错，很重要，但靳岄对贺兰砜而言，超过所有。

靳云英见他沉思，又说“若实在不行，以后不见贺兰砜就是了，断绝来往。”

靳岄轻轻摇头。

靳云英：“做不到？”

靳岄：“做不到。”

“我是死过一次的人，你也一样。”靳云英轻声道，“都已经遭过天底下最难的事情了，还有什么是做不到的？若你真觉得做不到，这件事、这个人，一定对你意义非凡，比对错、生死更重。”

她用自己虚弱无力的手，握紧靳岄。

“既然做不到，那便算了。活得畅快些，别折磨他，也别折磨你自己。”靳云英看着靳岄的眼睛，“靳岄，除了你自己，没任何人会怪你。”

靳岄心头忽然轻松了。他的姐姐从来是天不怕地不怕的人，俗世规条她向来不放在眼里，靳岄自小就景仰她、羡慕她。他紧紧地抱住靳云英，肩膀松快得像去除了沉重枷锁。

贺兰砜拎着玉丰楼的食盒回来时，雪已经变小了许多。他把食盒放在檐下，正准备开口喊靳云英，房门便打开了。靳岄一步跨出来，站在他面前看他。

把食盒交给靳岄，贺兰砜说：“玉丰楼的山海羹。”

等靳岄接住食盒，贺兰砜又说：“我来接大姐回去。”

两人在结了冰凌的檐下相互看着。靳岄终于开口：“你冷吗？”

贺兰砜立刻答“不冷”，长松了一口气。靳云英披着外氅出来，贺兰砜上前搀扶。与靳岄告别后，两人慢慢离开小院，贺兰砜回头又望了靳岄一眼。

靳岄在檐下呆站片刻，把食盒一放就往外跑。

“贺兰砜！”

长街寂静，细雪纷乱，只有前方一辆正在等候的马车挑了昏黄的小油灯，车上是明夜堂的标志。贺兰砜与靳云英还未走到马车边便听见了靳岄的喊声。

他回头，便看见靳岄一路朝自己奔来。

贺兰砜背对着靳云英，只觉得心中有无穷的欢喜。他知道靳岄心里的坎已经跨过去了。

冬至后一日，去大源寺祭祀的车队浩浩荡荡回城。

陈霜没有在大源寺找到杨执园。官家并未出宫。陈霜无法进入皇宫，只得在宫外折返。

岑融回到宫中，一步不停，立刻赶往官家所在的紫煌殿。紫煌殿是官家的寝殿，此时殿外广场上正徘徊着几个人，为首的是圣人与瑾妃。

“圣人同瑾妃已在这儿等了三天。”随从低声告诉岑融。

见到岑融，圣人立刻上前拦住他：“融儿，都这么久了，也该让我们去见见官家！”

岑融行礼：“不是儿臣不让你们去，是爹爹病体方安，除了我与我娘亲之外，谁都不乐意见。”

“杨执园随侍官家许多年，官家起居饮食，全是他来照应。”圣人冷静后又说，“你至少也要让杨执园服侍才对。”

岑融：“可爹爹——”

圣人沉声：“岑融！”

岑融只得服从：“让杨公公来吧。”

圣人身边的杨执园连忙疾步跟上。

自从官家病倒，杨执园一眼也没见到。据岑融及御医说，官家精神尚可，只是脾气暴躁，又因一开口便涎水长流，不便说话。虽有大臣入紫煌殿，但总隔着很远距离，还隔着一层纱幔，影影绰绰的，看不清楚。

惠妃现在长居紫煌殿，紫煌殿中宫人太监都是惠妃的人。杨执园看了只觉得心惊。等进紫煌殿见到躺卧床上的官家，杨执园扑通跪下：“官家！”竟流出泪来。

官家面色蜡黄，唇白如纸，僵直地躺着，一手伸长，一手叠放胸前，嘴角尽是口涎。他认出杨执园的声音，未语先泪，尚能活动的双手颤抖着往杨执园的方向伸直。杨执园抓住官家的手，哭着喊：“奴婢来迟了，官家……”

官家睁大了浑浊双眼，嘴巴却颤抖着，发不出一个字，只是不停哆嗦，涎水顺着嘴角淌下来。杨执园忽然闻到一股臊臭，是失禁了。

“杨公公起来吧。”惠妃抹着眼泪过来，“我给官家换身衣裳。”

杨执园又悲又痛，忽听岑融低语：“寿则多辱。”

随即便有人将杨执园请出去，态度坚决，不容他回头。杨执园立刻赶到圣人面前。官家确实病重，确实说不出话，确实凡事都是惠妃与岑融照顾。一切似乎没有什么错处，但总让人感觉十分怪异。岑融低语的那句话太过恐怖，杨执园背脊一片冷汗，最终不敢说出。

圣人咬牙道：“广仁王如今正在京中，他此次前来还带了一队兵，正在梁京城外驻扎着。官家还未下旨立岑融为太子，他现在是已经以太子自居了？！连我都不让见，未免太过嚣张！”

杨执园：“圣人莫躁。三皇子确实称官家授意他来主管国事，但他拿不出授意的凭据，此等国体大事，御史台不认口谕，必须要有加盖御印的圣旨才可。”

圣人缓缓坐下：“如今是御史台的人与他扛着？”

“正是。”杨执园说，“乐大人已联合朝中大臣上书条陈，官家暂不能主事，一切该由御史台负责，怎样都轮不到一个没有储位的皇子。”

圣人又说：“可岑融有广仁王，广仁王手里有兵。我们和御史台手中可什么都没有。”

杨执园跪在圣人面前，迟疑一瞬，低声道：“圣人有所不知，梁太师如今禁足在府，他的女婿张越亦受影响。之前西北军传来军报，金羌使者提议割地求和，要吞下从封狐到昌良一带所有土地。当时官家怒极，称张越无能，要贬张越军职，擢升五皇子为西北军副统领。”

坐在一旁的瑾妃大吃一惊，脸色惨白，不禁望向圣人。

“此事只有官家、兵部尚书和奴婢知道。”杨执园又道，“兵部只听官家号令，此命令现在仍压在兵部未发，但只要职令一出，张越不再是西北军统领，副统领五皇子暂代统领之职。圣人手中，便有兵了。”

圣人扭头看瑾妃，微笑道：“妹妹，你和煅儿可总算等到这一天了。”

换作别人只怕高兴还来不及，但瑾妃却不是。她回到德源宫时，岑煅已经在宫中等候。岑煅和岑融同赴大源寺参加祭礼，回宫后本想再去试试是否能见官家一面，便知连圣人和母亲都被岑融拦下。他在宫中等待母亲，不料却等来了这样一个消息。

瑾妃发现岑煅并不十分吃惊："此事你早已知道？"

"孩儿不知。"岑煅说，"但这并不意外。本来朝中能与金羌抗衡的大将就少，建良英将军在北军，宋怀章在南军，张越一旦被撤，熟悉西北军情况又能领兵作战，还能让爹爹放心的，也只有我了。"

瑾妃所想却与他完全不同："官家的心未免太狠！同是自己的孩子，岑融可以为他处理国事，安安稳稳待在梁京，锦衣玉食行马乘轿，你却要去边疆征战杀伐。西北军这样一个烂摊子根本无人敢接。如今金羌又要议和，等议和之盟一成，你就是割土辱国的罪人。娘是怕你一旦去了那偏僻地方，就再也回不来了。"

"母亲不要这样说。"岑煅忙安慰她，"爹爹让我去镇守西北，确实是无奈之举。他生病之后对我的态度与以往不同，沙场征伐亦我所愿。只是……圣人认为，我一旦成了西北军副统领，我便成了她的人？"

瑾妃不愿搅入这般复杂争斗，但形势所迫，不可能摆脱。她又问："先不要管圣人如何，煅儿，我只问你一句。你要和你三哥争吗？"

岑煅一时不答，想起游君山死后他与靳岄见的一面。

那日是靳岄带他去拜见谢元至。那小院子安静温馨，岑煅十分喜欢。陈霜和宁元成在雪地里给胖书童堆雪人，岑煅记得窗外飘着细雪，冷意袭人。靳岄问他的问题与瑾妃无异："你打算和岑融相争吗？"

岑煅思索了很久很久，靳岄和谢元至一直在等他的答复。

身为皇子，若说对皇位没有一丝一毫的期盼，那是骗人的。太子在世时谁人都不吭声，太子死后，包括岑融在内的所有皇子都蠢蠢欲动。只不过有些人年纪太小，有些人行为不端被狠狠惩处，有些人学文学武全都不精，渐渐只剩下岑融一位。

岑煅从未想过自己会获得父亲青睐，他更不认为以自己的性情可担天子之任，但靳岄在大源寺的一番话确实令他震动。若能在朝中集结良臣忠臣，在边疆培养能将猛将，若有这些人的协助，重塑朝局并非不可能。

"我在北戎的时候，从北戎大巫口中得知，原来驰望原的人也信命，他们相信命是被天神勘定的，人活十世，每一世是什么样子都已注定，凡人之力不可改变。"靳岄似是闲谈般说，"北戎大巫说，人之命运不可改变。"

靳岄自己不信命，但他却说岑煅无从选择。岑煅问他为何，他笑笑道："你没有不信命的权利。"

岑煅问："我若信命又如何？"

靳岄回答："改换天地，重振朝纲；集万世臣，成万代君。"

瑾妃见他沉默，又问一次："你如何打算？若你执意要与你三哥争，依靠圣人势力最为稳妥。她膝下无子，又憎恨惠妃嚣张，自然会与你站在一处。你若有了决定，娘亲也会为你筹谋。"

室中沉默良久，岑煅抬头道："母亲，我有此心。"

但还未等到兵部发下职令，某个深重的雪夜，宫内忽然传出凄惶钟声。

靳岄正在谢元至家中看谢元至教贺兰砜下棋。钟声一起，谢元至怔住片刻，悚然一惊："靳岄！"

靳岄忙搀着他走出屋外，只见黑夜中雪花漫漫，长钟一声接一声，从皇宫方向传来。万籁俱寂，风声中夹杂着越来越多的门户开闭之声。人们启窗开门，看见雪被冬风吹乱，天穹中如烟如影，飘扬徘徊。谢元至双目含泪跪在雪地里，久久不言。

元康三十四年冬，皇帝崩，谥号仁正。

其子岑融柩前即位，年号大元。

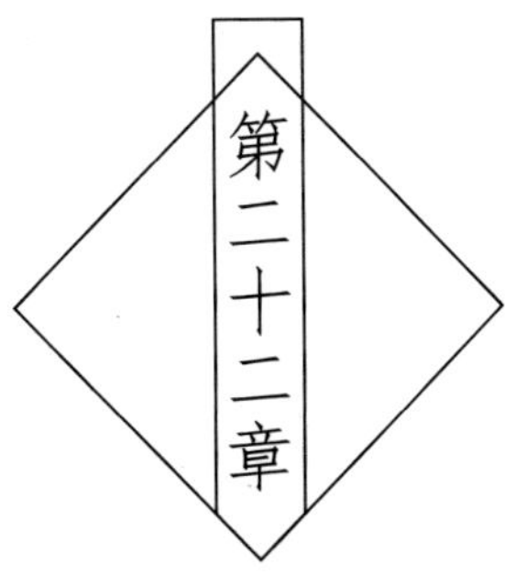

第二十二章

新帝

十二月初，正值寒意最深之时。靳岄与陈霜收到谢元至口信，冒着风雪去见。

大瑀丧制从简，新帝三日便听政，百姓不缟素。谢元至虽不是朝廷命官，但仍在家中着丧服，为先帝守丧。

这一日同在谢元至家中做客的还有一位生面人。靳岄只觉得隐约熟悉，见此人身穿官制丧服，便先弓腰行礼："大人。"

那人笑道："认不得我了？你小时候进宫，我还考问过你的功课。"

靳岄坦白："靳岄愚钝，大人见笑。"

谢元至让他坐下，介绍道："这位是御史台御史大夫，乐泰乐大人。"

靳岄暗暗一惊，抬头便见殷氏招手让陈霜离开。陈霜关好门窗，留三人在屋内密谈。

一问才知，乐泰也是谢元至的学生。他与谢元至关系密切，但升任御史大夫后，明面上的往来便少了许多，这是谢元至的意思，以免让乐泰落人口舌。

岑融已经即位，大典虽然尚未举行，但他已经全面接管诸般国事。乐泰来找谢元至说的便是仁正帝遗诏之事。谢元至知道此事非同小可，把靳岄也叫来了。

仁正帝崩后不久，宫中便有谣言隐约传出。据说仁正帝那遗诏是被岑融按着手指拟定的。仁正帝无力书写，岑融自行拟好遗诏，要让仁正帝在遗诏上按下指印。仁正帝作势要按却胡乱涂抹。岑融大怒，反手给了仁正帝一个耳光，并威胁仁正帝，若是不听从他的话，他便在仁正帝灵柩上动手脚，让他死后也不得安宁。

民间传言活灵活现，越说越是离谱，最后还有人说当日是惠妃和岑融按住仁正帝灌下毒药，才令仁正帝卧床不动，直至离世。

林林总总，不一而足。陈霜每天都在外头打听这些事情，一桩桩纷杂而来，靳岄也分不清哪一部分才是真的。

“遗诏是我还有另外三位文官一同写就，官家与杨公公在旁看着。先皇当时确实病重，无法说话、无法动弹。我口拟一句，等先皇眨眼同意，我便写一句。”乐泰说，“遗诏没有问题，先皇确实让官家继位。”

他顿了顿，又低声说：“我看见先皇手指上确有红色墨迹。且但凡涉及立三皇子为帝之语，先皇便长久沉默，闭目不言。我见先皇眼中有泪，实在是……但当时情况，我也只能按照官家意思落笔。”

靳岄不解：“如此说来，确实是岑融从中……可他为何要这样曲折？若是一心想当皇帝，直接以先皇口吻下旨落诏，岂不更简单。”

乐泰：“因玉玺在御史台手中。”

原来仁正帝察觉自己病情加重之后，便悄悄找来乐泰，命御史台保管玉玺，暂理一部分政事。那是在岑融与梁太师禁足之后、仁正帝卧病之前的事情。此事岑融并不知情。而没有玺印，一切诏书都是无用的。

靳岄恍然大悟：“所以岑融声称自己可以管理国事，御史台才会如此坚持，不肯让步。”

乐泰：“自从先皇倒下，许多事情蹊跷得很。如今官家继位，种种疑惑，也只能不了了之了。”

靳岄却在心中暗道：不可不了了之。

乐泰又说：“先生一直叮嘱我帮忙照看五皇子。乐泰身在御史台，能做的不多，好在这次也算是帮了五皇子一把。”

靳岄奇道：“什么事？”

原来兵部发给岑煅的职令一直压着，就是因为仁正帝被困于紫煌殿，兵部尚书和仁正帝每次见面，都有岑融在场。尚书他不敢在岑融面前提起此事，怕横生枝节。

仁正帝驾崩当夜，众臣素服入宫。兵部尚书拉着乐泰悄悄告知此事。因仁正帝已去，即位者为岑融，这道职令极有可能是发不出去的了。乐泰相当吃惊，当即做出决定，在交还玉玺之前抢先授发此令。

“这道职令保了五皇子一命，如今五皇子是统领西北军的大将，有了自己的军队，且封狐、白雀又是重要关口，总不会一囚、一杀了事。”乐泰苦笑，“次日御史台将玉玺奉与官家。翻阅诏令后，官家果真勃然大怒。”

乐泰印象中的岑融从来都是一副笑眯眯的好模样，乍见他盛怒，心中着实震惊。但他只说这职令是先皇所发，只是一直压着没有上呈而已。岑融无可奈何。

“还是不够。”靳岄又说，“兵部只听官家的。若是岑融生出什么怪主意，说岑煅治军不严，仍然可以把他撤下来。他的表舅广仁王麾下不少猛将，可以填补西北军统领之空缺。”

“绝不会是现在，官家现在不能也不敢动五皇子。”乐泰沉声道，“金羌又往封狐派去了使臣，声明一切盟约由此人讨论签订。他们如今胃口更大，除割让封狐到昌良城一带之外，还要岁贡白银、黄金数万两，绢绸瓷器无数，更要让我大瑀百姓到金羌为奴。条件苛刻无耻，令人作呕！”

靳岄和谢元至均吃惊不小。如此一来，岑煅去西北军压力只会更大。

“这和官家动不动岑煅有何关系？”

“来大瑀的金羌使臣，正是喜将军雷师之。”乐泰捋着小胡子，压低声音，“此人声称曾在白雀关外与岑煅有一面之缘。议和之盟，他只跟岑煅谈。只有岑煅出面商谈，以上条件才有回转余地。”

送别岑煅那日，靳岄很早便在城外等着了。贺兰砜与他同行，很是失落。若不是有岑融从中作梗，此时他也应该在出行队伍之中。

“听说你大哥在北戎又出名了。”靳岄笑道，“狼面将军，威风凛凛。别人不晓得倒也罢了，阿瓦肯定知道那就是贺兰金英。”

贺兰金英与远桑率怒山部落与高辛族人，已经在怒山部落边缘与北戎蛮军对峙许久。他们还学会了大巫的做法，让阿苦剌重操旧业，穿上巫者的服装骑上朱夜的风鹿，在驰望原上四处散播狼面将军的故事：狼面将军非人非鬼，是千万年来邪狼戾气的化身，已经被天神收编在列。如今狼面将军头戴面具，身骑黑马，手执长剑，受天神之令降世，为抵挡驰望原恶气而来。

传说从来如此，与好的故事相比，那些古怪离奇的故事更容易被传扬开去。阿苦剌将大巫的本事学得十足——狼面将军与高辛神女相恋，他能成为天神麾下猛将全赖高辛神女与天神对话，献出自己全部神力，重塑狼面将军人身。已成为驰望原普通人的神女只有一个愿望，那就是与狼面将军同生共死。狼面将军把神女看作自己唯一的月亮，他要守卫月亮挚爱的驰望原，终生奋战，与恶气、恶鬼、人魔缠斗到生命的最后一刻。

有了这样一段旖旎故事，狼面将军的传说仿佛风吹动的草籽，疯狂地在驰望原上传播。又因碧山盟之后，江北十二城与北戎其他部落的来往增多，大瑀的嘌唱、说书、戏曲纷纷传到了北戎。狼面将军与神女的故事一经改写，谱了词曲，愈发朗朗上口。在最繁华的北都城中，虽然蛮军不允许这些故事在街面上流传，但下至黄口小儿，上至耄耋老者，都能悄悄地、哆哆嗦嗦地讲上几句。

明夜堂的人带回了北都和北戎的消息，把狼面将军的歌儿曲儿也带了回来。陈霜学了几句，每每见到贺兰砜就立刻哼唱，惹得贺兰砜不快。

岑煅与两人在长亭道别。他是新任的西北军副统领，在仁正帝遗诏中被特意提起，封为玹王，因而一路送别之人众多，礼仪繁复。“我没有礼物可送你，但想与玹王说一个秘密。”靳岄问，“碧山盟之事，官家可有跟你说明？”

“这倒没有。金羌议和同碧山盟有什么关系？”

靳岄说明碧山盟中封狐废城的设计：“金羌要吞了封狐，不可能还会让半座对岸的废城落入北戎手中。若喜将军犹豫，你便再告诉他，封狐南北两城虽然被列星江隔开，但江中有隐秘水道可供人通行。”

岑煅震惊之余，缓缓回过神来：“你提议割让江北全境，受尽朝中各人议论辱骂，原来是藏了这样一个陷阱？”

靳岄：“北戎有新君，金羌又激进，两国都不会轻易放弃封狐北废城。他们争抢之时，便是我们的机会。”

岑煅却说：“你之前只怕吃尽了委屈。”

“倒也没有。”靳岄笑道，“闲人闲话，我从来不听的。”

岑煅郑重收好折子，又对贺兰砜说：“贺兰砜，我尚未放弃。你且等着，无论如何，我定要让你入我西北军。”

这话令靳岄有片刻的愣怔。岑煅的西北军，玹王的西北军……世易时移，无论是西北军还是封狐城，如今与靳明照是再无关系了。

岑煅拍贺兰砜肩膀：“等你成了西北军的人，我就把重建莽云骑的事儿交给你。”

靳岄狠狠一惊：“莽云骑？！”

岑煅：“当然。莽云骑是大瑀最精锐的骑兵。若不是白雀关战役中金羌有备在先，莽云骑也不至于全军覆没。金羌骑兵不可小觑，莽云骑要是还在，西北军不至于这样一败涂地。”

见靳岄仍愣愣看着自己，岑煅笑道：“莽云骑是靳将军一生的心血，我接手西北军，从没打算要抹去靳将军的功绩。大瑀百姓爱他敬他，我又何尝不是？”

他说得自己都有些不好意思，拱手行礼，退出长亭。他与妻子新婚不到一年，正是情浓之时，两人走到一旁低声相诉，依依不舍。正说着，妻子忽然拽住他衣袖，让他回头。

长亭外细雪纷飞。靳岄跪在亭外，冲他深深伏拜。

队伍终于离去，马蹄声渐渐消失。贺兰砜与靳岄牵马回城，看见陈霜从道旁走出。靳岄眼尖，察觉陈霜膝上还留有残雪。他心头微动，陈霜也以跪拜之礼送别岑煅。

他霎时想起许多一掠而过的事情。陈霜从不喊岑煅姓名，一直称他五皇子。在梁京外城与五皇子见面那日，陈霜在屋外与岑煅、宁元成躬身行礼，拱手作揖，十分罕见。陈霜甚至还认得杨执园。

什么人？靳岄心中惊疑不定，几乎要将这问题脱口问出。

陈霜未察觉他的变化，匆匆走近，边从怀中掏手炉边骂：“贺兰砜你傻了吗？连个手炉子也不带，你皮糙肉厚，小将军身体可一直都很弱。”

靳岄忽然道：“你怎么知道我以前身体弱？”

陈霜：“明夜堂什么不知道？下着雪呢，把帽子戴起来。”他说着给靳岄戴好兜帽，扫去他发梢的雪水。

靳岄决定不问了。陈霜有秘密，这显而易见。这秘密章漠、沈灯和岳莲楼都知道，但谁也不说。他们似乎有一个默契，这是不能轻易说出口的事情，如果陈霜愿意，他一定会告诉靳岄。

半个月后，靳岄收到了明夜堂帮众捎来的信。信是岑煅写的，简单告知了靳岄议和的进度。他把封狐北废城之事告诉喜将军时，喜将军丝毫不信。岑煅与他去江边，恰逢大雪，对岸一片白茫茫，不可视物。喜将军怀疑之时，岑煅找来年迈船夫，命他在江中捞出铁桥。

许多年前列星江上有一座铁索横桥，桥面以铁板铸造，十分坚固稳妥。后来因北城暴发瘟疫，许多人循桥跑到南城来。南城的人为了保命，干脆撤掉了桥面铁板。天长日久，此桥完全被江水淹没。今日拖拽出水，仍能使用。

喜将军站在岸边，忽然仰头大笑。他笑了许久，回头问："游君山在封狐生活十几年都不知道此事，你们竟然能找出这样一处地方给北戎、金羌设下陷阱，是靳岄的计划吧？"

靳岄看完信，扔进地炉烧了。

喜将军知道游君山的死讯，那白霓必定不久后也会知道。靳岄轻叹一声，注意力再度回到面前的棋局，眼角余光看见贺兰砜坐在窗边，就着白日雪光看书。

贺兰砜对下棋全无兴趣，谢元至教他的学问他也听不进去，唯独对沈灯写的那十几卷《侠义事录》兴致勃勃，日夜挑灯细读。他识得的大瑀文字实在不算多，开始看的时候常常询问靳岄与陈霜，如今终于看到第六卷，问询次数大大减少。

"碧山盟的雷已经炸了。"靳岄走到他身边说，"消息既然传得到我手里，自然也传到了官家和阿瓦手中。若是阿瓦知道此事，你说北戎会如何处理？"

贺兰砜放下手中的书。"驰望原有狼面将军和怒山人作乱，江北又要面对愤怒的金羌，左……"他翻开手里的《侠义事录》，找了两页，说，"左右为难。"

"碧山盟是龙图钦去谈的，可最终跟先皇签订盟约的是阿瓦自己。"靳岄轻笑，"你猜他会怎么选？"

这是贺兰砜猜不出来的事情。

"碧山盟是阿瓦的功劳。北戎若是失去封狐北废城，等于在自己的国土上插了一枚金羌的棋子，金羌随时能够以封狐北废城为突破口，攻入北戎。

阿瓦不可能给江北留这样一个缺口。”靳岄跟他分析，“江北十二城里本来就有大瑀和旧城的民军不断作乱。若是知道北戎与金羌有了这个矛盾，你猜民军会不会更乐意给他添点儿大麻烦？”

“民军作乱，又有金羌这个威胁，阿瓦必定要出动蛮军。”贺兰砜想了想，“可蛮军此时正在怒山与我大哥他们对峙。”

“你会怎么选？”

靳岄又把问题抛给了贺兰砜。贺兰砜皱眉细细思索，良久后回答：“我会放弃怒山。”

“为何？”

“怒山如今是北戎五部落中最弱小、最贫穷的部落，且地处偏僻之境，难以处理。放弃怒山后，可以将蛮军调往南方，控制住江北十二城，并且驻扎于封狐北废城，震慑金羌。”贺兰砜一面说着，一面渐渐惊讶起来，“可能吗？”

“这是可能性最大的结果。”靳岄笑道，“你大哥和远桑起兵的时机太合适了。一切仿佛……”

“仿佛驰望原天神已经写定的结果。”贺兰砜喃喃接话。

怒山人和高辛人的目标，终于有了实现的可能。他们能脱离北戎，成为一个独立的部落。怒山的鬼哭将得以平息，高辛人也能够摆脱邪狼的身份，成为驰望原天神护佑的寻常牧人。

靳岄想了想：“你感谢天神？”

贺兰砜：“嗯。”

靳岄笑了：“为何不感谢我？碧山盟，封狐北城，这可是我的主意。”

贺兰砜忽然问：“那大瑀呢？岑融会有什么反应？北戎知道大瑀在碧山盟里埋了这个雷，北戎一定会找你们出气。岑融他会不会……”

他犹豫停下，靳岄奇道：“会什么？”

贺兰砜笑笑：“若他把你交给北戎赔罪，我便先杀了他，再带你离开大瑀。”

此时皇宫中，乐泰刚与岑融结束一场争执。

金羌议和的进展自然也递送到了岑融手中。碧山盟的雷此时终于爆开，北戎必定会找大瑀的麻烦，他们必须在北戎发难之前想好对策。

岑融知道朝中非议重重。他不能让碧山盟成为众臣对他不满的由头。而当时订盟回京后，幸得梁太师多次说明，他们把碧山盟中割让江北全境的责任全都推在靳岄身上。如今处理起来自然也容易得多，只要把靳岄交给北戎便可。

北戎要大瑀的说法，靳岄便是那个说法。至于靳岄交出去后是什么结果，岑融心想，他左右不了。

这个决定令他心底难过。登天子之位后他再没见过靳岄一面，或者说，自从靳岄搬离他准备的府宅，两个人便彻底断了联系。想起靳岄利用游君山之死、问天宗之事摆了自己一道，岑融不是不愤怒。但他夙愿得偿，君王的天性让他大度，他提醒自己应当原谅靳岄的胡作非为。

因而谈到把靳岄交给北戎处理，他不是不难受的。岑融在这种难受里却又尝出了新的意味，他惋惜、不舍，但没有太多犹豫。

天子心硬，原来是真的——他恍然大悟。

反倒是乐泰激动得慷慨陈词，足足和他争了大半个时辰。

岑融放弃了自己的想法，他认为乐泰说得很对："若是一定要处理些什么人，光交出靳岄是没有用的。靳岄无官无职，还曾经当过北戎的奴隶，确实不如梁安崇有分量。"

听他这样说，乐泰才好好松了一口气。

"可交出梁安崇，也还不足够。"岑融忽然一笑，"北戎天君饱受那狼面将军困扰，是不是？"

乐泰茫然："是……可这与碧山盟有何关系？"

"狼面将军的弟弟可就在咱们梁京城内。"岑融轻轻一敲奏折，"把他擒住，交还北戎。就当作我大瑀向北戎天君致歉，多赠天君一份厚礼。"

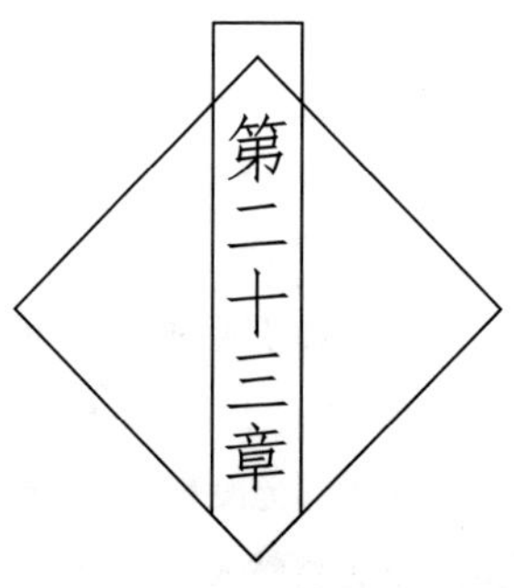

厚礼

腊八过后，小年便近。靳云英回京后，谢元至还未见过她，前几日让胖童子送来书帖，邀请靳岄姐弟与贺兰砜一同去过节。

贺兰砜对这些节日十分好奇，有空便逮着靳岄和陈霜问个不停。年关时明夜堂帮众分外忙碌，沈灯很少过来，只偶尔跟靳岄说几句话，行色匆匆地奔来奔去。岳莲楼此时应该已经抵达了赤燕，但能否找到章漠、他和章漠现在是否安全，明夜堂完全收不到任何消息。陈霜牵挂堂主，已经到了每次见到贺兰砜便心烦的地步。

靳岄约贺兰砜一同出门，采买果子好酒、灶马酒糟。

“灶马是贴在灶上的，”靳岄拿着那灶神画像同他解释，“灶神会保佑我们明年丰衣足食，灶内有米。”

“米不是买回来的吗？”

“那也得灶神保佑。”

“买米买粮用的明明是你的铜钱。灶神做了什么？”

靳岄和他说不明白，换了个话题：“吃过酒糟吗？在灶门上涂酒糟，这叫‘醉司命’。灶神来家时吃了这酒糟，醉醺醺的心里高兴，多盘桓片刻，就多给些庇佑。”

贺兰砜也笑：“莫名其妙。”

靳岄：“到了晚上还得在床下点灯，叫‘照虚耗’。灶神来了总得瞅瞅咱们家，一看那床底，啊哟，空空荡荡，什么都没有。灶神便想，穷成这样却还给我供了这么好的酒糟果子，这是多么心诚的一家。”

贺兰砜：“灶神真闲。”

所有东西一应双份，靳岄自己留一份，让贺兰砜给宁元成家带回去一份。明日就是小年了，贺兰砜满心欢喜：“今年我要给你点鞭炮。”

陈霜在明夜堂里清点要发给帮众的赏钱和年货。成亲生子的额外多出一份，若家中有老父老母，年货里还会备上老参阿胶。往年这活计都是由岳莲楼来做，陈霜最多帮他打打下手。他从不知道明夜堂光是梁京分堂就要分发六千多份年货，给帮众的，给孤儿寡母、病重老者的，给来往商号的，给朝中将臣的，每一份几乎都不一样。岳莲楼在那名册上细细记录了许多事情，如明年是刘大勇本命年应当赠一红腰带，如张将军夫人怕鱼切记不要送鱼，如满子家儿子到了去学堂的年岁，文房四宝备一份云云。

岳莲楼负责的还不止梁京分堂，陈霜在书库里看到他写的册子堆满整整一面墙，惊得半天挪不开步子。

他回到靳岄家中，沉默许久，蹦出一句：“是我小看了他。”

靳岄写好给夏侯信和岑煅的信，交给陈霜。陈霜去明夜堂找人送信，差点与冲进来的贺兰砜撞个满怀。

贺兰砜连马儿都没骑，跑得满脸热汗，直接冲进院子大喊：“靳岄！岑煅做到了！我能去封狐城了！”

他带着靳岄买的东西回宁家，兵部的人正在门口徘徊。他们带来了一纸文书，文书上说贺兰砜即日起便是西北军岑煅麾下校尉，明日启程，不得延误。

靳岄又惊又喜，忙接过那张纸细细查看。纸上确实是兵部的印子，只不过写得简略，与靳岄小时候见到的军令不大一样。

“明日启程？”靳岄一怔，“岂不是小年就要走？”

他满心欢喜霎时退去，看看那纸，又看看贺兰砜。贺兰砜问：“你和我同去吗？”

“不成。明日我要和姐姐去拜会先生。”靳岄想了又想，“姐姐只怕不愿再回封狐。等过了年，我会去找你。”

他与陈霜陪贺兰砜回家，帮贺兰砜一同收拾行李。贺兰砜的东西极少，不过是衣服鞋袜和几册《侠义事录》而已。兵部没有给他盔甲，连靳云英也隐隐生气："竟然这般吝啬！"

宁元成母亲年过六旬，颤颤巍巍，拄着拐杖站在门口看贺兰砜收拾东西。"元成当年去的时候，跟着五皇子，好威风！"老人不住地说，"高头大马，整条街的人都来看他。贺兰砜这次没人送呀？哎哟，这可不风光。"

贺兰砜悄悄冲靳岄眨眼："没关系。"

这是一次太过匆忙的离别。简单收拾好东西，两人出门觅食。外城亦有不少富贵人家，门前堆着雪狮子，檐下装了雪灯，恰逢细雪飘落，满目皆白，如坠梦中。贺兰砜扭头看靳岄，靳岄正瞧着两个在雪狮子上打滚的小孩儿发笑。他今日也披着狐裘，正是去北戎穿的那一件。因靳岄长高，狐裘便显得小了些。柔软狐毛笼在靳岄颈上，愈发衬得他面如霜雪，双眸如点漆。

贺兰砜有时候会想起初见他的那一面。面目鲜明的少年立于雪中，彼时谁都不知那一眼会衍生出如此多的故事。

小年当日去谢家赴约的只有靳岄姐弟俩。谢元至和殷氏十分遗憾，原来两人还给贺兰砜准备了年货，靳岄凑过去一看，文房四宝，各类书册，还有新衣新帽。

"我都给他收着。"靳岄笑道，"等过了年我去封狐找他，再给他捎过去。"

贺兰砜走得很早。两人在深夜的酒馆子里喝酒，回到宁家已是三更天，歇下没一会儿便到了启程的时间。这匆匆忙忙的离别总让靳岄觉得不舒服，与靳云英一同把贺兰砜送出家门，靳岄呆站在长街上看他骑马往城门方向去。

靳岄并不喜欢分离。有了去北戎那一轮遭遇之后，他对分离的感受里更是掺杂了许多恐惧。此次分别又是送贺兰砜去边疆战场，他心中有许多跳动的不安，但无法与任何人细说。

他打算和贺兰砜一块儿过小年夜，过除夕和元宵。愿望一个都没有实现，他满心遗憾。

为了填补这种遗憾，靳岄给贺兰砜写了封很长很长的信。他写梁京的除夕，写热闹的街巷和贺兰砜未看过吃过的美食，写好了便交给陈霜。陈霜把信件送到兵部，由兵部送往封狐。

没有贺兰砜来找靳岄说话，靳岄总是一个人待在那座小院子里。这一日纪春明正与他说着元宵节灯会时新帝赦罪的打算，窗户忽然一动，随即便有一条瘦削人影滑了进来。

纪春明吓了一跳："陈霜！刺客！"

靳岄却惊喜地站起："阮不奇！"

阮不奇风尘仆仆，冲靳岄大笑："陈霜呢？岳莲楼呢？"她人很机灵，左看右看，瞧见纪春明，"这又是谁？"

陈霜此时走入，阮不奇见到他又是一阵欢呼，奔过去一把抱住。

阮不奇是被沈灯叫回来的。游君山死后，白霓作为人质的作用已经完全消失。沈灯原本打算让她护送白霓逃离金羌，但白霓带着孩子很难逃脱。而阮不奇认为白霓处于喜将军的庇护下，其实极为安全，就算游君山死了白霓也不会有任何事。得知明夜堂的安排后，白霓也劝阮不奇回梁京，一是即将过年，二是阮不奇身为明夜堂阴狩，老待在金羌也不好。

"我偷听过喜将军和白霓说话。"阮不奇坐下边喝茶边吃糕点，说话时碎屑四溅，纪春明和陈霜同时皱眉，"喜将军说若是要在金羌长住，孩子不如跟着他姓雷。雷姓在金羌只有他一人，孩子若同他姓，谁都晓得她被喜将军保护着，没人敢欺负。"她说着连连眨眼睛。

靳岄："喜将军可对白霓做过什么？"

阮不奇："没有，常来找白霓吃茶说话罢了。来的时候总戴着他的金面具，讲话也挺温柔平和，一点儿也不凶恶。其实他不露脸的时候还挺人模狗样的，不恶心。"

靳岄万没想到雷师之竟然对白霓存着这样一份心思："白霓怎么说？"

"白霓只答他一句话：孩子姓白。"阮不奇想了想，"之后他们就没再聊过小孩的事情。喜将军说封狐城要割给金羌，白霓气得摔了杯子，喜将军让她小心自己的手，说完便走了。总之是个怪男人。"

如今正是寒冬，在没有车马的情况下，带着孩子离开金羌确实不是最好的办法。靳岄压下心中焦虑，让阮不奇先好好歇息。阮不奇却坐不定，得知章漠在赤燕失踪之后脸色大变，立刻奔向明夜堂方向。

纪春明继续说新帝大赦之事，陈霜冷冷评断："门面功夫。"

靳岄熟知岑融性子，只是笑笑。

今年的元宵节分外热闹，先帝大祥已过，各个铺子、酒楼张灯结彩，官灯、私灯的手艺人日夜画图描纸。燕子溪、沐清池安设水灯，道观寺院纷纷开放，百姓烧香结缘，烟火繁盛。大寺门外还有乐棚子，燃灯作乐，佛音声声。

街巷口除了摊贩之外，还有官设乐棚和影戏棚子。乐棚里有玩皮影的，嘌唱的，奏琴卖艺的，胸口碎大石的，热闹非凡。阮不奇最喜爱看这些艺人表演，钻进乐棚子里便不肯出来。

靳岄和陈霜一路走去，朝着玉丰楼的方向。今年岑融在玉丰楼下设了一个台子，专用于赦免罪人。靳岄已经许多年没见过这样的陈罪仪式。此事一般由常律寺主理，一排罪人跪在台下，由常律寺卿在台上一一报出罪人所犯之罪、所受之罚，以警示后人。偶尔，禁卫会带来官家口谕，某某免罪，就地释放。能参加这个仪式便有可能获得赦免，仪式外场往往站满了罪人家眷，等陈罪仪式结束，一半喜极而泣，一半绝望大哭。

今夜负责仪式的是常律寺少卿卫岩。与玉丰楼相对的朵楼中安设御座，岑融就在那处赏灯，可遥遥望见台子。

靳岄不想凑这热闹，但不知为何，台子前被围得水泄不通，难以穿过。他听见百姓议论，原来是今夜的陈罪仪式里有一个特殊的罪人，据说是从未见过的厉害人物。

阮不奇看饱了乐棚的表演，凑过来时恰好听见这话，顿时来了兴趣："别走哇，我要看！"

戌时，卫岩上台，展开手中折子，先念诵了一堆褒扬皇帝的说辞，又赞美了一番常律寺如何尽职。底下许多百姓听不懂，但看美男子说话也是个难得的乐趣，所以众人一面欣赏卫岩的英姿，一面耐心听着。人群中有小孩钻来钻去，叫卖瓜子干枣。

很快便到了众人期待的时刻。

罪人罗列台前，卫岩一一念出名字与罪行。有杀妻卖子的，引来众人怒喝，瓜子壳枣核纷纷扔过去。有偷钱给老母治病的，百姓一片唏嘘，纷纷扬声呼喝放人。有放贷骗钱的，陈霜定睛一瞧，正是杨松儿案中的王百林。

念了几个之后，有禁卫手捧金色箭矢骑马奔来。是官家赦免了那偷钱之人的罪，赞他孝心天地可鉴，更赐了白银三十两。那人当即下跪哭号，在他收押的日子里老母已经病重离世。常律寺官差解了他的枷锁，他接过银子，边哭边蹒跚离去，还未走出几步，那禁军又过来招呼，原来是官家可怜他，给了他一个谋生的活计。

人们相互询问，才知新帝就是杨松儿一案中起了重要作用的三皇子岑融。一时间山呼万岁之声震耳欲聋。

在庞杂人声中，陈霜低声道:“我晓得为何要做这陈罪仪式了。真有意思。”

陈罪之人共四十多人，百姓如同看戏，热热闹闹，说说笑笑。等这四十多人全都说完，又有人抬上一个笼子。笼子用黑布覆盖，看不出里面的东西，陈霜和阮不奇却同时皱眉。“里头有人，”阮不奇耳朵动了动，“受了伤，似乎还挺严重，鼻息粗急。”

她说完回头看陈霜，交换了一个惊疑忐忑的眼神。陈霜忽然攥住了靳岄的手。

“最后一位！”卫岩扬声道，“此人弑君杀父，罪恶滔天。虽非我族中人，却在梁京被擒。常律寺折损了好几位官差才将他捉拿归案。此人身有大瑀血统，也有异族血脉，其心不忠，其根不纯，性情狂烈，疯疯癫癫。”

靳岄不知是不是自己的错觉，他察觉卫岩的目光扫过了自己。随即便见卫岩把手一抬。

“此人又号邪狼，狰狞异常，被擒后受穿骨之刑，仍日夜狂号，有如恶兽……”

黑布被扯开了，浓烈血腥气在寒夜中散开，陈霜立刻把靳岄的手握得更紧。

靳岄只觉浑身发凉——那蜷跪在铁笼之中的正是贺兰砜！

铁笼不大，人在其中无法直立。贺兰砜蜷缩在笼中，靳岄听不见他粗重的呼吸，但清晰地看到他背上那铁制的刑具。刑具呈蝶翅形状，如生长在贺兰砜背部一般，穿破他的皮肤，深深扎入其中。

贺兰砜上身赤裸，双手抓住铁笼杆子，似乎因为失去力气而无法抬头。刑具有一铁索，系在铁笼上，卫岩一拉那铁索，贺兰砜不得不随之起身。他急促喘息，因无法压抑而长声痛呼。声音粗哑，在这热闹非凡、明亮如昼的元宵夜里，果真如狂兽痛极的惨声嚎叫。

陈霜紧紧攥住靳岄，靳岄双目赤红，一时间竟然无法发出任何声音。他听见阮不奇问陈霜是否要出手，陈霜摇头不允，因此地官差众多、铁笼巨大，即便救人也难以在瞬间离去，又不知那刑具如何插入贺兰砜背后，只怕贸然移动会令他伤势更重。

他还听见周围的人声愈发欢腾。这场加在贺兰砜身上的酷刑，是引起百姓喜悦的一出好戏。人们议论着邪狼应该冠高辛之名还是北戎之名，谈论贺兰砜的狼瞳，用模糊不清的传说佐证自己的看法：他应该被抓起来，他应该死。

卫岩还在台上说话，靳岄一句都听不清楚。他的耳中嗡嗡作响，是驰望原的朔风从北方吹来，令他身魂俱冻。贺兰砜是因他而来到梁京，因他而受此酷刑的。他在瞬间明白是什么人在折磨贺兰砜，卫岩不过是此人驱使的一个酷吏。

靳岄甚至明白，人在狂怒的时候是不会有任何动作的。暗火在他身体里燃烧，烧红他的眼睛，他的手脚却冰冷异常。人们分开一条道路，让举着金色箭矢的年轻禁卫通过。那禁卫的眼睛是冰冷的黑色，他手里的箭矢却流动着熠熠金光，是天子宝具。

那禁卫对上靳岄双目，霎时忘了该说什么，愣怔一瞬之后脱口而出："小将军。"

靳岄接过金箭，随他离去。陈霜和阮不奇想要跟上，靳岄摇了摇头，示意二人留在此处注意贺兰砜的情况。他走过那台子，与笼中的贺兰砜对视一眼。

贺兰砜吼他的名字，卫岩又拉了下铁索。剧痛让贺兰砜失去力气，他双手似爪，抓住铁笼，一双透着血色的狼眼睛紧紧盯着靳岄。

靳岄只觉得一颗心如刀剐般疼。他被有生以来最强烈的恨意吞没了，他想撕碎把贺兰砜投入这般境地的罪魁祸首，可又冷静地意识到自己此时此刻并无任何能力伤得了岑融半分。人们纷纷退避而去，靳岄冲贺兰砜无声说了一句：等等我。

岑融就在朵楼设宴。靳岄被带入朵楼中，走向朵楼时迎面遇见了圣人。他将一声"新容姐姐"噙在口中，俯首下拜："见过圣人。"

新容将他搀起，反复打量，同样被他的面色与眼神吓了一跳。靳岄回京之后偶尔去过岑融府中，因此与新容见过几面。新容只知道他与岑融决裂，却不知详情。"我带你上去。"新容牵他的手，"给姐姐一个面子，别跟他吵架。"

靳岄躲开新容的手，略略低头跟在她身后。新容无奈，只好这样领着靳岄往朵楼上去。

朵楼温暖，四面开敞，可居高临下俯瞰梁京景色，宫内宫外笙簧悠扬。此夜满城华光，月色澄明，官灯与私灯点亮街巷，如流光的大河小溪，暗夜中亮彩灼灼。席上坐着岑融、太后与一位中年男子，另有宫娥太监围侍。

靳岄低头跪拜，一言不发。片刻后，只听得席上岑融笑问：“今夜赏灯可还高兴？”

靳岄抬头看他：“你到底要做什么？”

新容有些紧张，扯扯岑融的衣裳。岑融又问：“我提的要求莫非你都可答应？”

靳岄心中回答：都可。

他不知道岑融会提什么要求，更不晓得自己会遭遇什么灾殃。但为了救贺兰砜一命，靳岄什么都愿意做，哪怕是岑融命他立刻从朵楼跳下，他也不会犹豫。

“你放了贺兰砜，我什么都答应。”靳岄说。

他眼角余光瞥见岑融身边端坐的中年男子微微一笑，喝着酒打量他。一路走来，靳岄从狂怒中渐渐冷静，哪怕见到岑融时怒火又盛，他也有了思索的余裕。那中年男子能出现在这里，身份必定不寻常。

答案呼之欲出，靳岄看着那男子道：“靳岄言出必行，广仁王可见证。”

那人果真是南境大将，广仁王宋怀章。只见他抬了抬酒杯，点头：“可。”

岑融打量靳岄，沉默良久。外城有焰火燃放，火树银花，转瞬便逝。新帝轻叹一声，抬手道：“押上来。”

很快便有禁卫拖着一个血肉模糊的人上了朵楼。太后掩鼻皱眉：“怎能让这样的东西污了朵楼！”

禁卫用铁制的长叉卡在贺兰砜颈后，令他无法抬头，只能跪趴在地上。如今近了看得愈发分明，贺兰砜胸前背后横七竖八都是伤痕，皮开肉绽，却还咬紧牙关与颈上长叉抗衡，不肯伏地跪拜。

“靳岄，若你父母与姐姐知道你同这高辛邪狼有不清白的牵连，你要如何面对他们？”岑融问他。

“不过坦然相告罢了。”靳岄说，“贺兰砜赤子之心，如清水如烈阳。我父母一生忠诚坦荡，喜直恶谗，若能与贺兰砜相识，他们必定大为欢喜。”

朵楼中沉默片刻，岑融在桌上拿起一封信。靳岄脸色霎时大变：“岑融！”

太监禁卫斥他大胆，岑融笑笑，将那信缓慢拆开，抽出信笺。

“卑鄙无耻！”靳岄咬牙。那是他写给贺兰砜并送到兵部的家书。官兵家书全都由兵部统一递送，他当时不知贺兰砜根本不在封狐，这信最后落到了岑融手中。

岑融喜欢看靳岄愤怒的表情。愤怒的靳岄、焦虑的靳岄，比亲近自己的靳岄更令他感到愉快。他缓缓展开那封信，一字一字地，当着众人的面念出来。

信很长，起笔写了家中的琐事。如小年夜纪春明与瑶二姐到家中与他同过，几个人围桌吃拨霞供，纪春明与陈霜为兔头如何烹调争执一夜；如除夕时明夜堂帮众设局赌博，阮不奇同陈霜上阵后大杀四方，最后是沈灯出面赢走两人各五十两银子之后，赌局才算作罢；又如春风春雨楼的姑娘到明夜堂找岳莲楼，无意与沈灯说了几句话，此后日夜托人给沈灯捎果子送帕子，十分热闹。

除夕夜的清苏里的灯彻夜长亮，卖灯的小摊贩纷纷制作了新灯，仍书“天日昭昭”。燕子溪干涸结冰，梁京的孩子常在冰上玩耍。许久不见贺兰砜，小孩儿们成群结队到家里敲门，问靳岄：绿眼睛的大哥什么时候回来一同打冰陀螺？

内城外城，大街小巷，尽是些无用无益的小事，洋洋洒洒写了数页。

念到最后一张，岑融顿了顿，笑道：“啊，新容，你看看，这都写了什么。”

新容拿着信纸细看，却根本笑不出来。岑融用嘲弄的口吻一字一字读了出来。

“佛曰世有八苦，生老病死，爱别离，憎怨会，求不得，五阴炽。子望年岁尚轻，已一一遍历。自家中剧变，吾无根无依，驰望原与君一面，乃子望毕生幸事。纵有灾殃，心中藏甘，时时回望，亦不觉苦。

“君此去封狐，虽有建功立业之望，亦多难多险。只恨不能同担苦乐。风欺雪虐，万望珍重。待旧符换新，千里万里，定必重逢。

“子望一生不信神佛，唯此夜落笔，心中有悟。若佛眼见我，求允一诺：吾心切切，可昭明月；生我死我，与君长随。”

写信时靳岄生怕贺兰砜看不明白，于是落笔细碎简单，犹如面对面与他细细倾诉。贺兰砜此时被长叉控在地上，无法抬头去看靳岄，却把这从未收过的信一字一字听得清楚。他浑身剧痛，无法挣扎动弹，心口却热流澎湃。

岑融盯着信笺上的字，良久才低笑一声，问：“你们想如何生，又想如何死？”

靳岄心中一凛，知岑融已经起了杀意。“官家方才亲口允诺，我若答应你的条件，你便放了贺兰砜。”靳岄厉声道，“君为天，臣为下，官家尽管开口，靳岄绝不推托。”

贺兰砜立刻哑声低吼：“不行！”

岑融还未开口，新容在袖下握住他的手：“官家，靳岄是我从小看着长大的孩子，我与他姐姐云英情同姐妹。如今云英在封狐失踪，下落不明，顺仪姑姑又流落赤燕，靳家只剩靳岄一人。他若做了让你不高兴的事情，你君王度量，罚过了他便罢了。”

岑融：“我并不打算杀他。”

新容松了一口气，低声道：“新容再求，求官家饶了那高辛人一命吧。”

岑融诧异：“为何？”

新容：“靳岄一生坎坷，你身为天子，他又称你一声表哥，你遂了他的愿又如何？官家……”

“不成。”岑融抽手。

靳岄就在朵楼中跪着，贺兰砜身受重伤，在地上跪趴片刻已渗出一小摊血。岑融盯着靳岄的眼睛，发现他双目赤红，那双从来不甘不平的眼睛里，头一回对自己流露出哀求和恐惧。

他能拿捏贺兰砜的生死，他还能让靳岄害怕。岑融心中有一霎的舒畅，但这种快意很快便消失了，他怔怔看着靳岄，被心头复杂的情绪搅得愈发躁乱愤怒。他成了天子，世上所有人都是他的臣民，就连他无法收服控制的靳岄也必须下跪叩拜。成王的喜悦原本应该被靳岄哀求的眼神烧得愈发凶猛，但岑融心头没有半分快活。他撕碎了那封信。

“官家，”广仁王忽然开口，“我能问你要个人吗？”

宋怀章握着酒杯，下巴抬了抬。

“靳家的小将军，靳岄。我想要他。”

众人都是一愣。

“传闻小将军虽然身子孱弱，却藏有雄浑心机。盛可亮一案，还有问天宗一事，都有小将军的参与。如今赤燕蠢蠢欲动，南境胶着，若有小将军这样的人帮忙，南境战事必定有成。”

岑融眉头紧蹙，低笑道：“广仁王，你还需要靳岄帮忙？”

宋怀章又笑道：“北境有北戎，如今为了碧山盟之事要找建良英和官家的麻烦。西北军又同金羌交战，如今议和成不成还说不定，岑煅与你不是一条心，他统领西北军，只怕你也睡得不安稳。如今南境若是再……啊呀，我也发愁，实在是难，太难了。”

岑融脸色变化，久久不语。

靳岄跪着往前移了两步：“靳岄定当鞠躬尽瘁，肝脑涂地，为广仁王分忧。也请官家下旨，放了贺兰砜。”

岑融没有吭声，但靳岄知道他已经有了决定。岑融是不可能为了挽留靳岄而与广仁王对抗的，他不敢，也不愿，更没有对抗之必要。

朵楼中一时间寂静无声，只有贺兰砜粗重急促的喘息。待城外烟火散尽，官灯纷纷熄灭，岑融起身离开，未再看靳岄一眼。

靳岄立刻转身扑向贺兰砜。只是才碰到他的手，还未抓紧，贺兰砜便被禁卫拎了起来。

“别去……别……”贺兰砜用细弱的气声说。

靳岄被禁卫控住，看着贺兰砜被拖出朵楼。太后随之离去，朵楼中只有圣人和广仁王。靳岄跪行到圣人面前疯狂磕头：“新容姐姐，请你救救他，求你救救他！”

新容扶他起身，在他耳边道：“你放心，我不会让他死。”说罢匆匆离去。

宋怀章示意他跟着自己离开，走入长廊，靳岄还不停回头去望。

“他不会死，活着才有用处。”宋怀章说，“那些只是皮肉伤。”

靳岄怎么可能放心：“你带走我，便要保证他们放了贺兰砜。”

宋怀章扭头看他，细细打量一番后笑道：“你和你母亲的性情还真是一模一样。”

靳岄一震：“你认得我娘亲？”

“当然认得。我结识她的时间比你父亲还要长久。”宋怀章低声道，“你随我走，我带你去赤燕见她。”

“我没听娘亲提过你。”

宋怀章大笑：“她若会提起我，那才是天底下最大的怪事。”

靳岄惊疑不定，紧追着又问：“你能保证官家会放走贺兰砜？”

“岑融会放他的。”宋怀章说，“他会放那高辛人回北戎。北戎天君阿瓦饱受狼面将军困扰，若大瑀送他一个贺兰砜，碧山盟的矛盾便可以缓和。

既然是人质，当然要活着，岑融不会让他死。至于他回到北戎发生什么事，不是你我能够左右的。”

靳岄呆在当场，无法移动一步。

“小将军，你很厉害，但你有一个地方算错了。”宋怀章轻笑道，“你不知君王之心何其深邃莫测，更不知利益当先，人可以变得不像人。万民如蝼蚁，蝼蚁之命不可惜。你心不够狠，也不够硬。我若是你，我便在问天宗一案中彻底钉死异见之人，不让任何人有翻身求活的机会。”

他说的这些话完全是大逆不道之言。靳岄低声道：“这些话若被人听去，可诛九族。”

“我又不惧他。”宋怀章大笑，“你可别忘了，当时他不敢淹我的封地，宁可牺牲沈水下游无数人命。如今他新登帝位，根基未稳，连我这样一个边疆大将也能逼他就范。形势逆转来回，全看谁有更大权力。小将军，身入朝堂，只有手握巨大权力才有博弈机会。你没有这样的野心，根本敌不过京中诡谲波澜。”

天朗月明，身在这寂静之处，仍可听见内外欢笑之声。

凡搅动狂澜者，无一不被狂澜吞噬。

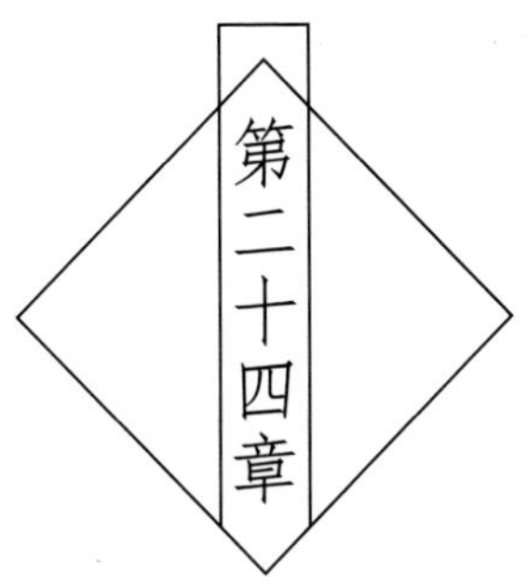

迢递

待梁京满城花灯熄灭，卫岩才回到家中。他身上沾了血腥气，只想尽快回房换衣，下马时却在街角看见纪春明。

纪春明一路小跑，微微气喘，见到他劈头便问一句："为什么？"

卫岩自然知道他问的是什么。"官家有命，我不得不做。"

"那是对十恶不赦之人才会动的大刑！他是练武之人，一旦破骨，这一辈子可就毁了。"纪春明气得口不择言，"贺兰砜是靳岄的朋友你不是不清楚，靳岄对你我有再造之恩，若不是当初他设计为杨松儿翻案，你现在不过是盛可亮底下一个没权没势的少卿，顶个虚衔，什么都做不了！又哪里能有礼部尚书青睐，哪里能娶得娇妻美妾，满堂富贵！"

"我没有下重手！"卫岩厉声喝道，"他受的大多是皮外伤，那入骨的刑具我已经尽量注意分寸，去除刑具之后，他仍可寻常练武，不过是肩臂不大灵活罢了。官家知我用刑酷辣才把贺兰砜交到我手上，我若心慈手软，我会是什么下场？你可曾为我想过？"

"贺兰砜持弓、用刀，肩臂不灵活那便等于要了他的命！"纪春明毫不退让。

"我能怎么办？你告诉我更好的方法吧。"卫岩在他面前走来走去，恼得大喊，"我囚他于铁笼，我在刑具上加装铁链，故意拉拽，不过都是演给官家看的罢了。只要他足够惨足够疼，血流得够多，官家也就满意了。"

“常律寺有你这样的少卿，真令人不齿。”纪春明咬牙，“你身为大瑀三法司之使，不公正不清白，官家命你诬陷他人，命你对无辜之人动用酷刑——”

“我若拒绝，我若据理力争，换了另一个人来，你以为他就会对贺兰砜网开一面？别的人只会更残酷！”卫岩抓住他的肩膀，“我以为你我同朝为官，你能谅解我的苦衷。”

纪春明退了一步：“别人残酷有十分，你偏要做到八分九分，还要辩称自己足够慈悲心善。凡事都用一句你也有苦衷，你也不得已来搪塞。”

卫岩：“你是认为我做得不对了？”

纪春明：“自然不对！”

卫岩咬牙：“早知要被你指责，我不如干脆下重手，让贺兰砜真正半死不活……”

话音未落，他眼前忽然一黑——纪春明竟挥拳朝他打来，正中鼻梁！

随从纷纷将两人拉开，纪春明揉了揉手背，往地面重重一唾：“你身为常律寺少卿，担着山一般的重责，却用手中权力满足天子私欲！长此以往，常律寺只会成为天子掌中刑法私衙，三法司便彻底形同虚设！”

卫岩抹去鼻下鲜血：“纪春明！你好幼稚！”

纪春明却已经转身离去。他从未出拳揍过人，卫岩鼻骨又硬，砸得他手背生疼。也不知是否把他鼻子揍歪了，不知他那张俊脸是否会破了相——种种担忧混在纪春明心中，他却越跑越快，拔腿在长街上狂奔。

他一路跑回家，牵了马便去找靳岄。夜已很深，靳岄竟还没回家。

“回不来了。”阮不奇咬着皮绳，长发在脑后扎成一束，“他已经被广仁王宋怀章带走，今夜便启程往南境。宫里刚送来的密信，不晓得是谁写的。”

纪春明看一眼那信笺：“是圣人。”

阮不奇：“所以信上写的都是真的？”

沈灯匆匆从外走入：“是真的。广仁王已经集合队伍，即刻启程。”

他左右看看，果断道：“从梁京往南境必须经过仙门城。陈霜去过仙门，熟悉地形情况，你悄悄跟着广仁王的队伍前去，不要惊动他们，我们还不知广仁王为何要带走靳岄。每抵达一个城池便让分堂给我来信。若到了南境，如有可能，多注意岳莲楼和堂主的下落。”

阮不奇：“我也要去南境找堂主。”

沈灯：“别任性。你随我去杨河，我们绝不能让贺兰砜回北戎。他一旦落入北戎天君之手，便再不可能逃出来。”

从梁京去北戎必须经过杨河城。沈灯计划在杨河城中救人。为了撇清明夜堂的关系，他找来西域苦炼门的装束武器，打算把这事情嫁祸到他最不喜欢的苦炼门头上。

贺兰砜不清楚自己何时离开梁京。他日复一日地昏睡，有人为他诊治，有人给他灌药，他抓住那些面目模糊不清之人的手，喊靳岄的名字，但从无回应。

之后便是一路颠簸。虽有药汤药丸吊着一条命，贺兰砜仍然感觉自己的活气正一丝一丝地从体内消失。在偶尔难得的清醒中，他知道自己正在囚车中赶路。背上的刑具已经拆下了，但灼痛未消，他始终只能蜷缩在囚笼内，身上戴枷，随着车马晃动不停。他所有的心思都随着靳岄而去，知道自己此行凶多吉少，便把所有时间都用来为靳岄思虑焦躁。

他来过大瑀两次。一次与巴隆格尔同行，一次与岑煅、靳云英等人同行。一路上看到许多靳岄口述的景色，每一处都与北戎不同。他如今也这样经过了青山长川，但冬雪深厚，寒意刺骨，山川虽秀美，却白得萧瑟凄凉。

官差中有人负责看顾他，因受刑部尚书嘱托，倒是十分尽心尽力。贺兰砜问他知不知道小将军现在如何，那官差哪里晓得这些事情，只能无奈摇头。

同行的还有另一辆囚车，车中坐着梁安崇。

贺兰砜有时候会想起在北戎时靳岄跟他叨咕的话。唯一能把前朝大臣迅速推翻的方法，便是让他与新帝生出龃龉。他心想，靳岄做到了，这算是一切尘埃落定了吗?

梁安崇极少说话，一张脸迅速衰老，如今已看不出半分精气神。他囚服单薄，路上雪重风寒，也一样病得睁不开眼。随行的大夫看完梁安崇就来看贺兰砜，完了还要说一句：可悲可叹，从万人之上到阶下囚，不过短短数月而已。

贺兰砜对这些闲话毫无兴趣。他听得不多，能记挂在心里的更少。身体的热度时高时低，他连坐起都困难，只能趴着让大夫清理背上伤口的烂肉。

临近杨河城，看护囚犯的士兵换班后松散许多。官兵看着贺兰砜忍不住问：“他能过列星江？这眼看着就要死了吧。”

“管他呢，送到碧山城就没有你我的事情了。”大夫笑道。

此时已是开春，列星江春汛凶猛，上游冰凌被水推着，如同奔马轰轰滚下。船只难行，众人只得先在杨河逗留。

歇了数日，贺兰砜一身高热好不容易退去，因吃不下饭食，背上尚未愈合的伤口又开始隐隐发烫。这一夜他蜷在车中，因浑身难受无法入眠，浑浑噩噩中，听见有人轻叩囚笼。他睁开眼，眼前站着阮不奇。

“死了？”阮不奇拿着灯笼照他的眼睛，“还没。”

她扮作个红衣喇嘛的模样，手里拿着刀刃生齿的重刀，却从发中掏出一根细针撬开囚笼铁锁。贺兰砜认出她，忽然生出力气，一把抓住她的手：“靳岄呢？”

阮不奇从囚笼中把贺兰砜拖出，贺兰砜疼得不住吸气打战。原来他手脚都被铁环扣着系在囚笼上，铁环内生倒刺，贺兰砜手脚皮肤已经血肉模糊。饶是阮不奇见多识广，也吓得倒吸凉气：“怎么这么毒？万一你手筋脚筋伤了可咋办？”

铁环难以撬开，阮不奇干脆砍断铁索，直接把贺兰砜扛在肩上，越窗便走。贺兰砜眼角余光瞥见梁安崇在囚笼中昏睡，门外的官兵横七竖八倒成一片，夜色里站着同样身穿红色僧服的沈灯。沈灯把形状古怪的刀剑插在柱子上，装作一场鏖战，又扔了几颗刻成骷髅的佛珠。

贺兰砜最终在明夜堂杨河分堂的卧房中醒来。

房中弥漫着鲜明刺鼻的草药气味，贺兰砜抽了抽鼻子，他的嗅觉回来了，甚至感觉到几分饥饿。阮不奇听见动静立刻从窗外溜进来，看了他半晌才扬声喊：“灯爷！活过来了！”

贺兰砜现在还不得翻身，只能趴在床褥上。他背上赤裸，糊满冰凉的草药，手脚捆得结实，身上伤口又疼又痒。闭目缓缓呼吸，他听见窗外传来鸟儿鸣叫，抬头看见外头一蓬鹅黄的迎春，春意竟然已经浓到了如此地步。

贺兰砜不知现在是何年何月，看到任何人都只问一句：“靳岄呢？”

在他昏睡期间，梁安崇已经乘船去了北戎。听闻那艘船在列星江上倾覆，活下来的船工说，有无数手臂从水中伸出，硬生生将老头拉入水底，再也没浮上来。杨河城宵禁了好几日，官差几乎把城池翻过来都没能找到贺兰砜。沈灯告诉他，明夜堂想藏的人，谁都不可能找出来。

这些消息像风吹过地面一样，没留下任何痕迹。贺兰砜不觉得高兴，也不觉得快活，他只想知道靳岄现在在哪里，是否安全，岑融是不是又要对他动坏心眼。

等贺兰砜精神再好一些，沈灯便把靳岄的情况仔细告诉了他。此时距离贺兰砜离开梁京已有两个月。广仁王带着靳岄和军队，过游隶、仙门，穿过沈水下游，已经往南境去了。宋怀章的人把靳岄看得极牢，陈霜无法靠近，最后一次传来书信是半个月前，他们进入了南方边防军的营地。陈霜居高远眺，发现数日后营地中分出另一支队伍，广仁王带着靳岄与几位随从进了赤燕。

“再往前便不是明夜堂随意能去的地方了。岳莲楼入了赤燕，至今未能传回任何消息。”沈灯一声长叹，“我叮嘱陈霜不要莽撞，确定能全身而退再进赤燕。但他肯定不会听我的。”

贺兰砜坐在床上看沈灯为自己敷药。他手腕伤得严重，现在还不能活动。他抬起头，狼瞳非常平静：“我也去赤燕。”

“现在不能去。”沈灯早已料到他会这样说，立刻驳回，“你现在走出分堂，不到三天便会死在杨河城外。到时候江湖人会笑我明夜堂和沈灯，医术不行。”

贺兰砜没有听。数日后阮不奇渡江从碧山回杨河，进门便见沈灯怒气冲冲：“贺兰砜跑了。”

贺兰砜身上有伤，根本不可能跑远。阮不奇门都没进转身便出去找，在街口看见正向马贩买马的贺兰砜，二话不说打晕带回。

把人弄醒后，阮不奇满脸严肃：“有一件事我必须告诉你。”

金羌因封狐北废城之事终于与北戎起了争执。北戎天君阿瓦调遣蛮军在南部集结，恰逢怒山人与高辛人的军队冲击部落边境。左支右绌之中，狼面将军同远桑驱马前往北都，于城墙上射出捆着火弹的高辛箭，炸了允天监塔顶的长明火。

射杀老天君哲翁的高辛邪狼贺兰金英原来并没有死，新天君扯了一个天大的谎言！霎时间流言四起，连大巫也无力压制。大部分蛮军在列星江边集结，那时的阿瓦无法应对怒山军队引发的骚乱和北都内的愤怒民情。

“我回来那日正好有消息传到碧山。”阮不奇说，“天君阿瓦将怒山部落踢出北戎，从此怒山可自立为国，一应事务均与北戎无关。”

贺兰砜闭了闭眼睛：“好。”

阮不奇：“所以，你是不是更应该保重自己？你的大哥、嫂子和卓卓都平安了，再没有后顾之忧。你应该好好休养，等见到靳岄，可以跟他分享这个大好消息。”

难得见阮不奇这样温和地讲话，贺兰砜却还是用那句话来回应：“我要去赤燕找靳岄。”

卧床的日子里，他日夜想起那封自己没有收到过的信，在心中复诵了千万遍，把信中的每一字每一句都记得清清楚楚。靳岄向他许了一个愿望，贺兰砜不想让神佛来成全，他要自己来满足靳岄的祈愿。同生共死罢了，这也是他心中所想。

阮不奇盯他片刻，忽然变脸揪住贺兰砜的领子，一脚踩在床沿：“高辛狼，我劝你听我的话。你半死不活地去了赤燕，如果让靳岄看到，他是不是又要伤心一回？他见你的最后一面，你惨成那副狗样子，他去赤燕这一路必定吃不好睡不好。你再这样破破烂烂地跑去见他，即便让你死撑着活到了赤燕，就剩这么半口活气，你觉得靳岄会高兴？”

贺兰砜许久不听她用这样的语气说话骂人，竟有些吃惊。

“我明白了，怪不得人说高辛邪狼会引来灾祸。你根本不在乎靳岄，你就是想让他伤心，这样你才爽快，对吧？”阮不奇“呸”一声，“你打算死在靳岄面前，让他一生都愧疚难安，最好他立刻就在你这臭尸体边上自刎而去。你在阴曹地府等他，见面了还要拍掌夸一句：好哇我的勒玛，你果然死了，你死了我就高兴了！”

沈灯也不知道阮不奇跟贺兰砜说了些什么怪话，总之贺兰砜变得极为乖顺听话，该吃药吃药，该睡觉睡觉，话都不多说，天天只问一句：“我好了吗？能出发了吗？”

直等到院中迎春海棠全部落尽，桃树在树梢结出小果子，贺兰砜才终于见到一直养在梁京明夜堂马厩里的飞霄。贺兰砜骑在飞霄背上，风吹动他棕色的长发与宽松的袍袖，分堂里帮众路过都忍不住看他几眼。手腕的伤痕已经愈合，仍旧狰狞可怕，沈灯为他准备了护腕，他临行前仔细戴上。他背上仍有隐痛，下雨时更甚，但骑马远行已经没有问题。他是一刻都不愿意耽搁了。

他是在小年夜当夜被抓走的。飞霄和擒月弓都被丢在城外，明夜堂一番好找，才把马儿和弓箭寻回来。从箭壶中抽出一根黑箭，贺兰砜拉开擒月。箭矢破空而出，扎在树顶，瑟瑟抖动。

阮不奇第一回见他的新箭，拿来看个不停。箭分为两层，十分锐利，她摸了又摸，羡慕不已："我也想用这个杀人。"

贺兰砜活动隐隐作痛的肩膀和手臂，想起一直没跟她说的一件事："你教卓卓说的那些骂人话，我离开怒山时她已经教给了整个营寨的小孩。"

阮不奇大笑："名师出高徒！"

贺兰砜："她常常想你。"

阮不奇："让她也来大瑀玩吧？加入明夜堂，做我的小妹，我把所有本事都教给她。"

沈灯牵马走过："不奇，别害人。"

三人启程离开杨河城。在城外小码头上，贺兰砜丢了假文牒，同阮不奇一起向沈灯道别。沈灯要从水路回梁京，继续看顾明夜堂。阮不奇则与贺兰砜一同走陆路去赤燕。沈灯话不多说，只冲贺兰砜拱手："一路平安。"

贺兰砜心道这或许就是大瑀江湖客的风度。他也学沈灯的模样回一句："再会。"

道别时正是黄昏，长河如搅满金色浓墨，一泓灿烂软水。贺兰砜与阮不奇离开码头，沿小路抄上官道。细长的影子铺在马前，贺兰砜像是追着影子前行。

青山迢递，云霞万里。

他朝靳岄奔去。

（《狼镝·狂澜》完）